Knaur

Von Leslie A. Horvitz sind außerdem erschienen:

Todesursache unbekannt (Band 60001)
Die Organspender (Band 1743)
Die Jerusalem-Verschwörung (Band 2036)

Über den Autor:

Leslie Alan Horvitz ist Autor verschiedener Thriller wie »Der Compton-Effekt«, »Die Organspender« und »Das lautlose Sterben«. Zusätzlich veröffentlichte er auch Kurzgeschichten und Zeitungsartikel und arbeitete im Auftrag von ABC.
Leslie Alan Horvitz lebt in Manhattan.

Leslie A. Horvitz

Die Spur der verschwundenen Kinder

Roman

Aus dem Amerikanischen
von Heinz Nagel

Knaur

Die amerikanische Originalausgabe erschien
unter dem Titel *The Network*

Vollständige Taschenbuchausgabe August 1998
Droemersche Verlagsanstalt Th. Knaur Nachf., München

Umschlaggestaltung: Agentur Zero, München
Umschlagillustration: Bavaria Bildagentur, Gauting
Druck und Bindung: Elsnerdruck, Berlin
Printed in Germany
ISBN 3-426-71117-6

2 4 5 3 1

Prolog

Das Nebraska-Zeichen

Abgesehen von ihren angeschwollenen Füßen und Knöcheln, fühlte sie sich ausgezeichnet. Das Fieber war verschwunden. Daß sie rasch ermüdete und noch etwas wackelig auf den Beinen war nach so einer schweren Geburt, ist schließlich nichts Außergewöhnliches. Aber dem Baby ging es ganz hervorragend. Die Kleine schlief tief, das Gesichtchen rot und zerknittert wie bei einem winzigen alten Mann; der zarte Haarflaum klebte an der Kopfhaut. Charlotte mußte sich tief über das Bettchen beugen, um sie atmen zu hören. Dann trat sie auf Zehenspitzen zurück, aus Angst, sie könnte sie wecken. Es kostete sie Mühe, den Blick von ihrer kleinen Tochter zu lösen, und nur zögernd verließ sie den Raum.

Im Wohnzimmer hatte ihre Freundin Julianne ihr Lager aufgeschlagen, wie ein Besatzungstrupp. Auf dem Sofa liegend, schaufelte sie mit schamloser Hast selbstgeröstetes Popcorn in sich hinein. Sie war zweiunddreißig und damit ein Jahr älter als Charlotte. Die beiden Frauen hatten eine ganze Menge miteinander erlebt; im Lauf der Jahre hatten sie Ansichten, Jobs, Kochrezepte und Freunde miteinander geteilt. Charlotte war die Attraktivere. Ihre wallende rote Mähne und ihre ausdrucksvollen Züge ließen sie auf manche eher wie eine Schauspielerin als eine Modedesignerin wirken. Das Verrückte war, daß Julianne geheiratet hatte und Charlotte Mutter geworden war.

»Zieh dich warm an, draußen ist's kalt«, mahnte Julianne. »Ich möchte nicht, daß du wieder krank wirst.«

»Ich nehme mir ein Taxi, Juli, mach dir keine Sorgen. Außerdem fühl' ich mich großartig.«
»Hast du dich jetzt entschieden, was du dir ansehen willst?«
»Ich glaube, diesen Lubitsch-Film im St.-Mark's-Theater.«
»*Design for Living*, und wie hieß der andere noch?«
»*Trouble in Paradise.*«
»Das sind zwei klasse Filme, Char, aber du bist seit Monaten nicht mehr weg gewesen. Willst du dir nicht etwas Moderneres ansehen, etwas, das nach 1933 herausgekommen ist?«
»Was soll ich dir sagen – ich hab' eben einen hoffnungslos anachronistischen Geschmack.«
»Nun, jedenfalls kommst du unter Leute, und das ist das Wichtigste.«

Zum erstenmal seit vielen Monaten war Charlotte wieder allein, und sie fühlte sich ein wenig unbehaglich. Vielleicht war es das unbekannte Gefühl, von ihrer Tochter getrennt zu sein. Was auch immer es war, irgendwie erzeugte es nervöse Unruhe in ihr; sie wurde einfach das Gefühl nicht los, das Baby im Stich zu lassen.
Andererseits wußte sie, daß sie raus mußte, sie war zu lange eingesperrt gewesen; so etwas wie Budenkoller stellte sich ein. Es mochte ja sein, daß die Novemberluft etwas kalt war, aber es war weiß Gott gut, wieder einmal frische Luft zu atmen. Nach ein paar Minuten tauchte ein Taxi auf, ein Checker, von dem Typ, der schon lange nicht mehr hergestellt wurde.

Im Kino fing es an. Zuerst dachte sie, es käme vielleicht von der Wärme, die die vielen zusammengepferchten Leute erzeugten. Aber mit der Zeit wurde ihr klar, daß das Fieber sich wieder eingestellt hatte. Verdammt, das war wirklich das letzte, was sie jetzt brauchen konnte. Sie hoffte, daß sie es irgendwie würde abwehren können, daß ein paar Tylenol-Tabletten ausreichen würden. Aber sie wurde den Verdacht nicht los, daß sie sich eine Infektion zugezogen hatte und daß mehr als Tylenol nötig sein würde, um ihr zu helfen.

Sie ging, ehe *Design for Living* angefangen hatte. Draußen kam ihr die Luft, die ihr vorher so belebend erschienen war, plötzlich aggressiv und schneidend vor, und hier und da ging ihr ein Windstoß bis auf die Knochen. Ihr Wollmantel reichte nicht mehr aus, um sie warm zu halten. Mit hochgezogenen Schultern machte sie sich am St. Mark's entlang auf den Weg, um ein Taxi zu suchen. Weit und breit war keines zu sehen. Aber das war in dieser Stadt ja nichts Neues.

Der Verdacht stieg in ihr auf, daß da noch etwas anderes mit ihr im Gange war, nicht nur das Fieber. Was auch immer es war, es drängte förmlich auf sie ein, überrollte sie. Ein bohrender Schmerz entwickelte sich in ihrer Brust, und das Atmen bereitete ihr Schwierigkeiten.

Sie blieb stehen, drückte sich in eine Eingangsnische, hoffte wieder zu Atem zu kommen. Aber es wollte nicht funktionieren. Und sie spürte, daß das Fieber stieg. Sie zog einen Handschuh aus und griff sich an die Stirn. Sie fühlte sich glühend heiß an. Herrgott, sie brannte ja förmlich.

Sie versuchte zu gehen, konnte es aber nicht. Zwei Schritte, und sie wäre beinahe gestürzt.

»Miss, brauchen Sie Hilfe?«

Sie blickte auf und sah einen hochgewachsenen Mann mit südamerikanischen Gesichtszügen und einem Backenbart; eine dunkle Brille verdeckte seine Augen. Sie nickte apathisch, streckte ihm instinktiv die Hand hin und erwartete, daß er danach griff. Und hatte dabei keine Ahnung, wie sie auf den Beinen bleiben sollte, wenn er das nicht tat.

Er griff nach ihrem Arm und stützte sie. Aber dann bemerkte sie aus den Augenwinkeln, wie seine andere Hand in ihre Handtasche griff.
Einen Augenblick lang vergaß sie ihren Zustand. »He, was zum Teufel machen Sie da?« schrie sie, und ihre Stimme überschlug sich. Er ließ sie ohne ein Wort los und rannte davon. Sie sah ihm nach, wie er über die Straße hetzte und dann an der First Avenue um die Ecke verschwand. Sie begann hinter ihm herzulaufen, von einer Wut angetrieben, die sie fast einen halben Häuserblock lang aufrechthielt. Aber das war auch alles; weiter schaffte sie es nicht. Ihr Kopf dröhnte, ihre Kehle war so trocken wie die Sahara, und der Schmerz in ihrer Brust wurde immer bohrender und quälender. Sie konnte nicht mehr klar sehen. Aber schlimmer, viel schlimmer war, daß sie nicht mehr atmen konnte. Sie machte noch einen Schritt nach vorn, brach dann zusammen und blieb liegen.

Durch den nebelhaften Dunst seiner Erschöpfung hörte Richard Markel, wie sein Name über die Sprechanlage ausgerufen wurde. Von den endlosen Notfällen der Nacht ausgepumpt, reagierte Markel mit schweren, schlurfenden Schritten. Seine Füße schmerzten teuflisch. Wenn er überhaupt noch zu irgendwelchen körperlichen Wahrnehmungen fähig war, dann betrafen sie seine Füße. Er sehnte sich danach, sie in einen Bottich mit heißem Wasser zu stellen, aber mehr als alles andere wollte er nur noch schlafen.
Die Notaufnahme war ruhig, ungewöhnlich leer – oder wenigstens beinahe. Schwestern waren da und Pfleger und Sicherheitswachen, alle gleich gelangweilt und trübsinnig dreinschauend. Dann entdeckte er die beiden Polizeibeamten, die mit einem Arzthelfer redeten.
Irgendwie schien alles wie im Zeitlupentempo abzulaufen.

Jedenfalls fehlte jegliches Gefühl von Dringlichkeit. Markel blickte auf und sah Cody mit einem Kurvenblatt in der Hand neben sich stehen. Cody war eine robuste Blondine, mit breiten Hüften, großem Busen und ewig auf der Suche nach einem Ehemann.

»Wir haben etwas Besonderes für Sie, Doktor«, sagte sie, aber ohne das Lächeln, das er von ihr erwartete. Sie reichte ihm das Blatt.

Was er las, war zunächst nicht sehr ergiebig:

Patient: *weiblich, weiß.*
Name: *unbekannt.*
Alter: *unbekannt.*
Diagnose: *hohes Fieber, deliriös; 40,5.*

In der Spalte, wo er üblicherweise Informationen über den Patienten vorfand – ob er Medikamente nahm oder unter irgendwelchen Allergien litt –, war nur ein Fragezeichen zu finden. Und das erklärte möglicherweise, warum Cody nur den Buchstaben S hingeschrieben hatte. Es bedeutete, daß die Patientin selbst auf schmerzhafte Stimuli nicht reagierte.

Die sonstigen Informationen – Blutdruck, Puls, Atem und Pupillengröße – gaben ihm praktisch keinerlei Hinweise darauf, was mit ihr los war. Ihr Atem ging schwach, dagegen war ihr Pulsschlag zu schnell; ihre Pupillen waren nadelstichgroß.

»Was meinen Sie?« sagte Cody. »Ich bring sie in Zimmer fünf.«

»Haben die Bullen sie eingeliefert?«

»Mhm. Die haben sie im Rinnstein gefunden, irgendwo im East Village.«

Nach so vielen Monaten Dienst in der Notaufnahme, der Grube, wie Insider die Station nannten, hielt Markel sich für erfahren genug, um instinktiv eine einigermaßen genaue Diagnose abzugeben. Für ihn deuteten die Symptome, die fehlenden Ausweispapiere und der Ort, an dem man die Patientin aufgefunden hatte, auf eine Überdosis hin. Vor seinem geistigen Auge baute sich das Bild einer vorzeitig gealterten, von ihrer Drogensucht gequälten Frau auf, die wahrscheinlich HIV-infiziert war oder sich irgendeine andere Krankheit zugezogen hatte, wie dies bei einem geschwächten Immunsystem so häufig vorkommt.

Er war daher ziemlich überrascht, eine gutaussehende junge Frau vorzufinden, deren Gesicht sich vor dem Hintergrund ihrer feuchten roten Haare gespenstisch weiß abhob. Auch ihr Körper ließ, als er das Laken hochgehoben hatte, keinerlei Hinweise auf Auszehrung erkennen; im Gegenteil, er war geradezu üppig und gepflegt. Dennoch war ihr Zustand ernst – daran gab es keinen Zweifel. Wenn er auch die Möglichkeit einer Überdosis noch nicht ganz ausschließen konnte, mußte er jetzt doch auch andere Möglichkeiten in Betracht ziehen. Eine Infektion vielleicht. Er hätte eine Überdosis vorgezogen. Eine Überdosis war einfach, sie erforderte eine Magenpumpe und reichlich Aktivkohle, um die Gifte anzulagern. Hier hatte er mit etwas Kompliziertem zu tun, etwas, das Nachdenken erforderte. Aber seine Gedanken waren wie umnebelt; er brachte es einfach nicht fertig, die Maschinerie in Gang zu bringen. Wenn sie nur reden könnte, ihm sagen, was geschehen war. Das würde ihm helfen. Aber ihr Fieber hatte sie über die fernsten Regionen des Bewußtseins hinausgetragen; sie stöhnte und gab gelegentlich Laute von sich, die vielleicht Worte waren, für Markel aber ohne jeden Inhalt.

Zuallererst mußte er das Fieber herunterdrücken. »Geben wir ihr etwas Tylenol und einen Eisbeutel«, sagte er. »Mal sehen, was das nützt.«

Einige Stunden verstrichen. Es war jetzt nach zwei Uhr morgens. Das Fieber widersetzte sich hartnäckig all seinen Bemühungen, es zu senken. Markel sah sie sich erneut an. Er war jetzt noch benommener als zuvor, praktisch restlos groggy. Irgendwie hatte er ein ungutes Gefühl, was diese Patientin betraf. Er veranlaßte intravenöse Antibiotika – Tetracyklin und Erithromyzin –, in der Annahme, sie litte unter irgendeiner akuten Infektion. Das zeigte Wirkung: Die Temperatur begann zu sinken, zögernd, quälend langsam, aber wenigstens erzielten sie Fortschritte. Die Quecksilbersäule sank auf 39,4. Aber die Patientin war immer noch nicht bei Bewußtsein, von der sie umgebenden Welt durch das Fieber isoliert.

Jetzt merkte er, wie schwer ihr das Atmen fiel. Sie gab keuchende Geräusche von sich; ihre Lippen schoben sich zusammen, bildeten ein O, und man konnte sehen, wie ihre Gesichtszüge sich verzerrten, so viel Mühe bereitete ihr das Luftholen. Bis jetzt hatte ihn hauptsächlich das Fieber beschäftigt. Vielleicht hatte er es hier mit Lungenentzündung zu tun. Er veranlaßte Röntgenaufnahmen und Blut- und Speicheluntersuchungen. Die Röntgenergebnisse dürften nicht zu lange auf sich warten lassen, wenn die Radiologie heute nacht nicht wieder voll war. Aber wann das Labor zu den nötigen Tests kommen würde, stand in den Sternen.

Cody fiel schließlich etwas auf, das er von Anfang an hätte bemerken müssen. »Ist Ihnen aufgefallen, daß sie erst vor kurzem entbunden hat?«

Er nickte schnell, fast abweisend, als wollte er damit sagen, daß ihm das selbstverständlich klar war. Daß er es nicht auf dem Patientenblatt notiert hatte, war bloß ein Flüchtigkeitsfehler. Aber er hatte es eben nicht notiert. All die deutlichen Hinweise auf eine Geburt in jüngster Vergangenheit waren ihm völlig entgangen. Aber das durfte er Cody nicht merken lassen. Er hatte schon genug Probleme im Krankenhaus – auch genug sonstige Probleme übrigens –, ohne daß sich jetzt auch noch die Schwestern über ihn lustig zu machen brauchten.

»Es könnte also eine Infektion sein«, sagte sie.

»Eine Infektion«, wiederholte Markel. Ja, das war möglich. Eine Infektion hätte sich infolge ungenügender Hygiene entwickeln können.

»Oder es könnte eine Embolie sein.«

Er mochte solche Diagnosevermutungen nicht. So etwas zog seine Kompetenz in Zweifel. Aber sie hatte natürlich recht; eine Embolie lag durchaus im Bereich des Möglichen. Blut aus allen Körperteilen kehrt unaufhaltsam zum Herzen zurück, und dieses pumpt es dann in die Lungen. Ein Klumpen hätte sich in der Gebärmutter bilden können. Er hätte daran denken müssen, daß die Kreislauf- und Hormonveränderungen, die mit einer Schwangerschaft einhergehen, die Gefahr der Bildung eines Blutgerinnsels erhöhen.

»Warten wir ab, was die Röntgenaufnahmen ergeben«, sagte er. Er hoffte, daß sie klare Hinweise auf *irgend etwas* liefern würden. Unter normalen Umständen hätte es ihm nichts ausgemacht, so im dunkeln zu tappen; er hätte es als willkommene Herausforderung betrachtet, aber nicht in dieser Nacht. Heute nacht konnte er auf Herausforderungen verzichten.

Cody sah ihn zweifelnd an. Er wußte, was ihr jetzt durch den Kopf ging. Sie dachte, daß er diese Patientin möglicherweise verlieren würde, wenn er nicht schnellstens koagulationshemmende Mittel einsetzte, die das Blut verdünnten und das Gerinnsel auflösten, ehe es bis zum Herzen gelangte. Sie wäre zufrieden gewesen, wenn er weitere Tests veranlaßte, vielleicht ein Perfusions-Szintigramm, um sicherzustellen, daß keine Embolie vorlag, wenn auch die Ergebnisse nicht immer eindeutig waren. Oder er könnte ein Angiogramm anfordern, um die Diagnose zu verifizieren, ob nun eine Lungenentzündung vorlag oder nicht. Aber Angiogramme stellten auch einen gewissen Risikofaktor dar: Unter zweihundert Patienten starb etwa einer. Außerdem bedurfte es gewöhnlich der Zustimmung der Familie des Patienten, ehe ein Angiogramm angesetzt werden konnte.

Markel war überzeugt, daß die Patientin irgendwo eine Familie haben mußte. Er hatte daher Bedenken, das Risiko eines Angiogramms einzugehen. Genaugenommen hatte er größte Bedenken, überhaupt irgendein Risiko einzugehen. Es war besser, die Röntgenbefunde abzuwarten. Er beschloß, daß er die Rothaarige, sobald er die Röntgenaufnahmen gesehen hatte, in die internistische Abteilung verlegen würde; sollten die sich um sie kümmern.

Ohne ein Wort ließ er Cody stehen und ging in sein Zimmer zurück. Der winzige Raum enthielt zwar nur eine Pritsche, ein Radio und eine Kaffeemaschine, bildete aber doch seine Zuflucht vor der Welt.

Im nächsten Augenblick war er eingeschlafen – aber nicht für lange. Plötzlich wurde ihm bewußt, daß um ihn herum Lärm herrschte. Stimmen, eilige Schritte. Er hatte keine Ahnung, wie lange sein Piepser schon nach ihm rief. Er schlug die Augen auf und sah Cody an der Tür stehen und heftig gestikulieren.

»Die Patientin in fünf, sie ist ...«

Sie war was? Er hatte gehört, was die Schwester gehört hatte, aber es war nicht zu ihm durchgedrungen. Und dann fand er sich an ihrem Bett. Sie atmete nicht mehr. Kein Puls. Nichts.

Es schien eine Ewigkeit zu dauern, bis jemand reagierte, obwohl es in Wirklichkeit höchstens ein oder zwei Minuten waren. Und dann drängten sich plötzlich acht, neun, zehn Ärzte, Schwestern, Pfleger im Raum. Markel hatte angefangen, auf ihre Brust einzuhämmern. Ein Internist pumpte ihr Sauerstoff in die Lungen. Markel streckte die Hand aus – eine Schwester klatschte ihm eine Spritze hinein. Adrenalin. Ein Tropfen Blut quoll aus dem Einstich. Die Nadel erreichte die Herzwand, drang ein. Die Spritze leerte sich. Und ... nichts.

Mit schweißüberströmtem Gesicht preßte ein Arzt rhythmisch den Brustkorb der Rothaarigen. Keine Reaktion. Zeit für den Elektroschock.

»Pupillen starr«, hörte Markel jemanden sagen.

»Kein Puls.«

Elektroschock. Ohne Frage. »Zurücktreten, bitte Platz machen.«

Als Markel zu Cody hinübersah, registrierte er ihren mißbilligenden Gesichtsausdruck. Ich hab's gewußt und Sie nicht, war die Botschaft, die er in ihren Augen las.

Um ihn herum herrschte rege Aktivität. Markel hatte das Gefühl, daß sie genausogut aufgeben konnten. Zwei, drei Minuten. Fünf Minuten. Er verfolgte es jetzt nicht länger. Das Herz der Frau blieb stumm; keinerlei elektrische Aktivität. An dem EKG, an das sie angeschlossen war, zeigte der Bildschirm nur eine gerade Linie: glatt und eben wie die Landschaft in Nebraska, daher auch der Name Nebraska-Zeichen. Das Nebraska-Zeichen bedeutete den Tod. »Puls überprüfen«, sagte er müde.

Der Assistenzarzt schien eine Ewigkeit zu brauchen, um festzustellen, ob noch ein Pulsschlag vorhanden war. Seine Stirn furchte sich, seine Augen verengten sich konzentriert. »Wir haben einen Puls«, verkündete er schließlich.

Und dann wiederholte er etwas sicherer: »Wir haben Puls!«
Markel seufzte; er tat nichts, um das Gefühl der Erleichterung zu verbergen, das er empfand.
»Bitte weiter«, ordnete er an. Ein paar Augenblicke später bat er, den Puls erneut zu überprüfen.
Der Internist nickte. »Sie ist wieder da«, bestätigte er.
»Dann wollen wir sie an ein Atemgerät anschließen und sie in die Intensivstation bringen«, sagte Markel, dankbar dafür, daß jetzt jemand anderes die Verantwortung für sie tragen würde.
Aber damit war es nicht ausgestanden. Ehe seine Schicht in den frühen Morgenstunden zu Ende ging, teilte man Markel mit, daß die Frau immer noch nicht reagierte und mit starren, auf keinerlei äußere Reize reagierenden Pupillen dalag. Die Laborergebnisse waren noch nicht zurück, man befürchtete aber, daß das längere Aussetzen des Herzschlages zu Schäden an der Pons geführt hatte, jenem Teil des Gehirnstamms, der für alle mentalen und physischen Funktionen wesentlich war. Die Frage, ob sie je wieder gesund werden würde, war daher offen.

Als seine Schicht zu Ende war, kehrte Markel nach Hause zurück, warf sich aufs Bett und wartete darauf, einschlafen zu können. Aber es war aussichtslos. Vielleicht hätte er sich nicht so sehr mit diesem Fall beschäftigen dürfen. So etwas passierte eben. Aber das Schuldgefühl wollte ihn einfach nicht loslassen. Er konnte den Gedanken nicht abschütteln, daß er sowohl bei der Diagnose als auch bei der Behandlung Mist gebaut hatte. Für ihn stand es praktisch fest, daß es jetzt nur noch eine Frage der Zeit war, bis man sie für klinisch tot erklärte und vom Atemgerät abkoppelte.
Ohne Zweifel würde der Fall vom Mortalitätsausschuß un-

tersucht werden; möglicherweise würde man ihm einen Verweis erteilen. Es war nicht das erste Mal, daß ihm so etwas passierte. Wie lange würde das Glück ihm noch treu bleiben? fragte er sich. Er befürchtete das Schlimmste.
In diesem Augenblick fiel ihm Jack Cadmus ein. Vielleicht gab es doch einen Ausweg. Er sah auf die Uhr und stellte fest, daß es sechs war. Cadmus würde bereits auf sein und über der TIMES und dem WALL STREET JOURNAL brüten.
»Ich habe nicht gewußt, mit wem sonst ich darüber reden könnte«, sagte er, als er Cadmus die Lage geschildert hatte.
Jack Cadmus war Assistent des Professors für Chirurgie in Markels sechstem Semester in Yale gewesen. Schon damals hatte Cadmus sich einen Ruf höchster Kompetenz erworben gehabt und besonderes Interesse an Markel gezeigt, sei es nun, weil er in ihm eine verwandte Seele entdeckt hatte oder weil er ihn für einen Menschen hielt, den man nach eigenen Vorstellungen formen und gestalten konnte. Welche Motive auch immer Cadmus geleitet hatten, er war für Markel zum Lehrer, zum Mentor und schließlich zum Freund geworden. Eine Art Freund jedenfalls.
Am anderen Ende der Leitung herrschte Schweigen. Markel wartete besorgt auf den Urteilsspruch – in mancher Hinsicht das einzige Urteil, das für ihn Bedeutung hatte. Jedenfalls viel größere Bedeutung als der Spruch des Mortalitätsausschusses.
»Wahrscheinlich war es Ihr Fehler, diese Patientin nicht gleich in die internistische Abteilung verlegen zu lassen«, meinte Cadmus. »Ich hätte ihr sofort ein breites Spektrum von Antibiotika und Koagulationshemmern gegeben.« Seine Stimme war neutral und selbstbewußt, Markel konnte in ihr keine Spur von Zorn oder Mißbilligung erkennen. Das zumindest war für ihn beruhigend.
»Was, meinen Sie, werden sie jetzt tun?« fragte er, nicht

länger darum bemüht, die Sorge – die *Angst* – aus seiner Stimme zu verdrängen. »Ich hab' Ihnen ja gesagt, was das letzte Mal passiert ist.«

Damit bezog er sich auf eine andere Fehldiagnose, die er gestellt hatte und die, hätte man keine Korrekturmaßnahme ergriffen, dazu geführt hätte, daß sein Patient für immer gelähmt geblieben wäre. Nur der rechtzeitige Eingriff eines anderen Internisten hatte das Schlimmste verhindert. Aber der Vorfall hatte sich herumgesprochen. Er wußte, daß er sich in einer höchst prekären Lage befand.

»Was glauben Sie, daß die mit mir machen werden?« Er meinte den Mortalitätsausschuß, meinte aber auch die Verwaltung, seine Kollegen, die Schwestern und ganz besonders Cody.

Eigenartigerweise wich Cadmus der Frage aus und sagte: »Sagten Sie, diese Frau hätte keine Ausweispapiere bei sich gehabt?«

»Das stimmt. Man hat sie auf der Straße gefunden. Sie hatte keine Geldbörse bei sich, keine Papiere, nichts dergleichen.«

»Aha. Und ihre Kleidung?«

Was für eine seltsame Frage. »Ich verstehe nicht.«

»Nun, war sie gut gekleidet? Schicke Kleidung und teuer? Das meine ich.«

»Nein, ganz gewöhnliche Sachen. Nicht billig, aber jedenfalls nicht Ralph Lauren oder Bill Blass oder etwas dergleichen. Warum fragen Sie?«

Markel begriff nicht, warum das den anderen so interessierte. Welchen Unterschied machte es schon, ob sie billig oder teuer gekleidet war?

»Wann, sagten Sie, haben Sie sie in die Intensivstation verlegt?«

»Gegen ... warten Sie mal ... ich denke, vor vier Stunden.«

»Also ist sie jetzt in der Intensivstation? Man hat sie nicht vom Atemgerät abgekoppelt?« Worauf wollte Cadmus hinaus?

»Jedenfalls nicht, als ich das Krankenhaus vor einer halben Stunde verließ. Die haben da noch auf irgendwelche Testergebnisse gewartet. Und dann wollten sie ihre Familie ausfindig machen, ehe sie etwas unternehmen.«

»Ich will Ihnen etwas sagen, Rich: Im Augenblick können Sie nichts weiter machen. Ich würde vorschlagen, Sie ruhen sich jetzt etwas aus und überlassen es mir.«

»Ihnen überlassen? Tut mir leid, aber ich verstehe nicht, was das bedeuten soll.«

»Ist schon in Ordnung so, Rich, glauben Sie mir. Betrachten Sie es einfach als eine Lehre für die Zukunft. Es kommt immer nur darauf an, die richtigen Lehren zu ziehen.«

»Aber die Frau –«

»Es ist, als ob sie nie existiert hätte«, sagte Cadmus und legte auf.

Teil eins
Charlotte

1

Für ihn gab es daran nicht den leisesten Zweifel: Sein Leben hatte seinen Höhepunkt in dem Endspiel von 1965 gegen die Dolphins erreicht. Die Vorstellung, ein Augenblick wie dieser könne sich je wiederholen – oder gar übertroffen werden –, war einfach absurd. Abgesehen von gewissen Kindheitserinnerungen, waren es die letzten dreizehn Sekunden jenes Spiels im Dezember in Miami, woran er sich am besten erinnerte. Das Verblüffende war, daß er, schon bevor der Ball geworfen wurde, wußte, daß er ihn fangen und also gewinnen würde. Es war so etwas wie das Zweite Gesicht. Er brauchte nur zuzugreifen, und der Ball war da, fest in seinem Griff. Durch den Schleier von Schweiß, der ihn in der Sicht behinderte, rannte er. Rings um ihn warfen die Männer sich auf ihn, aber er wußte, daß sie ihn nicht zu fassen bekamen. Dieses eine Mal war er unangreifbar. Sie konnten ihm nicht einmal nahe kommen, weiß Gott! Er rannte, rannte, wurde immer schneller, und dann war er frei, allein mit seinem Sieg.

Nie wieder würde es so sein. Das war ihm jetzt klar. Was auch immer bei den Vertragsverhandlungen herauskam, selbst wenn sie sich bereit erklärten, ihm die eins Komma drei Millionen zu bezahlen, die sein Agent dafür verlangte, daß er weiterhin die Show leitete, würde er den Sieg nicht so auskosten können. Weder seine Heirat mit Jenny noch die Geburt seines einzigen Kindes war mit jenem triumphalen Vierundvierzig-Yard-Run zu vergleichen gewesen. Nicht,

daß er dies je irgend jemandem eingestehen würde. Das paßte nicht zu seinem Image.
Jeff McCandless war wohl bewußt, daß er viele Neider besaß, die einfach nicht begriffen, wie ein telegener Footballstar eigentlich dazu kam, eine Morgen-Show im Fernsehen zu leiten, aber er empfand deswegen keinerlei Schuldgefühle. Er glaubte, daß er sich in der Welt auskannte, daß er ganz einfach Bescheid wußte. Er glaubte auch, daß Henry Kissinger, McGeorge Bundy, Richard Perle, Clark Clifford, Jean Kirpatrick und all die anderen, mit denen er regelmäßig zu Mittag aß und die er zu sich nach Hause einlud, gute Freunde waren, nicht einfach nur wertvolle Verbindungen, die ihn von dem Augenblick an, da er seinen Job verlor, einfach aus ihrem Gedächtnis streichen und nie wieder anrufen würden.
Er sah nicht wie dreiundfünfzig aus. Daran gab es nichts zu rütteln. Vielleicht war sein Haar ein wenig schütter geworden, aber es glänzte immer noch so braun wie eh und je. Sein Gesicht zeigte eine erstaunliche Glätte, und in seinen Augen funkelte es immer noch jungenhaft – alle sagten das.
Um halb sieben am 8. Dezember hielt seine Limousine wie jeden Morgen vor dem Studio an der Sixth Avenue und ließ ihn aussteigen. Die Show begann um halb acht, so daß er eine Stunde Zeit hatte, um sich vorzubereiten und mit den Mitarbeitern die Fragen an seine Gäste noch einmal durchzugehen. Die Gäste waren um diese Zeit bereits auf das vorbereitet, was er sie fragen würde, und ihre Antworten waren aufgezeichnet, so daß jeglicher Überraschungsfaktor – geschweige denn die Möglichkeit, daß sich irgend etwas Unvorhergesehenes abspielte – weitgehend ausgeschlossen war. Zwanzig Minuten vor Beginn der Sendung würde die Maske sein Gesicht herrichten und die elegante Symmetrie

seiner Gesichtszüge besonders für die Millionen von Frauen hervorheben, die sich einschalten würden.

Natürlich wartete eine Unmenge Anrufe auf ihn. Seine Nummer in Westport stand nicht im Telefonbuch und wurde auch häufig geändert, um damit besonders aufdringlichen Fans zu entgehen – und auch einigen spitzzüngigen Kritikern. Auch die Nummer seiner Suite im Waldorf war ein Geheimnis, das nur einige wenige Vertraute wie Kissinger oder Aufsichtsratsvorsitzende des Senders kannten, Leute, die möglicherweise das Bedürfnis haben könnten, ihn um zwei Uhr morgens anzurufen.

Er sah sich die Aufzeichnungen nie an; er ließ sie sich von Robin Prosky vorlesen, die jetzt seit neun Jahren seine Sekretärin und Assistentin war, ein höchst effizientes Wesen, deren Aufgabe es war, ihn vor den Bedrängnissen einer feindlichen Welt abzuschirmen.

Sie folgte ihm den schmalen Korridor hinunter, an der Garderobe vorbei, vorbei am Konferenzzimmer und den Büros der Redakteure, und spulte die Mitteilungen ab, während er seine Notizen überflog und sich die wichtigsten biographischen Einzelheiten seiner Gäste einprägte und zwischendurch an einer Tasse Kaffee nippte.

»Chers Agent hat wegen nächstem Montag angerufen«, sagte die Prosky. »Sie treffen sich heute um zwei mit Saul wegen dieser Apartheidgeschichte ...«

»Schon wieder? Ich dachte, das wäre alles erledigt.«

»Saul möchte mit Ihnen noch ein paar Änderungen durchgehen.«

»Was sonst noch?«

»Da waren einige Anrufe – mindestens ein halbes Dutzend – von einer Julianne Miller. Der erste Anruf kam letzte Nacht – genauer gesagt, heute morgen um zwei Uhr zwanzig.«

»Wer zum Teufel ist Julianne Miller? Kenn' ich sie?« McCandless verließ sich darauf, daß die Prosky sich an Leute erinnerte, die er vergessen hatte, insbesondere darauf, daß sie im Auge behielt, inwieweit sie wichtig für ihn waren.
»Eine Freundin Ihrer Tochter. Sie sagt, es sei wichtig. Irgendein Problem mit Charlotte.«
»Oh. Was für ein Problem denn? Und warum ruft diese Julianne Miller mich an?« Er war plötzlich verstimmt. Es gefiel ihm absolut nicht, daß die Freundinnen seiner Tochter ihn so einfach anriefen. Zwischen Charlotte und ihm hatte nie etwas bestanden, was man eine enge Beziehung hätte nennen können, und jetzt, wo sie sich dazu entschlossen hatte, ihm ein Enkelkind zu bescheren, ohne sich vorher die Mühe zu machen, eine Ehe einzugehen, hatte das den Abstand zwischen ihnen noch vergrößert.
»Das steht hier nicht, Mr. McCandless.« Selbst nach neun Jahren Zusammenarbeit bestand die Prosky immer noch darauf, ihn als Mr. McCandless anzusprechen.
»Warum rufen Sie diese Miss Miller nicht zurück und finden heraus, was das soll? Was haben Sie sonst noch für mich?«
»Colonel Davies aus dem Pentagon hat angerufen und sein Okay zu der Live-Sequenz über den Tarnkappenbomber gegeben.«
»Ausgezeichnet.« McCandless war der einzige Fernsehjournalist, dem man das Privileg eingeräumt hatte, im Cockpit des Bomberprototyps mitzufliegen und seinen Zuhörern live darüber zu berichten. Das war etwas, worauf er sich freute – viel mehr jedenfalls als auf Einzelheiten über die Probleme seiner Tochter.

Als die Morning-in-America-Show um neun Uhr beendet war, kehrte McCandless in sein Büro zurück. Die Vorbereitungen für die morgige Show beschäftigten ihn so, daß er Julianne Millers lästige Anrufe bereits vergessen hatte. Aber er kannte die Prosky gut genug, um zu spüren, daß etwas nicht in Ordnung war. »Was ist denn, Robin?«

»Ich habe vor einer halben Stunde mit Julianne Miller gesprochen«, sagte sie, »und sie hat mir gesagt, daß Charlotte verschwunden ist.«

»Ich kann Ihnen nicht folgen.«

»Sie hat das Haus gestern abend verlassen, um sich einen Film anzusehen, und ist nicht zurückgekehrt.«

»Aber was hat diese Julianne Miller damit zu tun?«

»Sie hat auf Charlottes Baby aufgepaßt.«

»Hat sie die Polizei verständigt?« McCandless überlegte, ob Charlotte etwa beschlossen hatte, unterzutauchen. Vielleicht war sie etwas durcheinander, eine Depression oder so etwas. Das traute er ihr ohne weiteres zu.

»Sie sagte, sie hätte das neunte Revier verständigt.«

»Das neunte? Wo ist das neunte Revier?«

»An der unteren East Side«, erklärte Robin Prosky. »Ihre Tochter hat allem Anschein nach gesagt, daß sie in ein Kino am St. Mark's Place gehen wollte. Das ist in der Nähe des neunten Reviers.«

»Und was hat man ihr gesagt?«

»Zuerst hatten sie überhaupt keine Informationen. Aber gegen ein Uhr heute früh haben sie Julianne zurückgerufen und gesagt, eine Frau, auf die Charlottes Beschreibung passe, sei bewußtlos in der Umgebung des St. Mark's Place aufgefunden und ins Manhattan Downtown Hospital gebracht worden. Konkret bestätigen konnten sie es allerdings nicht, weil die Frau, die sie gefunden hatten, keine Ausweispapiere bei sich hatte.«

»Das ist verrückt. Und – haben Sie im Krankenhaus angerufen und sich vergewissert?«

Die Prosky warf ihm einen beleidigten Blick zu. Es war ihr unvorstellbar, daß jemand an ihren Fähigkeiten zweifelte. »Selbstverständlich, Mr. McCandless.«

»Und?«

»Man hat mir bestätigt, daß gestern nacht eine unbekannte rothaarige Frau, auf die Charlottes Beschreibung paßt, in der Notaufnahme eingeliefert und wegen hohen Fiebers behandelt wurde. Sie sagen, die Frau hätte sich im Delirium befunden.« Robin Proskys Blick suchte McCandless' Augen, aber der wußte nicht, was er sagen sollte. So fuhr sie fort: »Die Frau ... äh ... ihr Herz ... äh ... setzte aus ... und sie sahen sich genötigt, Wiederbelebungsversuche anzustellen.«

»Herrgott!« McCandless war erschüttert. Er wußte wirklich nicht, was er denken sollte. »Aber niemand kann mit Sicherheit sagen, daß es Charlotte ist?« Daraus bezog er einen Rest Hoffnung.

»Ja, so ist es.«

»Sie lebt jedenfalls, wer auch immer sie sein mag. Sie sagten, man hätte Wiederbelebungsversuche gemacht.«

Die Prosky nickte. »Aber da war ... offenbar ist man der Meinung, daß sich Hirnschäden eingestellt haben ... und ... nun, sie sagen, sie hätten die Frau auf die Intensivstation verlegt.«

»Intensivstation«, wiederholte McCandless stumpf. »Ist sie jetzt dort?«

»Nein. Sie müssen wissen, sie hing an einem Atemgerät, Mr. McCandless, und sie haben Tests durchgeführt, um herauszufinden, ob es zu Hirnschäden gekommen war oder nicht ...« Sie zögerte, gab sich sichtlich Mühe, Fassung zu bewahren. »Und dann hat man, wie ich hörte, diese Frau vor etwa zwei Stunden aus der Intensivstation wieder herausgeholt.«

Es war immer noch ›diese Frau‹, jemand von sicherer Anonymität, jemand ohne Anspruch auf sein Leben oder seine Gefühle, und das war etwas, das er zu schätzen wußte.
»Wo ist sie jetzt?«
Robin Prosky sagte nichts.
»Los, wo zum Teufel ist diese Frau jetzt?« Er merkte, daß seine Stimme zu zittern begann, und das gefiel ihm nicht.
»Das ist das Problem, Mr. McCandless. Die Verwaltungsangestellte, mit der ich sprach, eine Miss Bierstadt, sagt, daß, selbstverständlich, falls die Frau gehirntot war und man sie von dem Lebenserhaltungssystem abgekoppelt hatte, daß dann die ... äh, die Leiche in die Pathologie gebracht würde.«
»Und?«
»Das ist nicht geschehen. In diesem Fall ist die Leiche nicht in der Pathologie eingetroffen. Miss Bierstadt versichert mir, daß man gründliche Untersuchungen angestellt hat, aber wie es scheint, Sir, ist die Leiche ... ich meine, die Frau ... verschwunden.«

2

Das erste, was Patrick Geary auffiel, war die Stille; es war eine so allumfassende Stille, daß jedes Geräusch wie etwas Fremdes wirkte, etwas, das unmöglich an einen solchen Ort gehören konnte. Patrick war schon in einigen Wüsten gewesen – der Sahara, der Negev, der Gobi –, aber nie an einem Ort wie diesem. Alle Wüsten, so karg und unfruchtbar sie auch scheinen mochten, enthielten zumindest irgendeine Form von Leben: Kakteen, Echsen, Skorpione, Insekten, Geier. Doch nicht dieser Ort. Der Tod war hierhergekommen und hatte alles an sich gerissen, so daß es nicht einmal mehr Fliegen gab. Da war er hier in Afrika unter einer glutheißen Äquatorsonne, und es gab nicht

einmal Fliegen. Übrigens auch keine Geier. Und Fliegen und Geier waren genau das, was Patrick erwartet hatte, wo es doch einen solchen Überfluß an Kadavern gab.
Dann begriff er, warum das so sein mußte. Natürlich gab es keine Fliegen und keine Aasvögel; sie waren ebenso wie das Vieh, wie die Hunde und die Menschen getötet worden.
Seit die Katastrophe sich ereignet hatte, waren noch nicht einmal sechsunddreißig Stunden verstrichen. Angehörige des nationalen französischen Zentrums für wissenschaftliche Forschung und die U.S. Geographical Survey waren den Rettungsteams, die unterdessen den größten Teil der Überlebenden nach Jaunde, der Hauptstadt von Kamerun, gebracht hatten, gefolgt. Patrick war mitten in der Nacht durch einen Telefonanruf in seinem Apartment in Paris geweckt worden; man hatte ihm gesagt, er hätte eine halbe Stunde Zeit, um sich fertig zu machen, wenn er sich die Story nicht entgehen lassen wollte. Er hatte nie vom Nios-See gehört und hatte wie der größte Teil der Welt keine Ahnung davon, was in Kamerun vor sich ging.
Nun, er mußte zugeben, daß es etwas war, das zu sehen sich lohnte. Es war, als wäre man Zeuge des Weltuntergangs. Selbst aus der Luft war offenkundig, daß etwas nicht stimmte. Bäume und Büsche waren herausgerissen worden und stapelten sich, wohin der Blick auch fiel, in ungeordneten Haufen; es war, als hätte ein Tornado von ungeheuren Ausmaßen sich hier seinen Weg gebahnt, nur daß es in diesem Teil der Welt keine Wirbelstürme gab.
Und dann war da ein seltsamer Geruch, der Patrick sofort auffiel, als er aus dem Hubschrauber stieg. Er erinnerte ihn an die Überreste von Schießpulver, ein Geruch, wie er nach einer heftigen Schießerei entstehen konnte.
Paul Quinon, der Anführer des französischen Teams, brach schließlich das Schweigen. »Was auch immer dort an die-

sem See passiert ist«, sagte er, »es hat sämtliche Dörfer im Umkreis von acht Meilen erreicht.«
Das nächstliegende Dorf bestand aus einem Gewirr baufälliger Hütten und einer Art Pferch, in dem ein paar ausgemergelte Ziegenböcke jetzt in der brütenden Nachmittagshitze schnell in Verwesung übergingen. So weit der Blick reichte, war die Landschaft mit Tierkadavern übersät. Jetzt tauchten aus dem verlassenen Dorf Soldaten auf, die an den Rettungsmaßnahmen teilgenommen hatten; sie wirkten erschöpft und starrten das näherrückende Team ziemlich desinteressiert an.
Quinon sprach zwei der Männer an, er bediente sich dabei des in der Region üblichen Dialekts. Dann wandte er sich Patrick zu, der als einziger Reporter, der diese Expedition begleitete, eine Art Privilegiertenstatus einnahm. »Sie sagen, es gibt einen Mann, der Zeuge der Geschehnisse hier war. Man wird ihn zu uns bringen.«
Kurz darauf wurde ein grauhaariger Man mit purpurn schimmernder schwarzer Haut zu ihnen gebracht. Obwohl seine Arme von dicken Bandagen verhüllt waren, konnte man noch einige üble Verbrennungen sehen, die sich in grausamem Rosa auf weichem Schwarz abgezeichneten. In seinen Augen standen Hoffnungslosigkeit und Schrecken, und der Blick, mit dem er die fremden Besucher musterte, war ein Blick, wie Patrick ihn bei Opfern anderer Katastrophen gesehen hatte. Aber da war noch etwas in seinen Augen: Ehrfurcht. Es war, als hätte er etwas so Schreckliches und doch so Außergewöhnliches gesehen, daß er einfach nicht glauben konnte, daß man ihm das Überleben gestattet hatte, um zu berichten, so wie er es jetzt vor Quinon tat, wobei er seine Geschichte mit heftigen Handbewegungen begleitete. Als er geendet hatte, musterte er Quinon – und anschließend die anderen – erwartungsvoll.

Vielleicht, dachte Patrick, hoffte er, sie würden ihm das, was ihm hier widerfahren war, erklären können. Quinon übersetzte. »Er sagt, aus dem See sei ein Flammenstrahl geschossen. Er hat den ganzen Himmel zum Glühen gebracht. Dann gab es Explosionen, viele Explosionen. Diese Explosionen dauerten vielleicht zwanzig Minuten. Große Wellen peitschten im See hin und her. Er sagt, er hätte noch nie so etwas gesehen, und dabei lebt er seit fünfzig Jahren in diesem Dorf. Dann begannen die Leute zu sterben. Überall starben sie. Das Vieh starb, die Kinder starben. Und da war ein Geruch.«
»Ein Geruch?«
»Es war ein Geruch wie von fauligen Eiern. Er konnte nicht atmen. Seine Augen brannten, seine Hände und Arme brannten. Er sagte, er hatte das Gefühl, er müsse sterben. Er brach zusammen. Er weiß nicht, wie lange er bewußtlos war, aber als er aufwachte, waren alle rings um ihn herum tot, seine Kinder, seine Frau, seine Mutter. Er weiß nicht, warum er noch am Leben ist.«
»Was, glaubt er denn, kann das alles verursacht haben?« fragte Patrick.
Quinon gab die Frage an den Mann weiter, dessen Augen die ganze Zeit Patrick fixierten. Die Antwort des Mannes, die er voll Leidenschaft und mit heftigen Gesten gab, dauerte überraschend lange.
»Er besteht darauf, es sei Schango, der Gott des Donners, gewesen, der das über sein Volk gebracht hat«, sagte Quinon. »Er denkt, es sei eine Strafe. Er warnt uns. Wir müssen hier schnell weg, dies sei ein verseuchter Ort. Und wenn wir nicht weggehen, werden wir hier sterben.«
»Was ist mit ihm?« fragte Patrick.
»Oh, er sagt, für ihn gäbe es keinen Ort, an den er gehen könne. Er sagt, er wird an diesem Ort sterben.«

Patrick warf dem alten Mann einen Blick zu, und der Mann erwiderte ihn mit einem grimassenhaften Grinsen. In diesem Augenblick fiel ein Schatten über sie. Patrick blickte auf und sah einen Vogel mit mächtigen Schwingen über ihnen am ausgebleichten Himmel kreisen. Ein Geier. Ohne Zweifel der erste von den vielen, die jetzt kommen würden, um ihre Mahlzeit zu beanspruchen.

3

Mit der Zeit reimten sich Quinon und die Mitglieder der französisch-amerikanischen Expedition eine etwas wissenschaftlichere Erklärung als den Zorn Schangos für das Phänomen zusammen. Anscheinend war eine große Menge Kohlendioxyd zum Grund des Kratersees durchgesickert und schließlich durch eine dampfgetriebene Explosion in die Luft geschleudert worden. Eine so große Kohlendioxydmenge in der Luft konnte sämtlichen Sauerstoff im Bruchteil einer Sekunde aufgesogen haben; kein Wunder, daß so viele Menschen und Tiere umgekommen waren.

Obwohl Patrick sich für ein vernunftbegabtes Individuum hielt – schließlich war er Reporter und ausgebildeter, wenn auch nicht praktizierender Arzt –, konnte er doch die unheilverheißenden Worte des Mannes, der überlebt hatte, nicht einfach abtun. Er kam sich irgendwie verseucht und infiziert vor und fühlte sich auch noch so, als er nach Jaunde zurückgekehrt war, wo er seinen Bericht an die Redaktion weitergab.

Am nächsten Morgen saß er im Flugzeug nach Paris, immer noch ganz benommen, weil er so schlecht geschlafen hatte. Er war sich zwar nicht sicher, hatte aber das Gefühl, daß er von jenem verwüsteten Dorf geträumt hatte, das jetzt Tau-

sende von Meilen hinter ihm lag. Er hatte schon so viele Katastrophen miterlebt; warum machte ausgerechnet diese einen solchen Eindruck auf ihn? Es war, als kündigte sich etwas in der Zukunft an – *seiner* Zukunft –, das noch viel schlimmer sein würde.
In Orly kauft er sich die HERALD TRIBUNE, um sich mit den Ereignissen der vergangenen zwei Tage vertraut zu machen. Allem Anschein nach hatte sich nicht viel verändert. In Mittelamerika stellte sich die Frage, wer die höheren Zahlen an Toten lieferte: die Todesschwadronen oder die Guerillas der Linken. In Südafrika gingen Tausende verzweifelter Flüchtlinge, bis auf die Knochen abgemagert, über die Grenzen und berichteten den UN-Beamten von Grausamkeiten, die von rivalisierenden Stämmen begangen wurden. Im Nahen Osten hatte der von den Amerikanern gestützte Kaiser, dem man den Spitznamen Der Lehrer angehängt hatte, seinen widerspenstigen Untertanen das Kriegsrecht verkündet und seinen Sicherheitskräften Befehl gegeben, Demonstranten einfach niederzuschießen. Diese Anweisung, so stand in dem Bericht zu lesen, wurde als mehr oder weniger belanglos betrachtet, da die Sicherheitskräfte ohnehin schon die ganze Zeit auf Demonstranten Jagd gemacht hatten.
Aber dann stach ihm auf Seite zwei eine kurze Meldung in die Augen und ließ ihn förmlich erstarren. Ein paar Augenblicke lang war er reglos, konnte nicht einmal atmen.

TOCHTER VON FERNSEHMODERATOR VERSCHWUNDEN

New York, 18. Dezember – *Die Tochter des bekannten Fernsehmoderators Jeff McCandless, 53, Moderator der Morning-in-America-Show, ist nach Angaben der Polizei Dienstag nacht aus einem Krankenhaus in Manhattan verschwunden. Wie es scheint, wurde eine Frau ohne Ausweispapiere, die der Beschreibung von Charlotte McCandless, 32, entspricht, mit hohem Fieber von der Polizei in der Notaufnahme des Manhattan-Hospitals eingeliefert, wo sie als kritischer Fall registriert wurde. Kurz nach ihrer Verlegung auf die Intensivstation, wo sie sich immer noch im Koma befand, verschwand sie. Nach Angaben eines Krankenhaussprechers war der Gehirntod bereits eingetreten, und man hatte die Lebenserhaltungssysteme abgesetzt. Die Ermittlungen nach dem Verbleib von Miss McCandless sind im Gange.*

Als Patrick sich wieder gefangen hatte, ging er an ein Telefon und rief Barney Dunne, seinen Chef in der Star Press Agency, an.

»Dieser Bericht vom Kratersee, den Sie durchgegeben haben, ist großartig, er ist von praktisch all unseren Abonnenten übernommen worden und darüber hinaus sogar von einigen Zeitungen, die wir normalerweise nicht bedienen«, sagte Dunne, als die Verbindung zwischen ihm und Patrick hergestellt war. »Für uns ist das eine ziemliche Bombe.« Er brauchte nicht zu erwähnen, wie selten es bei ihnen vorkam, daß sie einen Vorsprung vor ihren Rivalen wie AP und Reuters ausnutzen konnten.

»Nun, das freut mich zu hören, aber das ist nicht der Grund meines Anrufs.«

»Von wo rufen Sie an?«

»Ich bin noch in Orly.«

»Kommen Sie heute noch ins Büro? Ich habe eine Story für Sie. Genau das Richtige für Sie. Es heißt, die Franzosen seien dabei, einen geheimen Handel abzuschließen, um ihre Geiseln in Beirut freizubekommen.«

»Geht nicht.«

Am anderen Ende der Leitung herrschte Schweigen. Dunne, ein Veteran in seinem Beruf und seit siebenunddreißig Jahren im Nachrichtengeschäft, war nicht gerade für seine verständnisvolle Art bekannt. »Hab' ich das richtig gehört? Haben Sie gesagt, Sie kommen nicht? Was ist los mit Ihnen – müssen Sie ausschlafen? Na schön, zur Hölle, dann kommen Sie eben gleich morgen früh.«
»Ich werde eine Weile nicht kommen, Barney. Ich fliege nach New York. Ich sag' Ihnen Bescheid, wenn ich wieder für Sie arbeiten kann.«
»Warten Sie mal, was soll der Blödsinn? Wovon reden Sie eigentlich, Patrick?«
»Eine persönliche Angelegenheit; ich kann das jetzt nicht erklären. Später vielleicht. Im Augenblick muß ich zusehen, daß ich einen Flug bekomme.«
Er legte auf, ehe Dunne noch etwas sagen konnte. Vielleicht hatte er jetzt gerade seinen Job aufs Spiel gesetzt. Aber das wäre ja schließlich nicht das erste Mal.

Patrick verachtete McCandless und bezweifelte nicht, daß McCandless ihm gegenüber das gleiche empfand. Vor fünf Jahren, als Patrick seine Tätigkeit für die Morning-in-America-Show aufgenommen hatte, hatte man ihm völlige Freiheit in der Auswahl seiner Themen zugesichert. Damals war keine Rede von irgendwelchen Etatbeschränkungen gewesen. Ermittelnde Berichterstattung, wie sie ihn interessierte – Regierungsskandale, blutige Aufstände an Orten, von denen noch nie jemand gehört hatte, umstrittene wissenschaftliche Erkenntnisse, Epidemien und Seuchen, die in der Dritten Welt ihren Anfang nahmen und ihren Weg in die Erste fanden –, war nun einmal kostspielig.
Er mußte feststellen, daß seine Freiheit Stück für Stück beschnitten wurde. Seine Features wurden drastisch ge-

kürzt, und bald kam es sogar dazu, daß man die von ihm gelieferten Kommentare im Studio übersprach.
McCandless war ein Egoist; die Morning-in-America-Show war seine Domäne, und er sah in Patrick, der im Gegensatz zu ihm ein erfahrener Journalist war, einen Rivalen, einen Widersacher, den es brutal zu unterdrücken galt. Patrick hatte sich, solange er konnte, an den letzten Resten von Freiheit festgeklammert, aber schließlich hielt er es nicht länger aus.
Der Preis, den er dafür bezahlen mußte, war hoch – nicht nur was seinen Stolz betraf, sondern auch in bezug auf seine Einkünfte. Um aus dem Vertrag herauszukommen, hatte er sich verpflichten müssen, drei Jahre lang für keine andere Fernsehgesellschaft zu arbeiten. Aber Patrick wußte einfach nicht mehr weiter. Besser, so entschied er sich, mit einer praktisch insolventen Nachrichtenagentur wie der Star Press Agency zu arbeiten, als weiterhin die kleinliche Tyrannei eines Jeff McCandless zu ertragen.
Wenn es nach Patrick ginge, wollte er nie wieder etwas mit McCandless zu tun haben. In bezug auf seine Tochter konnte er das freilich nicht sagen.
In jenen ersten euphorischen Tagen bei der Morning-in-America-Show hatte Patrick sich mit einer ganzen Anzahl von Frauen eingelassen, ohne viel darüber nachzudenken. Nicht, daß er auf der Suche nach einer dauerhaften Verbindung gewesen wäre. Eine bitter umkämpfte Scheidung, die sich fast drei Jahre hingezogen hatte, ließ ihm eine neue Ehe nicht gerade erstrebenswert erscheinen. Aber das spielte jetzt keine Rolle. Eine Rolle spielte, daß er ein Star war. Die Frauen liefen ihm nach – intelligente, vitale Frauen, die selbst nicht an langen Bindungen interessiert waren. Er brauchte nicht viel mehr zu tun, als ja zu sagen. Für ihn war

es einfach. Zu einfach. Aber solange es funktionierte, sollte es ihm recht sein.

Charlotte fühlte sich aus einem anderen Grund zu ihm hingezogen. Je feindseliger ihr Vater ihm gegenüber wurde, um so liebevoller wurde sie. Sie trafen sich gelegentlich, wenn sie ihren Vater im Studio besuchte. Er entdeckte in ihr eine lebhafte Gefährtin, intelligent und talentiert, einen Menschen, der ganz offensichtlich unter nagender Unzufriedenheit litt, wie an einem chronischen Fieber. Er glaubte nicht, daß sich aus ihrer Beziehung irgend etwas entwickeln würde, war aber bereit, sich treiben zu lassen und zu sehen, was passieren würde.

Und dann wurde doch mehr daraus. Es kam für ihn deshalb völlig überraschend, es war geradezu ein Schock, als sie ihm einfach den Laufpaß gab. Er erfuhr nie, weshalb. Der mysteriöse Mann, den sie erwähnte, angeblich ein Anwalt, existierte vielleicht überhaupt nicht. Vielleicht hatte sie ihn nur erfunden, um Patrick eifersüchtig zu machen; so etwas war ihr durchaus zuzutrauen.

Zum Teil war es sicher seine Schuld, vielleicht sogar zum größeren Teil. Er war fast nie da, hatte eigentlich nur seine Storys im Kopf, selbst wenn er mit ihr zusammen war. Und man konnte sich auch nicht auf ihn verlassen. Manchmal mußten Dinnerpartys, die Monate vorausgeplant waren, in letzter Minute abgesagt werden, weil in Islamabad ein Jet entführt worden war oder weil der Secretary of State plötzlich beschlossen hatte, nach Genf zu fliegen, um sich mit seinem sowjetischen Kollegen zu treffen, und Patrick mußte natürlich dabeisein.

Aber als er dann Morning in America und zugleich auch New York verließ, wurde es noch viel schlimmer. Die häufigen Trennungen, räumlich wie auch zeitlich, und die damit verbundenen Frustrationen ließen Patrick erkennen, daß

Charlotte angefangen hatte, sich in seiner Psyche festzusetzen. Sie kam ihm in den unmöglichsten Augenblicken in den Sinn. In seinen Träumen tauchte sie mit beunruhigender Regelmäßigkeit auf. War es möglich, daß er eine Versöhnung erhofft hatte? Oder zumindest die Genugtuung, daß sie ihre Entscheidung bedauerte? Jetzt schien sie sich ihm allerdings für immer entzogen zu haben.

Und was war mit all den anderen Frauen geschehen, vor – oder auch nach – Charlotte? In seiner Erinnerung bildeten sie eine Art Komposition, eine einzige Frau mit einem verwöhnten Körper, aerobicgestählten Muskeln, auf Schönheitsfarmen erzielter Straffheit, von Wintern und tropischer Sonne gebräunter Haut. Wo waren sie alle? Eines Tages, wenn er sich nach ihnen umsah, würde er sie nicht finden. Jedenfalls riefen sie nicht an. Er war kein Star mehr; es war ganz logisch, daß sie gegangen waren. Er war ja auch gegangen.

Irgendwie hatte das Schicksal es eingerichtet, daß er von Charlotte nie die gleiche Freiheit erreichte. Vermutlich wollte er das auch gar nicht. Selbst im Tode – wobei er annahm, daß sie wirklich tot war – übte sie weiter Einfluß auf sein Leben aus, veranlaßte ihn, von Paris nach New York zu hetzen und vielleicht dabei sogar seinen Job zu verlieren. Und doch schien es da irgend etwas zu geben, das sie beide zusammendrängte. Es war unfair: so viel vergeudete Zeit, um zu einer Entscheidung zu gelangen, und dabei über den halben Erdball zu ziehen und am Ende zu der Einsicht zu gelangen, daß *sie* es war, die er liebte – nur um sie sich dann so wegnehmen zu lassen. Er fühlte sich beraubt, betrogen. Und dabei hatte er nie Gelegenheit gehabt, ihr zu sagen, daß er sie liebte, sie begehrte, bereit war, sie zu heiraten – zu den Bedingungen, die sie stellte. Das war das Schlimme daran. Aber verdammt, er würde sie finden, wo auch immer sie war, lebend oder tot.

4 Als Patrick die Suite McCandless' im Waldorf Astoria betrat, erwartete dieser, an ihm eine Veränderung wahrzunehmen – und zwar keineswegs eine zum Besseren hin. Er konnte sich einfach nicht vorstellen, daß Patrick in einem Job bei einer zweitklassigen Nachrichtenagentur Erfolg haben könnte. Aber obwohl zweieinhalb Jahre verstrichen waren, sah er überhaupt nicht verändert aus. Die Haltung seiner Schultern war noch genauso arrogant, seine Augen blickten ebenso argwöhnisch, und seine ganze Person strahlte so etwas wie Unverschämtheit aus.
Sein Haar war länger und etwas wirr und zeigte an den Schläfen das erste Grau. Wie alt war er jetzt? Dreiundvierzig, vierundvierzig vielleicht. Nicht, daß er schlecht ausgesehen hätte, aber er war auch nicht das, was man auf konventionelle Art als gutaussehend bezeichnete; die Fernsehkameras hatten ihn nie so favorisiert wie McCandless.
Patrick blieb einen Augenblick lang stehen, während McCandless aufstand und ihm die Hand hinstreckte. Patrick ergriff sie. Sie begrüßten einander – vorsichtig.
»Drink?«
Patrick nickte.
»Das Übliche?«
Patrick nickte wieder. »Bitte.«
McCandless erinnerte sich, daß Patrick gern getrunken hatte, besonders am Ende ihrer Zusammenarbeit. Er fragte sich, ob es wohl schlimmer geworden war. Er ging zur Bar, um ihm seinen Stoli zu holen. Patrick hatte ihm einmal erzählt, er hätte russisches Blut in den Adern; vielleicht erklärte das seine Neigung für Wodka. Er hatte auch irisches Blut in sich, das konnte man deutlich an seinen Gesichtszügen erkennen.
»Wie war Afrika?« frage McCandless aus einem ganz uncharakteristischen Drang heraus, höflich zu ihm zu sein.

»Seltsam.«
»Ja, das kann ich mir gut vorstellen.« McCandless schenkte sich ein alkoholfreies Bier ein. Nach dem, was mit Charlotte passiert war, hatte er Angst vor Alkohol. Er war ohnehin schon betäubt genug.
»Ich wollte Ihnen sagen, wie sehr mir das mit Charlotte leid tut.«
McCandless nahm die Beileidsbezeugung mit einem kaum wahrnehmbaren Nicken entgegen. Darüber hinaus gab es eigentlich nichts mehr zu sagen. Er hatte sich nur deshalb bereit erklärt, Patrick zu empfangen, weil er nicht gewußt hatte, wie er hätte darum herumkommen sollen.
In seinen Augen war Patrick ein höchst verdächtiger Zeitgenosse, ein potentieller Alkoholiker, ein Mensch, der beim geringsten Anlaß durchdrehen konnte. Oder auch ohne Anlaß. Es war wirklich nicht abzuschätzen, wie er reagiert hätte, wenn McCandless ihn abgewiesen, sich geweigert hätte, ihn zu empfangen. Es war durchaus möglich, daß Patrick dann irgendeine Schweinerei anstellte, etwa mit einem seiner alten Reporterkumpel in Verbindung trat – und dann würde er eines Tages die POST aufschlagen und dort irgendeine Verleumdung über sich entdecken, die besagte, daß er in Wirklichkeit gar nicht der nette, freundliche Typ war, für den ihn seine Fernsehzuschauer hielten.
McCandless hielt nicht einmal eine Story für unmöglich, in der Patrick all die schmutzigen Details seiner Beziehung zu Charlotte an die Öffentlichkeit zerrte. Und das war etwas, was er aus Respekt vor der Erinnerung an seine Tochter nicht zulassen durfte. Die anmaßende Art, mit der Patrick die Beziehung gegen den Willen von McCandless fortgesetzt hatte, hatte diesen schließlich dazu veranlaßt, zu seinem Produzenten zu gehen und den Mann feuern zu

lassen. Dazu war es nur deshalb nicht gekommen, weil Patrick wenigstens so viel Vernunft besessen hatte, vorher selbst zu kündigen.
Und jetzt war er wieder da, und McCandless fiel es verdammt schwer, höflich zu ihm zu sein. Warum verschwand er eigentlich nicht, nachdem er kondoliert hatte? Was wollte er sonst noch von ihm?
»Wann haben Sie Ihre Tochter das letzte Mal gesehen?« fragte Patrick.
»Vor zwei Wochen«, sagte McCandless. »Gleich nachdem das Baby zur Welt gekommen war.«
»Das Baby?«
Das gefiel McCandless. Der große Reporter wußte von nichts. »Und ich dachte, Sie wüßten Bescheid. Es ist ein Mädchen«, sagte er. »Ich habe doch angenommen, Sie und Charlotte hätten miteinander in Verbindung gestanden.«
Damit hatte er Patrick sichtlich geärgert. Er schwieg eine Weile und sagte dann: »Nein, wir hatten schon einige Zeit keine Verbindung mehr.«
»Aha.« Nun, zumindest das war befriedigend.
»Wer –?«
»Ist der Vater? Charlotte hat mir gesagt, es sei ein Rechtsanwalt, mit dem sie schon längere Zeit zusammen war. Aber ich glaube, es gibt keinen Anlaß, Ihnen den Namen zu verraten, oder? Ich habe ihn ausfindig gemacht, ihn aber nicht davon verständigt, daß er Vater geworden ist.« Er zögerte und fügte dann hinzu: »Ich weiß nicht, ob das sinnvoll wäre. Sie wissen besser als ich, daß Charlotte recht eigensinnig sein konnte. Sie hatte für sich entschieden, daß sie ein Kind haben wollte, aber die Vorstellung, auch einen Vater dafür zu bekommen, gefiel ihr gar nicht. Soweit ich weiß, hat sie ...«

Einen Augenblick lang vergaß er, daß Patrick ihm gegenübersaß. Da war all diese aufgestaute Wut über seine Tochter, und die erstickte ihn fast.

»Offensichtlich hat sie diesen Anwalt verführt, ohne daß er überhaupt mitbekam, welche Absicht sie damit verfolgte. Es soll ja heutzutage häufiger vorkommen, daß Frauen so etwas tun.«

»Sie haben darüber einmal ein Feature gemacht, erinnere ich mich«, meinte Patrick.

»Ah ja, stimmt.«

»Aber was hat das mit Charlottes Verschwinden zu tun?« McCandless fiel auf, daß Patrick das Wort Tod nicht verwendete.

»Nun, sehen Sie, Charlotte hatte zu Spezialisten für Geburtshilfe ebensowenig Vertrauen wie zu allen übrigen Männern.« Wieder ein Stich für den Mann, der ihm gegenübersaß. »Als ich mit ihrer Freundin Julianne sprach, sagte sie mir, Charlotte würde zu einer Hebamme gehen. Anscheinend war Julianne eines Tages zu Besuch, als sie diese Frau sah –«

»Eine Hebamme?«

»Ja, ob Sie es glauben oder nicht, eine Hebamme. Allem Anschein nach hat sie Charlotte auf der Toilette untersucht. Auf der Toilette, das muß man sich vorstellen! Sie hat sich nicht einmal die Mühe gemacht, Handschuhe anzuziehen.« Er schüttelte indigniert den Kopf; er konnte nicht recht begreifen, daß seine Tochter, auf deren Intelligenz er einmal so große Stücke gehalten hatte, etwas so Unvernünftiges tat. Andererseits, was war schon zu erwarten, wenn man bedachte, welchen Geschmack sie bei Männern an den Tag legte?

»Und Sie glauben, die Hebamme sei schuld? Was hat das Krankenhaus gesagt?«

»Man hat dort keine schlüssige Diagnose gestellt. Sie hatten weder die Zeit noch das Personal – oder so –, um all die Tests zu machen, die notwendig gewesen wären. Es könnte eine Infektion gewesen sein oder eine Embolie oder auch etwas völlig anderes. Jedenfalls, wenn ich diese Frau zwischen die Finger bekäme, ich würde sie erwürgen.«
»Aber das hilft uns nicht dabei, Charlotte zu finden, oder?«
»Nein, das nicht.«
»Haben Sie in den letzten achtundvierzig Stunden sonst noch etwas in Erfahrung gebracht – etwas, das nicht in der Zeitung stand?«
»Das da haben Sie gesehen, oder?« Er reichte ihm die Frühausgabe der POST mit der dicken Schlagzeile KRANKENHAUSUNTERSUCHUNG WEITET SICH AUS.
Patrick nickte. »Und die Berichte in der TIMES und in den NEWS und auf Kanal 4 gestern abend, und dann natürlich Ihre Show heute morgen.«
»Dann wissen Sie so ziemlich alles, was es zu wissen gibt. Aber wir werden herausfinden, was geschehen ist, das können Sie mir glauben. Ich habe zu sämtlichen Behörden in der Stadt Verbindung aufgenommen – das FBI ist auch eingeschaltet. Inoffiziell.«
»Auf welcher Basis?«
»Mögliche Entführung.«
»Verstehe. Und was ist mit den Ärzten, die sie betreut haben?«
»Der erste war irgendein dämlicher Assistent, er heißt Richard Markel. Meine Leute suchen gerade nach ihm. Sie können sich vorstellen, daß das Krankenhauspersonal ziemlich verstört herumläuft. Ich habe bereits von deren Anwälten gehört: Sie versuchen irgendeine außergerichtliche Regelung zustande zu bringen. Aber darauf pfeife ich,

ich will meine Tochter zurückhaben. Selbst wenn es nur wäre, um sie zu begraben. Und ich werde sie finden, ohne Frage.«

»Ich möchte helfen.«

»Wie bitte?«

»Ich sagte, ich möchte helfen.«

»Sie können mir helfen, indem Sie sich da heraushalten.«

»Hören Sie, Jeff, ich habe Verbindungen. Erinnern Sie sich an diese Story über die Hospital Corporation, die ich vor ein paar Jahren für Sie recherchiert habe?«

So ungern McCandless das zugab, die Story war ausgezeichnet gewesen. Eine ganze Woche lang hatte sie sich hingezogen. Eine Story über Korruption und menschliche Habgier, und Millionen von Menschen hatten sie sich beim Frühstück angesehen.

»Ich habe damals eine Menge Kontakte aufgebaut, ich kenne Leute im Downtown Hospital, die lieber mit mir als den Bullen reden. Oder dem FBI. Ich hab' da ein paar Leuten Gefälligkeiten erwiesen, auf die ich mich jetzt berufen kann.«

McCandless konnte es einfach nicht glauben. Zuerst drängte sich der Kerl in das Leben seiner Tochter und machte ihr das Leben zur Hölle, und jetzt wollte er noch Kapital aus ihrem Tod schlagen. Aber er zwang sich zur Mäßigung. »Sie scheinen zu vergessen, Patrick, daß Sie nicht mehr für uns tätig sind. Sie arbeiten für irgendeine armselige Nachrichtenagentur, die bald Pleite machen wird. Wenn die wollen, daß Sie eine Story an Land ziehen, dann tun Sie das, aber ich möchte nicht, daß ich darin zitiert werde. Dieses ganze Gespräch ist vertraulich und nicht zur Veröffentlichung bestimmt.«

»Ich rede nicht von einer Story. Wenn es eine gibt, werde ich mich darum bemühen. Ich rede jetzt über Charlotte,

Ihre Tochter. Ich biete an, Ihnen zu helfen, um sie zu finden.«

McCandless stand auf. Zorn baute sich in ihm auf, und er wußte nicht, wie lange er noch würde an sich halten können. »Ich habe Ihnen schon gesagt, daß ich Ihre Hilfe nicht will. Ich habe meine Leute wissen lassen – darunter auch den Polizeipräsidenten –, daß ich, wenn Sie Ihre Nase auch nur einen Millimeter in die Ermittlungen hineinstecken, dafür sorgen werde, daß Sie in dieser Stadt keinen Boden mehr unter die Füße bekommen werden. Ich denke, Sie kennen mich gut genug, um sich darüber klar zu sein, daß ich das auch durchsetzen kann.«

»Ich kenne Sie« war alles, was Patrick sagte. Und dann ging er ohne ein weiteres Wort hinaus.

5

Drei Tage später stand Patrick in einer überfüllten Bar, deren Gäste zur Hälfte weiße Uniformen trugen. Das war nicht weiter verwunderlich; es waren Ärzte, Krankenschwestern, Pfleger und Fahrer von Krankenwagen, und alle schütteten Bier und schlechten Weißwein in sich hinein, um damit all das Leid hinunterzuspülen, das sie zwei Straßen entfernt im Manhattan-Downtown-Krankenhaus mit ansehen mußten.

Die Frau, die ihm gegenübersaß, hatte irgend etwas an sich, das Patrick an Charlotte erinnerte, ob es nun ihre ausdrucksvollen Augen oder ihre etwas kokette Art war. Sie war eine der Informationsquellen, an die er sich herangemacht hatte, nachdem er die Berichte in den Nachrichten studiert und mit einigen seiner alten Freunde im Rathaus gesprochen hatte. Bis jetzt hatte McCandless nichts unternommen, um ihn daran zu hindern, aber vermutlich war er auch mit anderen Dingen beschäftigt.

Jedenfalls hatten McCandless' Drohungen Patrick nicht abschrecken können. Es war naiv gewesen anzunehmen, eine solche Tragödie hätte aus McCandless einen anderen Menschen gemacht. Aber die schroffe Zurückweisung hatte Patrick eher noch in dem Entschluß bestärkt, sich von seinem Vorhaben nicht abbringen zu lassen. Irgend jemand mußte McCandless doch klarmachen, daß die Welt kein andauerndes Footballspiel war. Es gab andere Regeln, andere Spiele, die er nie zu spielen gelernt hatte. Aber Patrick wußte auch, daß McCandless nie die Anerkennung für ihn aufbringen würde, die er verdiente, und wenn er sich auch als noch so guter Reporter erwies, jetzt oder in der Zukunft.

Charlotte zu finden stand für Patrick auf einem ganz anderen Blatt – in gewisser Weise würde das seine Rache an diesem Mann sein.

Aber Phantasievorstellungen von Rache und Vergeltung, so tröstend sie auch sein mochten, waren nicht alles. Was er wirklich wollte – mehr als alles andere –, war Charlotte. Die Story zählte nur ihretwegen; es McCandless zu zeigen hatte nur ihretwegen Bedeutung. Es tat ihm leid um alles, was er ihr gegenüber nicht ausgesprochen hatte, die viele Zeit, die er vergeudet hatte. Die Suche nach Charlotte war letzten Endes nur eine Chance, all das nachzuholen.

Von den neun Leuten, die er bis jetzt über Charlottes Verschwinden befragt hatte, hatte sich diese Frau, die ihm gegenübersaß und die Charlotte so ähnelte, am bereitwilligsten auf das Gespräch eingelassen. Sie hieß Cody.

Zuerst war sie ihm eher zurückhaltend und scheu vorgekommen, wie jemand, der nie ein Risiko auf sich nehmen würde. Aber das war, ehe er mit ihr diese Bar betreten hatte. Jetzt, da sie genügend Scotch intus hatte, ließ sie eine ganz andere Seite ihrer Persönlichkeit erkennen – eine viel interessantere. Das einzige Problem war, sie dazu zu bewegen, beim Thema zu bleiben. »Huuh«, sagte sie, und dabei spielte ein schiefes Lächeln um ihre Lippen, »dieses Zeug fängt an zu wirken.« Sie fixierte ihn mit großen Augen und sagte: »Wissen Sie, für einen Reporter sehen Sie gar nicht so übel aus. Ich dachte immer, Reporter müssen ausgebrannt und ausgemergelt wirken. Aber Sie sind bloß von der Sonne verbrannt.«

»Das passiert einem eben in Afrika.«

»Afrika? Sie waren in Afrika?« Wieder ein langer Schluck von dem Scotch Sour. War das jetzt ihr vierter? Ihr fünfter? Wenn sie so weitermachte, würde sie ihn noch unter den Tisch trinken.

»Ja, aber kommen wir doch wieder zu unserem Thema.« Sie blickte ihn plötzlich ganz verdutzt an, als hätte sie keine Ahnung, was er meinte.

»Ach ja, das.« Jetzt dämmerte es ihr. »Also, der Mann, mit dem Sie hätten reden müssen, ist Markel.«

»Der Assistenzarzt, der Charlotte behandelt hat?«

»Na, dann wissen Sie ja Bescheid.«

»Ich weiß nicht mehr, als daß er der erste war, der sie behandelt hat, als sie in die Notaufnahme eingeliefert wurde.«

»Ich bin sicher, daß sie gestorben ist, weil er Mist gebaut hat.«

»Wie meinen Sie das?«

»Er hat die Symptome nicht erkannt, Antibiotika erst eingesetzt, als es zu spät war. Und koagulationshemmende Mittel hat er gar nicht erst benutzt. Das wird eine richtige Horrorschau. Wäre ja nicht seine erste Fehldiagnose!«

»Ich verstehe. Aber als Charlotte auf die Intensivstation verlegt wurde, war Markel doch nicht mehr für sie verantwortlich, oder?«

»Ja, das stimmt wohl«, räumte sie ein.

»Ich versuche etwas über den Zeitraum zwischen ihrer Entfernung aus der Intensivstation und dem Verlassen des Krankenhauses herauszufinden.«

»Nun«, meinte Cody, »das wollen alle herausfinden, nicht wahr? Glauben Sie mir, wenn ich es wüßte, würde ich es Ihnen sagen. Aber ich weiß es nicht.«

»Das glaube ich Ihnen.« Er konnte ja schließlich nicht damit rechnen, daß ihm die Story in den Schoß fiel.

»Aber an Ihrer Stelle würde ich versuchen, Markel zu finden. Ich habe das Gefühl ...«

»Was für ein Gefühl?«

»Oh, ich weiß nicht. Einfach ein Gefühl.«

»Hat Markel jetzt Dienst?«

»Das ist es ja, er arbeitet nicht mehr fürs Downtown. Er ist vor ein paar Tagen weggegangen.«

»Weggegangen? Wohin denn?«

»Gute Frage, ich weiß es nicht. Ich habe eine Freundin, die es wissen könnte. Ich könnte ja versuchen, es von ihr zu erfahren.«

»Sie sagen, er hätte sich aus dem Downtown versetzen lassen?«

»Ich weiß nicht, ob man ihn versetzt hat oder ob er einfach untergetaucht ist. Aber ich bin sicher: Wenn er nicht freiwillig gegangen ist, hat es ihm das Krankenhaus nahegelegt.«

»Und Sie meinen, Markel könnte etwas mit Charlottes Verschwinden zu tun haben?«

»Das habe ich nicht behauptet. Aber wissen Sie, daß er einfach so abgehauen ist, das macht einen doch nachdenklich.« Sie warf ihm einen rätselhaften Blick zu. »He, sagen Sie mal –«

»Was denn?«

»Haben Sie diese McCandless gekannt – ich meine, persönlich? So, wie Sie von ihr reden, hab' ich das Gefühl, daß es so ist.«
Er zögerte nur kurz, dann sagte er: »Nein, ich bin ihr nie im Leben begegnet.«

Markels Adresse war nicht schwer zu beschaffen; er stand im Telefonbuch. Er wohnte in einem anonymen Medizinerheim, ein paar Straßen vom Krankenhaus entfernt. Als Patrick sich dort am Empfang nach ihm erkundigte, wußte der Pförtner allerdings überhaupt nichts. Markel war einer von Hunderten, die dort einquartiert waren; ihm sagte der Name nichts. Er schlug in seinem Buch nach, und als auch dort nichts zu finden war, sah er in einem zweiten nach.
»Na also, da ist er ja«, sagte er. »Markel, Richard. Daß ich ihn nicht gleich gefunden habe, kann nur heißen, daß er nicht mehr hier wohnt.«
»Er ist ausgezogen?«
»Scheint so.«
»Haben Sie eine Nachsendeadresse?«
»Hier ist keine angegeben.«
»Gibt es irgendeine Möglichkeit für mich, herauszufinden, ob er eine Nachsendeadresse hinterlassen hat?«
»Nicht daß ich wüßte, Sir. Tut mir leid.«
Es wurde immer offenkundiger, daß Markel es irgendwie geschafft hatte, in aller Eile aus der Stadt zu verschwinden. In Anbetracht der geringen Meinung, die Cody von seiner Intelligenz hatte, bezweifelte Patrick, ob er das allein geschafft hatte. So etwas erforderte einige Planung und auch Geld. Vermutlich hatte ihm jemand geholfen. Patrick rief Cody an.
»Sie erwähnten neulich, Sie hätten eine Freundin, die

vielleicht weiß, wie man mit Markel in Verbindung treten kann. Ich allein kann ihn nicht finden.«
Cody war diesmal nüchterner als bei ihrem letzten Gespräch und zögerte; mangels entsprechenden Alkoholpegels reagierte sie nicht ganz so spontan. »Lassen Sie mich mit ihr reden, dann ruf' ich Sie wieder an«, erklärte sie. Abrupt beendete sie das Telefonat, was nicht gerade ein gutes Omen zu sein schien.

Patrick war sich jetzt klar darüber, daß seine Suche nach Charlotte wohl einige Zeit in Anspruch nehmen würde; er zog deshalb in ein möbliertes Einzimmer-Apartment, das einem häufig abwesenden Freund gehörte. Die Wohnung befand sich in einem neuen Hochhaus in der Innenstadt an einer lauten Durchgangsstraße. Das Haus war nur zur Hälfte vermietet. Tagsüber waren Arbeiter unter erstaunlichem Lärmaufwand damit beschäftigt, neue Eigentumswohnungen einzurichten, nachts herrschte in den Korridoren bedrückende Stille. Das Beste an dem Apartment war der Ausblick – er konnte die Madison Avenue fast bis zum Central Park hinaufsehen. Sobald die Dunkelheit hereinbrach, leuchteten die Straßen im Schein der gerade installierten Weihnachtsbeleuchtung; ein Anblick, der Patrick etwas melancholisch stimmte, da er niemanden hatte, mit dem er ihn teilen konnte. Dieser ganze Bau drängte einen geradezu, Beziehung zu der Welt draußen zu suchen. In der Nähe gab es ein McDonald's und ein ziemlich schlechtes chinesisches Restaurant, aber sonst kein Leben. Ein Zuhause würde das nie sein. Das, was einem Zuhause für ihn am nächsten kam, war eine enge Wohnung in Paris, und er hatte keine Ahnung, wann er sie je wieder sehen würde. Er fühlte sich losgelöst, entwurzelt, aber wahrscheinlich gab es in den Straßen dort unten noch unzählige Menschen, die

genau das gleiche empfanden. In mancher Hinsicht war diese Stadt wie für sie gemacht.
Zu seiner Überraschung rief Cody zurück und erklärte, daß sie kein Telefon im Krankenhaus benutzen wollte. »Sagen Sie ruhig, daß ich einen Verfolgungswahn habe. Aber Sie können sich nicht vorstellen, wie es hier ist, seit diese McCandless-Geschichte passiert ist. Der ganze Bau wimmelt von Ermittlern – Leute von der Staatlichen Gesundheitsbehörde, vom Ärzteausschuß. Es heißt, daß sich sogar die Staatsanwaltschaft einschalten will. Wissen Sie, wenn Charlotte eine Schwarze oder eine Puertoricanerin wäre, dann würde alles das nicht passieren, nicht wahr?«
»Das weiß ich auch. Aber so ist das eben.«
»Nun, ich habe jedenfalls mit meiner Freundin Betsy gesprochen. Sie arbeitet auf der Intensivstation und hat eine Scheißangst.«
»Warum?«
»Weil sie dort war, als Charlotte eingeliefert wurde. Die suchen einen Sündenbock, und sie bildet sich ein, daß sie dafür in Frage käme. Sie sagt, sie hätte keine Lust, für einen anderen den Kopf hinzuhalten.«
»Und sie weiß, was mit Markel passiert ist?«
»Da bin ich nicht ganz sicher, wir hatten nicht viel Zeit zum Reden. Aber hier im Downtown war sie wohl Markels beste Freundin. Ich glaube, das Arschloch hat ihr leid getan.«
»Und sie ist bereit, mit mir zu reden? Offiziell?«
»Mhm. Die Sache hat nur einen Haken.«
Alles hatte immer einen Haken, mindestens einen. »Und der wäre?«
»Sie meint, wenn das herauskommt, wird sie nie wieder einen Job als Schwester bekommen, nirgends in dieser Stadt.«
»Sie möchte also Geld für ihre Story haben?«

»Sie haben's erraten.«
Patrick hatte nie viel vom Scheckbuchjournalismus gehalten, obwohl ihm klar war, daß es manchmal nicht anders ging. »Wieviel verlangt sie denn?«
Cody atmete tief durch. »Zwanzigtausend Dollar.«
»Zwanzigtausend?« Patrick lachte. Das war eine verrückte Summe. »Sie können ihr sagen, daß niemand so viel springen läßt – zumal wenn sich nicht sagen läßt, ob ihre Informationen überhaupt von Wert sind.«
»Ich hab' mir schon gedacht, daß Sie das sagen würden. Ich hab' ihr gesagt, daß ihre Forderung übertrieben ist. Was würden Sie denn als realistischen Betrag vorschlagen?«
»Fünftausend – und das ist schon viel.« Besonders, da der Betrag aus seiner eigenen Tasche kommen würde.
»Nun, lassen Sie mich mit ihr reden, dann melde ich mich wieder.«
Nach zwei Stunden sagte Cody, ihre Freundin hätte es sich überlegt und sei mit fünftausend einverstanden. Sie verabredeten sich für den nächsten Morgen in Codys Wohnung.

6

»Wie finden Sie das – neunhundert Dollar pro Monat für dieses miese Loch!« sagte Cody, als Patrick eintraf. »Aber einen Vorteil hat es. Sehen Sie mal dort drüben auf der anderen Straßenseite.«
Sie zeigte auf einen rotgestrichenen Eingang ohne Namensschild. Ein Mann stand davor, die Hände tief in den Taschen vergraben und sichtlich in Gedanken versunken.
»Was ist damit?«
»Das ist unser hiesiger Nobelklub.«
»Mafia?«
»Erraten. Er wird vierundzwanzig Stunden täglich von ei-

nem solchen Typen wie dem da bewacht. Das hat zur Folge, daß keiner sich trauen würde, in dieses Gebäude einzubrechen. Leute, die das tun, nehmen hier ein schlimmes Ende: Man wirft sie vom Dach. Ist schon mal passiert, das können Sie mir glauben.«

»Wo ist Ihre Freundin?«

»Betsy? Keine Sorge, die kommt in ein paar Minuten. Sie hat angerufen und gesagt, sie würde sich ein wenig verspäten. Möchten Sie inzwischen eine Tasse Kaffee?«

Da Patrick bereits fünf Tassen konsumiert hatte, verzichtete er.

Cody wollte wissen, ob er das Geld mitgebracht hatte.

»Ich hab' einen Scheck.«

»Betsy hatte wohl Bargeld erwartet.«

Laute Schritte in dem engen Treppenhaus kündigten Betsy Riopelles Kommen schon an, bevor sie die Tür erreicht hatte. Sie war eine solide wirkende, füllige Frau, die bereits zu ergrauen begann, obwohl sie erst Anfang Dreißig und nur wenige Jahre älter als Cody war. Sie hatte etwas Mütterlich-Zupackendes an sich, das wahrscheinlich auf ihre Patienten vertrauenerweckend wirkte.

Sie begrüßte Patrick mit einem kräftigen Händedruck. Von Cody nahm sie eine Tasse Kaffee und Feuer für ihre Mentholzigarette entgegen. »Ich weiß, daß ich eigentlich nicht rauchen sollte«, sagte sie, als müßte sie Patrick etwas erklären. »Aber ich kann es mir einfach nicht abgewöhnen.«

Nachdem sie sich schnell überzeugt hatte, daß der Scheck auf den richtigen Betrag ausgestellt war, wühlte sie in ihrer voluminösen schwarzen Brieftasche, bis sie schließlich ein Blatt Papier fand, das sie Patrick überreichte. »Wir nennen so etwas einen Türbogen«, sagte sie. »Wir befestigen ihn an der Tür vor dem Zimmer eines jeden Patienten.«

»Und dies war der Türbogen für Charlotte McCandless?«
»Richtig.«
Der Türbogen enthielt eine Zusammenfassung von Symptomen und der Gründe, weshalb die Patientin eingeliefert worden war, sowie eine Beschreibung ihres Zustands. Die Angaben hatte Betsy Riopelle mit ihrer Unterschrift bestätigt. Dort, wo stand: *An Arzt überwiesen*, war der Name Dr. Bruce Quint hingeschrieben worden.
»Wer ist Bruce Quint? Warum habe ich noch nichts von ihm gehört? Kein Mensch hat ihn erwähnt. Ist das der Arzt, dem Charlotte zugeteilt wurde, als man sie auf die Intensivstation gebracht hat?«
»Theoretisch ja, aber praktisch nein«, erklärte Betsy. »Sehen Sie, ich habe das überprüft. Dr. Quint war in dieser Nacht gar nicht anwesend. Jemand hat seine Schicht übernommen. Ich hab' mit Quint gesprochen – er behauptet, er weiß nicht, wer das gewesen sein könnte oder warum sein Name auf dem Türbogen steht.«
»Ich nehme an, daß so etwas ziemlich ungewöhnlich ist.«
»Höchst inkorrekt«, pflichtete Betsy bei.
»Wer hat sich denn um Miss McCandless gekümmert, bevor sie verschwand?«
»Ich weiß es nicht. Am nächsten Tag habe ich Richard gefragt, ob er wüßte, wer der Arzt war, dem man sie zugeteilt hat. Er sagte, er hätte keine Ahnung. Er selbst war jedenfalls nicht mehr für sie verantwortlich.«
»Wirkte er mitgenommen? Nervös oder so etwas?«
»Oh, und ob der nervös war. Ich habe ihn gefragt, ob er beunruhigt sei, weil das Folgen für ihn haben könnte. Wir hatten ja inzwischen herausgefunden, wer Charlottes Vater war. Niemand konnte begreifen, wie sie einfach so hatte verschwinden können. Man hoffte, daß sie vielleicht aus eigener Kraft weggegangen sei, aber wir wußten, daß das

unmöglich war. Sie war ja nicht bei Bewußtsein, wie hätte sie also einfach weggehen können?«

»Dann hat Richard Ihnen also gesagt, daß er das Krankenhaus verlassen würde – ich meine, seine Stelle aufgeben?«

»Sehen Sie, das war ja das Seltsame. Er sagte mir, was auch immer geschehen würde, ihm könne nichts passieren. Er hat das nicht ausdrücklich gesagt, aber jedenfalls hat er angedeutet, daß er sich so lange nicht im Downtown blikken lassen würde, bis alles sich beruhigt hätte, und daß er sich auch keine Sorgen zu machen brauche. Er sagte, er hätte einen Rabbi.«

»Einen Rabbi?«

»Nun, Sie wissen schon, jemand, der sich um ihn kümmert.«

»Hat er erwähnt, wer dieser Rabbi ist?«

»Nicht ausdrücklich, aber ich hab' es aus ihm herausgekitzelt. Es ist ein ehemaliger Professor aus seiner Studienzeit, Jack Cadmus heißt der Typ. Richard hat manchmal von ihm gesprochen. Er hat ihn sehr bewundert, für ihn war er so etwas wie ein höheres Wesen.«

»Arbeitet dieser Cadmus im Downtown?«

»Nein, im St. Rafael's.«

»Wie kann ihn denn jemand, der in einem anderen Krankenhaus tätig ist, in einem solchen Fall schützen?«

»Keine Ahnung. Ich glaube, Richard wußte das auch nicht. Aber er hat diesem Burschen restlos vertraut. Wahrscheinlich hat er angenommen, daß Cadmus die nötigen Verbindungen hat. Ich hatte es eilig, also war da keine Gelegenheit, mehr herauszufinden. Und von da an hab' ich Richard nicht mehr gesehen.«

»Haben Sie eine Ahnung, was aus ihm geworden ist?«

»Ein Assistenzarzt – Bill Segal heißt er und wohnt in seinem

Haus – sagt, er hätte Richard ausziehen sehen. Richard hat ihm erklärt, er hätte ein Stipendium an irgendeinem Krankenhaus an der Westküste bekommen, aber davon weiß ich nichts. Für mich klingt das ziemlich seltsam.«

»Als ob irgend jemand diesem Arschloch ein Stipendium geben würde«, warf Cody ein.

Patrick überlegte, ob er jetzt wirklich wesentlich mehr wußte als vor dem Gespräch mit Betsy – und kam zu dem Schluß, daß er gerade fünftausend Dollar falsch investiert hatte.

»Waren Sie auf der Intensivstation, als Charlotte abgeholt wurde?«

Betsy nickte. »Aber sie war nicht meine Patientin.« Damit wollte sie wohl betonen, daß man sie in keiner Weise für das, was geschehen war, verantwortlich machen könne. »Ich hatte selbst vier Patienten, auf die ich aufpassen mußte. Auf der Intensivstation ist das eine ganze Menge.«

»Ich weiß, ich hab' selbst gesehen, was dort los ist.«

»Mir war kaum bewußt, daß sie da war. Aber die Anweisung, sie zu verlegen, habe ich gesehen.«

»Stand in der Anweisung, wohin sie gebracht werden sollte?«

»Vielleicht, aber ich erinnere mich nicht.«

»Trug sie die Unterschrift von Dr. Quint?«

Betsy lächelte und nickte. Da ist ein höchst seltsames Spiel gelaufen, schien sie sagen zu wollen, ein Spiel, dessen Regeln, so geheimnisvoll sie auch sein mochten, zu durchschauen waren.

»Wann ungefähr war das?«

»Oh, ich würde sagen, kurz nach sieben, kurz bevor mein Dienst zu Ende war und ehe Dr. Quint anfangen sollte. Deshalb erinnere ich mich auch noch daran. Ich dachte, wie zum Teufel kann er eine Anweisung ausschreiben, wenn er noch gar nicht im Hause ist?«

»Haben Sie das der Polizei oder irgend jemandem sonst gesagt?«
Sie schüttelte den Kopf. »Hat mich ja niemand gefragt. Ich habe nur gesagt, daß sie nicht meine Patientin war und ich nichts über sie weiß. Dann haben sie mich in Ruhe gelassen. Jetzt habe ich allerdings das Gefühl, daß es da noch einigen Ärger geben wird.« Sie warf Cody einen Blick zu und sagte: »Ich suche mir einen anderen Job. Das tun jetzt in Downtown eine ganze Menge von uns.«
»Aber hat das Krankenhaus denn nicht die Geschichte verbreitet, Charlotte sei bereits gehirntot gewesen, als sie die Intensivstation verließ? Hat man denn nicht die Lebenserhaltungssysteme abgeschaltet? So habe ich das zumindest gelesen.«
»Nun, ich habe mich am nächsten Tag, nachdem das alles hochgegangen war, erkundigt«, sagte Betsy. »Die offizielle Version, die Sie von jedem in der Intensivstation hören, ist, daß man sie vom Atemgerät abgekoppelt hat. Sie können sich ja denken, warum man diesen Eindruck erwecken will. Auf diese Art und Weise sucht man nur nach einer *Leiche.*«
»Wollen Sie damit sagen, daß sie vielleicht gar nicht gehirntot war?«
»Haben Sie von diesem Kaltkalorientest gehört, den man für sie veranlaßt hatte?«
»Um festzustellen, ob noch eine Gehirnfunktion da war, meinen Sie?« Patrick erinnerte sich noch an so einiges aus seiner medizinischen Ausbildung.
»Ich habe, einfach weil's mich interessiert hat, herauszufinden versucht, was aus dem Test geworden ist, verstehen Sie?«
»Und?«
»War nicht möglich. Niemand scheint zu wissen, ob der Test

überhaupt durchgeführt wurde oder nicht. Und wenn man ihn durchgeführt hat, mit welchem Ergebnis. Aber wenn Sie etwas wissen wollen – ich habe sie gesehen, als man sie aus dem Bett geholt hat.«

»Nachdem man die Atemschläuche abgesetzt hatte?«

»Genau. Ich konnte nur einen kurzen Blick auf sie werfen. Als ich wieder hinsah, war ihr Bett leer.«

»Und sie hat noch gelebt?«

»Verdammt, ja, sie hat gelebt. Nach dem, was ich sehen konnte, kam sie gerade wieder zu sich. Diese Frau war genausowenig gehirntot wie Sie oder ich.«

7

Was Betsy Riopelle ihm berichtet hatte, verlieh im Auftrieb, mehr Auftrieb vielleicht, als ihre Darstellung tatsächlich rechtfertigte, und Patrick überlegte daher, ob er McCandless anrufen oder ihm eine kurze Nachricht schicken sollte. Er empfand immer noch gewisse Sympathie für den Mann; schließlich hatten sie beide den gleichen Verlust erlitten, und er wollte McCandless daher an seiner Hoffnung teilhaben lassen. Dann entschied er sich dagegen. Bis jetzt hatte McCandless ihn in Frieden gelassen. Warum also das Risiko eingehen, ihn noch mehr gegen sich aufzubringen?

Es gab natürlich keinerlei Beweise, daß Betsy sich in ihrer Annahme nicht geirrt hatte, Charlotte habe noch gelebt, als man sie aus der Intensivstation holte, jedenfalls ganz sicher keine Beweise dafür, daß sie nicht gehirntot war, wie die Krankenhausverwaltung nach wie vor behauptete (als wäre das das Entscheidende und nicht etwa ihr Verschwinden). Und noch wesentlicher war, daß Patrick keine Beweise dafür hatte, daß sie, selbst wenn sie das Martyrium im Manhattan Downtown überlebt hatte, jetzt immer noch am

Leben war. Aber für den Augenblick genügte ihm dieser schwache Hoffnungsschimmer, um sich gründlich zu betrinken.
Und während er mit einigem Enthusiasmus daranging, diese Absicht in die Tat umzusetzen, überdachte er, was er bis jetzt in Erfahrung gebracht hatte. Es gab deutliche Hinweise auf Unfähigkeit und Fehlverhalten, es war aber keineswegs sicher, ob ein Gericht zu dem Schluß gelangen würde, daß tatsächlich eine strafbare Handlung vorlag – jedenfalls im Augenblick noch nicht, nicht mit den wenigen Anhaltspunkten, die er hatte.
Nehmen wir einmal an, daß ein Verbrechen vorliegt, überlegte Patrick. Nun, in dem Fall mußte es stufenweise begangen worden sein, in kleinen Schritten und von mehreren Komplizen. Und auf was lief das hinaus? Entweder hatte er schon zuviel Stoli intus oder noch nicht genug, jedenfalls wollte sich keine plausible Antwort einstellen.
Zweite Frage: Wenn man von einem Verbrechen ausging, wer war dafür verantwortlich? Richard Markel? Der rätselhafte Dr. Quint, der sich am Telefon verleugnen ließ? Oder vielleicht eine der Schwestern auf der Intensivstation, die aus ihrer Überlastung heraus den ganzen Zwischenfall inszeniert hatte, um das Krankenhaus in Schwierigkeiten zu bringen?
Sein aussichtsreichster Kandidat war jedenfalls dieser Jack Cadmus. Im Augenblick war er zwar nur ein Name, aber Patrick hoffte, daß es ihm gelingen würde, ihn ans Licht zu befördern und herauszufinden, welche Rolle er bei dem Verschwinden von Charlotte gespielt hatte.
Dann kam ihm eine Idee. Er rief das Krankenhaus an, um zu erfahren, ob in der Zeit unmittelbar nach Charlottes Verschwinden eine Ambulanz vom Downtown losgeschickt worden war. Wie sonst könnte man eine bettlägerige Patien-

tin transportieren? Er hoffte, daß es eine Aufzeichnung geben würde, die besagte, daß eine Ambulanz zum St.-Rafael's-Krankenhaus geschickt worden war. Das würde die Cadmus-Verbindung beweisen.

Selbstverständlich wurden Aufzeichnungen geführt, und aus diesen ging hervor, daß an jenem Morgen in den Frühstunden drei Ambulanzen weggeschickt worden waren: eine um 5.18 Uhr, eine um 6.34 Uhr und eine um 6.58 Uhr. In jedem einzelnen Fall war die Ambulanz auf einen Notruf hin ausgeschickt worden: ein Herzanfall, eine Schußverletzung und ein epileptischer Anfall. Es gab keinen Vermerk über eine Ambulanz, die eine Patientin *vom* Krankenhaus irgendwohin bringen sollte.

Nun, dachte Patrick, damit war er in einer Sackgasse. Er beschloß, sich zu erkundigen, ob möglicherweise andere Dienstfahrzeuge eingesetzt worden sein könnten, um Patienten um diese Stunde aus dem Krankenhaus wegzutransportieren. Er dachte an irgendwelche Spezialfahrzeuge, wie man sie gelegentlich für Schwerstbehinderte einsetzte.

Doch die Antwort darauf war ein eindeutiges Nein. »Das einzige Fahrzeug, das während der von Ihnen erwähnten Zeitspanne etwas vom Downtown abgeholt hat, war ein Lieferwagen der New Yorker Krankenhausverwaltung, aber ich glaube nicht, daß Sie das interessieren könnte«, meinte der Verwaltungsangestellte.

»Warum nicht?«

»Weil dieser Lieferwagen nur kommt, um Leichen abzuholen – Leichen, auf die niemand Anspruch erhebt.«

Patrick wurde sehr nachdenklich.

Das St.-Rafael's-Hospital, ein wuchtiger grauer Ziegelbau, nahm fast einen ganzen Block an der Tenth Avenue im Bereich der Vierzigsten Straße ein. Für viele seiner Patienten – von denen die meisten an einer Vielzahl von Gebrechen litten, wie sie in den untersten Bevölkerungsschichten häufig sind: Drogensucht, Alkoholismus, AIDS, Tuberkulose, Unterernährung, Gonorrhoe und einer erschütternden Vielfalt mentaler Erkrankungen – war seine Lage am Rande des Times Square recht günstig. Das Krankenhaus war in hohem Maße von öffentlichen und Kirchenspenden für die Versorgung dieser Wohlfahrtspatienten abhängig. Obwohl hier sicher so manches Leiden kuriert wurde – vielleicht wurden sogar Wunder vollbracht –, war das Gefühl, das Patrick beschlich, als er in die muffige, übelriechende Atmosphäre des Warteraumes trat, an einem Ort zu sein, den man ohne Hoffnung betrat, dort je wieder herauszukommen.

Was Patrick zuerst an den Gesichtern der Schwestern und Pfleger auffiel – Ärzte waren keine zu sehen –, war die *Anspannung.* Sie schienen alle Kraft einzusetzen, das Letzte zu geben, und vermittelten doch den Eindruck, daß nichts, was auch immer sie taten, irgendeine Bedeutung hätte. Und in den bleichen, verwitterten Gesichtern der Patienten, die im Raum versammelt waren, las Patrick nur Verzweiflung. Hier und da kam ein erschütternder Schrei aus der Menge. Die meisten der Schreie, stellte Patrick fest, kamen von einem Mann in zerfetzter Kleidung, dessen Gesicht gerötet war. Er schritt ruhelos auf und ab, schüttelte die Fäuste und führte ein erregtes Gespräch mit niemandem – jedenfalls mit niemandem, den man sehen konnte. Andere wichen ihm aus, offenbar aus Angst, er könnte völlig durchdrehen.

Nur den uniformierten Wachen schien all das Leid um sie herum unwichtig. Vielleicht würde sie der Ausbruch von Gewalttätigkeit aus ihrer Lethargie reißen; ansonsten schienen sie es vorzuziehen, gleichgültig in den Ecken

herumzulungern und abzuwarten, bis ihre Schicht zu Ende war.
Warum, fragte sich Patrick, mochte wohl ein Mann mit so guten Beziehungen wie Jack Cadmus aus freien Stücken an einem Ort wie diesem arbeiten? Drängten ihn vielleicht irgendwelche wohltätigen Instinkte dazu? Dann kam ihm ein zynischerer Gedanke: In gewissem Maße mußte die Behandlung dieser Leute mit staatlichen Mitteln finanziert werden – sie selbst hatten ganz offensichtlich kein Geld und auch keine Versicherungen; möglicherweise bereicherte sich Cadmus am Geld der Steuerzahler.
Wenn überhaupt jemand Patrick Aufmerksamkeit schenkte, dann weil er ein Weißer und gut gekleidet war und sich offenbar bester Gesundheit erfreute. Er erkundigte sich am Schalter nach Dr. Cadmus und erfuhr, daß man ihn in der Notaufnahme finden könne.
Dort lieferten die Schreie und das Stöhnen der Kranken den Kontrapunkt zu dem erregten Selbstgespräch des Verrückten im Warteraum. In einem Saal, der fast so groß wie eine Bahnhofshalle war und dessen stumpfgrüne Flächen in fahles Licht getaucht waren, gingen Ärzte – fast ausschließlich Inder oder Pakistanis – von Patient zu Patient, ohne das Gefühl von Eile zu vermitteln. Hinter undurchsichtigen Vorhängen, wo die Patienten auf Pritschen lagen, wiederholten sie immer wieder, manchmal in Englisch, aber viel öfter in seltsam akzentuiertem Spanisch: »Wo tut es weh? Wo haben Sie Schmerzen?«
»Kann ich Ihnen behilflich sein, Sir?«
Patrick blickte auf und sah vor sich eine Schwester, eine Schwarze mit skeptischem Blick, die ihn durch eine eulenhafte Brille musterte und ihm den Weg versperrte.
»Ja, ich suche Dr. Cadmus; man hat mir gesagt, ich würde ihn hier finden.«

Der Blick der Schwester wurde nicht milder. »Unbefugte haben hier keinen Zutritt«, sagte sie entschieden.
»Würden Sie bitte Dr. Cadmus sagen, daß ich ihn gerne sprechen möchte.« Er begann ihr zu erklären, daß er Reporter sei, aber das beeindruckte sie nicht weiter. Sein Presseausweis löste nur einen indignierten Blick aus.
»Bitte, Unbefugte haben hier keinen Zutritt«, wiederholte sie und war ganz offensichtlich dabei, die Geduld zu verlieren.
Als Patrick hartnäckig blieb und den Eindruck vermittelte, daß sie ihn nur mit Gewalt würde hinausbefördern können, sagte sie ihm schließlich, daß Dr. Cadmus nicht da sei.
»Können Sie mir sagen, wo ich ihn finden kann, damit ich nicht wieder herkommen und Sie belästigen muß?«
»Ich habe keine Ahnung, wann er zurückkommt. Und jetzt gehen Sie bitte, sonst lasse ich Sie hinauswerfen.« Sie nickte einem vierschrötig wirkenden Mann in weißem Mantel zu, der Patrick daraufhin finster musterte.
Patrick trat wortlos den Rückzug an. Hatte er wirklich geglaubt, daß es leicht sein würde, Cadmus ausfindig zu machen?
Kaum hatte er wieder den überfüllten Warteraum betreten, als er auf einen Mann aufmerksam wurde, der ihn eindringlich anstarrte. »He, Sie, Mister!« rief der Mann und winkte ihm zu.
Seine Augen waren gerötet, lagen tief in den Höhlen, seine Stirn war blutig, sein Haar dicht und wirr, und er verbreitete einen unangenehmen Geruch. »Mister, kommen Sie her!« zischte er.
Patrick bewegte sich argwöhnisch auf ihn zu.
»Sie warn im Fernsehn, ich hab' Sie im Fernsehn gesehn«, sagte er. »Sie sind doch 'n Reporter, oder?«
Der Mann zitterte am ganzen Leib, aber er konnte eigent-

lich nicht frieren. Aus den rasselnden Heizungsrohren kam so viel Dampf, daß die Farbe an der Decke abblätterte. Es war schwer zu sagen, was dem Mann fehlte – wahrscheinlich eine ganze Menge –, jedenfalls hatte er diesen traurigen Glanz von Schicksalsergebenheit in den Augen, der Patrick wohlbekannt war. Er sagte, er heiße Xavier. »Sie können alle fragen – die Ärzte, die Wachen, jeden, die kenn' mich alle.« Vermutlich war er schon so oft in diesem Krankenhaus gewesen, daß er gar nicht mehr wußte, wie oft.

»Hier läuft ein ganz übler Scheiß, Mann«, sagte er. »Sie sollten's den Leuten, die sich Ihr Programm reinziehn, sagen, Mann, was hier läuft.« Sein Atem war von all dem Fusel, den er konsumiert hatte, fast feuergefährlich.

»Was für Scheiß denn genau?« Patrick verzichtete darauf, zu erwähnen, daß er schon lange nicht mehr im Fernsehen war.

»Wolln'ses sehn, Mann? Ich zeig's Ihnen. Komm'se mit, Mann.« Und ohne abzuwarten, ob Patrick überhaupt einverstanden war, ging er auf die Fahrstühle zu, wobei er das eine Bein hinter sich herzog.

Patrick zögerte, aber dann gewann die Neugierde die Oberhand. Jener Drang, das zu sehen, was hinter der nächsten Ecke oder auf der anderen Seite des Zaunes lag, war es schließlich gewesen, was ihn zum Journalismus gebracht hatte.

Anstatt einen Fahrstuhl zu holen, wie Patrick erwartet hatte, trat Xavier durch eine Feuertür. Vom dumpfen Echo ihrer Schritte auf den Betonstufen begleitet, stiegen sie in eine Art Kellergeschoß hinunter. »Wo zum Teufel gehen wir hin?«

»Passen Sie nur auf, Mann, Sie werden's gleich sehn. Schließlich kennt keiner die Scheißbude besser als ich.

Andere Leute kommen nie wieder. Aber ich häng' die jedesmal ab, die kriegen mich nicht.«
»Wen meinen Sie?«
»Der Himmel ist es, wenn die Sonne über dieser Nation untergeht und durch fünfzehn Lagerhäuser zieht, ohne erwischt zu werden.«
»Wie bitte?« Entweder redete Xavier völligen Unsinn, oder Patrick hatte etwas verpaßt.
Sie traten jetzt durch eine weitere Feuertür in einen Gang, in dem ein besonders übler Geruch hing. Stimmen drangen aus offenbar weiter Ferne zu ihnen. »Auf den Friedhöfen gibt's keinen Kuchen«, murmelte Xavier. »Die Toten wissen, was die Toten tun. Aber die Lebenden wissen nicht, was die Lebenden tun.«
»Das kann ich mir denken«, sagte Patrick, bemüht, den Mann bei Stimmung zu halten.
»Oh, ich sag's Ihnen, Gott wird Ihre Seele nicht abholen. Nein, Sir, der ist hinter Ihrer Brieftasche her. Das ist es, was mir an der Natur gefällt. Alles muß sterben. Der Tod ist süß. Ich hab' mir den Tod selbst angesehn.« Er sah Patrick an, verzog das Gesicht und sagte dann mit einem Ausdruck von Entschlossenheit: »Ich war tot. Jetzt leb' ich. Ich weiß, wo Milch und Honig fließen.«
»Und da führen Sie mich jetzt hin, stimmt's?« Patrick sagte sich, daß es am besten war, irgendwie auf den Mann einzugehen, auch wenn das ziemlich schwierig war.
»Sie wissen Bescheid, Bruder, ganz genau.« Er strahlte und zeigte dabei seine letzten drei verbliebenen Zähne im halbverfaulten Zahnfleisch.
Die Stimmen wurden lauter, eindringlicher, aber Patricks etwas geistesgestörter Führer schien sie nicht zur Kenntnis zu nehmen.
»Was ist das?«

»Oh, das, Mann, das ist die Psychostation.«
In dem schmutzigen Korridor gab es nichts zu sehen, was diese Behauptung bestätigt hätte. Hinter den Türen, an denen sie vorbeikamen, konnte alles mögliche ablaufen. Es klang jedenfalls wie ein Tollhaus und erweckte in Patrick Visionen einer Irrenanstalt aus einem Dickens-Roman.
Sie bogen um eine Ecke. Der Uringestank war durchdringend und schien in Wänden und Boden festzusitzen. Aber jetzt war ein schwaches Licht zu sehen. Patrick erkannte, daß es von draußen kam. Ein Lieferwagen hielt vor einer offenen Tür, und zwei Männer waren damit beschäftigt, Kästen aus Fichtenholz aufzuladen.
»So kommen die Leute hier raus, Mann. So und nicht anders«, sagte Xavier und grinste verkniffen. Aber aus seiner Stimme klang Stolz; er wirkte wie ein Künstler, der sein letztes Werk präsentiert. Dieses düstere Spektakel schien ihm große Freude zu bereiten. Er winkte Patrick, er solle ihm folgen. »Hier«, sagte er im Flüsterton, »hier gibt es Milch und Honig.«
Die zwei Männer nahmen ihre Anwesenheit überhaupt nicht zur Kenntnis; ihnen schien es gleichgültig zu sein, wer ihnen bei der Arbeit zusah. Der Lieferwagen war in einem düsteren Grau lackiert und trug die Aufschrift *Department of Hospitals, City of New York.* Die Fichtenholzkästen, die sie aufluden, waren in zwei Größen gehalten: die einen für Erwachsene, die anderen, wesentlich kleiner, für Säuglinge – oder Fötusse. Sie sahen unglaublich billig aus. Mit Filzstift waren Namen oder Bezeichnungen aufgekritzelt – Baby weiblich, Baby männlich, neugeboren ...
»Wo schaffen die diese Leichen hin?«
»Das sind nicht alles Leichen. Das sind auch Arme und Beine und Stücke. Was hab' ich Ihnen gesagt? Ist der Tod nicht süß?«

Patrick war gerade zu dem Schluß gelangt, daß Xavier ihm nicht den Gefallen tun würde, Fragen direkt zu beantworten, als dieser sich vorbeugte, wobei sein magerer Körper in der eisigen Novemberluft, die von draußen hereinwehte, noch heftiger zitterte, und sagte: »Auf Potter's Field, Mann, dort schaffen sie sie hin. Auf Potter's Field, wenn keiner sie haben will, um dort in Frieden zu verfaulen. Auf Potter's Field, wohin man mich eines Tages – bald – auch bringen wird.«

8

Ganz hinten, am Ende des von grauen, nackten Schränken gesäumten Ganges fand Patrick den Mann, den er suchte, den Mann mit dem ingwerfarbenen Bart und den mürrischen, irischen Gesichtszügen. Sein Gesicht zeigte den eindringlichen, unglücklichen Ausdruck eines Menschen, der zu lange darauf gewartet hat, daß etwas geschieht. Über kurz oder lang würde es das natürlich, nachdem dies die Midtown-North-Polizeistation war.

Tony Kriss blickte auf, sah Patrick und starrte ihn erstaunt an. »Himmel, und ich dachte schon, dich wären wir endgültig los.« Er hielt ihm eine offene Cellophantüte hin. »Taco-Chips?«

Patrick griff zu. Es war fast Mitternacht, und er war nicht dazugekommen, zu Abend zu essen. Die Taco-Chips kamen ihm gerade recht.

Patrick zog sich einen Stuhl heran und sah sich um. Hier hatte sich seit seinem letzten Besuch nichts geändert. Mit seinen alten Möbeln und den antiquierten mechanischen Schreibmaschinen sah der Raum so bedrückend aus wie eh und je. Die Steckbriefe, Einsatzpläne und Notizen, mit denen die Wände bedeckt waren, waren halb vergilbt und fingen an herunterzufallen. Drei weitere Polizisten saßen mit gelangweilter Miene herum und tauschten gelegentlich witzig sein sollende Bemerkungen aus. Im Gegensatz zu Kriss schienen sie auf überhaupt nichts zu warten, höchstens darauf, daß die Zeit verstrich.

Immer wenn Patrick Informationen von der Polizei brauchte, suchte er zuerst Kriss auf. Selbst wenn es sich um einen Fall handelte, den Kriss nicht selbst bearbeitete, wußte er doch stets, wo er ihn hinschicken mußte. Ihre Freundschaft reichte bis in ihre Studentenzeit zurück, die sie gemeinsam an der Stuyvesant High-School verbracht hatten. Kriss pflegte sich damals Patricks Notizen auszuleihen und bei Prüfungen von ihm abzuschreiben, leistete aber längst heilige Eide darauf, daß er sich daran überhaupt nicht erinnern konnte. Patrick seinerseits hätte damals seine guten Zeugnisse liebend gern dafür hergegeben, an die Mädchen heranzukommen, die sich Kriss an den Hals warfen. Sein Erfolg beim anderen Geschlecht war allen seinen Kommilitonen ein ewiges Rätsel. Wer hätte je gedacht, daß einmal ein Bulle aus ihm werden würde?

Patrick hoffte, daß McCandless nicht wirklich zum Polizeipräsidenten gegangen war und ihn davor gewarnt hatte, ein verrückter Reporter könnte sich in seine Angelegenheiten mischen. Aber falls er es doch getan hatte, baute Patrick darauf, daß seine Freundschaft zu Kriss ihm weiterhelfen würde.

»Da bist du also wieder«, sagte Kriss. »Ist verdammt lange her. Unsere nächtlichen Streifzüge durch die Stadt haben mir irgendwie gefehlt.«

»Mir auch. Das Leben in Kamerun ist ganz anders.«

»Kamerun – wo ist das denn?«

»Jedenfalls in einem Winkel der Welt, wo du ganz bestimmt nicht sein möchtest.«

»Darauf wett' ich. Willst du wissen, was ich mache? Ich warte auf einen Anruf. Ein Informant soll mich jeden Augenblick anrufen. Er hätte mich gestern abend anrufen sollen, aber dann hat er's verpatzt. Wir haben nichts als diesen Fall im Kopf. Man hat mir einen Kollegen aus einem anderen Revier zugeteilt.« Kriss deutete auf ein Nebenzimmer, wo ein breitschultriger Mann mit einer Dose Budweiser saß. »Das ist mein Partner für diesen Fall, er wird langsam verrückt. Ich hab' ihm gesagt, er soll gar nicht erst auf den Gedanken kommen, sich mit irgendeinem Mädchen zu verabreden, weil er die Verabredung wahrscheinlich doch nicht einhalten kann. Der arme Kerl ist schon stocksauer, weil nichts passiert. Die letzten drei Stunden hat er nichts getan, als Bier zu trinken. Ich hab' ihm versprochen, ihn zum Abendessen einzuladen, aber ich kann nichts machen, bis dieser beschissene Informant anruft.« Dann blickte er zu Patrick auf und zuckte mit den Schultern. »Aber du bist nicht hergekommen, um mir beim Meckern zuzuhören. Was kann ich für dich tun?«

Patrick hatte im Verhalten seines Freundes ihm gegenüber keine Veränderung feststellen können. Also stand er vielleicht gar nicht auf einer schwarzen Liste der Polizei; vielleicht hatte McCandless dem Präsidenten gegenüber nichts erwähnt, vielleicht hatte er es vergessen. Vielleicht war Patrick einfach zu unwichtig, als daß es sich lohnte, auf ihn zu achten – auch das war möglich.

»Ich brauche Informationen über einen Arzt, der am St.-Rafael's-Hospital tätig ist. Jack Cadmus heißt er.«

»Diese Spelunke. Was hat der Typ denn angestellt?«

»Ich weiß nicht, ob er überhaupt etwas angestellt hat. Aber ich möchte es gern herausfinden.«

»Ich lasse jemanden am Computer nachsehen, dann werden wir ja sehen, was wir haben. Das wird eine Weile dauern, du kannst also ruhig inzwischen irgendwo einen

Drink nehmen. Komm in einer Stunde wieder, bis dahin müßte ich etwas für dich haben.«
Als Patrick zurückkam, wartete Kriss immer noch auf seinen Anruf, und sein Kollege konsumierte immer noch Budweiser-Bier. »Du bist besser dran als ich«, sagte Kriss. Er deutete auf einen Computerausdruck, der auf seinem Schreibtisch lag. »Dieser Jack Cadmus hing einmal mit einer privaten Medizinergruppe zusammen, die sich Health Care Plus nannte. Anfang der siebziger Jahre arbeiteten sie in einem Büro, 124 Park Avenue South. 1981 hat die Gruppe sich aufgelöst. Wie sich herausstellte, haben sie in großem Stil Versicherungsschwindel betrieben – die Regierung mit getürkten Rechnungen um mehr als eine Million Dollar betrogen. Außerdem liegen Beweise vor, daß sie illegale Rezepte ausgestellt haben.«
»Und Cadmus war darin verwickelt?«
»Das war er allerdings. Gleichzeitig liefen Ermittlungen des Staatlichen Ausschusses für ärztliche Standesfragen – das stand aber nicht in Verbindung mit dieser Betrugsgeschichte. Ich habe hier keine Einzelheiten, also kann ich dir nicht sagen, worum es bei der Untersuchung ging. Aber irgendwie muß er sich rausgewunden haben, weil man ihm nie die Lizenz genommen hat. Diese Betrugsgeschichte freilich war eine andere Sache.«
»Ist er dafür festgenagelt worden?«
Kriss schüttelte den Kopf. »Nein. Er hatte sich bereit erklärt, als Kronzeuge aufzutreten.«
»Und?«
»So weit kam es nie. Du mußt wissen, am 11. Mai 1983 hat so ein Typ auf Cadmus geschossen – hat ihn am Kopf getroffen. Cadmus mußte auf dem Nachhauseweg an einer Ampel halten. Er wurde schwer verletzt, hat aber offensichtlich überlebt. Und seit damals floriert sein Ge-

schäft geradezu. Die Patienten strömen in Scharen zu ihm.«

»Hat die Polizei den Mann erwischt, der auf ihn geschossen hat?«

»Das dachten wir. Cadmus hatte ihn erkannt, und wir haben ihn ein paar Tage später festgenommen. Irving Sheffield hieß der Mann. Vormals Irving Sutliffe, vormals Irving Schine. Sheffield gehörte auch zu Health Care Plus – nicht als Arzt, sondern als Finanzpartner.«

»Also hat er auf Cadmus geschossen, um ihn zum Schweigen zu bringen?«

»Ich nehme an, daß das sein Motiv war. Jedenfalls hat Cadmus nie seine Aussage gemacht. Später hat er seine Angaben sogar widerrufen und es abgelehnt, Sheffield als den Mann, der auf ihn geschossen hat, zu identifizieren. Wir hatten keine Handhabe gegen ihn – oder gegen Sheffield –, und so mußten wir ihn laufenlassen. Und kaum verläßt Cadmus das Krankenhaus, sind er und Sheffield plötzlich die dicksten Freunde.« Er zuckte die Achseln. »Das ist alles, was ich über den Burschen habe, tut mir leid.«

»Was ist mit Sheffield?«

»Nun, Sheffield hat auch eine recht interessante Story. Du ahnst nie, womit der sich heute beschäftigt.«

»Nun, was denn?«

Kriss warf Patrick einen seltsamen Blick zu. »Mit Babys«, sagte er.

9 Das allerletzte, was Claudia Bianco erwartet hätte, war ein Flugticket. Ein Busticket vielleicht, aber kein Flugticket. Zwar stand in der Annonce, daß die Reisekosten bezahlt würden, aber ihre Erfahrung ließ sie solchen Aussagen mißtrauen. In erster Linie aber zweifelte sie an ihrem

persönlichen Glück; sie war überzeugt, daß ihre Glückssträhne, wenn es je eine für sie gegeben hatte, schon lange zu Ende war.
Aber anscheinend hatte sich da etwas geändert. War auch Zeit, dachte sie. Das Ticket lag für sie am Eastern-Schalter am Flughafen Newark, genauso, wie es in dem Brief gestanden hatte. Erste Klasse nach Palm Beach. Erstaunlich. Endlich kam sie aus dieser verfaulten, stinkenden, gottverdammten Stadt. Es war jetzt drei Jahre her, daß sie ihre Eltern verlassen hatte; mitten in der Nacht war sie in Allentown, Pennsylvania, ausgerissen und nach New York gegangen. Wenn ihre Mutter und ihr Stiefvater sie vermißten, so hatte sie das jedenfalls nie erfahren. Natürlich suchten nicht alle im ganzen Land nach ihr. Es war doch allen scheißegal, wo sie war oder was sie tat. Aber sie würde es ihnen schon zeigen, deshalb ging sie ja schließlich auch weg. Sie war überzeugt, daß über kurz oder lang irgendein großes Tier, ein Produzent oder ein bekannter Star, sie entdecken würde, und dann wäre sie alle Sorgen los. Wie sie nur jemals solchen Unfug hatte glauben können.
Sie war hübsch, das konnte ihr niemand ausreden. Aber in New York nützte das gar nichts. Sie hatte Männer kennengelernt, die sich Produzenten nannten und deren Brieftaschen voll Fünfziger und Hunderter steckten. Aber die Sache hatte irgendwie immer einen Haken. Was erwartete sie auch? Herrgott, war sie dumm. Na schön, sie wollten mit ihr ins Bett. Sie hatte es mit einer Menge Männer getrieben. Und wenn sie dabei schwanger wurde – na, und wenn schon. Sie rechnete einfach nicht damit, daß ihr das passieren würde. Aber diesmal war es doch passiert. Das war eben Pech. Sie wußte nicht einmal, wer der Vater war; sie tippte auf Hal, diesen Schweinehund, oder John, den Mistkerl, aber sie konnte sich irren.

Sie hätte es wie Darlene oder Annie gemacht – Annie, die wahrscheinlich ihre beste Freundin war, die sie auf der ganzen Welt hatte – und abtreiben lassen. Aber Annie hatte ihr die Anzeige gezeigt. Obwohl in der Anzeige nichts davon stand, wahrscheinlich, weil es ungesetzlich gewesen wäre, versicherte ihr Annie, daß damit viel Geld zu verdienen war und daß Babys – gesunde, weiße Babys – für Paare, die adoptieren wollten, einen Haufen Geld wert waren. Und sie brauchte die Kohle schließlich, oder? Sie würde damit einen neuen Anfang machen können. Und außerdem war sie wirklich nicht scharf darauf, das Baby umzubringen.

Sie sind schwanger und können nicht für Ihr Baby sorgen?

Wir helfen Ihnen und sorgen dafür, daß Ihr Baby ein gutes Zuhause bekommt. Bringen Sie Ihr Baby in einer angenehmen, sauberen Umgebung zur Welt, unter der Obhut erfahrener Mediziner. Von den staatlichen Gesundheitsbehörden Floridas anerkannt. Diskretion wird garantiert. Wir übernehmen alle Kosten, inklusive Reisespesen hin und zurück.
Zögern Sie nicht länger! Schreiben Sie uns noch heute. Bitte mit Foto.

Postfach 17878, West Palm Beach, Florida 33416

Inzwischen war die Anzeige, die sie aus der Zeitung herausgeschnitten hatte, so abgegriffen, daß man sie kaum mehr lesen konnte. Aber sie holte sie immer wieder hervor und las sie, nur um sicher zu sein, daß sie sie richtig verstanden hatte. Irgendwie war diese Anzeige für sie so etwas wie ein Gebet geworden, ihr Heil, ihre einzige Hoffnung auf einen Ausweg.

Die Hitze erfaßte sie in dem Augenblick, als sie auf dem Flughafen von Palm Beach aus der Maschine stieg. Es war eine andere, feuchtere Hitze, als sie sie gewöhnt war. Aber während sie auf eine tropische Vision von Palmen und gutaussehenden weißen Menschen vorbereitet war, begrüßte sie der Anblick einer langweiligen Vorstadtlandschaft, die hauptsächlich aus Hotels bestand. Sie war wie benommen, konnte nicht glauben, daß sie tatsächlich hier war, so weit von New York entfernt. Und von Allentown, Pennsylvania.

In dem Brief stand, daß ein Wagen auf sie warten würde, um sie in die Klinik zu bringen, aber sie befürchtete eigentlich, man hätte sie vergessen.

Aber kaum hatte sie die Ankunftshalle betreten, als sie hörte, wie ihr Name ausgerufen wurde. Sie drehte sich um und sah einen jungen Mann mit einer Tafel, auf dem ihr Name stand. Er kam ihr entgegen, um sie zu begrüßen. »Sie müssen Claudia sein«, sagte er mit einem freundlich klingenden Südstaatenakzent, der sie sofort beruhigte. »Ich habe Sie nach Ihrem Foto erkannt.«

»Sind Sie Mr. Sheffield?«

Er lachte. »O nein, ich arbeite für Mr. Sheffield. Ich heiße Alan. Kommen Sie, lassen Sie mich das nehmen.« Er griff nach ihrem Koffer. »Haben Sie sonst noch Gepäck?«

Sie schüttelte den Kopf und bestaunte all die wichtig aussehenden Leute, die die Ankunftshalle bevölkerten. Sie waren alle so elegant gekleidet und perfekt gebräunt. Vielleicht hatte sie am falschen Ort gesucht. Vielleicht waren hier die Typen, die ihr eine Chance geben würden. Das ergab einen Sinn; viele Leute in Palm Beach hatten einen Haufen Geld.

»Also, gehen wir, ja?« Er geleitete sie aus der Halle hinaus ins Freie und fing an, mit ihr Konversation zu machen, fragte sie, wie der Flug gewesen sei, machte eine Bemerkung zum Wetter und meinte, sie müsse es ja im Vergleich zu dem winterlichen Klima im Norden heiß finden, aber sie achtete kaum auf ihn; sie war jetzt überhaupt nicht auf Plaudern eingestellt.
Sein Wagen war ein nagelneu wirkender grüner Mercedes. Sie hatte immer davon geträumt, einmal in einem Mercedes zu fahren. Daß die Fahrt sich als recht kurz erwies, enttäuschte sie. Und die ganze Zeit sah sie kein einziges Mal Wasser. Irgendwo dort draußen war der Ozean, und sie wollte ihn sehen.
Claudia stellte fest, daß das Family Health Center nur ein kleiner Teil eines sehr großen Komplexes war, der sich das Western Florida Children's Hospital nannte, ein beeindruckendes Gebäude aus Glas und sandfarbenem Stein. Es war deutlich zu erkennen, daß man keine Mühe gescheut hatte, um der ganzen Anlage den Charakter eines Parks zu verleihen. Was für ein Kontrast zur Achten Avenue und der 42. Straße. Hier gab es Gras, Büsche, Bäume; jetzt wußte sie wieder, wie sehr ihr das die ganze Zeit gefehlt hatte.
Alan führte sie über einen gewundenen Betonweg, der schließlich an einer doppelten Glastür endete. Er machte ihr auf und ließ sie eintreten. Alles sah ungemein sauber und gepflegt aus; sie war erleichtert. Ein Teil ihrer Unsicherheit begann sich zu legen.
»Ich werde Sie jetzt allein lassen, Claudia«, sagte Alan. »Ich sorge dafür, daß man Ihre Sachen auf Ihr Zimmer bringt. Hoffentlich sehen wir uns wieder.« Er ließ das gleiche Lächeln aufblitzen wie am Flughafen. Für ihn war sie wahrscheinlich nur eines von hundert Mädchen, wie er sie jeden

Monat dort draußen abholte; morgen würde er sie schon vergessen haben.

Jetzt tauchte eine Schwester auf, die sich als Miss Flores vorstellte, und führte sie in einen großen Saal mit ein paar auffällig bunten Gemälden, in dem sieben weitere Frauen saßen. Einige von ihnen lasen Bücher oder Zeitschriften, andere starrten einfach ins Leere. Aber keine machte die geringsten Anstalten, mit einer der anderen zu reden. Jede gab sich so, als wäre sie die einzige im ganzen Saal.

»Warten die alle auf Dr. Sheffield?« fragte Claudia.

»Nicht alle«, antwortete Miss Flores. »Einige warten auf Dr. Viola. Bitte, setzen Sie sich doch, Miss –« Ihr Blick suchte den Aktendeckel, den sie in der Hand hielt. »Miss Bianco. Es wird sicher nicht lange dauern.«

Aber es dauerte sehr lange, endlos lange sogar. Claudia nahm sich eine Zeitschrift, aber sie konnte sich einfach nicht auf den Text konzentrieren, und ihr Blick wanderte immer wieder zu den anderen. Zwei waren etwa so alt wie sie, und bei beiden war die Schwangerschaft schon weiter fortgeschritten. Die anderen waren älter und wirkten auch irgendwie wohlhabender.

Die Frau neben ihr bemerkte ihren Blick und ließ sich zu einem kleinen Lächeln herab.

»Kommen Sie auch zu Dr. Sheffield?« fragte Claudia, der es einige Schwierigkeiten bereitete, ihre Stimme zu finden.

»Ich weiß leider nicht einmal, wer Dr. Sheffield ist.« Die Frau hatte eine äußerst gepflegte, melodische Stimme, so wie Claudia sich die Stimme einer Schauspielerin oder vielleicht einer europäischen Adligen vorstellte.

»Dann warten Sie also auf Dr. –«

»Dr. Viola.«

Sie war auch erstaunlich hübsch, mit gepflegter Haut, feingeschnittenen Zügen und glänzendem braunem Haar.

Claudia hätte alles darum gegeben, so wie sie auszusehen, aber das würde sie nie schaffen, jedenfalls nicht in diesem Leben. Sie war noch nie einer Frau begegnet, die so aussah, solche Klasse hatte, und sie wußte nicht recht, was sie sagen sollte. Aber sie fühlte, daß die Frau wahrscheinlich ebenso nervös wie sie war; und irgendwie stellte sie das auf die gleiche Stufe.

»Ich bin noch nie hier gewesen«, meinte Claudia.

»Ich auch nicht.«

»Ich meine, in Florida. Ich komme aus New York. Also, ursprünglich aus Pennsylvania. Aber jetzt leb' ich in New York.« Wahrscheinlich wäre diese Frau erschüttert, wenn sie erfahren würde, was Claudia in den letzten drei Jahren gemacht hatte. Herrgott, wie sie sich jetzt nach etwas Koks sehnte. Aber sie hatte in den letzten Minuten, ehe sie in das Flugzeug stieg, den letzten Rest genommen. Nur für alle Fälle.

Die Frau gab keine Antwort, und das gefiel Claudia nicht. Wahrscheinlich wollte sie nicht reden. Wahrscheinlich war sie zu aufgeregt, um sich zu unterhalten. Claudias Problem dagegen war, daß sie fürchtete, vor lauter Nervosität nicht mehr aufhören zu können, wenn sie erst einmal angefangen hatte zu reden.

»Ich habe auf ein Inserat hin geschrieben.«

»Ein Inserat? Ah ja, ich verstehe.« Die Frau war dabei, jedes Interesse zu verlieren, das spürte Claudia. Ihr Blick wandte sich von ihr ab.

»Ich heiße Claudia – Claudia Bianco.« Sie streckte der anderen die Hand hin, und die ergriff sie.

»Eve Dessi.«

»Im wievielten Monat sind Sie?«

»Im zweiten.«

»Ich im sechsten – sechs Monate, drei Wochen und zwei

Tage. Man sieht es eigentlich noch nicht sehr, oder? Das liegt an meinem Körperbau. Das sagen alle.«
Die Frau lächelte ihr traurig zu und sagte: »Da haben Sie Glück.« Irgendwie hatte Claudia nicht das Gefühl, daß sie das ernst meinte.
»Ich weiß nicht, was ich tun würde, wenn ich die Anzeige nicht gesehen hätte. Ich wollte wirklich nicht abtreiben lassen, obwohl das alle meine Freundinnen, nun ja, die meisten jedenfalls, getan haben. Manche sogar zwei- oder dreimal. Die denken sich gar nichts mehr dabei. Für die ist das gar nichts, wissen Sie. Etwa so, als ob man zum Zahnarzt geht. Nicht, daß sie je zum Zahnarzt gehen würden.«
»Ich verstehe, was Sie meinen.« Da war immer noch das traurige Lächeln.
»Sind Sie auch auf eine Anzeige hin gekommen?« Irgendwie kam sie gar nicht auf die Idee, daß Patienten vielleicht auch auf anderem Weg in die Family-Health-Klinik kamen.
»Du liebe Güte, nein. Mein Hausarzt hat mich an Dr. Viola verwiesen.«
»Dann ist das für Sie eher ein Routinebesuch?«
»Ja, irgendwie schon. Ich will hier ein paar Tests machen lassen.«
»Um zu sehen, ob das Baby sich gut entwickelt?«
Sie nickte.
»Das hoffe ich. Ich hoffe, daß alles in Ordnung ist.«
»Das hoffe ich auch.«
»Ich bin sicher, daß Sie ein hübsches Kind haben werden.«
»Und ich bin sicher, daß Ihres auch sehr hübsch wird.«
»Das kommt darauf an«, sagte Claudia.
»Worauf denn?«
»Wer der verdammte Vater ist.«

Als Claudia schließlich nach beinahe zwei Stunden Dr. Sheffield zu sehen bekam, war sie fast zu erschöpft, um noch nervös zu sein. Was auch immer passierte, es würde eben passieren. Mr. Sheffield saß hinter einem Eichenschreibtisch, der wie ein Halbmond geformt war. Er war ein kräftig gebauter Mann mit einem breiten, roten Gesicht und einem zu ausgeprägten Kinn. Er hatte wäßrige Augen, und der Schweiß stand ihm auf der Stirn, obwohl die Klimaanlage auf vollen Touren lief. Der Aktendeckel, den Claudia bei Miss Flores gesehen hatte, lag jetzt vor ihm.

Als er aufstand, um sie zu begrüßen, überraschte es sie, wie klein er war. »Also, wie geht's Ihnen denn heute, Claudia?« fragte er mit lauter, herzlich klingender Stimme. »Kann ich irgend etwas für Sie tun? Eine Limonade vielleicht oder eine Tasse Tee?«

Was sie jetzt für eine einzige Prise Koks gegeben hätte!

Aber das kam ganz sicher nicht in Frage. Also sagte sie, eine Tasse Tee wäre schön.

Er drückte den Summer und bat seine Sekretärin, ihr einen Tee zu bringen. »Zitrone, Milch?«

»Okay.« Claudia trank sonst keinen Tee, sie hatte nur das Bedürfnis, ihn zufriedenzustellen. Das war mit allen Männern so, sie brauchten Streicheleinheiten und das Gefühl, von Bedeutung zu sein.

»Wir möchten, daß Sie sich hier zu Hause fühlen, Claudia; also, wenn Sie irgendwann etwas brauchen, dann zögern Sie nicht, es zu sagen.«

Spar dir doch den Scheiß, dachte Claudia. Komm zur Sache. Aber sie sagte kein Wort. Sollte der Mann doch reden.

»In der kommenden Woche wird man einige Untersuchungen mit Ihnen machen – die tun alle nicht weh, ganz bestimmt nicht –, nur um sicher zu sein, daß Ihr Baby gesund ist. Aber ich bin überzeugt, daß eine junge Frau, die in so guter Verfassung ist wie Sie, keinen Grund zur Sorge haben muß.«

Claudias Gedanken wanderten zu Eve Dessi; sie war viel älter, fast doppelt so alt wie sie wahrscheinlich. Vielleicht sollte *sie* sich Sorgen machen.

»Und morgen oder übermorgen werden Sie Ihren persönlichen Berater kennenlernen, der mit Ihnen zusammenarbeiten wird, bis Sie wieder nach Hause fahren können.«

»Eigentlich hab' ich gar kein Zuhause«, sagte sie.

»Dann werden wir eines für Sie finden müssen, nicht wahr?« sagte Mr. Sheffield.

»Ja, vielleicht.«

Sie dachte, daß sie gern in einer Gegend wie Florida leben würde, wo es Sonne gab und wo man selbst mitten im Winter schwimmen gehen und sich an den Strand legen konnte. Das wäre gar nicht schlecht.

Obwohl erst jetzt der Tee gebracht wurde, spürte Claudia, daß Mr. Sheffield anfing, ungeduldig zu werden. Anscheinend hatte er ihr alles gesagt, was zu sagen war, und sie sollte vielleicht jetzt verschwinden.

»Es macht Ihnen doch nichts aus, wenn ich ein paar Telefonate führe, Claudia? Aber trinken Sie ruhig Ihren Tee aus, lassen Sie sich Zeit. Wenn Sie dann fertig sind, wird Miss Flores Sie zu Ihrem Zimmer bringen. Ich bin sicher, daß es Ihnen gefallen wird, es ist ein sehr sonniges Zimmer.«

Ohne ihre Antwort abzuwarten, griff er zum Telefon. Dann hielt er inne, spürte irgendwie, daß da noch irgend etwas war, was sie loswerden wollte.

»Was ist denn, Claudia?«

»Da ist nur noch eines.« Sie zögerte, dachte dann aber, daß es besser war, es jetzt gleich zu sagen und nicht erst später. Schließlich wußte sie ja nicht, wann sie wieder Gelegenheit haben würde, mit Mr. Sheffield zu sprechen.

»Ja, nur zu.«
»Gibt es Geld?«
»Geld? Wie meinen Sie das – Geld?«
»Nun, eine Freundin hat gesagt, Sie ... Sie würden für die Babys bezahlen.«
»Ich glaube, da haben Sie eine falsche Vorstellung, Claudia. Ihre Freundin irrt sich. Wir sorgen für Sie, wir kümmern uns um alles, was Sie brauchen, und tun auch unser Bestes, um sicher zu sein, daß für Sie alles in Ordnung ist, wenn Sie hier weggehen, aber wir bezahlen nicht für die Babys. Wir sorgen dafür, daß Sie ein Taschengeld haben, aber das ist eine andere Geschichte.«
Diese Annie sollte der Teufel holen, dachte sie.
»Nun, angenommen, ich würde mich dazu entschließen, das Baby zu behalten? Ich meine, wahrscheinlich werde ich das nicht wollen, aber was ist, wenn ich, nun, Sie wissen schon, wenn ich es mir anders überlegen würde?«
In seinem Gesicht schien irgend etwas vorzugehen, ganz besonders in seinen Augen. Aber es geschah so schnell, daß Claudia nicht dahinterkam, was es eigentlich war.
»Claudia, ich glaube nicht, daß das möglich sein wird.«
Sie wartete darauf, daß er das näher erklärte, daß er ihr sagte, warum es nicht möglich sein würde. Aber offenbar hatte er schon alles gesagt, was er sagen wollte. Als das Schweigen eine Weile anhielt, sagte er: »Verstehen Sie, Claudia?«
Sie nickte und sagte, ja, sie würde verstehen.
»Also werden wir doch keine Probleme miteinander haben, oder?« Jetzt war das falsche Lächeln wieder da. Herrgott, es würde sie nicht die geringste Mühe kosten, diesen Mann zu hassen.
»Keine Probleme, Mr. Sheffield, ganz bestimmt nicht.«

10

Patricks Tag fing sehr früh an, lange vor der Morgendämmerung, unter einem Himmel, der nichts Gutes versprach. Er mietete sich bei Avis einen Wagen, einen weißen Precis, und fuhr quer durch die Stadt, auf dunklen, leeren Straßen, auf denen noch das Wasser der Straßenreinigungsfahrzeuge glänzte, die kurz vor ihm durchgefahren waren. Als er den düsteren, an ein Arsenal erinnernden Bau des St. Rafael's erreicht hatte, hielt er und wartete.

Der Lieferwagen war pünktlich, fuhr an der der 47. Straße zugewandten Seite des Gebäudes vor. Der Fahrer ließ den Motor laufen und stieg aus. Ein paar Sekunden später kam sein Kollege auf der anderen Seite aus dem Wagen. Die zwei Männer warteten, stampften mit den Füßen vor lauter Kälte, bis schließlich ein Rolltor geöffnet wurde und man im fahlen Licht mehr als ein Dutzend Särge stehen sah.

Patrick beobachtete, wie sie mit einer Gleichgültigkeit ans Werk gingen, die sie ohne Zweifel auch an den Tag gelegt hätten, wenn sich in diesen primitiven Kiefernkisten irgendwelche Waren befunden hätten. Als sie fertig waren, kehrten sie zu ihrem Wagen zurück und setzten ihre düstere Reise fort. Patrick folgte ihnen.

Sie steuerten noch fünf Stationen an, bis ihre Runde beendet war. Patrick vermutete, daß sie jetzt mehr als vierzig Leichen eingesammelt hatten. Wie viele sie vor dem St. Rafael's aus anderen Krankenhäusern abgeholt hatten, blieb dabei offen. Während der ganzen Wegstrecke geschah nichts Ungewöhnliches – jedenfalls nichts, was ihm aufgefallen wäre. Trotzdem wurde er das Gefühl nicht los, daß Charlotte, obwohl sie noch gelebt hatte, von so einem Wagen abgeholt worden war.

Die Routen und Zeitpläne, nach denen diese Fahrzeuge verkehrten, waren kein Geheimnis. Im Gegenteil: Es bedurfte nur einiger Anrufe bei den entsprechenden städtischen Dienststellen. Er wußte, daß all die Leichen schließlich in City Island landen würden; dort würden die Särge auf eine Fähre geladen und nach Hart's Island transportiert werden, wo Potter's Field lag, seit Jahrhunderten die letzte Ruhestätte der Verzweifelten, all derer, die niemand wollte – im Leben und im Tod nicht –, und der Unbekannten.

Das Motorboot, das er gechartert hatte, erwartete ihn am Pier. Er gab sich dem Besitzer des Bootes zu erkennen, einem vierschrötigen Skipper um die Sechzig, der einen beeindruckenden Bauch zur Schau trug und Patrick mit mißbilligender Miene musterte.

Die Überfahrt war kurz; City Island war nur eine halbe Meile von Hart's entfernt. Zu Patricks Erleichterung zeigte Victor keinerlei Interesse daran, was er eigentlich auf einer Insel wollte, auf der es nur Sträflinge und Leichen gab. Sie erreichten Hart's Island vor der Fähre, und Victor fragte Patrick, wann er ihn wieder abholen solle.

»Ich habe wirklich keine Ahnung, wie lange ich brauche. Kommen Sie doch gegen zehn wieder. Wenn ich dann noch nicht da bin, warten Sie.«

Victor nickte mürrisch, löste das Tau und steuerte wieder auf Manhattan zu.

Kurz vor dem Eintreffen der Fähre tauchten einige Männer auf. Das mußten Sträflinge sein, dachte Patrick. Sie befanden sich in Begleitung von zwei Wachposten, die beide nicht bewaffnet waren; die Männer sahen auch nicht so aus, als würden sie sich mit Fluchtgedanken beschäftigen. Möglicherweise gefiel ihnen die Arbeit, die sie hier taten, sogar. Sie hatten einen Lastwagen mitgebracht, dessen Verwendungszweck nicht schwer zu erraten war. Patrick hielt sich abseits und wartete immer noch darauf, daß irgend etwas Ungewöhnliches geschah.

Als die Fähre schließlich anlegte, traten die Strafgefangenen schnell vor und fingen an, die Särge auf den Lastwagen zu verladen. Während sie damit beschäftigt waren, setzte leichter Nieselregen ein, der schnell kräftiger wurde und einen weichen, monotonen Trommelwirbel auf den billigen Kiefernbrettern schlug. Die Männer waren so in ihre Arbeit vertieft, daß sie Patrick praktisch nicht bemerkten. Die wenigen, die ihn sahen, reagierten kaum auf seine Anwesenheit; vermutlich gingen sie davon aus, daß er in irgendeiner amtlichen Mission hier war.

Der Lastwagen mit seiner Leichenladung fuhr langsam über eine schmale, holprige Straße zu der Bestattungsstätte. Die Sträflinge gingen wie in einer Prozession nebenher. Patrick hielt sich in einigem Abstand hinter ihnen. Bis jetzt wirkte alles sehr routinemäßig. Vielleicht war er umsonst hierhergekommen. Aber es war die letzte Spur, der er nachgehen konnte. Wenn er hier nicht fündig wurde, wußte er nicht weiter.

Wenn er keinen Erfolg hatte, würde das McCandless in seiner Meinung bestätigen, daß Patrick ein Versager war. Und der Teufel sollte ihn holen, wenn er das zulassen würde.

Langsam verwandelte sich die staubige Straße in Schlamm. Genau das richtige Wetter für das, was hier geschah, dachte Patrick. Nach einer Weile entdeckte er das alte Gefängnis, das schon seit Jahren baufällig war. Die jahrhundertealten Gebäude waren heruntergekommen und verlassen, ihre Fenster zerbrochen, die Mauern mit verblaßten Kritzeleien bedeckt. Ursprünglich war das Gefängnis eine Irrenanstalt gewesen, dann hatte man ein Rehabilitationszentrum für Suchtkranke daraus gemacht und schließlich eine Abschußstation für Nike-Lenkwaffen. Jetzt erinnerte es an eine Gespensterstadt, die langsam den Kampf gegen das

Unkraut verlor. Die Strafgefangenen wohnten schon lange nicht mehr in den zerfallenden Gebäuden, die ohnehin unbewohnbar waren, sondern in Wohnwagen, die in der Nähe aufgestellt waren.
Zuerst konnte Patrick nur ein aus Holz und Felsbrocken errichtetes, etwa drei Meter hohes Kreuz erkennen, das sich in einer dunklen Silhouette vor dem trüben Morgenhimmel abzeichnete. An diesem Ort anonymer Grabstätten war es bei weitem das größte Monument, wenn man es als solches bezeichnen wollte. Beim Näherkommen konnte Patrick einen frisch ausgehobenen Graben erkennen, der vermutlich mindestens fünfzehn Meter lang war. Außerdem war ein halbes Dutzend kleinerer offener und noch leerer Gräber zu erkennen.
Mit Gummihandschuhen begannen die Strafgefangenen, die Särge von der Ladebrücke herunterzuheben. Der Mann, der den Einsatz leitete, rief die Namen der Toten der Reihe nach aus: »Carla Diaz ... J. Murphy ... Neugeborenes Baby Vitale ... Neugeborenes Baby, Mädchen ... Susan Manfred ... Männlicher Fötus ...« Während ein paar Särge beiseite gestellt wurden, schichtete man die meisten, jeweils drei übereinander, in den Graben. Es würde nicht lange dauern, bis das Fichtenholz verfaulte und es damit den Leichen ermöglichte, sich mit der Erde zu vereinigen, in die sie wieder zurückkehren sollten. Patrick hatte gelesen, daß man die Beerdigungsstätte nur so lange benutzen konnte, wie die Leichen sich schnell zersetzten; im einbalsamierten Zustand hätten sie ein Problem dargestellt, da nur beschränkter Raum für die mehr als siebenhundertfünfzigtausend Menschen zur Verfügung stand, die man hier im Lauf der Jahre begraben hatte.
Patrick sah noch eine Zeitlang aus der Ferne zu. Irgend etwas fehlte hier noch, obwohl er nicht darauf kam, was es

war. Aber was auch immer – wenn er hier stehenblieb und naß wurde, würde er jedenfalls nicht dahinterkommen. Er beschloß, zum Dock zurückzugehen.
Bis zu Victors Rückkehr blieben ihm noch etwa zwei Stunden. Vielleicht hatte er Glück und fand ein anderes Boot, das ihn zurück nach Manhattan brachte.
Aber da war keines. Das war Pech. Da es wenig Sinn hatte, hier stundenlang stehenzubleiben, ging er einfach ziellos weiter.
Die Insel war klein, und es gab eigentlich auch nichts weiter zu sehen. Es überraschte ihn kaum, als er nach etwa vierzig Minuten feststellte, daß er wieder vor der Begräbnisstätte stand. Jetzt war es dort sehr still. Die Strafgefangenen waren verschwunden, die Särge in der Erde, der Graben aufgefüllt. Aber er sah etwas, was ihm vorher nicht aufgefallen war.
Dicht am Boden waren ein paar kleine Lichter zu sehen, die einen grünlichen Schein in die Düsternis trugen. Bei näherem Hinsehen erwiesen sie sich als mit Leuchtfarbe bestrichene Merktafeln. Es gab etwa ein halbes Dutzend davon, die über den Graben verteilt waren. Aber keine der Tafeln wies einen Namen oder irgendeine Kennzeichnung auf, die verraten hätte, weshalb sie angebracht worden waren.
Plötzlich drangen Stimmen durch die Stille. Männer näherten sich; der Schlamm dämpfte ihre Schritte. Zuerst vermutete Patrick, daß die Strafgefangenen zurückkamen; aber dann sah er, daß es nicht die Männer von vorher waren, und ließ sich auf den Boden fallen, um nicht entdeckt zu werden.
Es waren fünf oder sechs, und alle trugen Schaufeln. Offenbar zeigten ihnen die Leuchttafeln an, wo sie graben mußten. Patrick war verblüfft: Allem Anschein nach gruben sie die Särge wieder aus, die erst vor einer Stunde eingegraben

worden waren. Da sie nicht besonders tief lagen, ging die Arbeit schnell voran.
Kaum waren ein halbes Dutzend Särge aus den Gräbern herausgehoben, als Patrick über sich ein schwaches Dröhnen vernahm, das rasch lauter wurde. Er blickte auf und sah einen Hubschrauber, der wie ein dickbäuchiger Raubvogel über ihm schwebte.
Er kippte zur Seite ab und setzte mit lautem Knattern auf. Patrick versuchte, eine Aufschrift zu erkennen, irgendeine Identifizierung, sah aber nichts. Der Hubschrauber war so anonym wie die meisten dieser Leichen.
Die Männer traten beiseite, um dem Hubschrauber Platz zur Landung zu lassen. Als er aufgesetzt hatte, machten sie sich wieder an die Arbeit und hoben die Särge – darunter auch zwei kleine – durch die offene Ladeluke des Hubschraubers. Auf Patrick wirkte das Ganze, als würde er Zeuge eines fremdartigen, erschreckenden Dramas, das in einer für ihn unverständlichen Sprache aufgeführt wurde.
Als sämtliche Särge an Bord festgeschnallt waren, stieg der Hubschrauber wieder auf und flog in südlicher Richtung davon – auf Manhattan zu. Die ganze Prozedur hatte höchstens zehn Minuten gedauert.
Plötzlich rief einer der Männer etwas. Es klang beunruhigt, zornig, als wäre irgendein Problem aufgetaucht. Patrick sah sich um, bis ihm klar wurde, daß *er* das Problem war.

11

Vor Schreck war er ein paar Augenblicke lang wie erstarrt. Einer der Männer kam von der anderen Seite schnell auf ihn zu. Patrick konnte nur seine Pelzmütze und die Windjacke erkennen, die er trug. Der Lichtkegel seiner Taschenlampe fand Patrick. »He, Mann, stehenbleiben!« Seine Stimme hatte einen fremdartigen Akzent, aber

Patrick wußte nicht, wo er ihn unterbringen sollte. Als er in die andere Richtung sah, entdeckte er, daß auch die anderen auf ihn zusteuerten. Er richtete sich auf und fing an zu rennen.

Wie gefährlich seine Lage war, wurde ihm erst bewußt, als er einen Schuß hörte, und zwar so nahe, daß es in seinen Ohren klingelte. Anscheinend rückten die Männer ihm näher, aber er wollte sich nicht umsehen. Das einzige, worauf es jetzt für ihn ankam, war, den Lichtkegeln der Taschenlampen zu entgehen, die das Gelände nach ihm abtasteten.

Das Nieseln war in eisigen Regen übergegangen, und er war inzwischen durch und durch naß. Potter's Field war eine einzige Schlammfläche; er stolperte mehrmals, fragte sich, ob er überhaupt von der Stelle kam, und hatte keine Ahnung, wo er Schutz finden sollte. Der Regen freilich war ihm ebenso behilflich, wie er ihn behinderte, weil er auch seinen Verfolgern das Vorankommen erschwerte. Als er es schließlich doch riskierte, sich umzudrehen, konnte er ein paar Lichtkegel sehen, die im Schlamm herumstocherten. Das strapaziöse Terrain ließ seine Lungen brennen. Schließlich hatte er keine andere Wahl und mußte stehenbleiben, um Atem zu schöpfen. Außerdem mußte er sehen, wo zum Teufel er eigentlich war; er mußte sich orientieren. Aber seine Augen tränten so, daß er nicht viel mehr als Regen und tanzende Schatten erkennen konnte. Ebensogut hätten ihn die Schatten der Tausenden von Toten umgeben können, die hier lagen. Dann sah er, daß er vielleicht zehn Meter von dem Zaun entfernt war, der das verlassene Gefängnisgelände umgab.

Er arbeitete sich darauf zu und folgte dem Zaun, bis er schließlich eine Lücke entdeckte. Er lief weiter, bis er auf eine Tür stieß. Er hatte keine Ahnung, wo die Tür ihn hinführen mochte, aber sie ließ sich jedenfalls öffnen, und er ging hinein. Es war ein dunkles, stickiges Gebäude, dessen Fenster vergittert und mit Stacheldraht gesichert waren. Es war feucht und kalt, und er konnte das Wasser durch Löcher im Dach eindringen hören. Am Boden wuchs Unkraut, es roch nach Fäulnis und Moder. Das einzige, was hier zu sehen war, waren ein paar zerfetzte Matratzen und zerbrochene Bierflaschen. Er ging an eines der Fenster, duckte sich und sah hinaus. Seine Verfolger waren nirgends zu sehen. Nicht einmal hören konnte er sie, so laut trommelte der Regen jetzt herunter.

Er wußte nicht, ober er bleiben sollte, wo er war, oder ob es vielleicht besser war, sich tiefer ins Innere des Gebäudes zurückzuziehen. Er begann nach Türen, nach Ausgängen zu suchen, aber als er schließlich eine Tür entdeckte und hindurchspähte, konnte er nichts als einen schmalen schwarzen Flur erkennen, der alles andere als einladend wirkte.

Der Wind, der mit dem Regen aufgekommen war, verwirrte sein Wahrnehmungsvermögen. Er begann Stimmen zu hören. Aber waren das wirklich Stimmen? Sie klangen zusammenhanglos, vielleicht erzeugte sie nur der Wind, der durch die Ritzen und Fugen dieser altersschwachen Bauwerke fegte.

Dann öffnete sich die Tür, durch die er hereingekommen war. Licht huschte über den Boden, erreichte seine Füße. Eine Ratte schoß erschreckt und mit einem protestierenden Quietschen aus ihrem Versteck. Patrick dachte, daß es vielleicht gar nicht schlecht wäre, ihrem Beispiel zu folgen. Er stürzte sich in die Finsternis des Korridors, stolperte, fluchte. Die Taschenlampe suchte nach ihm, wischte über die Mauer, verfehlte ihn aber. Eine Kugel schlug dicht vor ihm in die Betonmauer und erzeugte erstaunlichen Lärm.

Er zwang seine Füße, ihn schneller durch die Finsternis zu tragen, obwohl er das Gefühl hatte, daß das eigentlich nicht mehr möglich war. Und dabei wurde der Boden immer schlüpfriger.

Er bog um eine Ecke. Er sah vor sich irgendein Licht schimmern, und rannte darauf zu, dachte, es wäre vielleicht ein Ausgang. Aber als er näher kam, sah er, daß er sich getäuscht hatte; das Licht stammte von einem halben Dutzend Kerzenstummeln, die langsam in den feuchten Boden hineinschmolzen und um einen schwarzen Tontopf verschlungene Muster bildeten. Rings um den Topf lagen ein paar kleine Münzen, Zigaretten- und Zigarrenstummel und ein abgegriffenes Bild der Jungfrau Maria. Der Anblick verblüffte ihn so, daß er einen Augenblick lang seinen Verfolger vergaß. Er beugte sich vor, um zu sehen, was in dem Topf war.

Zuerst dachte er, es wäre Suppe, aber das war keine Suppe. In dem Topf befand sich ein Schädel von blaßgrauer Farbe, mit blauen Flüssen aus Wachs bedeckt. Was zum Teufel war das?

In diesem Augenblick erst wurde ihm bewußt, daß er nicht allein war. Als er aufblickte, konnte er nichts sehen, weil ihn das Licht der Taschenlampe blendete, das ihm in die Augen schien. Er war jetzt völlig in die Enge getrieben, hatte keinen Platz zum Ausweichen, zur Flucht. Jeden Augenblick mußte ein Schuß fallen.

Aber da kam kein Schuß. Als der Lichtkegel von seinem Gesicht abließ, sah Patrick, daß es nur einer der Gefangenen war, mit der Hacke in der Hand, der offensichtlich trotz des Regens seine morgendliche Gartenarbeit verrichten wollte.

12

»Mrs. Dessi, Sie können jetzt zu Dr. Viola kommen.«

Eve stand auf und stellte fest, daß sie etwas wackelig auf den Beinen war. Sie hatte einen seltsamen Geschmack im Mund, aber das störte sie bei weitem nicht so wie das Hämmern ihres Herzens. Warum war sie eigentlich so unruhig? Obwohl sie gerade neununddreißig geworden war, war das doch kein Grund zu der Sorge, es könnte irgendwelche Probleme mit ihrem Baby geben. Und doch wollte die Angst sie nicht loslassen.

Fast zwei Wochen waren verstrichen, seit sie bei Dr. Viola die Tests gemacht hatte – Amniozentese, Ultraschall und Alpha-Fötoprotein. Man hatte ihr Nadeln durch die Haut getrieben, ihre inneren Organe ausspioniert, ihr Blut abgezapft und Urinproben genommen. Ziel all dieser Untersuchungen war es, genetische Unregelmäßigkeiten festzustellen – neurale Defekte wie Anenzephalie, Spina Bifidia, Hydrozephalie, Down'-Syndrom, Tay-Sachs-Krankheit. Es erstaunte und deprimierte sie, wie viele Probleme es geben konnte.

Die Untersuchungen waren schmerzhafter und erniedrigender, als sie erwartet hatte. Aber da man ihr Dr. Viola so überzeugend empfohlen hatte, hatte sie alles klaglos über sich ergehen lassen. Außerdem war sie so glücklich, endlich schwanger zu sein, daß sie praktisch alles erduldet hätte, wenn es nur bedeutete, daß sie ein gesundes Baby zur Welt bringen würde.

Seit sie und Michael vor elf Jahren geheiratet hatten, hatten sie sich um ein Baby bemüht. Sie hatten Ärzte, Gynäkologen, Therapeuten und Fruchtbarkeitszentren aufgesucht, ja sogar Quacksalber, obwohl sie diese zu der Zeit nicht als solche angesehen hatten, alles in der Hoffnung, irgend etwas, eine Medizin, ein Elixier oder sonstige Tips zu bekommen, die funktionierten. Sie hatten mit der Hartnäckigkeit von Wissenschaftlern Temperaturkurven geführt, Menstruationszyklen gemessen und den Kalender verfolgt. Nichts hatten sie unversucht gelassen. Wenigstens hatten sie das geglaubt. Aber das einzige, was sie erreicht hatten, waren drei eingebildete Schwangerschaften. Was, so fragten sie sich immer wieder, machten sie falsch? Beide erfreuten sich ausgezeichneter Gesundheit, und es gab keinen Grund, weshalb sie nicht imstande sein sollten, ein Baby zu bekommen. Und schließlich hatten sie es geschafft. Michael, ein Einzelhandelskaufmann, den seine Arbeit die Hälfte der Zeit auf Reisen hielt, behauptete, sie hätten ihr Ziel schließlich deshalb erreicht, weil es ihm doch noch gelungen war, seinen beruflichen Streß abzubauen. Er glaubte, es läge nur an der Belastung durch seine Arbeit, daß ihnen so viele Jahre lang der Erfolg versagt geblieben war.

Als sie Dr. Violas Büro betrat, zuckte sie unwillkürlich vor dem Geruch zurück. Es war ein Geruch, wie er in den Räumen von Ärzten herrschte, stechend medizinisch. Normalerweise hätte er sie nicht gestört. Aber ihre Schwangerschaft hatte sie für viele Gerüche und Wahrnehmungen sensibilisiert, die sie bisher nicht registriert hatte.

Dr. Viola saß an seinem Schreibtisch und war redlich um eine onkelhafte Ausstrahlung bemüht. Mit seinem faltigen Gesicht und dem schütteren, von grauen Strähnen durchsetzten Haar erinnerte er Eve tatsächlich an einen ihrer Großonkel. Er roch nach einem Rasierwasser, das ihr fast ebenso widerwärtig wie der Geruch in seinem Sprechzimmer war. Hinter ihm bestätigten gerahmte Urkunden und Lizenzen seine Position in der Welt der Medizin. Sein Schreibtisch verriet Pedanterie: seine Papiere in drei Stapeln geordnet, seine farbigen Bleistifte alle musterhaft gespitzt in ihrem Lederbecher. Ihr Blick wurde von seinem Fenster angezogen, dem beruhigenden Anblick von Sand und Wasser. Alles war besser, als dem Arzt ins Gesicht sehen zu müssen; sie hatte Angst vor dem, was sie vielleicht erwartete.

Dr. Viola lud sie ein, auf einem bequem gepolsterten Sessel, von dem der Geruch nach frischem Leder ausging, Platz zu nehmen. Jetzt, wo sie keine andere Wahl hatte, als ihn anzusehen, fand sie nichts in seinem Gesichtsausdruck oder seinen Augen, was irgendwelche Hinweise auf die Testresultate gab.

Er nahm ihre Unterlagen von einem der Stapel und blätterte in den Karteiblättern, als müßte er sich noch einmal von dem überzeugen, was da stand. Dann begann er.

»Ich weiß nicht, ob Ihnen das bekannt ist, Mrs. Dessi, aber die Eierstöcke sind ein sehr empfindliches Organ. Sobald eine Frau einmal das fünfunddreißigste Lebensjahr erreicht hat, verliert die Gebärmutter einen großen Teil der Fähigkeit, Eizellen aufzunehmen; die Umgebung für die Schwangerschaft ist bei weitem nicht mehr so günstig wie in jüngeren Jahren. Die Hormone nehmen ab, die Gebärmutter atrophiert und beginnt auszutrocknen. Collagen und Elastin, die der Gebärmutter ihre Flexibilität vermitteln, nehmen beträchtlich ab.«

Er sagte all das mit monotoner, ausdrucksloser Stimme, und sie saß da und hörte ihm zu und versuchte zu begreifen, was er sagte, und dabei überkam sie Übelkeit. Sie gab sich Mühe, ruhig zu bleiben, mußte aber dennoch alle Kraft aufwenden, um nicht einfach wegzurennen. Mir wird gleich schlecht, dachte sie.

Dr. Viola fuhr fort, als spürte er nichts von ihrem Unbehagen. »Im Lauf der durchschnittlichen empfängnisfähigen Zeit nimmt auch die Zahl der Eizellen ständig ab. Häufig

wächst auch nach dem fünfunddreißigsten Lebensjahr bei den überlebenden Eizellen die Wahrscheinlichkeit, ein zusätzliches Chromosom aufzunehmen.« Endlich sah er ihr in die Augen. »Ich bedaure, Ihnen sagen zu müssen, daß Ihre Testergebnisse nicht gut sind, Mrs. Dessi. Zunächst scheint es in Ihrem Blut Acetylcholinesterase zu geben.«
»Was bedeutet das?«
»Das ist ein Nervenenzym, das häufig auf neurale Defekte deutet. Die übrigen Tests bestätigen, daß es im Fötus erhebliche neurale und genetische Abnormitäten gibt.«
Sie fühlte, wie ihr das Blut aus dem Gesicht wich. Ihre Kehle hatte sich verengt, daß sie glaubte, ersticken zu müssen. Es war ihr beinahe unmöglich, ein Wort herauszubringen. »Was ... was können wir tun? Mein Gott, was können wir tun?« Die Tränen liefen ihr über das Gesicht. Dr. Viola reichte ihr ein Papiertaschentuch.
»Wir können nur eins tun, Mrs. Dessi«, sagte er geduldig. »Im Augenblick gilt meine Hauptsorge Ihrem Wohlbefinden. Der Versuch, dieses Kind auszutragen, könnte für Sie ein ernsthaftes Gesundheitsrisiko darstellen. Ich muß Ihnen zu einer Abtreibung raten.«
Sie begriff zwar, daß er das ganze Gespräch mit diesem Ziel geführt hatte, konnte es aber immer noch nicht glauben. Das war doch unmöglich, das durfte doch nicht ausgerechnet *ihr* passieren.
»Gibt es denn keine Möglichkeit ...?« begann sie, sah aber, daß es keine gab. »Ich muß ...« Sie versuchte, tief durchzuatmen. »Ich muß mit meinem Mann sprechen, ehe ...«
»Natürlich, das verstehe ich. Nebenan ist ein Telefon, das Sie benutzen können.«
»Aber ... hat das nicht Zeit, bis ich ihn sehe? Ich meine, so etwas ... Es wäre doch besser, wenn ich es ihm persönlich sagen könnte.«

»Sagten Sie mir nicht bei Ihrem letzten Besuch, Ihr Mann sei geschäftlich unterwegs?«
»Ja, er ist in Los Angeles, aber er kommt nächste Woche zurück. Es hat doch sicher Zeit, bis ...«
Er schüttelte den Kopf. »Das geht leider nicht. Angesichts Ihres Zustandes rate ich Ihnen dringend, es nicht aufzuschieben. Je früher wir handeln, Mrs. Dessi, desto eher haben Sie diese tragische Geschichte hinter sich. Ich habe mir bereits die Freiheit genommen, eine Abtreibung anzusetzen. Es geht relativ schnell und schmerzlos, das kann ich Ihnen versichern.«
»Wann? Wann soll es sein?«
»Heute nachmittag um vier.«

13

Der Skepsis nach zu urteilen, die Patrick in Tony Kriss' Blick erkannte, überzeugte den sein Bericht von Hart's Island nicht. Wenn man ihm von einer Entführung in einem Ufo berichtet hätte, wäre seine Bereitschaft, das Gehörte zu glauben, etwa gleich groß gewesen.
»Du bist sicher, daß diese Typen auf dich geschossen haben?«
»Ja, sogar mehrmals.«
»Aber zu sehen hast du keinen bekommen?«
»Nein, ich sagte dir doch, daß es dunkel war – und außerdem hat es geregnet.«
»Und du fandest nicht, daß es viel Sinn gehabt hätte, einen Polizeibericht auszufüllen?«
»Ich hatte schon größte Mühe, die Gefängniswärter davon zu überzeugen, daß ich nichts Unrechtes getan hatte.«
»Nun, du warst ja auch unbefugt in das Gefängnisgelände eingedrungen«, meinte Kriss.
»Das hat man mir auch gesagt.«

»Aber diese Geschichte mit den Särgen und dem Hubschrauber ...« Kriss strich sich nachdenklich über den Bart. »Du sagst, davon hätte keiner etwas gewußt?«
»Der Gefängnisleiter hat mich angeschaut wie einen Verrückten.«
»Und was ist mit dem Schädel, den du da gesehen haben willst?«
»Mein Eindruck war, daß es sich dabei um irgendeinen rituellen Gegenstand gehandelt hat, vielleicht etwas, das mit Voodoo zu tun hat. Der Gefängnisdirektor jedenfalls schien es für einen Witz zu halten, vielleicht das Werk von Vandalen. Er konnte sich nicht vorstellen, daß einer seiner Gefangenen dahintersteckte.«
»Da mag er recht haben. Es hat eine ganze Anzahl Vandalismusvorkommnisse auf Hart's Island gegeben. Und dort einen Schädel zu finden ist nicht besonders schwierig. In der Gegend herrscht wirklich kein großer Mangel an so etwas.«
»Aber es könnte doch irgendein Voodoo-Kult sein, oder? Ihr findet doch immer wieder Knochen und tote Hühner in den Parks, wie zum Beispiel im Inwood.«
»Das ist richtig. Wer weiß schon, was all diese Leute aus Haiti und der Dominikanischen Republik und Puerto Rico hier anstellen? Aber ich sehe keine Verbindung zu deiner Darstellung. Was hat das mit Leuten zu tun, die Särge stehlen und auf dich schießen?«
Patrick mußte einräumen, daß er das auch nicht wußte.
»Nach allem, was du mir erzählst«, meinte Kriss, »klingt das nicht so, als ob wir beweisen könnten, daß ein Verbrechen begangen worden ist.«
»Ich habe auch nicht erwartet, daß du das könntest.«
»Aber noch ist nicht alles verloren. Ich habe da noch etwas, was dich ermutigen wird.«

»Oh, und was wäre das?«
»Dieser Bursche, über den du nähere Informationen haben wolltest, als du das letztemal hier warst.«
»Jack Cadmus. Hast du etwas über ihn in Erfahrung gebracht?«
»Das nicht gerade. Aber über einen seiner Kollegen hab' ich etwas. Was ich dir jetzt sagen werde, muß vertraulich bleiben, damit das klar ist. Ich möchte es nicht morgen auf irgendeiner Titelseite lesen.«
»Du kennst mich doch.«
Kriss musterte ihn nachdenklich. »Yeah, und ob ich dich kenne«, sagte er und lachte dann. »Ich habe gerade erfahren, daß augenblicklich gegen einen seiner Teilhaber vom Health Care Plus ermittelt wird.«
»Und wer ist das?«
»Ein Professor an der New York University namens Furst – Harry Furst. Er lehrt Biochemie.«
»Steht er noch mit Jack Cadmus in Verbindung?«
»Allem Anschein nach, ja. Aber ich hatte gedacht, du würdest dich da vielleicht persönlich überzeugen wollen.«
»Was interessiert denn die Polizeibehörden an ihm?«
»Wir versuchen ihm zu beweisen, daß er in seinem Labor verbotene Substanzen hergestellt hat – Angel Dust, Ecstasy, MPTP, Crack. Außerdem besteht der Verdacht, daß er mit dem Zeug auch dealt. Wie ich höre, hat er seine Studenten dafür gewonnen, die Dreckarbeit für ihn zu machen.«
»Warum habt ihr ihn dann noch nicht festgenagelt? Mangel an Beweisen?«
»Nun, wir glauben zwar, daß wir genügend Beweismaterial herbeischaffen können, um den Staatsanwalt zufriedenzustellen, aber uns interessiert, ob das eine Amateurveranstaltung ist, also ob da einer versucht, ein paar Kröten nebenher zu verdienen, oder ob mehr dahintersteckt. Aber da

darfst du mich nicht fragen. Ich werde dich mit demjenigen zusammenbringen, der den Fall leitet, der kann dir dann mehr sagen.«

Greenberg, der Polizeibeamte, dem Fursts Überwachung übertragen worden war, machte einen etwas wirren Eindruck und schien auch nicht ganz begriffen zu haben, was Patrick eigentlich interessierte. Ihm genügte schon, daß Patrick sagte, er sei auf der Suche nach Hintergrundmaterial für eine Reportage. In erster Linie erklärte Greenberg sich bereit, Patrick zu helfen, um Tony Kriss damit einen Gefallen zu tun. Außerdem begrüßte er die Gelegenheit, auf seiner einsamen Wache Gesellschaft zu haben.

Als Patrick Greenberg das erstemal sah, litt dieser gerade an einer Erkältung, die er sich bei der Beschattung von Furst geholt hatte, als er diesen von der Universität ins Labor und nach Hause verfolgte. Dabei hatte er gelegentlich auch Leute wie Cadmus und andere entdeckt, von denen er noch nicht genau wußte, welche Rolle sie in Fursts Leben spielten. Er zeigte Patrick ein paar Fotos, die er von dem Mann gemacht hatte.

Auf diesen Fotos zumindest wirkte Furst eher wie ein strenger Prediger als wie ein Akademiker, irgendwie distanziert und hager, mit starken Brillengläsern, die seine Augen größer erscheinen ließen, und grauem Haar, das ihm bis in den Nacken hing, so wie man es Ende der Sechziger getragen hatte. »Er ist dreiundsechzig«, sagte Greenberg. »Eine auffällige Erscheinung.«

»Das muß es Ihnen leichter machen, ihn im Auge zu behalten.«

»Oh, er versucht keineswegs unterzutauchen, er ist nur dauernd unterwegs.«

Greenberg hatte den Professor jetzt dreieinhalb Wochen

lang überwacht, und Patrick erkannte, daß er anfing, ungeduldig zu werden, daß er endlich zuschlagen wollte. Aber seine Vorgesetzten hielten ihn zurück, und so blieb ihm nichts anderes übrig, als Furst weiter zu beschatten.
»Verdammte Scheiße, wir wissen, wo das Labor ist, und wir wissen, mit wem er dealt. Wir haben sein Telefon im Büro und das zu Hause angezapft, alles haben wir verwanzt, das können Sie mir glauben. Das sollte doch genügen, finden Sie nicht auch?«
Patrick sah den Professor das erstemal an einem mörderisch kalten Dezembernachmittag. Er saß im hinteren Teil des Waverly Coffee Shop, der selbst um diese Stunde von Studenten wimmelte, entweder weil sie gerade vorlesungsfrei hatten oder weil sie die Vorlesung schwänzten. Furst war allein, trank seinen Kaffee und las die TIMES. Er hatte seinen Mantel nicht ausgezogen, der, wie Patrick schnell feststellte, elegant geschnitten und mit Pelz besetzt war, ein offensichtlich teures Stück – auch für einen Professor.
»Einer seiner Dealer wird jetzt zu ihm kommen«, sagte Greenberg. »Er ist nie lange allein. Passen Sie auf.« Patrick und Greenberg nahmen an der Theke Plätze ein, die es ihnen erlaubten, den Mann unauffällig zu beobachten.
Ein paar Minuten später stieß Greenberg Patrick an und deutete mit einer Kopfbewegung zur Tür. »Oh«, sagte er, »da schaun Sie mal, wer da kommt!« Ein Lächeln zog über sein Gesicht; offenbar gefiel ihm das, was er sah. Eine Frau, in deren Haar noch die Schneeflocken glänzten, war gerade hereingekommen. Sie war ganz in Leder gekleidet; Lederjacke, Lederminirock, Netzstrümpfe. Sie war knapp vierzig und auf eine nicht mehr ganz frische Art hübsch.
Sie setzte sich an Fursts Tisch, und die beiden begannen eine angeregte Unterhaltung. Patrick bemühte sich, etwas zu verstehen, aber es war zu weit weg.

»Sie heißt Sally Templeton«, erklärte Greenberg. »Sie ist in der Abteilung für Biochemie tätig – irgend etwas mit Toxikologie. Würden Sie das glauben, wenn Sie sie so sehen? All das Leder. Das macht einen doch nachdenklich.«
»Toxikologie?«
»Man würde glauben, daß so jemand mit ganz anderem Zeug dealt, aber man kann ja nie wissen. Er hat auch einen Mikrobiologen, der für ihn arbeitet. Wahrscheinlich sind Intellektuelle genauso scharf darauf, sich etwas dazuzuverdienen, wie andere Leute auch.« Greenberg brauchte seine Gefühle hinsichtlich Intellektueller nicht näher darzulegen.
»Was können Sie mir sonst noch über sie sagen?«
Greenberg ließ den Tisch, an dem die beiden saßen, keine Sekunde aus den Augen. »Nicht viel. Sie ist vor etwa fünf Jahren aus Chicago hierhergekommen. Wir vermuten, daß sie Furst irgendwann im letzten Winter kennengelernt hat. Seitdem treiben es die beiden miteinander. Würden Sie das glauben, wenn man die so ansieht?« Greenbergs Stimme klang beeindruckt. »Jetzt sagen Sie mir bloß nicht, daß Gegensätze sich anziehen. Aber es ist natürlich schwer abzuschätzen, wie verliebt dieser Typ wirklich ist.«
»Was wollen Sie damit sagen?«
»Einen wie den braucht man doch bloß anzusehen, um zu wissen, daß seine Motive weitergehen. Wir haben genügend Beweise dafür, daß Furst sie als Muli benutzt – Sie wissen schon, als Kurier.«
»Wo fährt sie denn hin – Kolumbien, Peru?«
»Brasilien.«
»Was gibt's denn in Brasilien?«
»Nun, Koks zum Beispiel – nicht daß die ihn dort machen, aber 'ne ganze Menge Dealer gibt's. Aber das ist nur eine Annahme von mir.«

Das Gespräch zwischen dem Professor und der Toxikologin dauerte nicht lange. Nach zehn Minuten stand Sally Templeton plötzlich auf, ohne etwas angerührt zu haben, und griff in ihre Handtasche, um zu bezahlen. Aber Furst bedeutete ihr mit einer ungeduldigen Handbewegung, daß er zahlen würde. Es wirkte wie ein Spiel zwischen den beiden. Ohne Zweifel nur eines von vielen.

Keine fünf Minuten später stand auch Furst auf und ging zur Tür.

»Okay, weiter geht's«, sagte Greenberg und stieß Patrick an. Sie folgten dem Professor nach draußen.

Die meisten Menschen auf der Straße waren vermummt, die Gesichter von Schals und Kragen verdeckt, so daß sie wie Beduinen aussahen. Nicht so freilich Harry Furst. Wie um seine Verachtung für den Wind zu dokumentieren, der durch den Washington-Square-Park fegte, ging er ohne Kopfbedeckung mit offenem Mantel und trug seine Aktentasche mit bloßen Händen.

Er schritt zielbewußt aus, das Gesicht angespannt und konzentriert. Sein Weg führte ihn in südlicher Richtung auf die Houston Street zu.

»Wollen wir wetten, wo er hingeht?« sagte Greenberg. »Passen Sie auf, er bleibt stehen, ehe er die Houston erreicht.«

So, wie es der Polizist vorhergesagt hatte, blieb Furst an der Ecke stehen und sah zu einem Fenster hoch im ersten Stock eines kleinen Apartmentgebäudes. Patrick blickte auf und sah, wie sich die Vorhänge hinter dem Fenster teilten. Dann ging Furst an die Tür, die sich schnell mit einem Summen öffnete.

»Und was passiert jetzt?«

Greenberg warf ihm einen seltsamen Blick zu. »Folgen Sie

mir, mein Freund.« Er führte ihn um die Ecke herum. Dort parkte ein Lieferwagen mit der Aufschrift CALIPH UMZUGSDIENST. »Kommen Sie in mein Büro«, sagte er mit großspuriger Geste.

Im Inneren des Lieferwagens, von der Dunkelheit halb verschluckt, saß ein Techniker vor drei kleinen Fernsehschirmen und hantierte an einer eindrucksvollen Ansammlung von Knöpfen und Schaltern herum. Er war sichtlich mehr an den ihn umgebenden technischen Errungenschaften als an der Ankunft der beiden Männer interessiert. Die Bildschirme zeigten eine Vielzahl von Farben, aber kein scharfes Bild. Offensichtlich lief auf den Monitoren etwas ab, aber was das war, war unmöglich festzustellen. Es gab auch viel Bewegung, aber diese Bewegung bestand hauptsächlich aus Schatten, die sich über den Bildschirm stahlen und dann wieder verschwanden. Aber was waren diese Schatten? Patrick vermutete, daß der konzentrierte junge Mann am Schaltbrett weitere Knöpfe drücken und mit zusätzlichen Kippschaltern würde spielen müssen, ehe sie sich in irgendwelche identifizierbare Konturen auflösten.

»Wir sind hergekommen, um uns die nachmittägliche Seifenoper anzusehen«, sagte Greenberg. Der Techniker nickte nur kurz.

Nach ein paar Augenblicken hatte er das Bild scharf bekommen, und es dauerte nicht lange, bis Professor Furst sichtbar wurde. Er lockerte seine Krawatte und riß sie dann herunter, als sei sie eine Schlinge um seinen Hals. Eine Frau war teilweise sichtbar, ihr Haar war jetzt gelöst und fiel über ihren nackten Rücken. Plötzlich drehte sie sich um, ihre Brüste hoben und senkten sich, und ihre Augen bohrten sich erwartungsvoll, aber irgendwie mißtrauisch in die von Furst. Es war Sally Templeton.

»Was wir hier haben«, verkündete Greenberg mit stolzer Stimme, »ist ein drahtloses Eindringen.«
Drahtloses Eindringen, dachte Patrick. Es war offenkundig, daß Greenberg auf das Geleistete sehr stolz war – und auf die Art und Weise, wie seine Überwachungsaktion lief.
»Mit diesem System können wir auf eine Distanz bis zu fünf Meilen überwachen. Es funktioniert mit Mikrowellenenergie, man braucht also keine Drähte oder Kabelverbindungen. Sobald die Kamera einmal installiert ist, ist der Rest ein Kinderspiel.« Als er Patricks verwirrten Blick bemerkte, fuhr er fort: »Sehen Sie, die wollen nicht, daß ihre kleine Affäre bekannt wird; wenn sie sich also an einem öffentlichen Ort treffen, gehen sie lieber getrennt weg. Es gibt irgendwo eine Mrs. Furst, und die Abfindung, die sie haben will, ist größer, als er auszuspucken bereit ist. Sein Anwalt hat ihm gesagt, er soll aufpassen. Wenn sie Wind davon bekommt, daß er mit einer anderen Frau ins Bett geht, kommt das ganz schön teuer. Immer die gleiche alte Geschichte.«
Die gleiche alte Geschichte wurde wieder unscharf, was den Techniker zu einem gemurmelten Fluch veranlaßte. Als er es schließlich geschafft hatte, das Bild wieder zu bekommen, wurden sie mit einem schattenhaften Umriß von Miss Templeton belohnt, die in einen Raum entschwand, der dem Zugriff ihres drahtlosen Eindringens entzogen war, dicht gefolgt von Furst, der seltsam unzufrieden dreinsah.
»Versuchen Sie mal, ob Sie den Ton besser reinkriegen.«
Während sie etwas dümmlich ein leeres Zimmer auf drei Bildschirmen betrachteten, konnten sie nur laute Stimmen hören; es klang, als würden die beiden sich anschreien. Aber abgesehen von dem einen oder anderen Wort, war ihr Gespräch – ihr wechselseitiges Gebrüll – völlig unverständlich.

Der Techniker mühte sich verzweifelt ab, dem Lärm irgendeinen Sinn abzugewinnen. Ein halbes Dutzend Skalen und Meßgeräte unterstützten seine Bemühungen. »Normalerweise funktioniert es besser«, entschuldigte sich Greenberg. Er deutete auf einen Stapel Videobänder, die in einem Fach lagen, und meinte: »Wahrscheinlich haben wir bereits genug, aber das kann man nie wissen. Ich dachte jedenfalls, Sie würden gerne sehen, wie wir hier arbeiten.«

Der Anruf kam wenige Minuten, nachdem Patrick zu Bett gegangen war. Es war Greenberg. Trotz seiner belegten nasalen Stimme hörte er sich begeistert an. »Meinen Sie, Sie könnten in einer halben Stunde hiersein?«
»Wo ist hier?«
»Im Village. Ich habe gerade Bescheid bekommen. Wir schlagen noch diese Nacht zu. Sie können das exklusiv haben. Es gibt da einen vierundzwanzig Stunden geöffneten Coffee Shop an der Bleecker Street in der Nähe des Kinos, Sie können es nicht verfehlen. Ich warte dort bis drei auf Sie.«

14

In dem grellen Licht, das in einsamen Morgenstunden ein Markenzeichen für Coffee Shops und Fernfahrerkneipen zu sein schien, sah Greenberg schrecklich aus. Seine Augen waren blutunterlaufen und seine Nase von der Erkältung gerötet. Aber er lächelte, zufrieden, daß die Warterei endlich ein Ende gefunden hatte. Er hatte noch einen Beamten in Zivil bei sich, der Joe Russell hieß. Er war ein hagerer Mann, der sagte, er erinnere sich an Patrick von der Morning-in-America-Show, und ihn fragte, warum er ihn in letzter Zeit nicht im Fernsehen gesehen habe. Patrick sagte, daß er inzwischen etwas anderes mache.

»Das muß schon etwas sein, hm? Wenn die Leute auf der Straße auf einen zugehen und einem sagen, sie haben einen im Fernsehen gesehen.«
Greenberg zog Patrick von Russell weg, als wolle er den Prominenten für sich allein in Anspruch nehmen, als sei Patrick sein Eigentum. Dann erklärte er: »Vor etwa einer Stunde hat Harry Furst seine Wohnung an der Charles Street verlassen und sich ein Taxi zu seinem Labor an der Third Street genommen. Wir haben Leute dort, die das Labor beobachten. Sobald wir das Stichwort kriegen, geht es los. Ich denke, daß es jeden Augenblick soweit sein kann.«
Das Gebäude, in dem sich das Labor befand, stand auf dem Gelände der New York University. Hinter einem halben Dutzend Fenstern brannte Licht, obwohl es Viertel nach drei Uhr morgens war. Patrick malte sich kurzsichtige Wissenschaftler aus, die an lange überfälligen Doktorarbeiten schufteten. Einige Polizisten hatten in Eingangsnischen Zuflucht vor der Kälte gesucht. Der schlechte Kaffee in Plastiktassen konnte sie auch nicht warm halten. Alle waren sie mit einer Menge Gerätschaften ausgerüstet: Revolver, Knüppel, ledergebundene Bücher mit Strafzetteln, Handschellen, Ersatzmunition und Walkie-talkies, die, während sie warteten, gelegentlich knisternde Geräusche von sich gaben.
Während die Zeit verstrich, bemerkte Patrick, daß sich auf der anderen Straßenseite weitere Polizisten sammelten. Die Spannung begann der Langeweile und der Enttäuschung zu weichen. Die Kälte trug auch nicht gerade dazu bei, die Stimmung zu heben.
Und dann kam plötzlich Bewegung in die Szene. Ein Sicherheitsmann der NYU tauchte an der Tür zu dem Gebäude auf und schloß sie auf. Offenbar fand diese

Razzia in Zusammenarbeit mit der Universität statt. Greenberg gab Patrick ein Zeichen und lief über die Straße. Es ging los.

Während ein halbes Dutzend Polizisten das Gebäude betraten, hielten sich die anderen zurück, vermutlich, um Leute, die Fluchtversuche unternahmen, festnehmen zu können. Ihre Schritte hallten in dem verlassenen Korridor. Greenberg schien mit der Gebäudeanordnung vertraut; jedenfalls verhielt er sich, als wüßte er genau, wo sie hinzugehen hatten. Er dirigierte seine Männer zu einer Treppe, die ins Kellergeschoß führte.

Jetzt holten sie ihre .38 Police Specials heraus, um mit dieser Zurschaustellung von Macht jeden Gedanken an Widerstand zunichte zu machen. »Diese Tür ist es, die zweite von vorn«, sagte Greenberg und wies den fensterlosen Korridor hinunter.

Sie stießen die Tür einfach auf und stürmten ins Labor. Greenberg hielt eine Polizeiplakette in der Hand, damit alle sie sehen konnten. Vier Studenten starrten sie an, die Augen weit aufgerissen, offenbar unfähig zu begreifen, was das alles sollte. Szenen wie diese waren etwas, was sie tausendmal im Fernsehen und im Kino gesehen hatten, aber das mußte das Ganze für sie nur noch unwirklicher erscheinen lassen. Selbst Patrick schien es ein wenig unwirklich, obwohl er wenigstens den Vorteil hatte, die Polizeiwaffen nicht von vorn zu sehen. Einer nach dem anderen hoben die Studenten benommen die Hände. Angst vor den auf sie gerichteten Revolvern machte sich breit. Die eine Frau neben ihnen fing an zu schluchzen, die Tränen liefen ihr über die Wangen. Die Männer sahen so aus, als würden auch sie jeden Augenblick anfangen zu weinen.

Nur die Ratten schienen von den Eindringlingen keine Notiz zu nehmen und starten ausdruckslos auf das Schauspiel, das sich vor ihren Käfigen abspielte. Sie bewegten sich überhaupt nicht, zuckten nicht einmal mit dem Schwanz. Patrick fragte sich, ob sie überhaupt lebendig waren.

Das Labor war nicht groß – man konnte es praktisch mit einem Blick überschauen; es gab keine Winkel, wo jemand sich hätte verstecken können.

»Verdammte Scheiße, wo ist Dr. Furst?« fragte Greenberg sichtlich verärgert.

»Er ist nicht hier«, stammelte einer der Studenten. »Er ist die ganze Nacht nicht hiergewesen.«

Greenberg und Russell sahen einander an, wie um zu fragen, wer die Schuld dafür trug. Es lief überhaupt nicht so, wie sie geplant hatten. Nach kurzem Zögern verkündete Greenberg, daß die Studenten verhaftet seien, und zwar wegen illegaler Herstellung verbotener Substanzen.

Die Studenten protestierten, sie hätten nichts dergleichen getan.

»Sparen Sie sich das für Ihre Anwälte«, erklärte Greenberg. Während Russell ihnen ihre Rechte herunterleierte, begannen zwei Polizisten, ihnen Handschellen anzulegen. Die anderen sammelten sämtliche vorhandenen Substanzen ein und holten aus jedem Becher, jedem Reagenzglas und jeder Petrischale Pulver, Lösungsmittel, Flüssigkeiten und Emulsionen. Als sie damit fertig waren, herrschte im Labor das reinste Chaos. Auf dem Boden lagen Glasscherben herum und funkelten in einer roten, klebrigen Pfütze, die die Beamten in ihrer Hast, Beweismaterial einzusammeln, produziert hatten.

Greenberg entschied, daß es wenig Sinn hatte, hierzubleiben. Er ordnete an, das ganze Gebäude nach Furst abzusuchen; es war eine sinnlose Maßnahme, und das wußte er auch.

»Will einer wetten, daß der Schweinehund die Stadt verlassen hat?« sagte Greenberg. »Gehen wir zurück zur Charles Street. Nicht daß uns das etwas nützen würde, aber ich fühl' mich dann besser.« Er warf einen Blick auf den Haftbefehl für Harry Furst und seufzte bedrückt. »Und da bild' ich mir ein, wir waren so schlau, daß das Arschloch uns überhaupt nicht bemerkt hat. Dabei hat er uns die ganze Zeit an der Nase herumgeführt.«

In seiner Eile, Fursts Wohnung zu erreichen, hätte Greenberg fast einen Betrunkenen überfahren, der sich – ganz langsam – an der Ecke der Sechsten und der Waverly bei Rot über die Straße bewegte.

Der Ziegelbau, in dem Furst wohnte, sah ebenso wie seine Kleidung viel zu elegant und viel zu teuer aus für einen Mann, dessen einzige Einnahmequelle sein Gehalt als Biochemieprofessor war. Hohe Fenster im Erdgeschoß gaben einen verlockenden Blick auf einen offenen Kamin, antike Möbel und bis zur Decke reichende Bücherregale frei. Es war die Art von Wohnung, wie Patrick sie selbst gern gehabt hätte.

Die Glocke gab einen angenehm gedämpften Ton von sich, wie eine Standuhr zur vollen Stunde, führte aber zu keinerlei Reaktion. Während sie noch auf der Eingangstreppe standen, fuhr ein weiterer Funkwagen heran, und zwei Beamte stiegen aus.

Ihr Erscheinen schien Greenberg zu mobilisieren. Er drückte jetzt auf die drei anderen Klingelknöpfe, in der Hoffnung, irgend jemanden zu veranlassen, sie ins Haus zu lassen.

»Polizei, Ma'am«, sagte Greenberg höflich zu der Frau, die durch den Türspalt zu ihnen heraussah. Es war eine ältere

Frau, die ihr Erscheinen sichtlich verwirrte. Sie hüllte sich in ihren Morgenrock und öffnete die Tür, um sie einzulassen. »Was ist denn passiert, Officer?«
»Wir müssen in Professor Fursts Wohnung. Wissen Sie, ob er hier ist?«
»Das ... das weiß ich wirklich nicht. Der Professor hat eine ungewöhnliche Zeiteinteilung. Ist er irgendwie in Schwierigkeiten?«
»Wir haben einen Haftbefehl für ihn.«
Das erschreckte sie sichtlich. Ihr Mund klappte auf, einen Augenblick lang war sie sprachlos.
»Wann haben Sie den Professor das letztemal gesehen?«
»Ich weiß nicht. Vor zwei Tagen. Ich hab' ihn mit einem Mann draußen reden sehen.«
»Meinen Sie, daß Sie mir diesen Mann beschreiben könnten?«
»Er war etwa so groß wie Sie, gut gekleidet. Er hatte hier eine Narbe.« Sie deutete auf ihre Schläfe. »Sie war rosa und tief, als hätte jemand ein Stück seines Gesichts herausgestochen.«
»Jack Cadmus«, sagte Greenberg.
Die Frau konnte ihnen nicht viel mehr sagen. Wenn Harry Furst während der Nacht weggegangen war, so war ihr das nicht aufgefallen; sie hatte nichts gehört und von ihrem Fenster aus auch nichts beobachtet, was zu irgendwelchem Verdacht hätte Anlaß geben können.
Sie folgten der Frau und betraten einen makellos sauberen Eingangsflur. Fursts Tür lag zu ihrer Linken. Greenberg begann dagegenzuhämmern und schrie immer wieder: »Polizei, aufmachen!« Er wartete, hörte nichts und hämmerte erneut gegen die Tür.
Als immer noch keine Reaktion kam, bedeutete er seinen Beamten, die Tür aufzubrechen. Das taten sie mit großem

Getöse. Als sie über die Schwelle traten, erstarrten sie förmlich. Auf dem Perserteppich lag eine Frau, das Kleid halb über die Schenkel hinaufgeschoben. Sie ließ keine Lebenszeichen erkennen. Es war Sally Templeton.

Greenberg wies die anderen an, sich um sie zu kümmern, und drang mit der Waffe in der Hand tiefer in die Wohnung ein. Patrick folgte dicht hinter ihm. »Es könnte gefährlich werden. Sie sollten hier nicht mit dabeisein«, sagte Greenberg. Aber er bestand nicht darauf, daß Patrick zurückschlich.

Im nächsten Augenblick hörten sie ein Geräusch, das offenbar aus der Küche kam. Eine Tür stand halb offen. Sie gingen zu der Tür und blickten in einen kleinen, schwach erleuchteten Hof hinaus, der von einer Ziegelmauer umschlossen war. In den Büschen, die an der Mauer wuchsen, war plötzlich eine Bewegung zu sehen. Greenberg stieß einen Ruf aus und richtete seine .38 auf die Büsche.

Dann sahen sie ihn. Es mußte Furst sein, seine Größe verriet ihn. Ehe Greenberg einen Warnschuß abgeben konnte, zog Furst sich an der Mauer hoch und flankte darüber. Wer hätte einem Mann seiner Größe solche Schnelligkeit und Behendigkeit zugetraut? Patrick und Greenberg rasten in den Hof. Greenberg war bei weitem nicht so beweglich, wie er das gern gewesen wäre; vielleicht war daran auch seine Erkältung schuld. Patrick war als erster über der Mauer.

Als er auf der anderen Seite landete, sah er vor sich die Hinterfassade von drei Ziegelhäusern. Eine schmale Gasse führte an einem der Häuser entlang auf die Straße hinaus. Furst war eine schattenhafte bewegte Gestalt, die sich bereits am Ende der Gasse befand. Patrick rannte hinter ihm her. Aber als er die Straße erreichte, war Furst verschwunden. Wenige Augenblicke später holte Greenberg ihn keuchend ein. Er blickte angewidert drein.

»Wir schicken sofort ein Fahndungsersuchen hinaus«, sagte er. »So oder so, wir kriegen dieses Schwein schon. Und jetzt gehen wir zurück und sehen uns Miss Templeton an.«

Als sie in die Wohnung zurückkamen, hörte Patrick zu seinem Erstaunen, daß Sally Templeton noch lebte.
Aber der Halt, den das Leben ihr noch bot, war sehr schwach. Sie hatte sich erst vor kurzem übergeben; an ihrer Bluse waren noch Spuren von Erbrochenem zu sehen. Ihr Gesicht war völlig blutleer, die Lippen blau. Bei näherem Hinsehen stellte er fest, daß ihre Pupillen geweitet waren und ihre Augen starr blickten. »Keine Netzhautreflexe«, sagte er und beugte sich über sie. »Diese Lady hat einen ganz schwachen Puls, ihr Atem ist kaum wahrzunehmen, und ihre Temperatur ist unter dem Normalpunkt.«
»Ich wußte gar nicht, daß Sie Arzt sind«, sagte Greenberg.
»Ich habe medizinische Vorlesungen gehört, falls das zählt.«
»Oh, das zählt allerdings. Können Sie mir sagen, was mit ihr los ist?«
»Sie ist höchstwahrscheinlich vergiftet worden.«

15

Patrick hatte beinahe das Gefühl, er würde Sally Templeton persönlich kennen, und dies nicht nur, weil er sie in ihrer Wohnung beobachtet hatte. In seinem Bewußtsein war eine Verbindung zwischen ihrem Schicksal und dem Charlottes entstanden.
Die nächsten paar Stunden lag Sally Templeton im Koma auf der Intensivstation des St. Vincent Hospital in Greenwich Village. Als Besucher hatten nur enge Familienangehörige Zutritt, und davon besaß sie nur sehr wenige.
Patrick lauerte außerhalb der Intensivstation und beobach-

tete ihr Leben immer noch – zumindest das, was davon geblieben war. Er redete sich ein, als Reporter habe er das Recht dazu. Aber der Lohn für all die Zeit, die er darauf verwendete, festzustellen, wer hier auftauchte, war mager. Immerhin gelang es ihm, die Bekanntschaft von Sallys Mutter zu machen, einer grauhaarigen Frau im Zustand höchster Erregung, deren sie nur dadurch Herr werden konnte, daß sie in den Gang hinausging und sich eine Mentholzigarette anzündete. Sie trug eine Brille, deren Gläser sich je nach Lichteinfall veränderten, und redete schnell, als hätte sie es eilig, die Dinge loszuwerden.

»Ich konnte sie nie unter Kontrolle halten, das war unmöglich, selbst als sie noch ein kleines Mädchen war. Ich kann Ihnen gar nicht sagen, wie oft sie von zu Hause weggerannt ist. Sie ist ganz nach ihrem Vater geraten.«

Patrick hatte den Eindruck, daß sie von dem Mann nicht sehr viel hielt.

»Hat Ihre Tochter oft über Professor Furst gesprochen?«

»Oh, die ganze Zeit hat sie über ihn gesprochen. Die haben sich dauernd gestritten, und sie hat ihn immer wieder verlassen und mich dann mitten in der Nacht angerufen. ›Mom‹, hat sie gesagt, ›der Teufel soll mich holen, wenn ich je mit diesem Schweinehund wieder etwas zu tun habe.‹« Sie zuckte die Achseln. »Natürlich steckten sie zwei Tage später wieder zusammen. Wenn ich dann angerufen habe, sagte sie bloß: ›Mom, was machst du dir für Sorgen? Ist doch alles in Ordnung.‹ Und wenn ich sie an ihren Streit erinnerte, sagte sie: ›Oh, das? Das war doch nichts. Ich war nur ein bißchen aufgeregt, sonst gar nichts. Das passiert doch jedem hier und da.‹ Stellen Sie sich das vor!« Sie schüttelte den Kopf immer noch, verblüfft über das unergründliche Verhalten ihrer Tochter. »Ich versuchte ihr klarzumachen, daß sie die Finger von diesem Mann lassen sollte, aber sie

hat natürlich nicht auf mich gehört. Sie war so verdammt stur.«
»Haben Sie Professor Furst je persönlich kennengelernt?«
»O ja. Sally hat mich eingeladen, die Weihnachtsfeiertage mit ihm zu verbringen, das war ziemlich genau um diese Zeit letztes Jahr. Drei Tage war ich dort, bis ich es nicht mehr aushielt. Dauernd haben sie gestritten und sich angeschrien. Es war schrecklich.«
»Welchen Eindruck hatten Sie von Harry Furst?«
»Ich fand ihn arrogant, zynisch und ... nun ja, seltsam.«
»Wie meinen Sie das?«
»Ich kann es nicht genau erklären, da war nur etwas Eigenartiges an ihm. Mir gegenüber war er immer sehr höflich und charmant, verstehen Sie mich nicht falsch. Ich hatte das Gefühl, daß er sich darum bemühte, mich zur Verbündeten gegen meine Tochter zu machen. Aber darauf habe ich mich nicht eingelassen. Ich habe ihn durchschaut. Er wollte etwas von mir. Ich weiß nicht, was es war, ich spürte jedenfalls, daß er sie ausnutzte.«
»Nahm Ihre Tochter Drogen? Rauschgift, meine ich.«
»Das würde mich nicht überraschen. Sie hat jahrelang Gras geraucht. Sogar vor mir hat sie es getan, um mich zu ärgern. Kann also durchaus sein, daß sie auch schlimmere Dinge getan hat.« Dann musterte sie Patrick mit rätselhafter Miene. »Glauben Sie, daß sie durchkommen wird? Seien Sie ehrlich.«
»Ich fürchte, die Aussichten dafür sind nicht besonders gut.«
Mrs. Templeton nickte heftig. »Das hab' ich mir gedacht«, sagte sie seltsam befriedigt. Dann wandte sie sich ohne ein weiteres Wort ab und ging.
Der Arzt, der Sally Templeton behandelte, ein freundlicher, wenn auch irgendwie abwesend wirkender Internist, war

von dem Fall einigermaßen verblüfft. Die Beschreibung ihres Zustands war erschreckend: Sprachverlust, Unfähigkeit zu schlucken; intensive Zyanose; extensive Paralyse; aufgedunsener Bauch; niedriger Blutdruck; Aussetzen der Atmung, Koma ...

Und als wäre das alles noch nicht genug, erwähnte der Arzt ein Symptom, das noch seltsamer war. »Seit ich das letztemal nach ihr gesehen habe, haben sich auf ihrer Haut große Blasen gebildet.« Er machte eine kleine Pause und fügte dann hinzu: »Es ist schwierig, sie zu berühren, denn dabei löst sich die Haut ab. Ich weiß offen gestanden nicht, was ich daraus schließen soll.«

Patrick war zwar immer noch überzeugt, daß sie vergiftet worden war, hatte aber keine Ahnung, womit. Es gabe keine ihm bekannte Droge, die eine solch bizarre Vielfalt von Symptomen hervorbrachte.

»Wir haben ganze Testbatterien an ihr veranstaltet, ihr Blut analysiert, eine Anzahl toxischer Tests gemacht und nichts gefunden«, gab der Arzt traurig zu.

Spätnachts suchte Greenberg das Krankenhaus auf, um mit dem Arzt zu sprechen. Er erhoffte eine definitive Diagnose. Tatsächlich erhoffte er sogar wesentlich mehr. Falls Sally sich erholen sollte, würde sie ihm vielleicht sagen können, was Furst ihr angetan hatte, und vielleicht sogar einen Anhaltspunkt liefern, der zu seiner Ergreifung führte. In jedem Fall brauchte er eine Diagnose, die die Vergiftung bestätigte, um etwas in der Hand zu haben, was er Furst anhängen konnte – zumindest versuchter Mord, falls sie überhaupt überlebte. Aber das Gespräch mit ihrem Arzt brachte auch nicht mehr, als Patrick schon wußte.

Dennoch hörte er sich zuversichtlich an. »Es kommt jetzt

darauf an, Anklage gegen ihn erheben zu können. Wenn wir das haben, sollte sich alles Weitere von selbst ergeben.«
»Was ist mit den Drogen, die die Studenten für Furst produziert haben?« fragte Patrick und wunderte sich darüber, daß Greenberg weitere Anklagepunkte gegen ihn benötigte.
Der zögerte eine Weile, ehe er meinte: »Nun, das scheint etwas problematisch zu sein. Wir haben jede einzelne Substanz, die wir in diesem verdammten Labor gefunden haben, untersucht und bis jetzt keine positiven Ergebnisse. Nicht Koks, nicht Acid, nicht PCP, MDTP oder MDMA. Überhaupt keine illegalen Drogen. Es stehen noch ein paar Tests aus, und es kann sein, daß sie etwas finden, aber gut sieht es nicht aus.«
Es schien also, daß die Labortechniker der Polizei nicht mehr Glück hatten als die im Krankenhaus. Patrick fragte, was Greenberg aus den vier verhafteten Studenten herausbekommen hatte.
Greenberg schnaubte. »Können Sie sich das vorstellen – diese jungen Leute schwören, sie wüßten überhaupt nichts von irgendwelchen Rauschgiften. Und unterdessen sitzen mir ihre Familien im Nacken und drohen, die Polizei, die Universität, die Stadt New York und weiß Gott wen sonst noch wegen illegaler Festnahme zu verklagen.« Die Aussicht auf eine Niederlage schien zum erstenmal in seinen Überlegungen aufzutauchen.
Patrick erinnerte ihn an die vielen Videobänder, die er während der Überwachung gesammelt hatte.
»Nun ja, damit gibt es auch Probleme«, sagte Greenberg bedrückt. »Die können wir nicht verwenden. Sehen Sie, wir hatten keine Befugnis für die Überwachung.«
»Sie sagen, daß das illegal war?«
»Ich sagte, daß wir keine Befugnis hatten«, wich Greenberg

aus und spreizte die Finger. »Was soll das Ganze? Das ist wirklich ein beschissenes Leben, finden Sie nicht?«

Patrick ging mit Greenberg hinaus. Der Wind hatte sich gelegt, aber es war immer noch bitter kalt. Auf der anderen Straßenseite verkauften ein Mann und eine Frau Weihnachtsbäume um dreißig Dollar das Stück. Leute, die so aussahen, als kämen sie gerade von Weihnachtspartys in ihren Büros, füllten die Seventh Avenue. Ihrem lärmenden Gehabe nach waren sie auf der Suche nach weiterer Aufmunterung. So schnell durfte eine Party nicht zu Ende gehen.

Greenbergs Gesicht zeigte Wut und Enttäuschung. Ohne Zweifel fand er es empörend, daß *er* sich jetzt würde verantworten müssen, nicht Furst. Die vergnügte Stimmung der Passanten schien ihn nur noch mehr zu bedrücken.

»Mir ist gerade etwas eingefallen«, sagte Patrick.

»Hoffentlich etwas Gutes.«

»Diese Ratten im Labor.«

»Was ist mit denen?«

»Sind die noch am Leben?«

»Weiß ich nicht, aber das läßt sich feststellen. Wir haben sie als Beweismittel beschlagnahmt. Warum? Wie können die uns helfen?«

»Ich weiß nicht, ob Sie es bei dem Durcheinander bemerkt haben, aber die Tiere haben sich die ganze Zeit nicht bewegt, während wir in dem Labor waren. Sie wirkten wie gelähmt.«

»Ehrlich gesagt, erinnere ich mich nicht, Patrick. Da war so viel los, daß ich überhaupt nicht darauf geachtet habe, was mit den Ratten war. Warum ist das wichtig?«

»Ich habe das Gefühl, daß das Mittel, das diese Ratten bewegungsunfähig gemacht hat, auch für Sally Templetons Zustand verantwortlich ist.«

Greenberg warf Patrick einen seltsamen Blick zu, als begriffe er nicht ganz, was der andere meinte.
»Was haben denn die Studenten gesagt, als Sie sie verhörten? Haben die Ihnen verraten, womit sie beschäftigt waren?«
»Nicht genau. Sie sagten, sie hätten chemische Analysen an irgendwelchen organischen Verbindungen durchgeführt. Ich hab' nicht richtig hingehört, wissen Sie. Ich dachte, das wäre alles bloß Unsinn, Ausreden eben. Ich wollte etwas über Rauschgift hören. Als dann die Tests zurückkamen und alle negativ waren – für Koks, Ecstasy, PCP und Acid, meine ich –, war mir scheißegal, was die in ihren Reagenzgläsern hatten. Wenn Sie wollen, können Sie sich ja die Protokolle durchlesen. Vielleicht finden Sie etwas, das mir nicht aufgefallen ist.«

Man wies Patrick einen Schreibtisch vor Greenbergs Büro zu und gab ihm Kopien der Aussagen der vier Studenten. Gelegentlich erwachte das Radio neben ihm auf dem Schreibtisch zum Leben und riß ihn aus seiner Konzentration. Davon abgesehen war es in dem Reviergebäude ziemlich ruhig. Vielleicht hatten sich sogar die gesetzlosen Elemente der Stadt während der Feiertage freigenommen.
Beim Lesen der Aussagen wurde Patrick klar, warum die Polizeibeamten in ihrer Ungeduld, Geständnisse wegen illegaler Rauschgiftherstellung zu bekommen, Hinweise auf Reproduktionszyklen von *dedon hystrix* oder die topisch aktiven Eigenschaften von *sphoeroides testudineus* und *bufo marinus* ignoriert hatten. Für die in Chemie und Biologie ungeschulten Beamten mußte das alles wie sinnloses Geschwätz und damit völlig belanglos erschienen sein. Nicht daß Patrick mit Forschungsarbeiten dieser Art wirklich vertraut gewesen wäre; aber unter den vielen Ärzten, Bio-

chemikern und Spezialisten für Tropenkrankheiten, die er im Lauf der Jahre kennengelernt und interviewt hatte, mußte es doch ganz sicher jemanden geben, der ihm hier weiterhelfen konnte. Während er sein Gedächtnis nach einem Namen erforschte, tauchte Greenberg wieder auf.

»Das glauben Sie mir ganz bestimmt nicht«, sagte er.

»Was denn?«

»Diese Ratten, für die Sie sich so interessiert haben – nun, ich glaube, Sie sollten mitkommen und sie sich ansehen.«

Mehr wollte Greenberg nicht sagen. Er meinte nur immer wieder: »Sie werden staunen.« Er hörte sich an wie ein kleiner Junge, der sich bemühte, ein Geheimnis für sich zu behalten.

Das Labor befand sich in einem anderen Gebäude, das mit dem Revier durch einen zugigen Tunnel verbunden war.

»Wir machen dort einige Schemauntersuchungen – Paraffintests, Walker-Tests und solches Zeug. Den komplizierteren Kram, zum Beispiel DNS-Proben, schicken wir an das FBI in Washington.«

Inzwischen war es fast zehn Uhr abends, und in dem Labor herrschte wenig Aktivität. Wie alle anderen Räume in dem Gebäude und wie jedes Revier, das Patrick je gesehen hatte, war es grell von Neonröhren beleuchtet. Zwei Männer saßen an Mikroskopen und betrachteten Deckgläser mit Blutabstrichen und Haarfasern, während ein dritter vermutlich abwartete, bis irgendein chemischer Prozeß abgelaufen war, und unterdessen an einem Schreibtisch die NEW YORK POST las. Ein Radio war eingeschaltet und gab etwas wieder, das Musik sein sollte.

Patrick folgte Greenberg durch einen schmalen Gang zu ein paar Käfigen, von denen die meisten leer waren. Einer war mit einer Plastikfolie verhängt, die Greenberg jetzt mit einer dramatischen Handbewegung wegschob – wie ein Zauberkünstler auf der Bühne. Patrick spähte zu den Ratten hinein. Das plötzliche grelle Licht ließ die drei wie wild in ihrem Gefängnis herumrennen. Offenbar hatten sie es geschafft, die Lähmung abzuschütteln, die sie vorher bewegungslos gemacht hatte. Patrick und Greenberg tauschten einen Blick. Dem Polizisten mußte der gleiche Gedanke gekommen sein: Wenn diese Ratten sich erholt hatten, dann vielleicht auch Sally.

16

Patrick ließ seinen Blick über die Wände von Resnicks Büro schweifen und konnte sich nicht entscheiden, ob seine Schmuckmasken nun wirklich bösartig dreinblickten oder ob das nur ein Resultat unterschiedlicher kultureller Wahrnehmung war. Was den Eindruck von Drohung vermittelte, mochte für den afrikanischen, brasilianischen oder papuanischen Künstler, der sie geschaffen hatte, etwas völlig anderes bedeuten.

Die Masken waren nur ein kleiner Teil der Sammlung des Anthropologen David Resnick. Dazu kam noch ein kleines Arsenal von Blasrohren und Speeren, die alle dazu bestimmt waren, Gift in das Fleisch von Tieren und Gegnern zu injizieren. In Glaskästen war eine erstaunliche Vielfalt von sorgfältig mit Etiketten versehenen Pflanzenprodukten ausgestellt: Phiolen mit ätherischen Ölen, Proben von Paragummi, Mahagoni- und Holzschnitzereien, Fasermatten, Hanfseil und ein reichliches Dutzend Glasgefäße mit exotisch geformten eingelegten Früchten. Patricks besondere Aufmerksamkeit galt dem Regal mit den Giften. Er konnte nur Spekulationen darüber anstellen, welche Eigenschaften wohl *D-tubocurarine, Dataura stramonium, Lonchocarpus capassa, Flagellipes* und *Albizzia lebbeck* haben mochten. Wenn man die Etiketten las, vermittelte das nicht die leiseste Ahnung, was all diese Substanzen an einem Menschen bewirken konnten, aber er bezweifelte, daß es etwas Positives war. An den Wänden sah er Dutzende von Fotos von Resnick in Safari- oder Tarnjacke inmitten immer neuer, halbnackter Freunde, die ohne Zweifel ihren Beitrag zu seiner beträchtlichen Sammlung narkotischer Pflanzen und Waffen geleistet hatten.

Dann öffnete sich die Tür, und Resnick erschien; in Jackett und Krawatte wirkte er bei weitem nicht so sehr wie der unverzagte Forscher, als den ihn diese Fotos präsentierten. Er war ein schanker, energischer Mann und hatte die Angewohnheit, sich mit den Händen durch das vorzeitig ergraute Haar zu fahren, in dem vergeblichen Versuch, es unter Kontrolle zu bekommen.

»Herrgott, Pat«, sagte er, »das ist aber wirklich eine Ewigkeit her.« Ein Geruch nach Affen und Mäusen umgab ihn, mit denen er vermutlich im Tierraum gearbeitet hatte.

»Mindestens fünf Jahre.«

»So lange?« Resnick warf noch einmal einen Blick auf Patricks Gesicht, vielleicht auf der Suche nach Spuren, die die Zeit hinterlassen hatte. »Wann sieht man dich wieder im Fernsehen?«

»Keine Ahnung. Das liegt nicht in meiner Hand sozusagen.«

»Nun, sag mir Bescheid, ja? Dann schalte ich dich ganz bestimmt ein. Mir hat deine Arbeit immer gefallen.«

Er lud Patrick ein, Platz zu nehmen, und ging dann um seinen Schreibtisch herum auf die andere Seite, schob Bücher und Papiere weg, um den Blick auf seinen Besucher frei zu haben.

»Hattest du Gelegenheit, dir die Proben anzusehen, die ich dir geschickt habe?«

»Das hab' ich allerdings. In deinem Brief stand, daß alle die gleiche Herkunft haben?«
»Stimmt. Die kommen alle aus Harry Fursts Laboratorium.«
»Sag mal, Pat, hat du je Sushi gegessen?«
»Oft«, erwiderte Patrick, von der Frage überrascht.
»Hast du je Fugu oder Chiri gegessen?«
»Ich habe keinen so exotischen Geschmack. Yellowtail und kalifornische Brötchen, das ja, aber nicht Fugu. Und von Chiri hab' ich noch nie gehört.« Was hatte das mit Sally Templeton zu tun, fragte er sich.
»Nun, Fugu ist der Fisch, den einer der Studenten laut Protokoll erwähnt hat. Er hat die formelle lateinische Bezeichnung gewählt, *sphoeroides testudineus.* Er ist hochgiftig. Die Leber, die Haut, die Eingeweide und die Eierstöcke dieses Fisches sind garantiert tödlich. Aber man kann ihn so zubereiten, daß die Giftwirkung eingeschränkt wird, so daß man nur einen kleinen Kick davon bekommt – ein betäubendes oder prickelndes Gefühl, eine Art Euphorie. Chiri ist ein Gericht aus halb gargekochten Filets des *sphoeroides testudineus.* Es kommt natürlich vor, daß die Köche das Gericht nicht korrekt zubereiten, und dann sterben manchmal Leute daran. Selbst die Köche sterben gelegentlich.«
»Und das haben die in dem Labor bearbeitet – Fugu?«
»Nicht genau. Die Substanz, um deren Untersuchung du mich gebeten hast, ist chemisch mit dem aktiven toxischen Bestandteil im Fugu verwandt. Es ist auch mit dem *dodon hystrix* verwandt, dem Puffer- oder Blasfisch, und dem *bufo marinus,* der amerikanischen Kröte. Die Substanz nennt sich Tetrodotoxin. Anscheinend hat dieser Furst das Tetrodotoxin von diesen Lebewesen gewonnen. Man kann einen Pufferfisch wie den *tetrodon psittacus* nicht im Labor züchten

und erwarten, daß er Tetrodotoxin liefert. Das geht nur in der Natur.«

»Wenn ich diese Pufferfische haben wollte, wo müßte ich nach ihnen suchen?«

»Am besten wohl in der Karibik.«

»Wie steht es mit Brasilien?«

»Ja, der *tetrodon psittacus* lebt auch in den Küstengewässern Brasiliens.«

Das war also der Grund, dachte Patrick, weshalb Sally Templeton immer wieder Abstecher nach Brasilien machte. Möglicherweise wollte sie dort gar kein Kokain besorgen.

Resnick begann sich für das Thema zu erwärmen. »Nur um dir eine Vorstellung zu vermitteln, wie tödlich dieses Zeug wirklich ist – es ist hundertsechzigtausendmal wirksamer als Kokain und fünfhundertmal stärker als Zyanid.«

»Himmel, das klingt wir ein Overkill.«

»Das ist eben das Seltsame daran. Ob es zum Tod führt oder nicht, hängt davon ab, wie es zubereitet wird; ob es direkt in den Blutstrom gebracht wird, was seine Wirksamkeit bis zu fünfzigmal steigert, oder ob es eingeatmet oder auf die Haut appliziert wird. Es gibt einige Hinweise darauf, daß man es in Haiti dazu benutzt, Zombies – echte Zombies – zu erzeugen. Ich habe einige Versuche an Mäusen durchgeführt, um zu sehen, ob ich die Experimente wiederholen konnte, die die Leute in Fursts Labor gemacht haben.«

Dann beschrieb er, wie er einigen Mäusen eine dicke Emulsion der Substanz verpaßt hatte. »Innerhalb von zwanzig Minuten wurde ihr Atem flach, ihre Extremitäten kühlten deutlich ab, und dann wurden sie völlig bewegungsunfähig«, sagte er. »Als ich ihnen mit einer Nadel in den Schwanz stach, führte das zu keinerlei Reaktion. Sie blieben am Leben, waren aber völlig ruhiggestellt.«

»Haben sie sich erholt?«

»Restlos. Ich habe das Experiment noch einmal mit Rhesusaffen gemacht. Nach Anwendung der Substanz wurden sie ebenfalls unbeweglich und zeigten keinerlei Reaktionen, veränderten ihre Haltung bis zu zwölf Stunden nicht. Aber dann erholten sie sich ohne erkennbare Nebenwirkungen.«

»Was, meinst du, würde passieren, wenn du das Tetrodotoxin an einem Menschen einsetzen würdest?«

»Nun, das würde ebenfalls davon abhängen, wie man es verwendet. Wenn man es in den Blutkreislauf injizierte, könnte man das betreffende Individuum vermutlich in fünfzehn oder zwanzig Minuten töten. Wenn man es andererseits örtlich applizieren würde, in kleinen Dosen – auf der Haut –, würde die Vergiftung eine ganze Weile brauchen, um sich zu manifestieren. Und die Folge wäre höchstwahrscheinlich eine temporäre, aber totale Lähmung.«

»Welche Schlüsse hast du aus der Diagnose gezogen, die der Arzt bei Sally Templeton gestellt hat?«

»Alles, was ich gelesen habe, veranlaßt mich zu der Meinung, daß sie an Tetrodotoxin-Vergiftung leidet. Diese Blasen auf der Haut, die ihr Arzt bemerkt hat, sind ein weiteres, auch in der Literatur dokumentiertes Symptom.«

»Aber diese Mäuse haben sich erholt und die Rhesusaffen auch.«

»Und deine Frage ist jetzt, ob sich ein menschlicher Organismus ebenfalls erholen kann. Die Antwort darauf ist ja. Wie ich schon sagte, tritt der Tod in vielen Fällen nicht automatisch ein. Das Tetrodotoxin kann den Stoffwechsel so verlangsamen, daß selbst ein erfahrener Arzt zu der irrigen Meinung gelangen könnte, daß der Tod eingetreten ist.«

»Was du damit sagst, ist doch, daß ein Mensch für tot erklärt und begraben werden und trotzdem noch am Leben sein könnte?«

»Theoretisch ja, das ist möglich. Wenn das Opfer allerdings nicht nach einigen Stunden exhumiert würde, würde es ersticken und wäre dann wirklich tot.« Als er sah, daß Patrick von seinem Stuhl hochfuhr, warf Resnick ihm einen erstaunten Blick zu. »Ist etwas?«

»Ich muß sofort dein Telefon benutzen.«

»Ja, selbstverständlich.« Er reichte es ihm über den Schreibtisch hinweg. »Übrigens«, sagte er, als Patrick zu wählen begann, »da ist noch etwas, was du über Tetrodotoxin wissen solltest. Selbst wenn es so erscheint, als befände sich das Opfer in tiefem Koma, bleibt es doch völlig bei Bewußtsein und nimmt alles wahr, was mit ihm geschieht. Es ist nur völlig außerstande, mit der umgebenden Welt Verbindung aufzunehmen. Falls das Opfer tatsächlich lebend begraben würde, gibt es für mich absolut keinen Zweifel daran, daß es das mitbekommen würde.«

17

Als Patrick sich auf der Intensivstation des St.-Vincent-Krankenhauses nach Sally Templeton erkundigte, sagte ihm die diensthabende Schwester, Sally sei nicht mehr da.

Zuerst befürchtete Patrick, dies bedeute, sie wäre gestorben, aber das war nicht der Fall. Man hatte sie verlegt.

»Was, zum Teufel, soll das heißen – man hat sie verlegt?« Patrick war wütend, zitterte vor Zorn und versuchte, irgendeine Reaktion – und wenn schon nichts anderes, dann wenigstens Mitgefühl – bei dieser Schwester zu provozieren.

Aber die Oberschwester schien überhaupt nicht zu begreifen, warum er sich so aufregte. Sie mußte sich tagtäglich um

Dutzende von Notfällen kümmern. Was war an diesem Fall so Besonderes? Patrick begann trotz seiner Wut zu erkennen, daß sie anfing, die Geduld zu verlieren.

»Ich habe es Ihnen doch schon gesagt, daß ich meinen Dienst angetreten habe, als sie bereits verlegt war. Ich kann Ihnen auch nur sagen, was man mir gesagt hat.«

Das war der Kommentar, auf den sie sich festgelegt hatte, und nichts konnte sie davon abbringen.

»Als ich vor einer Stunde anrief, hat man mir gesagt, sie sei noch hier.«

»Das war vor einer Stunde«, erklärte die Oberschwester unerschütterlich. »Da hatte mein Dienst noch nicht angefangen.«

So kam er nicht weiter. »Wissen Sie, ob man Detective Greenberg informiert hat?«

»Tut mir leid, Sir, ich weiß nicht einmal, wer Detective Greenberg ist.«

Ihre Unwissenheit trieb ihn zur Weißglut. »Und Sie wissen nicht, wer die Verlegung angeordnet hat oder wohin man die Patientin gebracht hat?«

»Ohne Zustimmung des zuständigen Arztes und ihrer Familie kann nichts veranlaßt werden.«

»Sie müssen doch irgendeine schriftliche Anweisung bezüglich ihrer Verlegung haben.«

»Ganz sicher haben wir das.«

Sie zwang Patrick, sich jeden Schritt zu erkämpfen. »Nun, meinen Sie, daß Sie nach dieser Anweisung sehen könnten?«

Nach kurzem Zögern erklärte sie sich bereit, nachzusehen. Als sie wieder auftauchte, wirkte sie verärgert, als sei Patrick schuld an einem Problem, auf das sie möglicherweise gestoßen war. Aber sie hatte die Anweisung bei sich, und das war alles, worauf es ihm ankam.

»Mrs. Anne Templeton hat Miss Templetons Verlegung genehmigt.«
»Ihre Mutter? In welches Krankenhaus hat man sie verlegt?«
»St. Raphael's«, erwiderte die Schwester.
Patrick hatte so etwas befürchtet. »Steht auf der Anweisung, welcher Arzt die Verlegung genehmigt hat?«
Ihr Blick senkte sich auf das Formular, das sie mit beiden Händen festhielt, und dann sagte sie: »Ja, allerdings. Es war Dr. Jack Cadmus.«

»Niemand hat mich verständigt«, sagte Greenberg, als Patrick ihn schließlich gefunden hatte. »Verdammt, jemand hätte mir das sagen müssen. Wie, zum Teufel, kann so etwas passieren?«
Patrick hatte dazu zwar seine Meinung, wollte aber am Telefon nicht darauf eingehen. »Können wir uns, sagen wir in einer halben Stunde, am St. Rafael's treffen? Ich erwarte Sie in der Eingangshalle.«
Greenberg sagte, er würde kommen.

Es war noch schlimmer, als Patrick es von seinem ersten Besuch im St. Rafael's in Erinnerung hatte. Ein Teil des Wartesaales diente jetzt als Notaufnahme, vermutlich weil dort der Platz knapp geworden war. Patienten lagen auf Pritschen, stöhnten und wehklagten, riefen um Hilfe und erhielten keine. Einige schwebten sichtlich am Rande des Todes; ihre Blässe und ihr ausgemergelter Zustand ließen daran keinen Zweifel. Der Geruch war erschreckend. Die Ärzte und Schwestern, die zu sehen waren, wirkten wie belagerte Kämpfer, die jeden Augenblick mit dem letzten Angriff rechneten. Patrick sah sich um, aber Xavier war nirgends zu entdecken.

Schließlich tauchte inmitten all dieses Elends Greenberg auf, der Russell mitgebracht hatte. Russell bemühte sich, Sally ausfindig zu machen. »Wie kann ihre Mutter sie nur in diese Bude verlegen lassen?« fragte Greenberg immer wieder. Eine verständliche Frage.

Patrick lieferte ihm darauf die einzige Erklärung, die für ihn einen Sinn ergab. »Dies ist Cadmus' Revier, hier hat er Einfluß darauf, was mit der Leiche geschieht. Irgendwie muß er sich an ihre Mutter herangemacht und sie überzeugt haben, daß es zu Sallys Vorteil ist, wenn man sie hierherschafft.«

Greenberg schüttelte den Kopf. »Ich wollte, sie hätte vorher mit mir gesprochen. Ich wollte, irgend jemand hätte vorher mit mir gesprochen.« Patrick spürte, daß er dies alles als persönlichen Affront empfand. Dann warf er Russell einen verwirrten Blick zu. »Verdammte Scheiße, warum brauchen die so lange, jemanden in dieser Mistbude ausfindig zu machen?« Er schickte Russell los, um zu sehen, ob er den Vorgang irgendwie beschleunigen konnte.

»Wissen Sie, was vermutlich passieren wird, wenn es nicht schon passiert ist?« sagte Patrick.

»Nein, was denn?« brauste Greenberg auf. *Er* wollte derjenige sein, der diesen Fall löste. Patrick war ihm so lange nützlich, wie er seine Rolle als Beobachter und Zeuge wahrte, er war jemand, der den Erfolg von Greenbergs Ermittlungen dem Rest der Welt bekanntgeben konnte.

»Man wird sie für tot erklären. Aber aller Wahrscheinlichkeit nach wird sie nicht tot sein – so lange nicht, bis sie anfangen, sie auf dem Autopsietisch zu zerschnipseln.«

Greenberg starrte ihn an. »Das soll doch wohl ein Witz sein, oder?«

»Nein, das ist kein Witz.«

Plötzlich dämmerte es Greenberg, wovon Patrick redete.

»Oh, dann hatten Sie also Gelegenheit, mit diesem Anthropologen zu reden, von dem Sie mir erzählt haben. Was hat er gesagt?«
Patrick faßte das Ergebnis seines Gesprächs mit Resnick in wenigen Sätzen zusammen.
»Ich verstehe nur nicht«, meinte Greenberg, »warum dieser Furst, wenn er sie umbringen wollte, sich all die Mühe gemacht hat. Warum sie paralysieren? Wenn Sie meine Meinung wissen wollen, der hatte irgend etwas Abartiges im Sinn. Das ist so wie Nekrophilie, nur noch schlimmer. Sie würde leben, wissen, was mit ihr geschieht, sich aber nicht wehren können.«
»Zutrauen würde ich es ihm«, sagte Patrick, »aber ich bezweifle, daß er ein Labor hat und Pufferfische aus Brasilien importiert, bloß um seinen abartigen Neigungen nachzugehen. Es muß ein zwingendes Motiv geben.«
»Und das wäre?«
Patrick mußte einräumen, daß er es nicht wußte. Greenberg wirkte erleichtert. In diesem Augenblick tauchte Russell wieder auf. Er hatte Neuigkeiten. »Die sagen, sie sei oben auf einer Station in einem Privatzimmer – Nummer 807.«
»Nicht auf der Intensivstation?« Greenbergs Gesicht verdunkelte sich. »Jetzt sagen Sie bloß nicht, daß ihr Zustand sich plötzlich gebessert hat?«
Russell zuckte die Achseln. »Ich hab' Ihnen bloß weitergegeben, was die mir gesagt haben.«
Sie fuhren mit dem Fahrstuhl nach oben und eilten den Korridor hinunter auf ihr Zimmer zu. Die Lichter an der Decke, die wie ein ganzer Schwarm Insekten knisterten, ließen die Menschen noch kränker aussehen, als sie ohnehin schon waren.
»Das ist ihr Zimmer«, sagte Greenberg nach einem Blick

auf das Krankenblatt an der Tür. Jemand hatte alle möglichen Symptome hingekritzelt – Blässe, Parasthesen der Lippen und der Zunge, Ataxie, Hypothermie, Lungenödem, Aphonie, Zyanose –, bis kein Platz mehr da war. In der Spalte »behandelnder Arzt« war deutlich der Name Cadmus zu lesen.

Sie traten ein. Der Raum war mit Ausnahme einer Schwester, die mit dem Wechseln der Bettlaken beschäftigt war, leer.

»Kann ich etwas für Sie tun?«

»Was ist aus der Patientin geworden, die in diesem Zimmer liegen soll – Sally Templeton?«

»Tut mir leid, Sir, Sie kommen zu spät. Man hat sie gerade für tot erklärt. Sie wurde in die Pathologie gebracht.«

Sie rannten zum Aufzug zurück, und als nicht sofort einer kam, nahmen sie die Treppe. Greenberg geriet schnell außer Atem, er war in miserabler Form. »Sie glauben wirklich, daß diese Frau noch am Leben ist?« fragte er Patrick.

»Ich glaube, daß dafür gute Aussicht besteht.«

Die Pathologie befand sich – passenderweise – im Kellergeschoß, ebenso wie die Psychologiestation. Aufgrund der seltsamen Akustik hallten rings um sie die Flüche und Schreie der geistig Verwirrten, ganz gleich, wohin sie sich wandten.

Als sie die Pathologieabteilung betraten, änderte sich die Beleuchtung; hier bestrahlte das Licht grell die Toten. Der Raum mit seinen hohen Wänden und der gewölbten Decke glich einem Saal in einem alten römischen Bad. Der geflieste Boden war teuflisch glatt. Der Geruch von Formaldehyd überlagerte alle anderen Gerüche. Hier und da war die Tünche von den Wänden abgefallen, so daß man die korrodierende Stahlarmierung sehen konnte.

Sie erblickten drei nebeneinanderliegende Tische. Nur einer war belegt, und das Becken darunter füllte sich langsam mit Blut und Körperflüssigkeiten aus zwei Schläuchen, die an den Handgelenken der daraufliegenden Leiche befestigt waren. Der Pathologe und sein Helfer waren so damit beschäftigt, Gewebe aus dem Mundinneren zu entfernen und die hintere Kopfhälfte der Leiche aufzuschneiden – eine widerwärtige Prozedur, bei der Hautlappen weggeschnitten und über das Gesicht gefaltet wurden –, daß sie zunächst gar nicht bemerkten, daß sie Besuch hatten.

Mit schweißüberströmtem Gesicht begann der Pathologe, den Schädel anzubohren, so daß Knochensplitter nach allen Seiten davonflogen. Zum Glück trug er eine Schutzbrille. Sein Assistent bemerkte sie schließlich und fragte sie, was sie hier zu suchen hätten. Erst jetzt registrierte der Pathologe ihre Anwesenheit, aber das reichte nicht aus, ihn von seinem Tun abzuhalten. Er bohrte weiter.

Greenberg zeigte seine Dienstplakette. »Polizei«, sagte er, und mußte schreien, um sich gegen den Lärm der Bohrmaschine Gehör zu verschaffen.

»Was wollen Sie?« fragte der Pathologe. Er hatte gerade den Schädel durchbohrt und begann jetzt, das Gehirn zu exkavieren.

Patrick trat auf den Tisch zu. Ehe der Assistent ihn davon abhalten konnte, zog er die zwei Hautlappen weg, so daß das Gesicht zu sehen war.

Wenn Sally Templeton vor Beginn der Autopsie noch am Leben war, würden sie das jetzt nie mehr erfahren.

18

Greenberg hatte gegen Furst keine Handhabe, daran war nicht zu rütteln. In den Blutproben, die man bei Sally Templeton genommen hatte, gab es keine Spur von Tetrodotoxin. Daß diese Proben aus dem St. Raphael's Hospital stammten, machte sie zwar von vornherein suspekt. Aber es bestand auch die Möglichkeit, daß die Droge mit toxischen Tests nicht nachweisbar war. So konnten sie weder beweisen, daß Sally Templeton vergiftet worden war, noch Harry Furst als den Täter festnageln.

Es traf zwar zu, daß es sich bei Tetrodotoxin um eine höchst gefährliche Substanz handelte, aber es war keineswegs ungesetzlich, sie herzustellen oder sie bei Tierexperimenten einzusetzen. Der Staatsanwalt hatte also keine andere Wahl, als die Anklage gegen die vier Studenten fallenzulassen. Furst wurde zwar noch gesucht, damit er seine Aussage machte, aber der gegen ihn erlassene Haftbefehl wurde zurückgezogen. All dies waren natürlich keine guten Vorzeichen für eine Beförderung Greenbergs.

Auch für Patrick standen die Vorzeichen nicht gut; er hatte nicht die leiseste Ahnung, was er jetzt unternehmen sollte. Und er war nicht sonderlich darauf erpicht, nach Potter's Field zurückzukehren. Freunde von ihm, die immer noch für die Morning-in-America-Show tätig waren – und die ihm ausnahmslos sagten, er könne von Glück reden, nicht mehr dabeizusein –, hatten berichtet, daß McCandless bei der Suche nach seiner Tochter keine weiteren Fortschritte gemacht hatte. Weder die Polizei noch das FBI war auf irgend etwas gestoßen. Seine Mitarbeiter zogen den Kopf ein, wenn er in ihre Nähe kam. Er neigte zu völlig unkontrollierten Temperamentsausbrüchen. Wahrscheinlich war es das erste Mal in seinem Leben, daß er sich überhaupt um seine Tochter kümmerte.

Geschieht ihm recht, dachte Patrick. Aber der Gedanke half ihm auch nicht weiter.

Drei Tage vor Weihnachten brachte die Post Patrick einen dicken braunen Umschlag. Daß der Umschlag keinen Absender trug, war nicht so seltsam wie die Tatsache, daß jemand seine Adresse ausfindig gemacht hatte. Das Apartment lief nicht auf seinen Namen, ebensowenig das Telefon; sämtliche Anrufe, die er erhielt, kamen über den Auftragsdienst.

Er riß den Umschlag auf und fand einige mit Maschine beschriebene Blätter, an denen etwa ein Dutzend Fotos befestigt waren. Er suchte nach einem Begleitbrief und fand schließlich einen Zettel in dem Umschlag. Aber auf dem Zettel stand nur: *Das können Sie vielleicht brauchen.* Das war alles, keine Unterschrift.

Bei einigen der Blätter schien es sich um Gerichtsdokumente zu handeln – Aussagen, die in Verbindung mit den Ermittlungen gegen das Schwindelunternehmen von Cadmus, Sheffield und Genossen gemacht worden waren. Aber Patrick fand nichts, was ihm weitergeholfen hätte. Wesentlich interessanter waren die Blätter mit biographischen Einzelheiten über Männer, deren Namen ihm in den letzten zwei Wochen recht vertraut geworden waren: Cadmus, Sheffield, Viola und Furst. Dann waren da noch zwei Männer, beides Chirurgen, Ivo Kander und Clifford Dahlbeck, deren Namen ihm nichts sagten; er konnte nur vermuten, daß sie in irgendeiner Beziehung zu den anderen standen. Obwohl diese Personenprofile – denn das waren sie in Wirklichkeit – ebensogut auch von einer Kreditauskunft hätten kommen können, gab es keinerlei Hinweise darauf, welchem Zweck sie eigentlich dienen sollten.

Jedenfalls waren sämtliche Informationen bürokratisch ordentlich registriert: Name, Sozialversicherungsnummer, Adressen, Telefonnummer, Autokennzeichen, Kreditauskunft, Hinweise auf Verkehrsunfälle, Kreditkarten, ärztliche Aufzeichnungen – mehr, als er je hätte herausfinden können. Das ganze Material konnte eigentlich nur von einem Menschen kommen: von Greenberg. Patrick nahm an, daß er keinen Absender angegeben hatte aus Sorge, es könnte Schwierigkeiten mit seinen Vorgesetzten geben, falls herauskommen sollte, daß er einem Journalisten vertrauliche Berichte überlassen hatte.

Die Fotos schienen bei verschiedenen Anlässen aufgenommen worden zu sein und offenbar von verschiedenen, mehr oder weniger talentierten Fotografen. Zwei der Fotos sahen so aus, als hätte sie jemand aus einem Familienalbum gerissen. Selbst ohne die auf der Rückseite vermerkten Namen hätte Patrick sie identifizieren können. Einmal Jack Cadmus, dessen von der Schußverletzung herrührende Narbe ihn verriet. Und dann Harry Furst, strahlend, den Arm um eine Frau gelegt, die Sally Templeton hätte sein können, mit herausforderndem Besitzerstolz im Blick. Die anderen zeigten Viola, Sheffield, Dahlbeck und Ivo Kander und waren offenbar im Ballsaal eines Hotels oder in einer Tagungshalle aufgenommen. Sämtliche Fotos zeigten Männer, die äußerst vertrauenerweckend wirkten, nicht die Art von Gesichtern, wie sie einen von Steckbriefen anstarrten.

Patrick goß sich einen großen Drink ein und machte es sich bequem, um das Material in Ruhe durchzusehen. Er suchte nach den Fäden und Mustern, die vielleicht den kriminellen Hintergrund bildeten und ihm eine Idee vermitteln konnten, warum Charlotte verschwunden war. Wenn er Glück hatte, würden ihm diese Unterlagen vielleicht einen Hinweis liefern, wo er die Suche nach ihr fortsetzen konnte.

Aber als er die Unterlagen studiert hatte, wurde ihm klar, daß er entweder etwas übersehen hatte oder einfach etwas zu finden hoffte, das es nicht gab. Zwar wußte er jetzt mehr als zuvor, besonders darüber, wie er an diese Männer herankommen konnte. Aber er hatte immer noch keine Ahnung, wo die Zusammenhänge waren. Er beschloß, Greenberg anzurufen, um herauszufinden, ob er nicht noch andere, aufschlußreichere Unterlagen zur Verfügung hatte.

Greenberg schien echt verblüfft, ja sogar etwas verstimmt, als Patrick ihm von den Dokumenten erzählte. »Sie glauben doch nicht etwa, daß ich dahinterstecke?« fragte er, noch bevor Patrick Gelegenheit hatte, diese Möglichkeit anzudeuten. »Wenn ich so etwas täte, würden die mir hier die Haut abziehen. Nach dem Fiasko im Labor ist es ohnehin schon schlimm genug. Ich kann von Glück reden, daß ich nicht wieder Streife gehe, verdammt.«

»Wenn Sie wollen, kann ich Sie ja heute abend zu Hause anrufen«, schlug Patrick vor.

»Warum? Ich werde Ihnen da auch nichts anderes sagen. Ich schwöre bei Gott, ich hab' mit dem Zeug nichts zu tun. Wenn Sie eine Quelle brauchen, dann schauen Sie woanders nach. Ich bin diesen Fall los und will über diesen Scheiß-Jack-Cadmus und Harry Furst nichts mehr hören. Mir reicht es. Ich kann Sie ja an den Typen weiterreichen, der den Fall jetzt übernommen hat, wenn Sie wollen. Aber das ist alles, was ich für Sie tun kann, okay?«

Patrick erklärte, das sei nicht nötig. Er war jetzt sicher, daß Greenberg die Wahrheit sagte. Seine Beteuerungen klangen überzeugend, und seine Überraschung wirkte nicht gespielt. Allerdings wußte Patrick jetzt überhaupt nicht weiter. Entweder existierte irgendwo jemand, der versuchte, ihm zu helfen, oder jemand gab sich die größte Mühe, ihn auf falsche Fährten zu locken. Solange sein anonymer

Informant sich nicht meldete, blieb Patrick nichts anderes übrig, als den Wahrheitsgehalt der Papiere zu überprüfen. Er beschloß, den Anfang mit Jack Cadmus zu machen.

Als Patrick zum erstenmal Jack Cadmus' Haus an der East 27th Street aufsuchte, parkte davor ein grauer Rolls-Royce Corniche. Am nächsten Tag war es ein roter Ferrari. Sowohl der Rolls-Royce als auch der Ferrari gehörten Cadmus. Den Dokumenten war zu entnehmen, daß er auch noch einen Mercedes Baujahr 1939, zwei Cadillacs, einen Stutz Bearcat und eine weiße Stretch-Limousine besaß. Offenbar waren teure Automobile sein Hobby. Patrick fragte sich, ob die Wahl des jeweiligen Fahrzeugs vom Anlaß abhing.
Die Vorhänge an den Fenstern waren zugezogen, so daß Patrick auch nicht einen Blick ins Innere seiner Wohnung werfen konnte. Als er das dritte Mal zu dem Haus fuhr, war es Nacht. Zu seiner Verblüffung standen diesmal mehrere Fahrzeuge davor. Sie konnten unmöglich alle Cadmus gehören. Den ganzen Häuserblock entlang standen Limousinen, Mercedes, BMWs und Rolls-Royce teils in zweiter Reihe. Offenbar fand eine Party statt. Aber schließlich war Weihnachten.
Eine lange Parade von Gästen ging die Treppe zur Eingangstür hinauf, wo ein Mann im Smoking sie begrüßte und sie einließ. Patrick beschloß, sich ihnen anzuschließen.

19

Als er noch regelmäßig in der Morning-in-America-Show aufgetreten war, hatte er an Hunderten von Partys teilgenommen: Cocktailpartys, Eröffnungsempfänge, Veranstaltungen von Verlagen, Abschiedspartys, eben Partys aller Art. Und deshalb hielt er sich für erfahren

genug, sich auch bei dieser Veranstaltung Zutritt zu verschaffen.
Der Blick, mit dem ihn der Mann an der Tür musterte, war nicht ermutigend. Seine Lippen zogen sich zusammen, als hätte er gerade etwas sehr Saures in den Mund genommen, und seine Augen verengten sich. Aber dann hellte sein Gesicht sich wieder auf, und der Ausdruck des Erkennens machte sich darauf breit.
»Wie geht es Ihnen heute abend, Mr. Geary?«
»Ausgezeichnet, vielen Dank.«
Er war so etwas wie ein Prominenter; das Fernsehen hatte ihn über das gewöhnliche Volk hinausgehoben und ihm den gleichen Status wie echten Prominenten verliehen, Leuten, von denen PEOPLE MAGAZINE und dergleichen Publikationen lebten, und das verschaffte ihm Zutritt zu dieser Party von Jack Cadmus. Nicht weil er eingeladen war, sondern weil es für den Türsteher völlig logisch erschien, daß jemand wie er oder jemand fast so Berühmter hätte eingeladen werden müssen und ganz sicher sonst nicht aufgetaucht wäre.
Eines stand allerdings fest: Er war für den Anlaß nicht richtig gekleidet. Selbst die Kellner wirkten eleganter als er. Aber er war drin, und das war die Hauptsache.
Zusammen mit allen anderen ging er ein paar Treppen hinauf, die ihn an sechs riesigen Objekten vorbeiführten. Einige waren an das elektrische Netz angeschlossen und bewegten sich: Lichter blitzten und flackerten, Muster veränderten sich, Farben lösten sich auf, alles mögliche summte und klingelte wie ein Dutzend Telefone, um die sich niemand kümmerte. Aber die eigentliche Show bestand nicht in kinetischer Kunst, sie bestand in Menschen.
Seltsam, daß ein Mann mit so fragwürdiger Vergangenheit sich als derartige gesellschaftliche Attraktion erweisen soll-

te. Aber Patrick wußte, daß das immer wieder geschah, ganz besonders in einer Stadt wie dieser, wo Geld und Prominenz nicht nur gesellschaftliche Unterschiede, sondern auch gesellschaftliche Makel auslöschen konnten. Mafiosi verwandelten sich in Bestsellerautoren, in Ungnade gefallene Präsidenten in altersweise Staatsmänner.

Patrick erkannte einige Leute in seiner Umgebung, obwohl er sich manchmal nicht daran erinnern konnte, ob er ihnen wirklich bei ähnlichen Anlässen begegnet war oder sie nur so oft im Fernsehen gesehen hatte, daß daraus einfach das Gefühl entstanden war, er kenne sie. Einige von ihnen musterten ihn, als ginge ihnen das gleiche durch den Kopf. Sie waren alle wie Besucher in einem Zoo, die, da es keine Hinweisschilder gab, auf eigene Faust versuchten, die zur Schau gestellten Lebewesen zu identifizieren.

Patrick sah sich in der Eingangshalle um, wo die Gäste damit beschäftigt waren, ihre Pelze und Mäntel auszuziehen, und entdeckte Margo Hearne, die Schauspielerin, Arnold Glanzer, den Erben des Glanzerschen Chemieimperiums, Anton Renz, den bekannten Immobilienmogul, Gabriel Assante, einen bekannten Pornoregisseur, und Melissa Ivey, die sich damit einen Namen gemacht hatte, Prominente für das Kabelfernsehen zu interviewen, und ohne Zweifel auch jetzt mit dieser Absicht hierhergekommen war. Aber keine dieser Gestalten erweckte trotz allen Glanzes, der von ihnen ausging, Patricks Interesse in ähnlichem Maße wie die Frau, die jetzt die Treppe ins Obergeschoß hinaufging. Sie war brünett und trug ein magentafarbenes Kleid, das ihren reizvollen Rücken zum größten Teil frei ließ. Wenn er nicht gewußt hätte, daß es nicht sein konnte, hätte er geschworen, daß sie Sally Templeton war. Ihr Begleiter war Harry Furst.

Es war durchaus möglich, daß er während der ganzen Zeit,

in der Greenberg die Stadt nach ihm abgesucht hatte, hier gewesen war, bei Jack Cadmus, und sich hinter all den vorgezogenen Vorhängen versteckt gehalten hatte. Jetzt gab es ja für ihn keinen Grund mehr, sich zu verstecken. Man hatte die Anklage gegen ihn fallenlassen, und er konnte kommen und gehen, wie er wollte. Daß die Polizei möglicherweise immer noch daran interessiert war, ihn zu einem Verhör zu holen, war vermutlich höchstens lästig, nichts, was ein hochkarätiger Anwalt nicht für ihn erledigen konnte.

»Champagner, Sir?«

Patrick nahm dem Kellner das Glas ab und ging auch die Treppe hinauf. Aber Furst schien erneut verschwunden zu sein; allem Anschein nach verstand er sich recht gut darauf.

Im Obergeschoß hing auch Kunst an den Wänden, wenn auch die Art von Kunst, die auf Leinwand gebannt war und sich nicht bewegte. Ein Streichquartett, bestehend aus jungen Damen in fließenden weißen Kleidern, spielte Schubert und Brahms. Fast niemand hörte zu.

»Hors d'oeuvres, Sir?«

Er bewegte sich unter den Gästen, nickte, tauschte gelegentlich Belanglosigkeiten mit Leuten aus, die entweder wußten, wer er war, oder glaubten, es wissen zu sollen. Die Menge wuchs, verteilte sich auf weitere Räume, begleitet von Gelächter und plätschernder Konversation. Patrick begann Männer zu entdecken, deren Fotos sich in dem geheimnisvollen Paket befunden hatten, das ihm zugespielt worden war. Er erkannte Irving Sheffield, den Baby-Interessenten, der sich in seinem Smoking bewegte, als sei dieser eine Zwangsjacke. Er entdeckte Otto Viola und Ivo Kander und einen weiteren Mann, dessen Gesicht ihm irgendwie vertraut schien. Und während er die Gesichter musterte,

fragte er sich immer wieder: Ist es der? Hat der mir die Dokumente geschickt?
Dann entdeckte er Jack Cadmus, der Hände schüttelte und seine Gäste begrüßte.
Er war nicht zu übersehen. Der rosafarbene Krater in seiner linken Gesichtshälfte, etwa von der Größe eines Silberdollars, hob ihn sofort hervor. Neben ihm stand eine dünne, ängstlich wirkende Frau, die irgendwie zu ihm zu gehören schien. Vielleicht war sie seine Frau. Er war verheiratet, das wußte Patrick. Sie schien Mühe zu haben, den Blick auf irgend etwas Bestimmtes zu richten, ihre Augen wanderten unstet umher. Ihr Lächeln war sichtlich aufgesetzt. Patrick vermutete, daß ihr Problem Alkohol und Barbiturate waren. Aber ihr größtes Problem war wohl Jack Cadmus.
Gelegentlich warf Cadmus ihr mißbilligende Blicke zu. Es schien ihm unangenehmen, sie überhaupt neben sich zu wissen.
»Noch ein Glas Champagner, Sir?«
Ach zum Teufel, dachte Patrick und nahm es.
»Was für eine Überraschung, Sie hier zu sehen, Mr. Geary. Ich wußte gar nicht, daß Sie eingeladen waren.«
Er brauchte einen Augenblick, bis er seine Verblüffung überwunden hatte und Harry Furst begrüßen konnte. Er sah jetzt, daß man die Frau neben ihm doch nicht mit Sally Templeton hätte verwechseln können, jedenfalls nicht von vorne gesehen, aber sie hätte immerhin ihre Schwester oder eine Verwandte sein können.
»Jackie«, sagte Furst, »das ist Patrick Geary.«
Sie schien mit dem Namen nichts anfangen zu können.
»Der Sonderkorrespondent für die Morning-in-America-Show.«
»Exkorrespondent«, sagte Patrick.
»Oh, da habe ich etwas anderes gehört. Man hat mir gesagt,

Sie seien wieder da und arbeiteten an einer großen Story.«
Was für eine Story Furst damit meinte, sagte er nicht.
Das hatte er von einer ganzen Menge Leute erfahren können. Cadmus wußte garantiert, daß Patrick sich im St. Raphael's Hospital nach ihm erkundigt hatte. Vielleicht hatte auch eine Schwester im Manhattan Downtown etwas erwähnt. Nicht daß es einen großen Unterschied machte.
Patrick versuchte, sich eine Antwort einfallen zu lassen, aber das war gar nicht nötig; Jackie meinte nämlich kichernd: »Ich komme morgens einfach nicht aus dem Bett. Schrecklich, nicht wahr?«
Patrick lächelte und wandte sich wieder Furst zu, wußte jetzt, was er sagen wollte. »Wie ich höre, hat die Polizei letzte Woche Ihr Labor durchsucht. Wenn Sie mir darüber ein Exklusivinterview geben wollen, wäre ich Ihnen sehr dankbar.«
»Nun, Sie haben sicher auch gelesen, daß man die Anklage gegen mich niedergeschlagen hat. Die Polizei hat einen Fehler gemacht. Nicht zum erstenmal übrigens. Aber solange nicht alle juristischen Fragen geklärt sind, bin ich nicht bereit, ein Interview zu geben. Tut mir schrecklich leid.« Seine Stimme klang allerdings nicht so, als würde es ihm leid tun.
Aber Patrick wollte noch nicht aufgeben – jedenfalls noch nicht gleich. »Wenn Sie soweit sind, daß Sie ein Interview geben wollen, würde ich auch gerne hören, was Sie über Sally Templeton zu sagen haben.«
Er konnte einfach nicht anders; dabei wußte er sehr wohl, daß er Furst mit einer solchen Bemerkung nur gegen sich aufbringen würde. Aber er wollte ihn irgendwie packen.
Doch Furst ignorierte den Köder; er schien förmlich durch Patrick hindurchzusehen. Jackie andererseits war verstimmt, daß Patrick ihnen offenbar den Abend verderben

wollte. »Komm, gehen wir, Harry«, sagte sie und zupfte Furst am Arm.

»War nett, mit Ihnen zu plaudern«, sagte Furst, und seltsamerweise klang es sogar so, als meinte er die Bemerkung ernst.

»Lassen Sie mich Ihnen nachschenken, Sir.«

Patrick nickte dem Kellner, der neben ihn getreten war, geistesabwesend zu und fixierte dabei immer noch Furst und Jackie. Jackie sah sich nach ihm um und schien nicht recht zu wissen, was sie von ihm halten sollte. Patrick fragte sich, welches Schicksal Harry Furst für *sie* geplant hatte.

Er überlege, ob er zu Cadmus hinübergehen sollte, der im Augenblick drei oder vier Gespräche gleichzeitig zu führen schien. Vielleicht bekam er nie mehr Gelegenheit, mit dem Mann zu reden. Möglicherweise würde er sich in der gelockerten Party-Atmosphäre und bei all den Drinks, die er schon konsumiert hatte, etwas entgegenkommender als Furst erweisen. Patrick wollte sich zuerst nach Richard Markel erkundigen und sehen, wie Cadmus reagierte.

Aber als er auf Cadmus zuging, spürte er, wie seine Beine irgendwie schwammig wurden; er stolperte, stieß gegen einen Mann, der gereizt darauf reagierte, besonders da sein Jackett jetzt plötzlich über und über mit Martini bespritzt war. »He, passen Sie doch auf«, erregte er sich und bekam ein rotes Gesicht.

Patrick dachte, der Mann würde sich noch mehr aufregen, aber dann wandte er sich ab und murmelte halblaut etwas, daß immer zu viele Betrunkene Cadmus' Partys bevölkern würden. Patrick wunderte sich, daß er plötzlich so unsicher auf den Beinen war. Vielleicht war das all dem Champagner zuzuschreiben. Wie viele Gläser hatte er eigentlich getrunken. Vier? Fünf? Trotzdem konnte er sich nicht vorstellen, daß das die Ursache war. Champagner, selbst in großen

Mengen, hatte noch nie diese Wirkung auf ihn gehabt. Mit seinen Augen war auch irgend etwas nicht in Ordnung. Das Bild, das sich ihm bot, wirkte so seltsam unscharf. Er blieb stehen, spürte, wie ihm der Schweiß über das Gesicht lief. Was war eigentlich mit ihm los? Fieber? Aber das konnte es nicht sein. Er ging ein paar Schritte weiter, dachte, wenn er jetzt ins Freie ginge und etwas frische Luft bekäme, wäre alles wieder in Ordnung. Um Cadmus würde er sich später kümmern.
Er hatte alle Mühe, aufrecht zu bleiben, hielt sich am Geländer fest und arbeitete sich mühsam die Treppen hinunter, eine, zwei, drei ... Er mußte sorgsam auf jede Stufe achten; wenn er auch nur einen einzigen Fehltritt tat, würde er ganz sicher nicht mehr auf die Beine kommen. Sechs, sieben, acht. Die Wände schienen ihr eigenes Leben zu haben, pulsierten, blitzten, summten, klingelten, starteten einen Generalangriff auf seine Sinne. Er glaubte es nicht mehr ertragen zu können.
Leute, die die Treppe heraufkamen, stießen ihn an. Jemand sagte seinen Namen und griff nach seiner Hand. »Ich möchte Ihnen nur sagen, wie gut mir Ihre Sendung gefällt. Ich hab' Sie oft im Fernsehen gesehen. Woran arbeiten Sie im Augenblick?«
Patrick hatte keine Ahnung, was er darauf antwortete. Das Wichtigste war, jetzt schnell zu entkommen, ehe die Übelkeit ihn übermannte. Fünf Stufen noch, jetzt vier, und dann würde er unten sein. War auch höchste Zeit.
Dann glitt er aus. Seine Füße verloren den Boden, jeder Kontakt mit seiner Umwelt riß ab. Und dann begann ein endloser, unendlicher Flug. Falls er den Boden wieder erreichte, so nahm er das bereits nicht mehr wahr.

20

Sein erster Gedanke war, er würde schweben, obwohl er nicht begriff, was ihn eigentlich in der Luft hielt. Er hatte Angst davor, die Augen zu öffnen und es herauszufinden, hatte Angst vor dem, was er vielleicht sehen würde. Das nächste, was ihm bewußt wurde, war ein Geruch, ein kräftiger, unangenehmer Geruch nach verfaulendem Fleisch, Blut, Exkrementen, Urin und etwas, das er nicht identifizieren konnte und auch nicht wollte. Aber es war ein Geruch, der ihm auf seltsame Weise vertraut vorkam. Nur daß ihm nicht klarwerden wollte, woher der Geruch kam. Und dann begann er ein vages Prickeln in seinen Gliedern zu spüren, aber das war etwas, womit er leben konnte. Schlimmer, viel schlimmer war die zunehmende Taubheit, das Absterben jeglicher Wahrnehmung. Und dann war da ein Druck in seiner Brust, etwas Schweres, als würde jemand auf ihm sitzen, etwas, das ihn an eine starke Bronchitis erinnerte, obwohl er sicher war, daß, was auch immer mit ihm nicht stimmte, jedenfalls keine Bronchitis sein konnte. Geräusche drangen zu ihm, wie aus weiter Ferne: ein erregtes Plappern, das Klappern von Metall und Glas, das Ächzen eines Karrens, der durch einen Korridor gerollt wurde, und dann war da auch noch ein endloses Weinen.

Jetzt versuchte er sich aufzurichten, wobei er immer noch nicht die Augen zu öffnen wagte, aber er schaffte es nicht. Seine Muskeln wollten nicht auf die Befehle reagieren, die er ihnen erteilte. Er wußte, daß er die Augen öffnen mußte, herausfinden mußte, wo er sich befand, warum er sich nicht bewegen konnte.

Erst in diesem Augenblick blitzte plötzlich die Erinnerung an Jack Cadmus' Party in ihm auf. Er sah sich selbst von einem überfüllten Raum in den nächsten taumeln, außerstande, sich seinen Zustand zu erklären. Er erinnerte sich daran, wie man ihn anstarrte, wie Leute ihm aus dem Weg gingen, mit sichtlich angewidertem Gesicht. Und dann erinnerte er sich daran, daß er gestolpert, die Treppe hinuntergefallen war. Was war mit ihm passiert? Und was geschah mit ihm?

Endlich reichte seine Willenskraft aus, die Augen zu öffnen. Ein unerwarteter Anblick begrüßte ihn. Ein Mann um die Vierzig, in einem grünen Krankenhauskittel, dem ein Stethoskop um den Hals hing, saß in einem Stuhl vor seinem Bett und beobachtete ihn ausdruckslos. Er schien gar nicht fähig zu sein, Ausdruck zu zeigen; seine Augen boten nichts, keine Hoffnung, keine Sympathie, keinen Trost. Patrick schien es, als warte er darauf, daß etwas geschehe, aber als wäre er, wenn nötig, imstande, Stunden, ja Tage darauf zu warten.

Aus den Augenwinkeln entdeckte er eine Tropfflasche, deren Inhalt vermutlich in seinen Arm lief; sicher war er sich nicht, er konnte seinen Arm nicht ganz sehen.

Wieder mühte er sich ab, sich im Bett aufzusetzen, wenigstens seine Arme und Beine oder auch nur seine Hand zu bewegen. Alles, nur um sich zu beweisen, daß er wenigstens noch ein Mindestmaß von Kontrolle über seinen eigenen Körper hatte. Aber es war unmöglich. Er versuchte den Kopf zur anderen Seite zu drehen, um dem starren Blick des Mannes zu entgehen, aber dazu war er ebensowenig imstande wie zu irgendeiner anderen Bewegung.

Seine Kehle war ausgedörrt, als hätte man sie mit Sandpapier behandelt. Er konnte noch schlucken, spürte aber, wie seine Kehle im Begriff war, immer enger zu werden.

Vielleicht konnte er reden, irgendeine Verbindung zu dem Mann aufnehmen. Aber wenn er auch imstande war, den Mund zu öffnen und zu schließen, kamen doch keine Worte heraus. Er brachte nur ein mühsames Gurgeln zu-

stande. Der Arzt, falls er Arzt war, runzelte die Stirn, als störe Patrick seine Gedanken.
Patrick kämpfte, um die Panik zurückzudrängen, die jetzt die Oberhand über ihn zu gewinnen drohte. Wenn er ihr nachgab, war er verloren. Mit einem plötzlichen Ausbruch von Klarheit begriff er, daß das, was man Sally Templeton angetan hatte, auch mit ihm geschehen war. Er hatte es wohl die ganze Zeit gewußt und sich nur geweigert, diese Möglichkeit ernsthaft zu überdenken. Das Tetrodotoxin war irgendwie in seinen Blutkreislauf gelangt, wenn er auch nicht wußte, wie. Es mußte nicht der Champagner gewesen sein. Jemand, der ihn angestoßen hatte, hatte vielleicht genügend davon auf seine Haut gebracht und damit die gewünschte Wirkung erzielt. Und im gleichen Augenblick glaubte er zu wissen, wo er war. Im St.-Raphael's-Hospital.
Er würde sich etwas vormachen, wenn er glaubte, irgend jemand – jemand, der ihm helfen könnte – wüßte, wo er sich befand. Sein Verschwinden würde ebenso vollkommen und endgültig wie das von Charlotte sein.
Der Arzt konnte doch nicht einfach dasitzen und nichts tun, dachte er. Er konnte nicht nur Wache halten. Ganz sicher würde er irgend etwas unternehmen. Patrick schloß die Augen, um ihn nicht mehr sehen zu müssen.
Als er sie wieder aufschlug, stellte er fest, daß sich jetzt andere im Raum befanden. Einige waren in Weiß, einige in Grün, Ärzte und Schwestern. Vielleicht insgesamt ein halbes Dutzend. Aber auch sie ließen durch nichts erkennen, daß sie hier waren, um ihm zu helfen. Sie bewegten sich im Raum, redeten miteinander, aber so leise, daß er nichts verstehen konnte, wandten ihm hier und da ihre Aufmerksamkeit zu, aber immer mit solch klinischer Distanz, daß er sich wie irgendein Objekt in einem Museum vorkam.

In dieser Gruppe, die sich um sein Bett versammelt hatte, erkannte er nur einen: Jack Cadmus. In Cadmus' Gesicht war eine gewisse Abneigung zu erkennen. Er schüttelte betrübt den Kopf, als könnte er nicht begreifen, weshalb Patrick sich in eine solche Lage gebracht hatte.
Einer der Ärzte beugte sich über ihn, so dicht, daß Patrick die verschiedenen medizinischen Gerüche einatmen konnte, die von seinem Körper ausgingen. Er leuchtete ihm mit einer Taschenlampe in die Augen. »Die Augen sind starr«, hörte er den Mann sagen. Jemand versuchte, seinen Puls zu fühlen, während Cadmus mit gefurchter Stirn das Stethoskop auf seine Brust setzte und nach seinem Herzschlag lauschte. Patrick konnte ihn spüren, ein schwaches Zittern, aber Cadmus allem Anschein nach nicht. Wenigstens sagte er das. Wieder schüttelte er den Kopf.
Er müßte wenigstens irgendein Geräusch erzeugen, dachte Patrick. Selbst ein Gurgeln würde sie überzeugen, daß er noch am Leben war. Aber diesmal wollte sein Mund sich nicht öffnen, seine Lippen wollten sich nicht bewegen. Seine Stimmbänder waren gelähmt. Kein Laut kam heraus.
»Nun, wollen Sie ihn erklären, oder sollte ich das tun?« fragte Cadmus einen seiner Kollegen.
Was erklären? fragte sich Patrick. Und dann wurde ihm klar, daß das, was sie meinten – natürlich – sein Tod war.

Teil zwei

Patrick

1

Er hätte alles darum gegeben, nicht bei Bewußtsein zu sein, aber sein Geist blieb hartnäckig wach, registrierte jede Einzelheit. Die Dunkelheit umgab ihn nicht nur, sie umschloß ihn, drängte auf ihn ein; sie war eine greifbare Anwesenheit, abgesehen von seinem bewegungslos gemachten Körper die einzige Anwesenheit. Der scharfe Geruch, den er einatmete, war der Geruch von billigem Fichtenholz, der Geruch seines Sarges.

In der Zeit, die verstrichen war, seit man ihn in den Kellern von St. Raphael's in den Sarg eingeschlossen hatte, war die Panik der Verzweiflung und schließlich der Resignation gewichen. Aber die Panik stellte sich immer wieder aufs neue ein, jedesmal mächtiger, packte ihn mit eisigem Griff, so daß er das Gefühl hatte, sich übergeben zu müssen. Das wäre das Schlimmste. Er würde an seinem eigenen Erbrochenen ersticken. Wieder und wieder kämpfte er dagegen an, mühte sich, die Panik zu unterdrücken, sie wenigstens zurückzudrängen, beiseite zu schieben. Er fragte sich, ob er vielleicht besser daran gewesen wäre, wenn er wie Sally Templeton auf dem Autopsietisch seziert worden wäre, wenn ihn der geübte Schnitt eines Pathologen schnell ins Jenseits befördert hätte. Er konnte sich nicht entscheiden, was schlimmer war: jenes Schicksal oder so wie jetzt auf den Tod warten zu müssen.

Er machte sich weiter Mut, daß er, solange die Droge noch wirkte, immer noch eine Chance hatte. Das Tetrodotoxin mußte seinen Stoffwechsel so verlangsamt haben, daß er bei weitem nicht soviel Luft brauchte; er konnte überleben, das war das Wesentliche. Erst wenn die Wirkung der Droge nachließ, was unvermeidbar war, steckte er ernsthaft in Schwierigkeiten. Aber er hatte keine Ahnung, wie lange es bis dahin noch dauern würde.

Immer wieder rebellierte sein Bewußtsein gegen die groteske Realität seiner Lage. Das geschieht in Wirklichkeit gar nicht mit mir, dachte er dann, das ist ein Traum, ein Alptraum, eine Halluzination. Aber er konnte sich jeweils nur kurz in solche Gedanken flüchten; die drückende Dunkelheit war einfach zu echt. Er war in doppeltem Sinn ein Gefangener: in dieser Kiste und in seinem Körper.

Es war unmöglich, festzustellen, wieviel Zeit verstrich. Die Dunkelheit löschte die Zeit aus, wischte den Unterschied zwischen einer Minute und einer Stunde weg. Aber gewisse Dinge drangen zu ihm durch; er wußte, daß man ihn bewegte, konnte Stimmen hören, wenn auch nicht verstehen, konnte das Hallen von Schritten hören, die sich näherten und dann wieder entfernten.

Eine ganze Weile geschah nichts. Er befand sich, so vermutete er, irgendwo im Untergeschoß des St. Raphael's. Durch eine Ritze im Sarg drang etwas Licht, aber er konnte nicht ausmachen, was das Licht bedeutete, ob es von draußen kam oder nicht. Und dann wurde ihm das Dröhnen einer Maschine bewußt, das immer lauter und lauter wurde, bis es so klang, als wäre die Maschine unmittelbar über ihm. Das mußte der Lieferwagen des City Hospital sein, der gekommen war, um die Toten wegzuschaffen. Seine Ohren füllten sich mit Rufen und dem Ächzen von Fichtenholz, als die Särge aufgeladen wurden.

In dem Lieferwagen war alles Bewegung, das Herumgeschobenwerden hörte nicht auf, und sein Sarg stieß immer wieder gegen andere, die rings um ihn herum gestapelt waren. Und über ihm. Der Gestank von verwesendem Fleisch drang durch die dünnen Fichtenbretter. Möglicherweise hätte er sich übergeben, wenn seine Magenmuskeln nicht gelähmt gewesen wären; jedenfalls würgte es ihn dauernd.

Er fragte sich, ob noch andere wie er in diesem Wagen waren, Lebende, zum Schweigen verurteilt und gelähmt.

Die Fahrt schien ewig zu dauern, hauptsächlich wegen der vielen Stationen, die eingelegt wurden. Aber dann endete sie schließlich doch, und sein Sarg wurde inmitten unerträglichen Lärms von der Ladebrücke gehoben – Stimmen, das Nageln eines Dieselmotors, das Pfeifen des Windes. Befand er sich schon auf Hart's Island? Sein Bewußtsein begann zu wandern. Er war nicht sicher, ob das, was er hörte, die Wirklichkeit war oder nur in seiner Phantasie existierte. Bilder schwebten wie Träume in sein Bewußtsein und entfernten sich wieder. Nur daß sie eigentlich keine Träume waren. Eine weitere Gefahr türmte sich vor ihm auf: verrückt zu werden.

Aber dann hatte der Wahnsinn auch seine verführerische Lockung; er war eine Fluchtmöglichkeit, möglicherweise die einzige, die es für ihn gab. Wieder wurde er bewegt, hin und her gestoßen und dann fallen gelassen. Erst als er wieder in Ruhelage war, wurde ihm bewußt, daß er in den Zehen und Fingerspitzen langsam wieder Gefühl bekam. Das Tetrodotoxin fing an, seine Wirkung zu verlieren. Eine flüchtige Hoffnung durchzog sein Bewußtsein – wenn es nicht zu lange dauerte, bis er wieder Macht über seinen Körper gewann, würde es ihm vielleicht gelingen, sich zu befreien. Aber im gleichen Augenblick sagte er sich, daß sie mit genau der Möglichkeit gerechnet und sichergestellt haben mußten, daß der Sarg verschlossen war. Das einzige, was wahrscheinlich geschehen würde, war, daß er sich in

vergeblichem Bemühen erschöpfte, in verzweifeltem Wettlauf mit der Zeit, einem Wettlauf, den er nur verlieren konnte.
Etwas geschah. Da waren scharrende Geräusche, die ihn zuerst verblüfften. Dann wurde ihm klar, daß die Geräusche nur von Schaufeln stammen konnten, die den Boden aushoben. Steine und Erde polterten auf ihn herab, erzeugten auf dem Fichtenholz einen verrückten Trommelwirbel; es klang, als würde es hageln. Ich werde begraben, dachte er. Bald würde es keinen Unterschied mehr machen, ob er nun den Sargdeckel aufheben konnte oder nicht, denn dann würde ihn eine unbezwingbare, dicke Schicht harter Erde bedecken.
Steine und Erde regneten auf ihn herab. Es schien kein Ende zu nehmen. Aber als es dann schließlich doch aufhörte, war es noch schlimmer. Das Geräusch des Schaufelns war wenigstens noch eine Verbindung zur äußeren Welt gewesen. Jetzt herrschte eine furchterregende Stille. Kein Laut war zu hören. Noch nie war er so allein gewesen.
Sein Bewußtsein entglitt ihm. Es hatte jetzt keinen Halt mehr und lief Amok. Ganz plötzlich befand er sich im Washington Square Park an einem goldenen Herbsttag im Jahr 1968 und knipste mit seiner Olympus Bilder. Und es gab so viel zu sehen, so viel auf den Film zu bannen. Es war wie eine Parade, wie ein Zirkus, wie ein groteskes Schauspiel. Jeder, den er sah, hatte etwas Besonderes an sich, eine Abnormität. Wohin auch immer er sich drehte, sah er Leute schläfrig dahinschlendern, mit verlorenem Blick. Die Welt schien langsam in einem dichten Nebel aus Cannabis zu versinken. Ihm war das recht; er genoß seine ersten Tage der Freiheit, ein Aussteiger wie alle anderen rings um ihn. Das Arztpraktikum war nicht die Antwort gewesen; er wollte jetzt nichts mehr mit Krankenhäusern zu tun haben, mit

der grausamen Arbeitsüberlastung und den Patienten, die ihm entglitten und sich über all seine Anstrengungen lustig machten, sie am Leben zu halten. Die Welt, die er sich ersehnte, war die Welt, in der die Menschen sich von den Fesseln ihrer Vergangenheit und ihrer Gewohnheiten befreiten und mit nichts als einem Rucksack auf dem Rücken nach Kalifornien oder Katmandu reisten.

Als Patrick wieder hinsah, stand er nicht mehr im Washington Square Park, befand sich nicht länger im Jahr 1968. Jetzt schien er überall von Grün umgeben. Es gab keinen Himmel; das Grün umgab ihn von allen Seiten, oben wie unten. Da waren auch noch andere Männer. Obwohl er sie nicht klar genug erkennen konnte, wußte er, daß es Soldaten waren – amerikanische Soldaten – und daß der Angriff jeden Augenblick beginnen würde, exakt über sie hereinbrechen würde. Er war nicht in Uniform, er war aus freien Stücken hier und knipste immer noch Bilder. Wenn er genau hinhörte, konnte er das dumpfe Dröhnen hören – das Ta-wump, Ta-wump von Mörsern in der Ferne.

Dies war keine Projektion, keine Halluzination, es war nicht so, als wäre er ein Außenseiter, der zusah, wie sein Leben an ihm vorbeistrich. Er fühlte es, er war da; alles war gleich – die gleiche Furcht, die gleiche Erwartung, die gleichen Gerüche. Nur eines war anders. Diesmal wußte er, was passieren würde. Er wußte, daß der Mann neben ihm als erster zu Boden gehen würde, zwischen den Schulterblättern getroffen. Er wußte, daß er sich in das Elefantengras würde fallen lassen – aber nicht schnell genug – und daß eine Vietcong-Kugel ihn erwischen würde, ehe er Deckung fand. Es war das Blut, das ihm schließlich klarmachte, daß er getroffen war; der Schmerz kam später. Und er hatte wirklich Glück. Es war nichts, nur ein Streifschuß, eine Fleischwunde.

Wo war er jetzt? Er sah sich um und war kaum überrascht, Charlotte zu sehen. Er hielt immer noch die unvermeidliche Kamera in der Hand. Er kam nie an den Punkt, wo er sie lange genug aus der Hand legen konnte, um in die Szene hineinzutreten, an ihr teilzuhaben, wie alle anderen zu werden. Sie war in ihrem Bad, wußte nicht, daß er sie beobachtete, war barfuß, mustere ihr Abbild im Spiegel über dem Waschbecken, und ihre Finger drehten an den Hähnen, und jetzt wurden langsam die Rundungen ihrer Brüste sichtbar. Er schoß ein Foto. Und noch eines. Schließlich fanden ihn ihre Augen. Ein seltsames Lächeln spielte um ihre Lippen. Dann sagte sie ein wenig neckisch und dennoch ernst: »Was ist denn los, Patrick? Reicht dir dein Gedächtnis nicht, brauchst du noch Fotos?«

Plötzlich war er wieder zurück. Es war ein Schrei – ein Schrei, der nichts Menschliches an sich hatte –, der ihn von seiner Vergangenheit weggerissen hatte und ihn in diese erstickende Dunkelheit schleuderte. Dann wurde ihm bewußt, daß *er* den Schrei ausgestoßen hatte. Er hatte also seine Stimme wieder. Er versuchte, die Füße zu bewegen, und sie bewegten sich. Er versuchte, die Hände, die Arme zu bewegen, und sie bewegten sich auch. Aber zum Teufel, was hatte er schon davon? Er schlug um sich, er stieß, er hämmerte gegen den Deckel, aber der wollte sich nicht bewegen, und nichts, was er tun konnte, würde daran je etwas ändern.

Die wenige verbrauchte Luft, die ihm zum Atmen verblieben war, würde wohl nicht mehr lange reichen. Bis jetzt hatte er die Angst in Schach halten können, aber jetzt nicht mehr. Er war dabei, zu zerbrechen, er konnte nicht denken, er schrie, er weinte, er betete. Schließlich wurde die Anstrengung zuviel; er verstummte, rang nach Luft und bedauerte, daß er so viel Energie verbraucht, so viel Sauerstoff vergeudet hatte. Er hatte gehofft, am Ende zu so etwas wie Würde zu finden, Frieden schließen zu können, aber statt dessen erfüllte ihn Angst und Auflehnung. Warum muß das sein? dachte er immer wieder. Ich habe so blöde Fehler gemacht, aber mein Tod ist doch sinnlos. Wenn er nur Charlotte all das hätte sagen können, was er wollte, dann wäre es vielleicht nicht so schlimm. Wenn nur ...

Ob er die Augen aufschlug oder nicht, machte keinen Unterschied; die Schwärze war in jedem Fall gleich endgültig.

2

Das Licht war so verblüffend, so grell, daß er ein paar Minuten die Augen zugepreßt halten mußte. In seinem Kopf dröhnte es. Er hatte Schmerzen am ganzen Körper. Aber er schien zu leben. Von den Toten zurückgekehrt. Als seine Augen sich schließlich dem Licht angepaßt hatten, sah er, daß er sich in einem großen Saal voll tropischer Farben und nagelneuem Mobiliar befand, das perfekt auf die übrige Dekoration abgestimmt war. Nirgends war ein Sarg zu sehen. Das Bett, auf dem er lag, war ein echtes Bett, keine Krankenhauspritsche. Er brauchte einige Zeit, um aus dem Bett zu steigen. Er war ganz steif und seine Beine verkrampft. Aber er war am Leben. Er hatte Luft zum Atmen. Aber er war noch zu geschockt, um auch nur den Versuch zu machen, dieses Wunder zu ergründen.

Nackt, wie er war, die Haut an einigen Stellen aufgeschürft, ging er vorsichtig zu der Schiebetür gegenüber dem Bett. Das Meer – zumindest eine Wasserfläche – war dort draußen, vom Sonnenlicht gesprenkelt. Die Luft, die ihm entgegenschlug, war heiß und feucht. Er befand sich irgendwo im Süden, vielleicht in Florida, vielleicht aber auch in der Karibik. Wie, zum Teufel, war er hierhergekommen? Er

durchwühlte sein Gedächtnis, stieß aber auf keine Erklärung, die für ihn einen Sinn ergab.
Er begann seine Umgebung zu inspizieren. Im Kleiderschrank entdeckte er Sachen, die zwar nicht genau seinem Geschmack entsprachen, ihm aber perfekt paßten. Er wusch sich, starrte sein Spiegelbild an, suchte nach Veränderungen, die das Erlebte in seinem Gesicht hervorgerufen hatte. Aber er sah einfach nur müde aus, wie jemand nach einer viertägigen Kneipentour.
Erst als er den Kühlschrank öffnete, wurde ihm bewußt, wie hungrig er war. Zum Glück war der Kühlschrank ebenso wie der Kleiderschrank von seinem unbekannten Wohltäter gut ausstaffiert worden. Seine Mahlzeit bestand aus Aufschnitt, den er mit kalter Limonade hinunterspülte. Sein Magen reagierte unsicher.
Danach war es Zeit, den nächsten Schritt zu tun und herauszufinden, wo er sich befand. Er vermutete, daß er sich in einem Hotelzimmer, vielleicht auch in einer Eigentumswohnung befand, aber davon abgesehen gab es keinerlei Hinweise. Als er die Tür des Zimmers öffnen wollte, reagierte diese nicht. Die Schiebetür zum Balkon ließ sich öffnen, aber draußen stellte er fest, daß er sich im zwölften Stock befand. Patrick blickte nach unten auf einen belebten Highway. Am Himmel ging gerade ein Flugzeug in den Landeanflug; also mußte sich in der Nähe ein Flughafen befinden.
Es gab ein Telefon – eines mit einer alten Wählscheibe – neben dem Bett. Er hob den Hörer ab, die Leitung war tot. Unter anderen Umständen wäre er vielleicht wütend geworden. Jetzt aber war er so dankbar, daß seine schreckliche Gefangenschaft zu Ende war, daß ihm vergleichsweise alles wie das Paradies erschien. Über kurz oder lang, da war er ganz sicher, würde die Person, die für seine Rettung verant-

wortlich war und ihn hierhergebracht hatte, auftauchen. Außerdem war er immer noch ziemlich ausgepumpt und hatte gar nichts dagegen, sich wieder hinzulegen und zu schlafen.

Das Geräusch des Türschlosses weckte ihn. Ein Mann, den Patrick noch nie zuvor gesehen hatte, trat ein; er trug eine schwarze Reisetasche in der rechten Hand. Er sah wie ein Kubaner aus, dunkelhäutig und stoppelbärtig, vielleicht vierzig Jahre alt; Patrick hatte den Eindruck, daß der Mann schon einiges erlebt hatte. »Gut geschlafen?« fragte er in einem Tonfall, der erkennen ließ, daß ihm die Antwort ziemlich gleichgültig war.

»Wer sind Sie?«

Der Kubaner zuckte die Achseln. »Das ist unwichtig, ich bin nur der Freund eines Freundes.«

»Ein Bote?«

»Wenn Sie wollen.«

»Ich nehme an, Sie können mir nicht sagen, wer Ihr Freund ist?«

»Er wird sich zu erkennen geben, wenn er es für richtig hält. Vorerst möchte er, daß Sie das bekommen.« Er holte einen Umschlag aus seiner Reisetasche und warf ihn auf das Bett. Patrick öffnete ihn und entdeckte ein dickes Bündel Banknoten. Er begann zu zählen; es war bei weitem nicht so viel, wie er zunächst angenommen hatte; vielleicht fünf- oder sechshundert Dollar in Zehnern und Zwanzigern. »Wofür ist das?«

»Mein Freund glaubt, Sie würden etwas Taschengeld brauchen, da Sie ja anscheinend selbst keines haben.«

Patrick hatte noch gar nicht registriert, daß er weder Bargeld noch Kreditkarten und Ausweispapiere hatte. Man hatte ihm alles abgenommen.

In der Reisetasche war noch mehr: ein Führerschein, ein

Versicherungsausweis und eine Mitgliedskarte der National Rifle Association, alle auf Peter Bishop ausgestellt.
»Wer, zum Teufel, ist Peter Bishop«
»Ich nehme an, das sind Sie, Verehrtester. Sie sollten dankbar sein, daß mein Freund sich um Sie kümmert.«
»Das verstehe ich nicht.« Das tat er wirklich nicht.
»Nicht?« Der Kubaner blickte überrascht drein. »Wer auch immer Sie vorher waren, sind Sie nicht mehr. Da, schauen Sie.«
Er trat ans Bett und hielt ihm einen Zeitungsausschnitt hin. Patricks Blick fiel auf den ersten Absatz:

Fernsehreporter Patrick Geary, 42, starb heute nach kurzer Krankheit ... Er hatte die letzten Jahre im Ausland verbracht, wo er ausgedehnte Reisen für die Star Press Agency unternommen hatte ... Vorher war er Medizinkorrespondent der Morning-in-America-Show ...

Es gab keinerlei Hinweise darauf, welcher Art diese kurze Krankheit eigentlich gewesen sein sollte. Aber darauf kam es nicht an. Erst jetzt begann ihm zu dämmern, daß er, wenigstens soweit es die restliche Welt anging, *tot* war. Er würde eine Weile brauchen, um sich daran zu gewöhnen.
»Mein Freund rät Ihnen dringend, sich irgendeine Verkleidung zuzulegen. Vielleicht können Sie sich einen Bart wachsen lassen.« Er strich sich demonstrativ über die eigenen Stoppeln. »Es braucht ja keine komplizierte Verkleidung zu sein – nur etwas, das andere davon abhält, zweimal hinzusehen.« Er beugte sich vertraulich näher an ihn heran. Sein Atem roch nach Rum. »Sehen Sie, für die Leute, die Ihnen das angetan haben, sind Sie ein toter Mann. Die suchen nirgends nach Ihnen. Geben Sie ihnen nicht Anlaß, damit anzufangen.«

Das war eine ganze Menge, um es auf einmal zu verdauen. »Wie lange muß ich denn diese Maskerade aufrechterhalten?«
Wieder zuckte der Kubaner die Achseln und rollte mit den Augen. »Die Entscheidung darüber liegt nicht bei mir.«
»Ich weiß, Sie sind nur ein Bote.« Patrick war überzeugt, daß, wer auch immer hinter diesem seltsamen Spiel stand, auch derjenige war, der ihm kurz vor Weihnachten die Dokumente zugeschickt hatte. Und das brachte ihn auf einen Gedanken. »Übrigens, was für ein Tag ist denn heute?«
»Der siebenundzwanzigste Dezember, früher Nachmittag.«
Drei Tage – drei lange Tage – waren verstrichen seit der Cadmus-Party. Ebensogut hätte es ein ganzes Leben sein können. Wenn er darüber nachdachte, war es das eigentlich auch. »Könnten Sie mir sagen, wie ich hierhergekommen bin?«
»Tut mir leid.«
Patrick war nicht weiter enttäuscht. Vielleicht wußte der Mann es wirklich nicht, vielleicht wich er ihm nur aus. Es hatte jedenfalls keinen Sinn, sich aufzuregen; das würde die Dinge nicht klarer machen. Er versuchte es noch einmal mit einer Frage, bei der er mit einer konkreteren Antwort rechnete. »Könnten Sie mir wenigstens sagen, wo wir sind?«
»Ja, in West Palm Beach.«
West Palm Beach. Patrick überlegte einen Augenblick, konnte sich aber nicht entscheiden, ob dies nun eine positive Entwicklung war oder nicht. Dann fragte er den Kubaner, ob er eine Ahnung hätte, wann er diesen Raum würde verlassen dürfen.
Die Antwort überraschte ihn. »Jederzeit, wenn Sie wollen; ich lass' Ihnen die Schlüssel da. Aber mein Freund warnt

Sie davor, mit früheren Bekannten oder Freunden Kontakt aufzunehmen. Das könnte für Sie sehr nachteilig sein.«
Damit mochte er recht haben.
Ehe der Kubaner ihn verließ, sagte er, Patrick solle auf jeden Fall um neun Uhr abends wieder in seinem Zimmer sein. »Jemand wird dann mit Ihnen in Kontakt treten.«
In welcher Angelegenheit? wollte Patrick schon fragen, ließ es aber. »Also schön, ich werde hiersein.«
Patrick sah zwar keine Möglichkeit, das Wachsen eines Bartes zu beschleunigen, fand aber, daß die Sachen, die sein »Freund« für ihn ausgewählt hatte, für den Augenblick wohl als Tarnung ausreichen würden. Niemand würde in einem so bunten Hemd oder den auffällig karierten Hosen Patrick Geary vermuten. Ganz zu schweigen von der lavendelfarbenen Fliegerbrille.
Und so tat Peter Bishop die ersten Schritte seines Lebens und trat in die Wärme eines Floridanachmittags hinaus.
Da Patrick nicht gewöhnt war, sich als jemand anderer auszugeben, durfte er sich auf keinen Fall in eine Lage bringen, wo er tatsächlich würde beweisen müssen, daß er Peter Bishop war. Wo kam der Führerschein her? fragte er sich. Wer war Peter Bishop? Das Foto auf dem Führerschein war das seine, aber er konnte nicht erkennen, woher es stammte. Er zermarterte sich den Kopf, wer hinter dieser ganzen Aktion stecken mochte. Wer hatte ein Interesse daran, daß er am Leben blieb – und warum?
Aber er kam nicht weiter. Wahrscheinlich war es sinnvoller, erst einmal zu überprüfen, wie seine Lage wirklich war. Wie tot war er eigentlich?
Er fing damit an, indem er eine Bank aufsuchte, die ihm Auskunft geben konnte. Er besaß zwar seine Scheckkarte nicht mehr, wußte aber seine Kontonummer; er wollte nur herausfinden, ob sein Konto noch bestand.

Das war allerdings nicht so einfach, wie er gehofft hatte, obwohl die Bankangestellte seine Darstellung, er habe seine Karte verlegt und wolle sich nur vergewissern, daß er sich die richtige Kontonummer gemerkt habe, ohne weiteres akzeptierte. »Wir können aber keine Information darüber abgeben, wieviel auf dem Konto deponiert ist, oder Ihnen eine Abhebung gestatten«, sagte die Angestellte, eine traurig blickende Frau um die Fünfzig.
»Das ist mir klar. Ich möchte nur wissen, ob die Kontonummer von Patrick Geary tatsächlich 11-238-76504 ist.«
Die Bankangestellte betätigte sich fünf Minuten an ihrem Computer und wartete auf die entsprechende Angabe auf dem Bildschirm. Als diese kam, wanderte ihr Blick zwischen dem Bildschirm und Patrick hin und her. Ihr Gesichtsausdruck gefiel ihm gar nicht.
»Es tut mir leid, Mr. Geary, das Konto ist aufgelöst.«
»Sind Sie sicher?«
Wenn sie es vorher nicht gewesen war, jetzt war sie natürlich mißtrauisch. »Ganz sicher. Das Konto ist aufgelöst.« Damit war die Angelegenheit für sie erledigt.
Anschließend versuchte Patrick, Paris anzurufen. Paris war so ziemlich die einzige Stadt, die er als Zuhause bezeichnen konnte. Seine Wohnung lag an der Rue de Serpente am linken Seineufer. Daß er sich gerade für diese Wohnung entschieden hatte, lag zum Teil daran, daß die Straße einen so interessanten Namen trug. Die Concierge war eine durch nichts aus der Ruhe zu bringende Frau, die sich um die Wohnung kümmerte und während seiner manchmal langen Abwesenheit die Post für ihn sammelte. Madame Boulet war die verläßlichste Seele, die er je kennengelernt hatte. Für sie war er ganz bestimmt noch am Leben, und damit würde sie ihm eine Bestätigung liefern, die ihm jetzt wichtiger war, als er zunächst geglaubt hatte.

Als er der internationalen Vermittlung die Nummer seiner Telefonkreditkarte nannte, traten bereits Probleme auf. Die Nummer wurde nicht akzeptiert. »Ihre Karte ist storniert worden«, sagte die Frauenstimme aus dem Hörer mit der gleichen mißbilligenden Stimme, wie er sie schon bei der Bankangestellten erlebt hatte. Er bezweifelte nicht, daß er bei weiterem Nachforschen herausfinden würde, daß seine American-Express- und seine Diners-Club-Karte ebenfalls gelöscht worden waren.

Jemand war unglaublich gründlich vorgegangen. Wer war man schon ohne Kreditkarten? Man hörte auf, ein verantwortungsbewußtes, vertrauenswürdiges Mitglied der Gesellschaft zu sein. Bargeld an sich war schon verdächtig; abgesehen von Drogenhändlern hatte es niemand in größeren Mengen bei sich. Aber Bargeld war alles, was er hatte, und es reichte immerhin aus, um den Barkeeper in der Bar eines Hotels, das sich »The Oasis« nannte, dazu zu überreden, ihn telefonieren zu lassen.

Die feste, etwas rauchige Stimme von Madame Boulet am anderen Ende der Leitung war wie Balsam für ihn. »Madame Boulet, hier spricht Patrick Geary«, sagte er und erwartete die Überraschungs- und Freudenausbrüche, die er jedesmal erlebte, wenn er anrief. Wann kommen Sie zu uns zurück? fragte sie jedesmal. Wir vermissen Sie.

Aber diesmal gab es keine freundliche Begrüßung für ihn. Ihre Stimme wurde unangenehm. »Ich finde das gar nicht witzig. Monsieur Geary ist *tot.*«

»Was ist mit seiner Wohnung?«

»Die ist vermietet, Monsieur.« Sie knallte den Hörer auf die Gabel, ehe er fragen konnte, was aus seinen Habseligkeiten geworden war. Es hatte sich wirklich schnell herumgesprochen.

Er würde natürlich zurückrufen und den Versuch machen

können, sie davon zu überzeugen, daß er am Leben war. Aber jetzt, wo seine Wohnung bereits von einem Fremden in Besitz genommen war – und noch dazu so schnell –, brachte das auch nichts. Und was seine Habseligkeiten betraf – nun, ohne die würde er leben können.

Als letzten Versuch rief er seinen Auftragsdienst an und fragte, ob es irgendwelche Nachrichten für Patrick Geary gäbe.

»Wir nehmen für Mr. Geary keine Mitteilungen mehr an«, kam die Antwort. »Er ist gestrichen.«

Gestrichen. Nun, dachte er, das stimmt wohl.

Und doch – so empörend es war, daß man ihm seine Identität genommen hatte, ihn von allem abgeschnitten und ohne irgendwelche Mittel in die Welt hinausgeworfen hatte, mußte er doch zugeben, daß er irgendwie nicht unzufrieden damit war. Jetzt, da er nicht mehr mit all den Bürden und Verpflichtungen Patrick Gearys belastet war, fühlte er sich fast befreit.

Aber bei weiterem Nachdenken wurde ihm klar, daß es eine illusorische Freiheit war. Schließlich stand er unter der Kontrolle eines anderen, war diesem anderen ausgeliefert. Und wer diese Person war, konnte vor dem Anruf um neun Uhr nicht geklärt werden.

Der Anruf kam pünktlich. Patrick zügelte seine Ungeduld und ließ es fünfmal klingeln. Er wollte nicht zu begierig erscheinen.

»Hallo?«

Schweigen.

»Hallo? Wer ist da?«

»Mr. Bishop?« Es war nicht der Kubaner; die Stimme hatte keinen Akzent.

»Ja, hier ist Mr. Bishop.« Er würde das Spiel mitmachen und sehen, wohin es führte.

»Ich finde, wir sollten uns treffen, meinen Sie nicht auch?«
Patrick versuchte, die Stimme zu erkennen. Er wußte, daß er sie kannte.
»Ja, ich denke schon. Sagen Sie mir, wo?«
Der Mann gab ihm eine Adresse – ein Restaurant an der Worth Avenue in Palm Beach. »In einer Stunde.«
»Wie erkenne ich Sie?«
»Keine Sorge, ich finde Sie«, sagte der Anrufer und legte auf. Aber das war nicht mehr wichtig; Patrick hatte die Stimme identifiziert.
Sie gehörte Jack Cadmus.

3 Obwohl der größte Teil der exklusiven Geschäfte an der Worth Avenue – Parfum Evian, Van Cleef & Arpels, Louis Vuitton, Gucci, Saks Fifth Avenue und die übrigen – bereits geschlossen hatten, wimmelte die Straße von Passanten, die an den Schaufenstern entlangschlenderten und nachweihnachtliche Käufe erwogen. Viele Frauen waren darunter, die, obwohl die Temperatur bei fünfundzwanzig Grad Celsius lag, in Pelze gehüllt waren und offenbar das Unbehagen in der warmen Hülle dem Risiko vorzogen, ihr Ruf als Wohlstandselite könnte leiden. Die Cafés und Restaurants waren zum Bersten gefüllt. Der Duft von fremdländischem Parfum lag in der Luft.
Das Restaurant, das Cadmus ausgewählt hatte, lag in einer Nebenstraße der Worth Avenue und war wie ein Pariser Café eingerichtet. Plötzlich erfüllte Patrick Heimweh nach der Stadt und dem Leben, das er dort gekannt hatte, als er noch Patrick Geary gewesen war.
Cadmus saß an einem Tisch ganz hinten, für die meisten Gäste unsichtbar. Als Patricks Blick ihn erfaßte, sah er schnell weg, als wäre es ihm peinlich, erkannt zu werden.

»Nun«, sagte Patrick und setzte sich, »das kommt für mich recht unerwartet.«

»Wissen Sie, das hat alles seine Gründe.«

»Sicherlich hat es die.«

»Würden Sie gern etwas trinken? Einen Stoli on the Rocks?« Er winkte einen Kellner herbei.

»Mein Geschmack an alkoholischen Getränken ist Ihnen besser vertraut als meine Kleidungsgewohnheiten.«

»Also, so schlecht sehen Sie gar nicht aus, das verschafft Ihnen ein ganz anderes Image.«

»Sie meinen wohl Identität?«

Cadmus überlegte einen Augenblick. »Ja, Identität. Sagen Sie, haben Sie damit gerechnet, daß ich es sein könnte?«

Er wollte Zustimmung, dachte Patrick, Dankbarkeit. »Offen gestanden, nein.«

Cadmus' Gesicht hellte sich auf. »Sie sind jetzt okay? Ich meine, Sie sind gut durchgekommen?«

»Sie meinen, nachdem man mich betäubt und bei lebendigem Leib begraben hat?«

Cadmus stach mit seiner Zigarette in die Luft und drückte sie dann im Aschenbecher aus. »Ich konnte nichts unternehmen, um es zu verhindern, glauben Sie mir. Ich würde nie jemanden so etwas antun wollen.«

»Und was ist mit Charlotte?«

Natürlich hatte er darauf eine Antwort parat. Er hatte auf alles eine Antwort parat. »Das McCandless-Mädchen war tot – jedenfalls gehirntot –, als man mich hinzurief. Es gab wirklich nichts, was man hätte tun können, um sie zu retten.«

Patrick sah Cadmus an und versuchte in seinen Augen zu lesen, ob das, was er sagte, wahr oder gelogen war. Aber es gelang ihm nicht. Gesicht und Augen dieses Mannes waren völlig ausdruckslos. »Wo ist sie? Was ist mit ihr geschehen?«

Cadmus blickte jetzt leicht beleidigt drein. »Wir sind hier, um über Sie zu reden, nicht über die McCandless. Außerdem weiß ich es wirklich nicht. Ich weiß nicht, wo ihre Leiche ist. Und das ist die Wahrheit, bei Gott.« Es klang überzeugend. Für ihn war Charlotte eine Abstraktion, ein Gegenstand, eine Leiche. Wie man die Leiche beseitigt hatte, war für ihn belanglos. Patrick wünschte sich sehnlichst, daß Cadmus log.

»Nun gut, und was ist mit mir? Wann darf ich wiederauferstehen?« Er dachte einen Augenblick nach. »Ich weiß nicht, ob das das richtige Wort dafür ist.«

»Recht bald.«

Der Kellner brachte den Wodka. Er nippte ein paarmal, und das Getränk stieg ihm sofort in den Kopf.

»Was heißt das: ›recht bald‹?«

»Hören Sie zu, es ist wichtig – für uns beide.«

Er will mich zu seinem Verbündeten machen, dachte Patrick. Der Teufel soll ihn holen.

»Haben Sie eine Ahnung, weshalb Sie in Florida sind?«

»Nein.«

»Das, hinter dem Sie her sind – der Gegenstand Ihrer Ermittlungen –, ist hier. In West Palm Beach. Haben Sie je von einer Institution gehört, die sich Family Health Center nennt?«

»Dort arbeitet doch Irving Sheffield, oder?« Wenigstens sein Erinnerungsvermögen hatte nicht unter dem gelitten, was er durchgemacht hatte.

»Otto Viola auch, wenn Sie sich aus den Unterlagen, die ich Ihnen geschickt habe, an ihn erinnern.«

»Warum haben Sie Material mitgeschickt, das Sie selbst belastet?« Patrick hatte den Satz kaum ausgesprochen, als er auch schon die Antwort kannte. »Damit ich nicht daraufkommen sollte, daß Sie es sind, stimmt's?«

»Ich hatte gleich das Gefühl, daß Sie ein intelligenter Mann sind.«
Der Kellner war unterdessen wieder an den Tisch getreten und wartete mit nur schlecht verhohlener Ungeduld darauf, daß sie bestellten.
»Ich empfehle entweder den Lammbraten oder das Schwertfischsteak«, sagte Cadmus.
»Entscheiden Sie«, sagte Patrick. »Sie haben auch alles andere in meinem Leben entschieden, warum also nicht auch, was ich esse?«
Die Bemerkung schien Cadmus nichts auszumachen; er lächelte nur und bestellte Lammbraten für sie beide.
»Vielleicht wissen Sie gar nicht zu schätzen, was für ein Risiko ich für Sie eingegangen bin«, meinte er dann. »Wenn die wüßten, was ich für Sie getan habe, würden sie mich umbringen.«
»So wie Sheffield es versucht hat, stimmt's?«
»Genau. Ich konnte überhaupt nichts unternehmen. Die hatten mich richtig bei den Eiern.«
Patrick begann zu ahnen, worauf es der andere abgesehen hatte. »Sie haben sich Zeit gelassen und die richtige Gelegenheit abgewartet, um sich zu rächen.«
»Es freut mich wirklich, daß Sie das verstehen.«
»Und ich soll das Instrument Ihrer Rache sein?«
»Es hat sich einfach so ergeben, ich habe das nicht geplant. Aber als ich hörte, daß Sie Leute nach der McCandless befragten und mich suchten – nun, da hat mich das natürlich interessiert. Ehrlich gesagt, ich glaube nicht, daß Sie groß die Wahl haben. Sie haben sich ja heute davon überzeugt, daß Patrick Geary für den Rest der Welt nicht mehr existiert.«
Offensichtlich hatte Cadmus ihn beschatten lassen. Jedenfalls beschloß er, Cadmus nicht auch noch die Befriedigung zu verschaffen, darauf zu antworten.

»Am Ende werden wir beide davon profitieren. Sie können Ihre Ermittlungen fortsetzen. Ich werde Ihnen eine Kamera besorgen und was Sie sonst an Material brauchen, und ich werde dafür sorgen, daß Sie Zugang zum Family Health Center bekommen. Auf diese Weise können Sie Viola und Sheffield festnageln ...«
»Festnageln – für was eigentlich?«
»Das kann ich Ihnen nicht sagen. Ich weiß es offen gestanden selbst nicht.«
»Sie wissen nicht, was Viola und Sheffield treiben, und Sie wissen nicht, was mit Charlotte passiert ist.« Diesmal glaubte Patrick ihm wirklich nicht.
Cadmus spürte die Skepsis in seiner Stimme. »Hören Sie, Patrick, ich sage Ihnen die Wahrheit. Nach diesem Vorfall vor ein paar Jahren –«
»Der Schießerei, meinen Sie?«
»Stimmt. Glauben Sie wirklich, die würden mir sagen, was sie treiben? Oh, natürlich habe ich im Lauf der Zeit das eine oder andere in Erfahrung gebracht, aber ein zusammenhängendes Bild ist dabei nie entstanden. Ich hoffe, daß wir zusammen etwas herausfinden werden. Wer weiß, vielleicht haben Sie Glück und bekommen heraus, was mit dem McCandless-Mädchen passiert ist.«
»Was ist mit Harry Furst? Und den anderen Ärzten, die in diese Geschichte verwickelt sind? Wie viele sind es denn?«
»Wahrscheinlich ein halbes Dutzend, genau kann ich es nicht sagen. Aber ich kann Ihnen sagen, wie man sie nennt. Man nennt sie das Netz.«
»Das Netz?«
»Kümmern Sie sich nicht um die anderen. Konzentrieren Sie sich einfach auf Sheffield. Und Viola.«
Sheffield war es, der Cadmus wirklich wichtig war. Die anderen waren ihm möglicherweise gleichgültig.

»Und was dann? Soll ich dann meine Story schreiben? Wieder als Patrick Geary zurückkommen?«
»Ich wüßte nicht, was Sie davon abhalten sollte.«
»Ich werde dann immer noch in Gefahr sein.«
Cadmus schüttelte entschieden den Kopf. »Nein, sobald wir sie einmal gepackt haben und das Family Health Center dichtmachen, ist Schluß. Dann ist es für die zu spät, Ihnen etwas anzuhaben. Sie werden fliehen und versuchen, sich der Verhaftung zu entziehen. Ich kenne diese Leute.«
»Wenn ich richtig verstehe, soll ich Sie aus allem heraushalten.«
Ein schwaches Lächeln spielte um Cadmus' Lippen. »So hatte ich mir das immer vorgestellt.«
»Und was ist, wenn ich kein Beweismaterial gegen diese Burschen finde?«
»Oh, das sollte Ihnen keine Probleme bereiten. Die sind schuldig, schuldig wie die Sünde, glauben Sie mir.« Er hatte sich den ganzen Plan so sorgfältig zurechtgelegt, daß es für ihn einfach undenkbar war, daß es nicht funktionieren sollte.
»Aber ich will trotzdem wissen, was passiert, falls ich nicht weiterkomme.«
»Mit anderen Worten: Sie wollen Ihre Etappe sichern?«
»So könnte man es vielleicht nennen.«
»Nun, wenn Sie nichts erreichen, dann habe ich wohl keine andere Wahl, als ... nun, Sie gehenzulassen.«
»Mich gehenlassen?« Patrick glaubte zu wissen, was Cadmus meinte, wollte aber sicher sein.
»Sie haben es mir zu verdanken, daß Sie leben. Sie laufen dank mir frei herum. Wenn Sie mich im Stich lassen, folgt daraus, finde ich, daß ich nicht mehr meine Hände über Sie halte.«
Jetzt fiel es Patrick nicht mehr schwer, zu begreifen, was der andere meinte.

4 *Sobald wir sie einmal gepackt haben und das Family Health Center dichtmachen, ist Schluß.*

Keine Chance, dachte Patrick. Er wußte, daß das nicht ging. Und Jack Cadmus wußte es auch. Kein Tag verging, an dem er nicht versucht war, McCandless anzurufen und ihm zu sagen, daß er noch am Leben war. Ohne Zweifel war dieser Schweinehund über die Nachricht von seinem plötzlichen Tod entzückt gewesen; die Freude hätte er ihm gern verdorben. Aber besser nicht, entschied er. Sollte McCandless ruhig weiterhin glauben, daß er völlig von der Bildfläche verschwunden war. Je mehr er darüber nachdachte, um so klarer wurde ihm, daß er Cadmus' Warnung nicht einfach in den Wind schlagen konnte: Tot – oder jedenfalls für tot gehalten – war er sicher. Sicherer, als er das sonst sein würde. Ob es ihm nun paßte oder nicht, er war von Cadmus abhängig. Zumindest, bis er wieder Fuß gefaßt oder entschieden hatte, wie er sein Leben neu organisieren konnte.

Und bis dahin hatte er wirklich wenig zu verlieren, wenn er das tat, was Cadmus von ihm wollte. Ohne Zweifel würden sich eines Tages ihre Interessen nicht mehr vereinbaren lassen; aber augenblicklich waren sie mehr oder weniger identisch. Wenn Irving Sheffield und Otto Viola mit irgendwelchen kriminellen Aktivitäten beschäftigt waren – und das schien recht wahrscheinlich –, warum sie dann nicht auffliegen lassen?

Cadmus besorgte ihm, wie versprochen, einen Camcorder und Unterlagen, die es ihm erlaubten, sich unbehindert im Family Health Center zu bewegen. Er gab vor, im Auftrag des Gesundheitsministeriums einen Dokumentarfilm über Familienplanung zu drehen. Wenn jemand Fragen stellte, brauchte derjenige nur eine Nummer in Washington anzurufen, wo ihm bestätigt würde, daß Peter Bishop tatsächlich

der war, der er zu sein behauptete. Das mußte man Cadmus lassen: Wenn er etwas in die Hand nahm, machte er es hundertprozentig.
Die Telefonnummer in Washington erwies sich als überflüssig. Allem Anschein nach brachte ihm niemand Argwohn entgegen. Ein silberhaariger Mann, der nach After-shave stank, führte ihn durch das ganze Western Florida Children's Hospital und redete ihm zu, Pathologielabors, Entbindungsstationen und dergleichen aufzunehmen, die ihn nicht im geringsten interessierten. Er hieß Toby Looper. Für ihn war so ziemlich alles »super«. Es war ein »super« Tag, und es war »super«, daß Patrick diesen Dokumentarfilm über sie drehte.
Die Abteilung des Krankenhauses, in dem sich das Family Health Center befand und in dem Sheffield und Viola ihre Büros hatten, lag etwas abseits. Man hatte sich offenbar mit der Landschaftsarchitektur große Mühe gegeben. Alles war darauf abgestimmt, das Auge zu beruhigen. Die Natur war hier sozusagen unter Kontrolle, kein Grashalm durfte ohne Erlaubnis wachsen.
Dr. Viola schien eine lukrative Praxis zu führen. Sein Wartezimmer war die ganze Zeit mit Frauen aller Altersstufen gefüllt, die stundenlang in besorgtem Schweigen dasaßen. Die Klinik, wo er Abtreibungen durchführte, stand durch einen mit Naturplatten belegten Weg mit dem Hauptgebäude in Verbindung. Irgendwie erinnerte der Bau an eine Hazienda und ließ jedenfalls durch nichts erkennen, was in seinem Inneren geschah. Auf einer Tafel stand: *Bitte klingeln.* Sonst nichts. »Wir wollen keine Demonstranten anlocken«, erklärte Toby Looper.
Auf Loopers Drängen erklärte Dr. Viola sich bereit, mit Patrick zu sprechen. Offenbar erfüllten Patricks Bart, die Sonnenbrille und sein neuer Kleidungsstil ihren Zweck.

Viola war nicht anzumerken, ob er ihn vom Fernsehen oder von Cadmus' Weihnachtsparty her erkannte. Außerdem galt Patrick als tot. Und üblicherweise sucht man unter den Lebenden nicht nach Toten.

Nicht daß Viola viel zu sagen gehabt hätte. Patrick sah keine Möglichkeit, ihm irgendwelche unangenehmen Fragen zu stellen. Er war hier nicht in der Rolle des Reporters; man erwartete von ihm Lobhudelei. Viola schwadronierte ein paar Minuten lang über die ausgezeichnete Behandlung, die die Patientinnen im Family Health Center erhielten, und welch große Vorteile sie aus den jüngsten Erkenntnissen der medizinischen Wissenschaft zogen. Dann hielt er inne, blickte gelangweilt auf die Kamera und fragte Patrick, ob ihnen nicht schon der Film ausgegangen sein.

»Eine Kassette reicht für zwei Stunden«, sagte Patrick. »Gibt es noch etwas, was Sie gerne hinzufügen würden?«

Der Arzt lachte. »Ich könnte noch eine ganze Menge sagen, aber ich muß zu meinen Patientinnen zurück.«

»Ehe Sie gehen, Dr. Viola, könnten Sie mir etwas über sich selbst sagen, Ihre berufliche Vergangenheit meine ich.« Damit befand er sich immer noch auf festem Boden.

»Nun ja ...« Die Frage schien Viola doch etwas zu verunsichern. »Ich habe eine Weile mit einer Ärztegruppe in New York gearbeitet. Auch Geburtshilfe und dergleichen.«

»Und was hat Sie dazu veranlaßt, hierherzukommen?« fragte Patrick, den interessierte, wie er sich aus dem etwas peinlichen Thema Betrug und die Schließung von Health Care Plus herauswinden würde.

»Äh, hm ... nun, ich wollte einfach das ganze Jahr über in einer sonnigen Gegend leben.« Viola lächelte breit in die Kamera, als hätte er gerade einen großartigen Witz gemacht.

Irving Sheffield war problematischer. Trotz Toby Loopers Zureden am Telefon war Sheffield absolut nicht davon begeistert, sich vor laufender Kamera zu äußern. Zuviel zu tun, teilte Looper Patrick entschuldigend mit, versicherte ihm aber, daß er nicht aufgeben und Mr. Sheffield über kurz oder lang zu einem Interview überreden würde.

Sheffield war nicht leicht zu packen. Während Dr. Viola ziemlich regelmäßig im Family Center zu sehen war, jeden Morgen um halb acht entweder mit seinem weißen Porsche oder mit seinem silbernen Ferrari vorfuhr, Patienten, Kollegen, Helfer und Bedienungspersonal begrüßte und in der Cafeteria zu Mittag aß, um stets einen Gesprächspartner zu haben, huschte Sheffield regelrecht verstohlen in sein Büro und verließ es genauso unauffällig – was ja vielleicht durchaus zu seiner Rolle paßte. Patrick empfand es schon als Glücksfall, ihn überhaupt einmal zu entdecken, wie er zu seinem Wagen rannte. Er machte wirklich den Eindruck, dauernd auf der Flucht zu sein.

Seine Schützlinge andererseits – seine »Mädchen«, wie Looper sie gerne nannte – waren gar nicht zu übersehen. Nach allem, was Patrick feststellen konnte, durften sie ganz nach Belieben kommen und gehen. Looper erklärte ihm, sie bekämen jederzeit Passierscheine. Manchmal gingen die Mädchen in West Palm Beach einkaufen. Aber sie kehrten jeden Abend zurück. Als Patrick ihn fragte, ob je eines der Mädchen zu fliehen versucht hätte, sah er ihn verwirrt, wenn nicht verärgert an. Die Frage Flucht stellte sich nicht, sagte er, dazu gab es keinen Anlaß. Die meisten Mädchen, erklärte er, wußten gar nicht, wohin sie fliehen sollten, und besaßen auch, abgesehen von dem bescheidenen Taschengeld, das das Center ihnen zur Verfügung stellte, keine eigenen Mittel. »Vergessen Sie nicht, sie sind freiwillig hier«, erinnerte er Patrick.

Die Mädchen wirkten tatsächlich ganz zufrieden und erfreuten sich eines Lebens, das wahrscheinlich wesentlich angenehmer war als das, was sie hinter sich gelassen hatten. Patrick unterhielt sich mit einigen von ihnen, wenn sie sich auf den Bänken in der leichten Seebrise sonnten. Die meisten wollten ihr Gesicht nicht vor der Kamera zeigen und hatten Sorge, ihre Eltern, Freunde oder entfernten Verwandten würden sie entdecken, ihre Tarnung wäre damit aufgeflogen.
Diejenigen, die sich bereit erklärten, mit ihm zu reden, berichteten ausnahmslos von Inzest, Mißhandlung, Drogen, tiefster Armut. Die meisten waren von zu Hause weggelaufen, oder man hatte sie hinausgeworfen, nachdem sie vorher halb totgeprügelt worden waren. Für sie war das Family Center eine Zuflucht, ein sicherer Hort vor der übrigen Welt. Looper hatte recht.
Von dem allgegenwärtigen Looper beschattet, hatte Patrick keine Gelegenheit, zu spionieren oder irgendwie die kompromittierenden Tatsachen auszugraben – falls es solche gab –, die Viola oder Sheffield für das Fernsehpublikum oder, was wichtiger war, für Jack Cadmus entlarven würden. Falls einer der beiden Männer irgendwelchen ungesetzlichen Praktiken wie seinerzeit bei Health Care Plus nachging, so war das jedenfalls nicht offensichtlich. Und Patrick bezweifelte auch, daß sich daran etwas ändern würde, sofern er nicht Gelegenheit bekam, sich die Patientenkarteien oder die Bücher des Centers anzusehen.
Er filmte jetzt bereits seit vier Tagen. In alle Ewigkeit würde er seinen Dokumentarfilm nicht als Vorwand benutzen können. Gleichzeitig begann Cadmus ungeduldig zu werden; er rief jeden Abend an und erkundigte sich nach seinen Fortschritten. »Sie sind doch Reporter, oder?« sagte er dann. »Sie sollten doch imstande sein, solche Dinge

herauszufinden.« Cadmus hatte größeres Vertrauen in seine Fähigkeiten, als seine Arbeitgeber das bisher gehabt hatten.

Am folgenden Nachmittag durfte er allein arbeiten. Looper sagte, er müsse mit einem Reporter vom MIAMI HERALD sprechen, der einen Artikel über Bombenanschläge auf Abtreibungskliniken in Südflorida schreiben wollte. Jedenfalls betrachtete Looper allem Anschein nach Patrick nicht mehr als höchste Priorität. Und das war ganz gut so.

»He, Mister!«

Er drehte sich um und sah ein Mädchen mit strähnigem, strohblondem Haar, das seinen schon ziemlich vorgewölbten Bauch mit einem blauen Hemd bedeckte. Sie war hübsch, aber ihre Augen strahlten eine Härte aus, die auch ihr kantiges Kinn unterstrich.

»Ja? Was kann ich für Sie tun?«

Sie deutete auf den Camcorder und sagte: »Warum haben Sie mich nie gefilmt? Ich hab' Sie mit 'ner ganzen Menge von den anderen Mädchen reden sehen. Warum stellen Sie mir keine Fragen? Ich bin ausgebildete Schauspielerin.«

»Oh, sind Sie das?«

»Ich habe auf Lee Strasbergs Schule studiert – H. B. Studio, wissen Sie? In New York, wissen Sie? Es gibt 'n paar Streifen von mir.« Und dann fügte sie fast beleidigt hinzu: »Aber kein Porno und so 'n Zeug.«

Patrick glaubte ihr kein Wort. Aber er beschloß, auf sie einzugehen. »Natürlich nicht.«

Etwas besänftigt meinte sie: »Also, werden Sie?«

»Also werde ich was? Sie interviewen?«

Sie nickte. »Ich heiße Claudia Bianco.«

»Nun, Claudia, ich weiß nicht, ob ich noch ein Interview brauche.«

Ihr Gesicht verdunkelte sich. »Ich könnte Ihnen so manchen Scheiß erzählen, den die anderen Ihnen nicht erzählt haben, da wette ich.«
»Was für Scheiß denn genau?«
»Was wolln Sie denn wissen?«
»Dazu können Sie mir bestimmt nichts sagen.«
»Probiern Sie's doch.«
»Na schön. Mich interessiert, wer Ihre Babys adoptiert, wie man sie auswählt. Ich möchte wissen, wie das juristisch vor sich geht. Wie wär' das für den Anfang?«
»Oh.« Es war offenkundig, daß sie ihm nicht helfen konnte. Aber sie gab nicht auf. »Sagen Sie, sind Sie je in Dr. Violas Büro gewesen? Ich meine, wenn er nicht da ist?«
Patrick mußte zugeben, daß das nicht der Fall war.
»Wolln Sie?«
»Warum sollte ich in sein Büro wollen, Claudia?«
»Weiß nicht. Ich hab' Sie nur rumschnüffeln sehn. Ich hab' mir gedacht ... Ich wette, Sie finden 'ne Menge über dieses juristische Zeug raus, wenn Sie in sein Büro gehn.«
Möglicherweise war sie intelligenter, als er ihr zugetraut hatte. Jedenfalls hatte sie einen argwöhnischen Verstand, vermutlich durch viele schlechte Erfahrungen geprägt.
»Und wie wollen Sie es anstellen, mich in Violas Büro zu schleusen, ohne daß jemand es erfährt?« Dieser letzte Teil war wichtig.
»Äh, ich hab' da so meine Tricks.« Ihre Zuversicht war möglicherweise ebenso unecht wie ihre schauspielerische Vergangenheit. »Aber Sie müssen mich in Ihrem Film zeigen.«
»Das wird ein Videofeature«, verbesserte er sie.
»Aber jemand wird es doch sehn, oder?«
»Ja, wahrscheinlich schon.«

»Mehr brauch' ich nicht, ich brauch' bloß eine Chance, wissen Sie?«

In dem Augenblick löste sich ihr Blick von ihm. Er folgte ihren Augen und sah Looper kommen. Offenbar war er mit dem Reporter vom MIAMI HERALD fertig.

»Ich will Ihnen was sagen: Wir treffen uns heute abend hier, okay?« sagte Claudia. »Hinten bei der Küche. Ich bin um zehn dort, Punkt zehn. Okay?« Sie streckte ihm die Hand hin. Er griff danach. »Einverstanden?«

»Einverstanden«, sagte er ohne große Überzeugung.

Dann lief sie davon, ziemlich wackelig dank ihrer Schwangerschaft.

»Was wollte sie denn?« fragte Looper und blickte ihr nach.

»Sie wollte, daß ich sie filme.«

»Wenn man ein rauhes Leben hinter sich hat wie Claudia, braucht man wahrscheinlich irgendeinen Traum, um sich daran festzuhalten«, sagte Looper ungewohnt philosophisch. »Man kann ja nur hoffen, daß die Kinder dieser armen Mädchen mehr Glück als ihre Mütter haben werden.«

5

Um zwanzig vor zehn entschied Patrick, daß er nichts zu verlieren hatte. Er bezweifelte zwar, daß Claudia dasein würde oder daß sie ihm Zugang zu Violas Büro würde verschaffen können. Trotzdem war es immerhin eine Chance.

Ein Taxi setzte ihn vor dem Family Health Center ab. Zwei Sicherheitsmänner hatten davor Posten bezogen und prüften Ausweise und Taschen nach eventuellen Bomben. Einer von ihnen hatte Patrick tagsüber schon gesehen und winkte ihn durch, nachdem er sich vergewissert hatte, daß weder sein Camcorder noch seine Videokassetten Explosiv-

stoffe enthielten. Patrick ging um das Gebäude herum nach hinten, auf einem Weg, der von Bogenlampen so hell beleuchtet war, daß die Gesichter der Leute starr und phantastisch aussahen, als gehörten sie in einen Science-fiction-Film. Der Küchenbereich machte sich durch ausgeprägten Küchen- und Abfalldunst bemerkbar. Hier war es dunkler, das wenige Licht kam aus der Küche, wo das Hilfspersonal damit beschäftigt war, sauberzumachen und die Abfälle in großen Metalltonnen, die halb so groß wie sie selbst waren, nach draußen zu schaffen. Patrick sah sich um. Als er Claudia nicht entdecken konnte, nahm er an, er hätte sie verpaßt. Oder sie war überhaupt nicht erschienen. Eine Hand, die ihn an der Schulter berührte, ließ ihn zusammenzucken. Er drehte sich schnell um und sah sie. Sie lachte, entzückt darüber, ihn erschreckt zu haben. »Sie haben wohl nicht gedacht, daß ich kommen würde, oder?«
»Gefragt hab' ich mich schon«, räumte er ein.
»Also, kommen Sie. Kommen Sie nur mit.«
Sie führte ihn tiefer in die Finsternis hinein, wobei sie einen Bogen um die Abtreibungsklinik schlug. Obwohl Patrick so viel Zeit auf dem Gelände verbracht hatte, war er hier noch nicht gewesen. »Sollten Sie jetzt nicht im Bett liegen?« fragte er. Looper hatte ihm gesagt, daß es für die Mädchen da strenge Vorschriften gab: um zehn Uhr im Bett, um zehn Uhr dreißig Lichter aus.
»Scheiß drauf«, sagte Claudia, von Patricks Naivität offenbar enttäuscht. »Glauben Sie denn, ich weiß nicht, wie man was hinkriegt? Himmel.«
Er antwortete nicht. Kurz darauf blieb sie stehen und runzelte die Stirn.
»Stimmt was nicht?«
»Mir ist gerade eingefallen, daß ich nicht einmal weiß, wie Sie heißen.«

»Bishop«, sagte er. »Peter Bishop.«
»Okay, ist schon gut. Nur daß ich weiß, wie ich Sie anreden muß. Kommen Sie, Mr. Bishop.« Sie sprach seinen Namen irgendwie spöttisch aus.
Sie kamen an eine Tür. Claudia holte einen Schlüsselbund heraus, entschied sich für einen der Schlüssel und schloß auf. Offensichtlich kannte sie sich hier aus.
»Macht es Ihnen etwas aus, wenn ich Sie frage, wo Sie diese Schlüssel herhaben?«
»Ich kenne einen von den Hausmeistern«, sagte sie. Dann hielt sie es für notwendig, hinzuzufügen: »Er ist ein Freund von mir. Ein wirklich guter Freund.«
So wie sie das sagte, kamen Patrick alle möglichen Gedanken, aber er beschloß, nicht näher darauf einzugehen.
»Könnten Sie nicht eine Menge Ärger kriegen, wenn Sie das tun?« Er empfand jetzt leichte Schuldgefühle, daß er ihr Angebot angenommen hatte.
Sie warf ihm einen Blick von der Seite zu. »Ärger ist mir nichts Neues«, meinte sie nur und beendete damit die Diskussion.
Sie traten ein. Drinnen war es ruhig, die Beleuchtung war schwach. Labyrinthartige Gänge führten zu geheimnisvollen Zielen, und selbst Claudia konnte nicht sagen, wo die Gänge alle hinführten. Aber sie kannte den Weg zu Violas Büro, und das war das einzige, worauf es im Augenblick ankam.
»Was, zum Teufel, suchen Sie eigentlich?« wollte sie wissen.
»Das sage ich Ihnen, wenn ich es gefunden habe.«
Die Antwort befriedigte sie nicht. »Sie wissen, daß hier etwas läuft, das nicht in Ordnung ist, oder?«
»Vielleicht.«
»Yeah, das hab' ich mir auch gedacht.«
Sie gingen durch einen von Glaswänden gesäumten Korri-

dor, der mit Topfpflanzen geschmückt war. Um zu Violas Büro zu kommen, mußten sie am Kre ßsaal vorbei; die Schreie der Frauen drangen durch die Wände. Claudia zuckte zusammen und schnitt eine Grimasse. »Herrgott, das sollte wirklich leichter gehen, finden Sie nicht?« sagte sie.

Sie gingen weiter, bogen um die Ecke, dann blieb Claudia stehen. »Das ist sein Büro«, sagte sie. »Jetzt hab' ich bloß vergessen, welcher da paßt«. Sie probierte ein paar Schlüssel durch, bis sie den passenden fand.

Das Schloß öffnete sich, und sie traten ein.

Dr. Violas Büro war kostspielig eingerichtet und roch nach neuem Leder. Die Urkunden und Diplome an der Wand verkündeten seinen Patientinnen, daß sie mit einem Mann zu tun hatten, dem man vertrauen konnte.

»Nun?« sagte Claudia, die Hände in die Hüften gestemmt. »Was sagen Sie jetzt? Hab' ich Sie hergebracht?«

»Das haben Sie allerdings. Ich bin Ihnen dankbar.«

»Und was nun?«

Ja, was nun? Er sah sich um. Wenn es hier Aufzeichnungen gab, dann waren sie höchstwahrscheinlich im Aktenschrank zu finden. »Sehen Sie mal, ob einer von den Schlüsseln paßt«, bat er Claudia.

Eine Minute später stand der Aktenschrank offen. »Da!« rief sie triumphierend aus.

»Seien Sie doch leise!« sagte Patrick ärgerlich.

»Yeah, ist schon gut.«

Er begann ziellos in den Unterlagen zu blättern. Aber sie enthielten nur die Dinge, wie Patrick sie bei jedem Gynäkologen erwartet hätte: Krankenbögen, Namen von Versicherungsgesellschaften, Medikamente, Diätempfehlungen, Gewichtsschwankungen und dergleichen.

Ungewöhnlicher war die Zahl von Diagnosetests, die an

vielen Frauen durchgeführt worden waren, die Dr. Viola konsultiert hatten: Amniozentese, chorionischer Villus, Alpha-Fötoprotein. Und warum setzte er so häufig bei den Untersuchungen das Laparoskop ein? Da es sich dabei um einen mechanischen Vorgang handelte, schloß diese Prozedur immer ein gewisses Risiko für den Fötus ein. Und was Patrick noch mehr verblüffte, war, daß Viola diese Tests an Frauen um die Zwanzig durchführte, die alle ganz offensichtlich völlig gesund waren. Üblicherweise empfahlen sich solche Untersuchungen nur bei wesentlich älteren Frauen oder solchen, in deren Familien irgendwelche genetischen Unregelmäßigkeiten vorgekommen waren.

Patricks erster Gedanke war, daß es sich dabei einfach um Geldschneiderei handelte, also den Versuch, für unnötige Untersuchungen und Medikamente Honorare fordern zu können. Das würde gut zu Viola passen. Aber vielleicht steckte mehr dahinter. Während er dasaß und darüber nachgrübelte, rief Claudia plötzlich: »He, warten Sie mal, die Frau kenn' ich!«

Patrick sah zu ihr hinüber und stellte fest, daß Claudia es sich auf Violas Ledersessel bequem gemacht hatte. Sie blätterte in einem der Aktendeckel herum, die sie aus dem Schrank gezogen hatte.

»Wer ist das denn?«

»Sie heißt Eve Dessi. Ich bin ihr zweimal begegnet, während ich auf Mr. Sheffield wartete. Das ist wirklich seltsam.«

»Was denn?« Patrick trat an den Schreibtisch, um sich das Krankenblatt anzusehen.

»Nun, als ich sie das zweitemal sah, war sie kurz vor dem Durchdrehen. Völlig fertig war sie, als würde sie jeden Augenblick zusammenbrechen.«

»Und warum?«

»Weil Dr. Viola ihr gesagt hatte, daß mit ihrem Baby irgend

etwas nicht in Ordnung sei und daß sie eine Abtreibung machen müsse. Sie hatte sich jahrelang auf ein Baby gefreut, und dann wird sie endlich schwanger, und was passiert? Das Leben ist wirklich beschissen, oder?«
»Was war denn mit dem Fötus?«
»Das weiß ich nicht mehr. Irgend etwas.«
»Steht in dem Krankenblatt nichts?«
»Jedenfalls nichts, was ich verstehe. Ich finde nichts.«
»Vielleicht sehen Sie nicht an der richtigen Stelle nach. Lassen Sie mich mal.«
Aber sie hatte recht. Es gab keinerlei Hinweis auf irgendwelche Probleme mit dem Fötus – keinen Hinweis auf Down'-Syndrom, Tay-Sachs, Mongolismus, Anenzephalie, Spina Bifidia, Hydrozephalie oder irgendeine der verschiedenen anderen Unregelmäßigkeiten, die eine Abtreibung rechtfertigen könnten. Patrick konnte auch keinen Hinweis auf ernsthafte physische Komplikationen entdecken, die das Leben der Mutter gefährden würden. Aber das war nicht das einzige, was fehlte.
»Sind Sie sicher, daß die Abtreibung stattgefunden hat, Claudia? Hier steht nämlich nichts.«
»Ganz sicher. Ich sage Ihnen doch, ich bin ihr kurz vorher begegnet. Ich denke, das war vor vielleicht zwei Wochen.«
Jetzt, wo er darüber nachdachte, wurde ihm klar, daß bei einigen Krankenblättern, die er sich gerade angesehen hatte, einfach beim letzten Besuch abgebrochen worden war, mit keinerlei Hinweis darauf, was aus Mutter oder Kind geworden war.
Er sah sich Eve Dessis Blatt noch einmal gründlicher an, überprüfte die Ergebnisse der Amniozentese und Alpha-Fötoprotein-Tests, konnte aber keinerlei medizinische Rechtfertigung für die Tests finden. Aber sie waren ohnehin negativ. Er blickte zu Claudia auf. »Der Fötus war völlig

in Ordnung«, sagte er. »Ich sehe keinerlei Anlaß, ihn abtreiben zu lassen.«
»Scheiße«, sagte Claudia. »Sie tut mir ja so leid.«
Patrick überlegte, ob es vielleicht eine andere Akte gab, in der Viola den Abschluß der einzelnen Fälle registriert hatte. Er beschloß, danach zu suchen.
Aber da war nichts. Völlige Fehlanzeige. Und dann fiel ihm ein, daß es einen Ort gab, wo er bis jetzt noch nicht gesucht hatte: der Schreibtisch der Sekretärin, an dem er vorhin vorbeigegangen war.
Er ließ Claudia auf Violas Drehsessel sitzen und ging hinüber. Violas Sekretärin war offenbar ebenso methodisch wie ihr Chef: alles am richtigen Ort, die Pflanzen gegossen, der Kalender auf das morgige Datum umgelegt – 5. Januar. Auf einer Wandtafel waren Notizen festgepinnt und eine Kinderzeichnung, die ein Haus und zwei Leute ohne erkennbaren Hals zeigte.
Auf dem Schreibtisch lagen ein paar Akten, vermutlich derjenigen Patientinnen, die Viola am nächsten Tag aufsuchen sollten. Aber es mußte doch etwas geben, irgend etwas, das verriet, was mit all diesen Patientinnen geschehen war.
Der Kalender.
Das war es. Er begann ihre Schubladen zu durchwühlen und suchte den Kalender des vergangenen Jahres, überzeugt, daß die Sekretärin ihn aufgehoben hatte.
Er war auch da, ganz wie er vermutet hatte; auch der Kalender für das vorhergehende Jahr. Er begann ihn durchzublättern, suchte nach Namen, die in den Unterlagen aufgetaucht waren.
In dem Terminkalender waren die ärztlichen Verrichtungen vermerkt, die für die einzelnen Patientinnen vorgesehen waren: Grundumsatz, Amniozentese, ein Anschlußbe-

such – oder eine Abtreibung. Er fand Eve Dessis Namen. Darunter stand *Abor./1. Trimester.* Claudia hatte recht.
Er rief sie. Keine Antwort. Er ging in Violas Büro zurück. Keine Claudia. Und alle Schlüssel mitgenommen. Er hatte keine Ahnung, was aus ihr geworden war. Hatte sie plötzlich kalte Füße bekommen und war weggelaufen? Wollte sie nicht mehr gefilmt und berühmt werden? Patrick hatte jetzt jedenfalls keine Zeit, sie zu suchen.
Er ging zum Schreibtisch der Sekretärin zurück und überflog die Eintragungen. Vielleicht war irgend etwas vorgefallen, das Claudia beunruhigt hatte. Möglicherweise waren die Sicherheitsleute unterwegs. Aber trotz seiner fieberhaften Hast sah er genug, um überzeugt zu sein, daß der Fall Dessi keineswegs eine Ausnahme war. Es gab andere – mindestens neun, wahrscheinlich sogar mehr, wenn er genauer suchen würde –, und in jedem einzelnen Fall ging es um einen gesunden Fötus, der abgetrieben worden war. Warum aber dann die Tests? Eine Frau, die aus freien Stücken eine Abtreibung wollte, würde nicht wissen müssen, ob ihr Fötus gesund war oder nicht; es würde für sie nicht den geringsten Unterschied machen.
Was aber, wenn Viola seine Patientinnen getäuscht hatte, ihnen vorgelogen hatte, die Tests seien leider positiv und es sei für sie zwingend notwendig, sich einer Abreibung zu unterziehen, um nicht ein abnormales oder nicht lebensfähiges Kind in die Welt zu setzen?
Aber warum? Es konnte Viola doch nicht einfach nur sadistisches Vergnügen bereiten, unnötige Abtreibungen durchzuführen. Die Föten seiner Patientinnen mußten für ihn in gleicher Weise von Bedeutung sein, wie für seinen Kollegen Irving Sheffield die Babys es waren.

6

»Hallo, ist dort Mrs. Dessi?«
»Ja, am Apparat. Wer spricht?«
Claudia wollte sich eigentlich nicht zu erkennen geben. Sie wußte, daß sie eine Menge Ärger kriegen konnte, wenn sie das tat, ganz besonders wenn Eve Dr. Viola anrief, um das Ganze zu überprüfen. Aber zum Teufel, schließlich war sie schon längst weiter gegangen, als gut für sie war.
»Ich weiß nicht, ob Sie sich an mich erinnern, aber wir sind uns zweimal in Dr. Violas Wartezimmer begegnet. Ich heiße Claudia Bianco.« Sie stand in der Telefonzelle vor der Entbindungsstation, versuchte den Korridor im Auge zu behalten und war jeden Augenblick bereit aufzulegen, wenn jemand auftauchte.
»Ja, ich erinnere mich an Sie, Claudia.« Es hörte sich noch unsicher an. »Was kann ich für Sie tun?«
»Äh, ich weiß nicht, wie ich Ihnen das sagen soll, aber ich habe heute abend etwas erfahren.« Sie haspelte weiter, hatte Angst, wenn sie sich nicht beeilte, würde sie es nie herausbringen. »Ich war in Dr. Violas Büro – fragen Sie mich nicht, wie es dazu gekommen ist –, und er war nicht da, und ich habe mir Ihr Krankenblatt angesehen.«
»*Was* haben Sie?«
Irgendwie hatte Claudia nicht damit gerechnet, daß sie so aufgeregt sein würde. »Es tut mir leid, ich habe nicht danach gesucht, ich bin nur zufällig darauf gestoßen. Aber ich wollte, daß Sie wissen, daß Ihr Baby in Ordnung war, daß ihm überhaupt nichts fehlte. Es war einzig und allein Dr. Violas Schuld, daß Sie diese Abtreibung haben machen lassen. Er hat Sie angelogen. Das wollte ich Ihnen nur sagen. Wenn Sie wieder ein Baby haben wollen, dann sollten Sie sich dabei nichts denken. Ich meine, weil Ihnen überhaupt nichts fehlt. Gehen Sie bloß nie wieder zu Dr. Viola, okay?«

Sie legte auf. Sie wollte nicht hören, was Eve antworten würde. So, jetzt fühlte sie sich wohler; sie hatte das Gefühl, etwas getan zu haben, das wichtig war. Und Dr. Viola geschah es ganz recht.

Sie überlegte, daß sie vielleicht in sein Büro zurückgehen und nachsehen sollte, ob Mr. Bishop noch da war. Sie wollte sich mit ihm verabreden, um sich interviewen zu lassen. Wahrscheinlich war es bei ihm wie bei den meisten Männern, man mußte sie unter Druck setzen, um sie dazu zu bewegen, ihr Versprechen zu halten.

Aber dann überlegte sie es sich anders. Lieber nicht übertreiben. Ganz sicher würde sie ihn morgen irgendwo auf dem Gelände sehen, und dann konnte sie ihn ja festnageln.

Es war beinahe elf. Sie konnte Felix die Schlüssel ja morgen zurückgeben. Dem Hausmeister würde das sicher nichts ausmachen; er hatte einen zweiten Satz. Im Augenblick war es wichtiger, in ihr Zimmer zurückzukommen und ins Bett zu gehen, ehe jemand herausfand, daß sie verschwunden war.

Als sie zwischen die Laken schlüpfte, freute Claudia sich über ihren Erfolg. Es war wirklich erstaunlich, was man hier alles machen konnte. Die Erfahrungen, die sie auf den Straßen von New York gesammelt hatte, waren nicht umsonst gewesen.

Sie hatte keine Ahnung, wie lange sie geschlafen hatte, als sie das vertraute Klappern und Quietschen eines Rollwagens weckte, der ins Zimmer geschoben wurde. Das war seltsam. Einen solchen Wagen schickten sie normalerweise nur, wenn bei einem der Mädchen Wehen einsetzten. Aber von den anderen drei Mädchen, die in diesem Zimmer mit ihr zusammen schliefen, war kein Laut zu hören gewesen. Vielleicht hatten sie sich geirrt.

Der Wagen näherte sich ihrem Bett. Sie schlug die Augen auf und sah zwei Männer über sich aufragen. Sie hatte sie schon vorher in diesem Gebäudeflügel gesehen. Einer war ein hellblonder Surfertyp; der andere war schwarz, von einer der Inseln, ein Hüne mit einer mächtigen Haarmähne. Er sprach mit einem ausgeprägten Akzent, und sie verstand die Hälfte von dem, was er sagte, überhaupt nicht.

Sie packten sie ohne ein Wort. Einer preßte ihr die Hand auf den Mund, damit sie nicht schrie und die Zimmerkolleginnen weckte. Dann warfen sie sie auf den Wagen. Sosehr sie sich auch wehrte und sich gegen sie aufbäumte, sie konnte die Männer nicht daran hindern, sie festzuschnallen. Erst jetzt begann ihr zu dämmern, was sie vielleicht mit ihr vorhatten.

Sie schoben den Rollwagen aus dem Zimmer. Bald eilten sie so schnell durch den Korridor, daß Claudia die Deckenbeleuchtung nur ganz verschwommen wahrnehmen konnte. Dann befanden sie sich in einem Aufzug. Sie mühte sich, wieder zu Atem zu kommen, wollte die beiden Männer beschimpfen. Aber ein Blick auf ihre Gesichter ließ ihr das nicht geraten erscheinen. Sie beschloß, nur zu fragen, wohin sie sie brachten. Aber sie bekam keine Antwort. Das war auch nicht nötig. Als sie den Aufzug verließen, verrieten ihr die Schreie sofort, wo sie sich befand.

Claudia erkannte die Kreißsäle zu beiden Seiten; der Entbindungsraum lag direkt vor ihr. Während sie sie durch den Korridor schoben, flogen an den Wänden all die bunten Plakate von Zirkuskünstlern, Tieren und Zauberern an ihr vorbei. Schwestern rannten wie gehetzt aus einem Raum in den anderen. Claudia ging das Risiko ein, einer der Schwestern, die sie kannte, etwas zuzurufen, aber das nützte nichts. Die Schwester lief an ihr vorbei, warf ihr nicht

einmal einen Blick zu. Außerdem, wer sollte auch in all dem Durcheinander auf sie achten?
Sie näherten sich dem Empfangstisch. Daneben war eine Tafel angebracht, an der der Zustand der einzelnen Patientinnen festgehalten war. Sie blieben nur kurz davor stehen. Claudia sah ihren Namen auf der Tafel oder bildete sich das wenigstens ein. Wieder schrie sie, diesmal noch lauter als vorher.
»Du vergeudest nur deinen Atem, Süße«, sagte der Surfer. Und er hatte recht. Sie wußte, daß er recht hatte.
Sie bogen nach links in einen der Kreißsäle. »Wir sind da, Süße«, sagte der Surfer. Sie schnallten sie los, um sie auf eine Pritsche zu legen, und banden sie dann wieder fest. Als das getan war, warf der Surfer seinem Kollegen einen spöttischen Blick zu. »Hast du das Pit?« fragte er.
»Herrgott, nein, das geht doch nicht. Bitte nicht!«
»Komm schon, Honey«, sagte der Schwarze und betupfte sie an der Schulter mit Alkohol. »Das ist doch bloß ein wenig Vitamin P.«
Bloß ein wenig Vitamin P. Sämtliche Mädchen im Family Center fanden schließlich heraus, was Vitamin P bedeutete – ein Mittel, das sich Pitocin nannte und das man dazu benutzte, um die Wehen einzuleiten.
Vielleicht trieben sie nur ihr Spiel mit ihr, versuchten ihr angst zu machen, als Strafe dafür, daß sie Mr. Bishop in Dr. Violas dämliches Büro geführt hatte. Vielleicht würden sie ihr bloß Zuckerlösung spritzen. Eine Weile nachdem die beiden gegangen waren, hatte sie den Eindruck, es würde überhaupt nichts geschehen. Sie lag einfach da, wartete und dachte, alles würde gut werden. Schließlich hatte sie schon Schlimmeres als das hier durchgemacht.
Und dann setzten die Krämpfe plötzlich ein. Es tat erstaunlich weh; es war, als würde man ihr mehrere Hiebe

hintereinander in den Leib versetzen. Sie konnte es nicht glauben. Die mußten doch jetzt kommen und ihr etwas geben, um den Schmerz zu lindern. Es war unerträglich. Sie schrie, so laut sie konnte, aber es kam immer noch niemand. Sie hatte keine Ahnung, wo die beiden Männer abgeblieben waren; sie hatten sie einfach hier liegenlassen.

Schließlich tauchte jemand auf. Aber vor lauter Schmerzen bekam sie das kaum mit. Sie drehte den Kopf zur Seite, kniff die Augen zusammen, um durch die Tränen besser sehen zu können. Es war Dr. Viola.

Er ging auf ihre Pritsche zu, mit völlig ausdrucksloser Miene. Er sah sie an, aber sein Gesichtsausdruck war unergründlich. Kein Wort kam über seine Lippen. Er legte sein Stethoskop auf ihren vorgewölbten Bauch und lauschte konzentriert, versuchte vielleicht den winzigen Herzschlag ihres Babys aus all dem Dröhnen herauszuhören, das das Fruchtwasser und das Blut erzeugten.

»Oh, das tut so weh, geben Sie mir doch bitte was«, flehte sie.

Er schien zusammenzuzucken, so als überraschte es ihn, daß sie überhaupt noch reden konnte. Dann runzelte er die Stirn. »Sie müssen ganz langsam und flach atmen, jedesmal, wenn eine Wehe einsetzt«, sagte er. »Und dann, wenn es stärker wird, müssen Sie es wegblasen.«

»Es wegblasen?« wiederholte sie verzweifelt. »Werden Sie mir denn nichts geben?«

Er antwortete nicht, sondern fuhr mit seiner Untersuchung fort. »Sie sind noch nicht weit genug. Wenn Sie bei fünf Zentimetern sind, geben wir Ihnen ein Schmerzmittel. Aber jetzt nicht.«

»Wie viele Zentimeter sind es jetzt?« preßte sie hervor.

»Zweieinhalb. Sie müssen Geduld haben. Atmen Sie ganz

langsam und flach, und wenn die Wehe sich verstärkt, dann atmen Sie aus«, wiederholte er. Zufrieden, alles in seiner Macht Stehende getan zu haben, oder wenigstens alles, was er wollte, verließ er sie und ignorierte ihr Flehen, das von den wiedereinsetzenden Schmerzen ohnehin erstickt wurde.

Minuten, Stunden, Ewigkeiten mochten vergangen sein, als er wieder zurückkam – sie hatte jegliches Zeitgefühl verloren. Alles war nur Schmerz, die ganze Welt war ein einziger unendlicher Schmerz. Zuerst versuchte sie Dr. Violas Rat zu folgen, so zu atmen, wie er ihr gesagt hatte – aber nach einer Weile verlor sie die Konzentration, konnte sich nicht erinnern, ob sie ein- oder ausatmen sollte oder was sonst. Sie war sich noch nie so verdammt allein vorgekommen.

Sie konnte nicht sagen, ob Dr. Viola einfach zurückgekommen war oder vielleicht schon eine ganze Weile neben ihr stand. Aber da war wenigstens jemand. Er untersuchte sie wieder. Jetzt bildete sich auf seinem Gesicht etwas, das sie als ein Lächeln interpretierte; es breitete sich über sein ganzes Gesicht aus. »Die Cervix ist jetzt beinahe ganz geweitet, Claudia«, verkündete er sichtlich zufrieden. »Wir können Sie in den Entbindungsraum bringen.«

»Aber ... aber bekomme ich nichts gegen die Schmerzen?« Ihre Stimme klang, als käme sie von einem anderen Planeten, aus weiter Ferne.

Aber er begriff, was sie wollte. »Ja, ich gebe Ihnen gleich etwas.« Eine Spritze blitzte in seiner Hand auf. Plötzlich waren zwei Schwestern an seiner Seite. »Bitte schnallen Sie sie los«, sagte Dr. Viola. »Wir müssen sie bewegen, damit ich ihr das Schmerzmittel spritzen kann.«

Er ging auf sie zu und begann zu erklären, was er vorhatte, obwohl ihr das jetzt völlig egal war, wenn er nur diese

Schmerzen beseitigte. »Ich werde jetzt Lidocain in Ihre Wirbelsäule injizieren, Claudia. Das wird Sie vom Bauch abwärts betäuben, aber Sie werden nicht das Bewußtsein verlieren und auch nicht einschlafen.«

Daß alle Empfindungen ausgelöscht werden sollten, hörte sich gut an, daß sie nicht einschlafen würde, schon weniger. Das gefiel ihr überhaupt nicht – sie wollte nicht wissen, was geschah. Aber sie hatte keine Wahl.

Selbst nach der Injektion schien es noch eine Ewigkeit zu dauern, bis die Schmerzen schließlich nachzulassen begannen. Sie wurde bewegt. Leute schienen sie anzustarren, spöttisch auf sie zu deuten, aber vielleicht bildete sie sich das alles auch nur ein.

Jetzt wurde sie auf einen anderen Tisch gelegt, unter eine Lampe, die so hell war, daß es in ihren Augen weh tat. Man machte irgend etwas mit ihr. Sie blickte nach unten und sah, daß man einen Draht in ihren Körper einführte. Jemand – es war nicht Dr. Viola – sagte etwas zu ihr. »Wir führen jetzt einen Monitorstreifen ein und befestigen ihn an der Kopfhaut des Babys. Machen Sie sich keine Sorge, es wird Ihrem Baby überhaupt nicht weh tun. Wir wollen nur sicherstellen, daß sein Herzschlag in Ordnung ist, sonst gar nichts.« Seine Stimme klang sanfter als die Dr. Violas, so als wäre er wirklich um sie besorgt.

Sie konnte Stimmen hören, manchmal ein Murmeln, manchmal lauter, aber was gesprochen wurde, begriff sie nur bruchstückweise. »Herzschlag über einhundert«, sagte jemand. »Das ist schön, ausgezeichnet ist das«, erwiderte jemand anderer – Dr. Viola? Dann ging alles wieder in Rauschen über. Irgend etwas geschah. Sie wußte es, obwohl sie es nicht richtig fühlen konnte. Das Baby kam heraus. Aber sie konnte nichts sehen. Als sie den Kopf zu heben versuchte, konnte sie nur Gestalten in grünen Mänteln und

Masken sehen, deren Hände mit Fruchtwasser und Blut beschmiert waren. Ihr Fruchtwasser, ihr Blut.
»Spannung prüfen«, befahl Dr. Viola – sie war jetzt sicher, daß es Dr. Viola war. »Nur vorsichtig ziehen, und wenn es nachgibt, dann ist es soweit, dann haben wir die Placenta. Aufpassen, wir wollen das Baby unterhalb der Placenta haben, um das letzte Quentchen Blut in der Nabelschnur zu bekommen.«
»Alles gut?« flüsterte sie. »Alles in Ordnung?«
Die Augen einer Schwester fixierten sie über der Maske. »Ja, alles in Ordnung, Claudia. Sie haben einen kleinen Jungen.«
Es folgte ein ohrenzerreißender Schrei wie zur Bestätigung. Ein Junge, dachte Claudia verblüfft, ich habe einen Jungen zur Welt gebracht.
Und dann begann etwas sehr Seltsames. Zuerst konnte sie diese neue Empfindung von all den anderen Empfindungen nicht richtig unterscheiden. Dann erkannte sie, was es war: Das Atmen fiel ihr immer schwerer. Vielleicht war sie im Begriff, in Panik zu geraten, dachte sie. Vielleicht würde alles gut sein, wenn sie nur ruhig blieb.
Aber es dauerte nicht lange, bis ihr klar war, daß das nicht nur in ihrem Bewußtsein vor sich ging; sie hatte das Gefühl, jemand stünde auf ihrer Brust und preßte ihr den letzten Atem aus den Lungen. Ein Film schien sich über ihre Augen zu legen; alles war plötzlich so undeutlich. Sie keuchte und stöhnte, hoffte, einer der Ärzte oder Schwestern würde erkennen, was mit ihr geschah. Jemand schrie plötzlich etwas über eine Reaktion auf das Lidocain. Was war das? Was war mit ihr los? Es klang so einfach, so leicht zu beheben. Aber offenbar konnte oder wollte niemand etwas dagegen unternehmen. Sie schien sich tief unter Wasser zu befinden, unfähig, an die Oberfläche zu gelan-

gen. Jemand – jemand, den sie nicht sehen konnte – hielt sie fest. Sie kämpfte und kämpfte, hoffte, daß der Betreffende sie loslassen würde. Aber es schah nicht. Alles wurde so dunkel. Es tat so weh. Und im nächsten Augenblick wußte sie, daß *sie* loslassen und daß dann alles vorbei sein würde. Eine Frage ging ihr durch den Sinn, ehe die Dunkelheit sie für immer umschloß: Was passiert mit meinem Baby? Wenn sie mir so etwas antun – was machen sie dann mit meinem kleinen Baby?

7

Eve Dessi konnte die ganze Nacht nicht schlafen. Ganz im Gegensatz zu ihrem Mann; Michael lag neben ihr und schlief wie ein Murmeltier. Aber er hatte auch keinen Grund zu der Annahme, daß irgend etwas nicht stimmte; sie hatte Claudias Anruf nicht erwähnt. Sie wollte es die ganze Zeit tun, hatte aber irgendwie das Gefühl, daß es alles nur noch schlimmer machen würde. Er würde natürlich sofort auf die Idee kommen, gegen Dr. Viola und das Family Health Center Anzeige zu erstatten; so reagierte er immer, wenn er ein Problem zu lösen hatte. Schon damals, als sie ihn kennengelernt hatte, führte er ständig irgendwelche juristischen Auseinandersetzungen. Wenn das Dach undicht war, beschloß er zunächst, die Baufirma anzuzeigen, und erst dann, es reparieren zu lassen.

Aber was Eve vorhatte, ging weit darüber hinaus, Anklage zu erstatten oder einen Prozeß zu führen – sie war ohnehin fast sicher, daß sie ihre Behauptungen nie würde beweisen können. Sie hatte einfach nicht die Kraft, sich jahrelang mit Anwälten und Aussagen und gerichtlichen Verhandlungen zu beschäftigen.

Zuerst glaubte sie, Claudia triebe ein böses Spiel mit ihr,

obwohl sie sich nicht vorstellen konnte, warum. Aber je mehr sie über das nachdachte, was Claudia gesagt hatte, mit dieser Eindringlichkeit in der Stimme, desto überzeugter wurde Eve, daß sie die Wahrheit gesagt hatte. Außerdem wußte sie es irgendwie instinktiv, daß das Kind, das in ihr herangewachsen war, normal gewesen war – vollkommen – und daß es falsch gewesen war, Dr. Violas Rat zu befolgen. Sie hätte einen anderen Arzt konsultieren sollen. Das Schuldgefühl war schrecklich; es schmerzte körperlich, es tat ihr in der Brust weh, in ihrem leeren Leib, überall tat es weh.

Schließlich nahm sie, verzweifelt bemüht, Schlaf zu finden, Beruhigungstabletten. Sie wirkten zwar, aber nicht genügend; ihr Schlaf war unruhig, angefüllt mit so vielen schrecklichen Träumen, daß sie sich verzweifelt bemühte, wieder aufzuwachen. Sie war überzeugt, sie würde den Verstand verlieren. Sie konnte es bereits deutlich sehen; ein Blick in den Spiegel zeigte ihr eine Frau, deren gutes Aussehen unter der psychischen Belastung schon verschwunden war. Da waren graue Strähnen im Haar, dunkle Ringe unter ihren Augen, die sie ausdruckslos aus aufgequollenen Lidern ansahen.

Michael hatte sie gedrängt, mit ihm zu verreisen; sie würden Urlaub machen, wo immer sie wollte – Paris, Hawaii, Tahiti, Cancún, irgendwo. Sie würden wieder ein Kind bekommen, ein gesundes Kind diesmal. Aber sie wehrte sich, wollte sich nicht festlegen, schob die Entscheidung immer wieder auf. »Morgen sage ich dir, wo ich hin möchte ... Morgen rufe ich unser Reisebüro an.« Aber sie tat es nicht. Sie hatte das Gefühl, ihr Haus zu verlassen würde einem Verrat gleichkommen.

Ihr Mann hatte sich vor vielen Jahren einen Waffenschein besorgt. Er besaß eine 32er Automatik und hatte die Waffe, soweit sie wußte, nie benutzt. Sie lag, wo sie immer lag: unter seinen Pullovern in der untersten Schublade ihrer Kommode. Neben der Waffe lag eine Schachtel mit Munition. Als sie die Waffe herausholte, tat sie das leise, um Michael nicht zu stören. Sogar das Metall roch nach Mottenkugeln.

Sie stellte sich beim Laden ungeschickt an, ein paar Patronen fielen auf den Boden und rollten unter die Kommode. Sie ließ sie liegen. Sie konnte sich nicht vorstellen, daß das noch eine Rolle spielte.

Sie zog sich im Bad an, schlüpfte nur in ein Kleid, sonst nichts. Sobald die Sonne darauf schien, würde es praktisch durchsichtig sein. Das würde ganz besonders Otto Viola ablenken, und genau das wollte sie.

Sie dachte daran, Michael eine Nachricht zu hinterlassen, aber als sie zu schreiben begann, wurde ihr klar, wie unsinnig es war, zu glauben, sie könne ihm das erklären, was sie vorhatte, wenigstens so, daß es für ihn einen Sinn ergab. Er würde die Polizei rufen und sie verhaften lassen, ehe sie etwas tun konnte. Wahrscheinlich würde er sie dazu zwingen, Psychiater aufzusuchen, und die würden sie zu überzeugen versuchen, daß sie einfach ihren Verlust akzeptieren mußte. Sie würden sagen, sie solle vergessen, was Claudia gesagt hatte. Sie würden ihr Tabletten geben, damit sie besser schlafen konnte, und Tabletten, um den Schmerz zu lindern und ihre Sinne abzustumpfen. Der Teufel sollte sie holen.

Besser keine Nachricht hinterlassen. Ihr Mann mochte denken, was er wollte.

Es war zwanzig Minuten nach fünf, als Eve Dessi ihr Haus in Lantana verließ und auf der 805 in nördlicher Richtung zum Family Health Center fuhr. Die Sonne begann sich gerade über den Horizont hochzuschieben, eine flammende Floridasonne. Michael würde mindestens noch eine Stunde schlafen, ehe er aufstand, um zur Arbeit zu fahren. Und selbst dann würde er noch keine Ahnung haben, wohin sie gefahren war, bis er es im Radio hörte, und dann war es natürlich zu spät.

Als sie ankam, strömten die Angestellten und Arbeiter bereits ins Center. Sie war mit Dr. Violas Gepflogenheiten hinreichend vertraut und wußte, daß er erst gegen halb acht eintreffen würde, aber sie wollte nicht riskieren, ihn zu verpassen. Sie wartete in ihrem Wagen, spielte am Radio herum und hielt nach ihm Ausschau.

Erst kurz vor acht entdeckte sie seinen weißen Porsche, als dieser in den Angestelltenparkplatz einbog. Sie stieg im gleichen Augenblick aus ihrem Wagen, als er den seinen verließ. Sie beschleunigte ihre Schritte und holte ihn ein, als er noch ein halbes Dutzend Schritte von seinem Büro entfernt war.

Seine Augen blieben an ihren Brüsten unter dem durchsichtigen Kleid hängen und wanderten erst dann zu ihrem Gesicht. Er schien verblüfft. »Aber Mrs. Dessi!« sagte er. »Welche Überraschung, Sie hier zu sehen. Haben Sie heute einen Termin?«

»Ja, allerdings.« Sie war selbst erstaunt, daß sie ihre Stimme so unter Kontrolle hatte.

»Es ist aber doch kein Notfall, oder?«

Sie spürte, daß er beunruhigt war, besorgt, sie könne eine Störung seines sorgfältig organisierten Tagesplanes bedeuten.

»Nun ja, in gewisser Weise schon.«

Er runzelte die Stirn. »Ich verstehe. Wenn Sie bitte mitkommen würden, Mrs. Dessi ...« Er tat so, als würde er ihr einen riesigen Gefallen erweisen.

Er bog zur Seite, ging weiter und erwartete wohl, daß sie

ihm folgte. Ihr Herz schlug wie wild, ihre Hand zitterte, als sie in die Handtasche und nach der Waffe griff. Sie konnte nicht warten. Wenn sie auch nur noch einen Augenblick länger zögerte, dann, das wußte sie, könnte sie es nicht mehr tun. Es mußte sofort geschehen.

Aus den Augenwinkeln sah sie jemanden – einen Mann, vielleicht einen Kollegen Dr. Violas – ein paar Schritte hinter sich.

»Dr. Viola!« schrie sie.

Er fuhr herum und sah sie irritiert an.

»Was ist denn, Mrs. Dessi?«

Dann fiel sein Blick auf die Waffe.

»Mrs. Dessi, was soll das?« Seine Augen weiteten sich ungläubig.

»Sie haben mein Baby getötet«, sagte sie leise. Und ehe er ein Wort herausbekam, feuerte sie.

Nur daß nichts geschah. Sie hatte vergessen, die Waffe zu entsichern.

Viola trat einen Schritt auf sie zu, als wollte er ihr die Waffe entreißen, überlegte es sich dann aber wahrscheinlich anders, machte einen Schritt zurück, als wollte er doch lieber wegrennen. Aber ehe er sich entscheiden konnte, hatte Eve zwei Schüsse abgegeben.

Einen Augenblick lang, ehe das Blut durch sein Hemd quoll, fragte sie sich, ob sie ihn überhaupt getroffen hatte. Er taumelte, seine Hände krallten sich hilflos in die Luft. Sie hielt immer noch die Waffe auf ihn gerichtet. Was würde jetzt passieren? Es war, als hätte sie mit dem, was hier vorging, überhaupt nichts zu tun. Es war alles ihrer Kontrolle entzogen. Sie sah jetzt Leute laufen. Wo waren die alle hergekommen?

Er schien ihr etwas sagen zu wollen, aber seine Stimme versagte. Er preßte beide Hände gegen seine Brust, taumelte und sank in die Knie; es sah aus, als würde er sich zum Beten niederknien. Sie feuerte wieder. Und wieder. Seine Hände flogen an die Kehle. Im nächsten Augenblick lag er hingestreckt auf dem Rasen. Eines seiner Beine zuckte noch, aber sie wußte nicht, was das bedeutete. Sie wollte sich nicht mit dem Gedanken beschäftigen, ob er vielleicht trotz allem überleben würde.

Benommen hob sie die Waffe an den Mund. Erst jetzt war sie auf die Idee gekommen, auch sich selbst zu töten. Aber zu spät. Jemand hatte sie gepackt und drückte sie zu Boden. Alle schrien. Sie konnte es nicht ertragen, dieses fürchterliche Geschrei. Man hatte ihr die Waffe weggenommen. Aber da waren andere Waffen – unheimlich viele –, und alle waren auf sie gerichtet. »Wer sind Sie? Wie heißen Sie?« wollte ein Mann wissen.

Aber alles, was sie sagen konnte, wirklich das einzige, was ihr in den Sinn kam, war: »Ich bin eine Patientin von Dr. Viola.« Als ob das alles erklären würde.

8

Als Patrick aus dem Badezimmer kam, saß Jack Cadmus am Fenster. Er las in den Akten, die Patrick in der vergangenen Nacht aus Violas Büro entwendet hatte. Und dann entdeckte er noch jemanden: den Kubaner. Er betrachtete Patrick nachdenklich – wie ein Porträtmaler, der den richtigen Blickwinkel festlegen will.

Cadmus blickte auf. Ein schmales Lächeln formte sich um seine Lippen. »Sind das die Originale?«

Wenn dazu Zeit gewesen wäre, hätte Patrick Kopien gemacht – in Violas Büro stand ein Kopierer. Aber aus Angst, entdeckt zu werden, hatte er die Papiere einfach gegriffen und war weggerannt. »Ja, das sind die Originale.«

»Und was ist mit diesem Kalender?«

Während Patrick sich um eine Erklärung bemühte, fixierte ihn der Kubaner weiterhin. Sein Gesichtsausdruck war dabei undurchdringlich und verständnislos, als würde nichts von dem, was er hörte, für ihn einen Sinn ergeben.
Aber Cadmus schien zufrieden. »Ich wußte, daß Sie es schaffen würden.« Er schüttelte den Kopf; er schien sich über seinen ehemaligen Kollegen zu wundern. »Frauen zu unnötigen Abtreibungen veranlassen. Der Mann hat Nerven.« Seine Stimme klang nicht schockiert, nur einigermaßen erstaunt. »Haben Sie herausgefunden, was er mit dem Fötalgewebe macht?«
»Nein, mir sind verschiedene Möglichkeiten durch den Kopf gegangen. Es gibt gewisse chirurgische Vorgänge, wo sie von therapeutischem Wert sein könnten.«
»Ja, mir fallen da auch einige Möglichkeiten ein. Aber es muß dabei um Geld gehen. Bei jemandem wie Viola muß immer Geld herausspringen. Ich vermute, daß er Fötalgewebe an irgendeine Forschungsgesellschaft verkauft.«
Die hatten also Cadmus wirklich nicht informiert, dachte Patrick. »*Sie* müssen ja auch gutes Geld verdienen«, sagte er, und dabei war ihm eigentlich egal, ob er den Mann beleidigte oder nicht.
Aber Cadmus schien die Bemerkung nichts auszumachen. Er zuckte die Achseln und meinte: »Ja, es geht mir nicht schlecht. Aber wenn ich nicht meine Verbindungen in New York hätte ...«
»Die Krankenhäuser?«
»Die Krankenhäuser, ja ...« Er lächelte und warf dem Kubaner einen vielsagenden Blick zu. »Und die Leichenhallen.«
Das schien dem Kubaner zu gefallen. Er lachte laut; vielleicht war das das erste, was er überhaupt von dem Gespräch verstand.

Dann sagte Cadmus: »Mir scheint, mit diesem Material hätten wir das Family Center dichtmachen können. Nicht, daß das jetzt noch von Bedeutung ist.«
»Was wollen Sie damit sagen?«
»Ich hätte alles darum gegeben, Ottos Gesichtsausdruck zu sehen, wenn er heute morgen in seinem Büro hätte feststellen müssen, daß all diese Akten verschwunden sind«, sagte Cadmus, ohne auf Patricks Frage einzugehen. Dann fing er laut zu lachen an. Und als wäre das ein Stichwort für ihn gewesen, stimmte der Kubaner in das Gelächter ein.
Als Cadmus Dr. Violas Akten in seiner Mappe verstaute, wurde Patrick bewußt, daß ihm damit jeder Hebel genommen war. »Was ist mit meiner Story?«
»Was soll damit sein?«
»Sie haben sie, die Akten sind der Beweis.«
»Na schön.« Cadmus musterte ihn leicht verwirrt. »Worauf wollen Sie hinaus? Ich habe nicht vor, Sie um Ihre verdammte Story zu bringen. Ich bin genauso wie Sie daran interessiert, daß das an die Öffentlichkeit kommt.«
Aber es gab natürlich keinen zwingenden Grund, daß es ausgerechnet Patrick sein mußte, der die Story veröffentlichte. Cadmus konnte die Akten jedem auch nur einigermaßen cleveren Reporter geben; er brauchte Patrick nicht.
»Sie haben es ihm noch nicht gesagt«, meinte der Kubaner und grinste. Ein bösartiges, schadenfrohes Grinsen.
»Mir was gesagt?«
»Ich nehme an, Sie haben noch keine Nachrichten gehört.«
»Nein, ich bin gerade erst aufgestanden.« Es war etwa halb neun, und das war für ihn spät. Aber er hatte schließlich auch eine lange Nacht hinter sich.

»Nun, anscheinend ist der arme Otto von einer seiner ehemaligen Patientinnen erschossen worden, einer Frau namens Eve Dessi.« Er sah Patrick erwartungsvoll an. »Sie sagen ja nichts. Kennen Sie sie?«
»Sie haben in den Unterlagen ihr Krankenblatt.«
»Also nicht gerade eine zufriedene Kundin, wie?«
»Was ist mit ihm passiert?«
»Mit Otto? Er ist tot. Erledigt. Man hat die Frau in Gewahrsam genommen. Sie befindet sich jetzt in psychiatrischer Obhut. Ihr Zustand ist ziemlich schlecht – hochgradig hysterisch.«
»Wie konnte sie –?« Und dann war ihm plötzlich klar, wie es abgelaufen sein mußte. Claudia mußte mit ihr Verbindung aufgenommen haben.
»Wie konnte sie was, Patrick?«
»Nichts.«
»Jedenfalls, um auf Ihre Story zurückzukommen: So wie ich das sehe, haben Sie nur eine halbe Story. Otto mag ja von der Bühne abgetreten sein, aber vergessen Sie nicht, daß da noch Irving Sheffield ist. Es sei denn, Sie haben über ihn auch etwas herausgefunden, was ich hier nicht sehe.«
Patrick gab zu, daß das nicht der Fall war.
»Das habe ich mir gedacht. Es ist gar nicht leicht, den alten Irv festzunageln.« Und dann fügte er, zu dem Kubaner gewandt, hinzu: »Manny, haben Sie das Geschenk für unseren Freund?«
Manny griff eifrig in seine Reisetasche und brachte einen Schuhkarton zum Vorschein. Wie Patrick Cadmus kannte, erwartete er allerdings nicht, daß Schuhe in dem Karton sein würden.
»Was ist das?«
»Ein Geschenk«, beharrte Cadmus. »Geben Sie es ihm, Manny.«

Das tat Manny. Patrick öffnete den Karton. In ihm lag ein Revolver, ein 32er Special. Patrick sah Cadmus verwirrt an.
»Wenn Sie Ihr Leben als Patrick Geary wiederaufnehmen wollen, wenn Sie derjenige sein wollen, der diese Story veröffentlicht, dann werden Sie feststellen, daß Sie das brauchen.« Er und der Kubaner wechselten wissende Blicke.
»Es wozu brauchen?«
Jetzt war Cadmus derjenige, der verwirrt dreinblickte. »Nun, um Irving Sheffield zu töten natürlich«, sagte er.

9

Cadmus fuhr, Manny saß auf dem Rücksitz, mit geradezu entzücktem Gesichtsausdruck; die Aussicht auf das, was bevorstand, schien ihn aufzumuntern. Da war keine Chance, zu entkommen; Manny hatte eine Waffe, und Patrick gab sich keiner Illusion hin, daß er sie im Zweifelsfall nicht einsetzen würde.
Während der ganzen Fahrt zum Family Health Center versuchte Cadmus Patrick zu beruhigen. Es gäbe wirklich keinen Anlaß zur Besorgnis; schließlich würde man Peter Bishop die Schuld für die Tötung Sheffields geben, nicht Patrick Geary. Patrick Geary war tot; das sollte er nicht vergessen. Und Manny würde auch dasein und das bezeugen. Diese Ausführungen verbesserten Patricks Stimmung absolut nicht.
»Und wie komme ich aus dem Center heraus?«
»Dafür ist gesorgt, überlassen Sie das nur uns.«
Patrick glaubte Cadmus kein Wort. Er wurde vorgeschoben, er würde den Kopf hinhalten müssen. Cadmus hatte das zweifellos von Anfang an so geplant.
Jetzt meldete Manny sich zu Wort. »Wir wollen nicht, daß

Sie sich das Ganz noch einmal überlegen. Wenn Sie Sheffield zu warnen versuchen, hat das üble Folgen für Sie.«
Cadmus nickte, wie um zu bestätigen, was Manny gesagt hatte. »Es ist der einzige Ausweg, den es für Sie gibt, hoffentlich ist Ihnen das klar, Patrick. Wenn Sie Mist bauen, ist alles vorbei. Und glauben Sie bloß nicht, daß Sie damit durchkommen, nichts zu tun. Oder falls Sie beschließen sollten, sich zu stellen –«
»Auf die Idee käme ich wirklich nicht«, sagte Patrick. Aber natürlich tat er das. Er wünschte, sein Verstand würde jetzt besser funktionieren; er hatte das Gefühl, daß die Lösung für sein Dilemma zum Greifen nahe war. Wenn ihm nur einfiel, was das für eine Lösung war.
»Und ich brauche auch nicht hinzuzufügen, daß es von Ihnen sehr unklug wäre, der Polizei meinen Namen zu liefern«, fuhr Cadmus fort. »Tatsächlich glaube ich gar nicht, daß Sie so weit kommen würden.« Er sah Manny im Rückspiegel an, und Patrick fragte sich, wo Cadmus den Mann aufgegabelt hatte.
Als sie noch zwei Straßen vom Family Health Center entfernt waren, hielt Cadmus an. »Alles wird planmäßig ablaufen, Sie werden sehen«, sagte er zu Patrick. »Es ist wirklich gar nicht so schwierig, abzudrücken. Wenn Sie es getan haben, werden Sie überrascht sein, wie wenig es bedeutet. Es ist keine große Angelegenheit. Und glauben Sie mir, Irving Sheffield hat es verdient.«
Patrick stieg aus dem Wagen. Er fühlte sich wie betäubt, als hätte er völlig die Verbindung zur Wirklichkeit verloren. Gelegentlich konnte er sogar das Gewicht der 32er vergessen, die in seinem Gürtel steckte, unter seiner Jeansjacke. Jeder Gedanke an Flucht erübrigte sich; Manny war ein paar Häuserblocks hinter ihm – und das war entschieden zu nahe.

Es war früh am Nachmittag; die Nachricht von dem Mord an Dr. Viola hatte sich bereits verbreitet. Hunderte, hauptsächlich empörte Frauen, hatten sich vor dem Tor versammelt und marschierten auf und ab, schrien, fluchten, beschimpften die Wachleute, die reglos dastanden und sie musterten. *Mörder!* stand auf ihren Transparenten. *Babykiller! Schließt dieses Schlachthaus!*

Spannung lag knisternd in der Luft; man konnte die Gewalttätigkeit förmlich spüren, wie einen Sturm, der jeden Augenblick losbrechen mußte. Seltsam, dachte Patrick, daß er zu dieser Gewalttätigkeit beitragen, ja vielleicht der Funke sein würde, der sie entfachte.

Als er sich dem Tor näherte, versuchten die Demonstranten, ihm den Zutritt zu versperren, was ihm keineswegs unrecht war. Aber die Wachleute reagierten, indem sie sich in die Menge hineinschoben und drohend ihre Gummiknüppel hoben, bereit, wenn nötig, ein paar Köpfe einzuschlagen. Im Augenblick schien sich ihnen noch niemand ernsthaft widersetzen zu wollen. Die Demonstranten bildeten eine Gasse, und Patrick schob sich hindurch.

»Wie geht's denn heute, Mr. Bishop?« fragte einer der Wachmänner, als er das Tor hinter sich hatte. Seine Stimme war wie immer; er ließ sich durch den Aufruhr nicht aus dem Konzept bringen.

Es war durchaus vorstellbar, daß die Wachen ihn heute viel gründlicher durchsuchen und die Waffe entdecken würden. Patrick wußte nicht, was er dann für eine Erklärung liefern sollte. Aber sie warfen nur einen kurzen Blick auf seinen Camcorder und ließen ihn durch.

Patrick sah sich um und stellte fest, daß Manny nicht mehr da war. Vielleicht hatte die Menschenmenge ihn aufgehalten. Das ermutigte Patrick zum Handeln. Es gab noch andere Wege ins Center; so, wie er die Anlage in Erinnerung hatte, würde er vielleicht fünf oder sechs Minuten brauchen, um den Ostflügel zu erreichen, wo der nächste Ausgang war.

Ein Problem war, daß er alles andere als unauffällig war. Angesichts der drohenden Menschenmenge am Tor und der noch frischen Erinnerung an den Mord an Dr. Viola verließ niemand die Anlage. Schließlich war sie so gebaut, daß man durch Tunnels und Gänge von einem Teil des Krankenhauses in den anderen gelangen konnte, ohne ins Freie zu treten. Wohin Patrick auch blickte, waren deshalb praktisch nur Wachleute zu sehen. Mit ihren Revolvern, Handschellen, Gummiknüppeln, Gasmasken und Walkietalkies wirkten sie wie eine Armee, die sich anschickte, einen Aufstand niederzuwerfen.

Einige von den Wachleuten kannten Patrick und nickten ihm zu. Wenn die wüßten, dachte Patrick.

Er wollte nicht rennen; damit würde er nur auf sich aufmerksam machen. Aber er schritt zügig aus.

Als er das Osttor erreichte, erschrak er; es war von Wachleuten verbarrikadiert, und hinter der Mauer waren weitere Demonstranten zu hören.

Patrick ging zu einem der Wachposten und fragte, ob es einen anderen Ausgang gäbe.

»Sie müssen zum Haupteingang, das ist der einzige, der heute geöffnet ist.« Und dann fügte der Mann erklärend hinzu: »Sicherheitsvorkehrungen, verstehen Sie?«

Patrick machte kehrt und nahm diesmal den Plattenweg, den er und Claudia in der vergangenen Nacht benutzt hatten. Er war so mit Überlegungen beschäftigt, was er als nächstes tun sollte, daß er den Mann gar nicht sah, der geradewegs auf ihn zukam.

Es war Manny.

Es hätte Patrick nicht überrascht, wenn er ihn die ganze Zeit beschattet hatte, seit er in der Anlage war.

»Was für ein Zufall!« sagte Manny grinsend. »Unser Freund Mr. Sheffield ißt gerade im Direktionskasino zu Mittag. Ich dachte, das würde Sie vielleicht interessieren.«

Patrick gab keine Antwort. Manny fragte ihn, ob er wisse, wo sich das Direktionskasino befand. Patrick sagte, das wisse er sehr wohl.

»Dann schlage ich vor, daß Sie jetzt dort hingehen. Mr. Sheffield nimmt gerade zum Essen Platz. Er ißt sehr schnell, er würgt sein Essen förmlich hinunter.« Manny runzelte die Stirn. »Schlecht für die Verdauung. Sie sollten ihn nicht verpassen.«

»Nein, wahrscheinlich nicht«, sagte Patrick, dessen einziger Gedanke war, wie er diesem Mann entkommen konnte.

»Das ist so, Bruder. Entweder kommt er lebend aus dem Kasino oder Sie. Liegt ganz bei Ihnen. Ich werde Sie beobachten.«

»Da bin ich sicher«, sagte Patrick und schob sich an ihm vorbei.

Das Direktionskasino befand sich im zweiten Stock, ein Stockwerk über dem Schlafsaal für Sheffields »Mädchen«. Mit seinen Glaswänden und den vielen Pflanzen sah es wie ein Gewächshaus aus.

Patrick brauchte sich gar nicht umzusehen, um zu wissen, daß Manny da war; er konnte seine Anwesenheit hinter sich *spüren.* Er ging wie ein Verurteilter – was er möglicherweise ja auch war –, mit schleppenden Schritten. Es mußte doch irgendeinen Ausweg geben, dachte er immer wieder, aber es wollte ihm keiner einfallen.

Der Gedanke kam ihm, seine Waffe auf Manny zu richten. Das Problem war nur, daß er niemanden erschießen wollte, Sheffield nicht und Manny auch nicht. Das letzte Mal, daß er eine Waffe in der Hand gehalten hatte, war in Vietnam gewesen. Und die einzigen Schüsse, die er abgegeben hatte, waren auf Schießständen gefallen; auf ein menschliches Wesen hatte er nie geschossen. Selbst in Vietnam war er in keiner so prekären Lage gewesen, daß sein Leben davon abhing, den Abzug zu betätigen.

Er überlegte, ob er auf Sheffield schießen und ihn bewußt verfehlen oder ihn nur leicht verwunden sollte. Aber er bezweifelte, daß das die Lösung war; Manny würde ihn wahrscheinlich töten, ganz gleich, was er nun tat oder nicht tat.

Als er schließlich den Eingang zum Kasino erreicht hatte, war er völlig verzweifelt. Doch dann sah es so aus, als würde ihm die Empfangsdame zu Hilfe kommen. Da er kein Angestellter des Hospitals sei, könne er hier nicht bedient werden, meinte sie.

»Nun, dann werde ich eben in der Cafeteria essen«, sagte Patrick unendlich erleichtert.

Plötzlich hellte sich das Gesicht der jungen Frau auf. »Oh, sind Sie nicht dieser Filmemacher, den Toby herumgeführt hat? Das ist natürlich etwas anderes. Bitte, lassen Sie sich von mir einen Platz zeigen.« Sie griff nach einer Speisekarte und begleitete Patrick ins Restaurant.

Als Patrick sich verstohlen umsah, sah er, daß Manny hinter ihm jede Bewegung beobachtete.

Sein Blick schweifte über die Anwesenden. Es waren hauptsächlich Männer; und sie wirkten heute alle ernst und etwas bedrückt, und ihre Stimmen waren gedämpft. Dr. Violas Tod hatte sie offenbar alle beunruhigt. Wenn ihnen die verärgerten Patienten nicht zuvorkamen, hatten sie ohne Zweifel mit peinlichen Fragen seitens der staatlichen Gesundheitsbehörden zu rechnen.

Sheffield saß allein an seinem Tisch. Er nahm sich, wie

Manny gesagt hatte, nicht viel Zeit und war bereits beim Nachtisch. Eine Karaffe mit Weißwein war beinahe geleert. Die Empfangsdame wies Patrick einen Platz zu, drei Tische von Sheffield entfernt. Er hatte von dort aus einen ungehinderten Blick auf ihn. Wenn er gewollt hätte, hätte er jetzt die Waffe herausholen und ihn von hier aus erschießen können.

Als der Kellner kam, um seine Bestellung entgegenzunehmen, blickte Patrick wie in Trance zu ihm auf. Einen Augenblick lang wollte ihm nicht einfallen, was er eigentlich hier machte. Er starrte die Speisekarte an, aber sie ergab keinen Sinn.

»Darf ich Ihnen die heutigen Spezialitäten nennen?«

Die heutigen Spezialitäten, dachte Patrick benommen. »Ja, gut, das nehme ich.«

»Aber wir haben heute drei, Sir. Hühnerfrikassee mit einer speziellen Sahnesauce ... Fettucine Alfredo.«

»Schön, die nehme ich.«

»Was nehmen Sie, Sir?« Der Kellner verdrehte die Augen. Vermutlich hoffte er, daß Patrick ihm wenigstens ein anständiges Trinkgeld dafür geben würde, daß er ihm jetzt solche Schwierigkeiten machte.

»Das Hühnerfrikassee. Geben Sie mir das Frikassee.«

»Etwas zu trinken, Sir?«

»Wasser, nur Wasser.« In Wirklichkeit wäre eine Flasche Wodka jetzt passender, aber so wie die Dinge lagen, war das wahrscheinlich keine besonders gute Idee.

Sein Blick wanderte wieder zu Sheffield. Man stellte ihm gerade den Kaffee hin. Patricks Atem ging etwas leichter. Das verschaffte ihm noch ein wenig Zeit. Nicht daß er gewußt hätte, was er damit anfangen sollte.

Er rührte seinen Salat kaum an. Er hatte wirklich keinen Appetit. Die ganze Zeit fixierte er Sheffield. Die Waffe drückte gegen seine Haut. Er hatte das Gefühl, im eigenen Schweiß zu schwimmen. Wie konnte er diesen Mann töten?

Sheffield hatte inzwischen seinen Kaffee ausgetrunken und wollte die Rechnung haben. Zu Patricks Schrecken brachte der Kellner sie auch sofort.

Entweder kommt er lebend aus dem Kasino oder Sie.

Sheffield unterschrieb die Rechnung schwungvoll und stand auf. Wie ein Automat tat Patrick es ihm nach und ließ den Camcorder auf dem Tisch liegen.

»Ist etwas, Sir?« fragte der Kellner.

Patrick schüttelte den Kopf. »Wo ist die Toilette?«

»Ganz gerade nach vorn und dann rechts, Sir.«

Er folgte Sheffield im Abstand von höchstens einem halben Dutzend Schritten. Sheffield war wohl zu sehr in seine Gedanken vertieft, um ihn zu bemerken; der Tod seines Kollegen und die Schmähungen, mit denen sein Institut jetzt bedacht wurde, belasteten ihn zweifellos.

Aus den Augenwinkeln entdeckte Patrick Manny, der vor dem Eingang zum Kasino wartete. Es war wie ein Alptraum. Patrick griff unter seine Jacke, tastete nach der Waffe. Aber er machte keine Anstalten, sie herauszuziehen.

»Sir, Sir«, hörte er den Kellner rufen, »dort ist die Herrentoilette, rechts!«

Patrick achtete nicht auf ihn. Sein Kopf dröhnte. Aus weiter Ferne drangen Stimmen zu ihm, so, wie wenn man Fieber hat. Das Klirren der Bestecke dagegen war scharf und durchdringend, fast unerträglich.

Sein Blick fiel auf Manny. Jetzt oder nie, dachte er. Noch ein paar Sekunden, und Sheffield würde am Fahrstuhl sein. Patricks Blick erfaßte die Waffe, die Manny jetzt in der Hand hielt. Sie war auf ihn gerichtet.

Er wußte nicht, was er sonst tun konnte. Er zerrte an seiner

32er, zog sie aus dem Gürtel, richtete sie auf Sheffields Rücken. Ein bequemes Ziel. Er hörte jemanden aufschreien.
Sheffield drehte sich halb herum, und sein Blick fiel auf Patrick. Er musterte ihn verwirrt, als versuchte er sich zu erinnern, woher er ihn kannte. Dann sah er die Waffe und riß den Mund auf. Patrick hob den Revolver, legte den Finger um den Abzug, ließ einen Augenblick verstreichen, als wartete er, daß ein anderer die Entscheidung für ihn traf. Dann handelte er.

10

Der Schuß klang in Patricks Ohren überhaupt nicht laut, eher wie eine zwei oder drei Straßen entfernte Fehlzündung. Aber so unschuldig das Geräusch sich anhörte, der Schuß hatte sein Werk getan. Sheffield fuhr herum, gab einen gurgelnden Laut von sich, griff sich an den Hals und versuchte erfolglos, das Blut daran zu hindern, aus der Wunde zu strömen. Seine Augen traten ungläubig hervor. Sein Zusammenbrechen schien eine Ewigkeit zu dauern.
Weitere Schüsse hallten, und auch sie mußten ihr Ziel getroffen haben. Jemand schrie laut auf vor Schmerz.
Patrick war zu Boden gegangen, kroch ein Stück und versuchte herauszubekommen, was mit Manny war. Aber in dem Durcheinander, in dem Menschen Deckung suchten, schrien, Geschirr und Tabletts fallen ließen, war die Verwirrung einfach zu groß, um herauszufinden, wohin er verschwunden war.
Patrick griff sich an die Brust. Kein Blut, keine Verletzung. Mannys Schüsse hatten ihn verfehlt, nicht ihn, sondern jemanden hinter ihm getroffen. Seine eigene Waffe, die er immer noch in der Hand hielt, war überhaupt nicht

abgefeuert worden. Letzten Endes war er nicht bereit gewesen, den Abzug zu betätigen, und hatte sich einfach zu Boden fallen lassen, einen winzigen Augenblick bevor Manny seine Absicht erkannt hatte. Daß Manny ihn verfehlte, lag nicht etwa am schlechten Zielen; er hatte nur zuerst Sheffield erledigen wollen, und das hatte Patrick zwei oder drei Sekunden verschafft – Sekunden, die sein Leben retteten.

Als er keine weiteren Schüsse hörte, sprang er auf und fing an zu rennen. Er wußte nicht, in welche Richtung er laufen sollte; er war schon jetzt außer Atem. Schreckensbleiche Gesichter starrten ihn an. »Haltet ihn!« hörte er irgend jemanden schreien. »Er war es! Er hat Irving erschossen!«

Patrick sah sich um, aber Manny war verschwunden, schien sich völlig aufgelöst zu haben. Das Schwein. Hatte überhaupt jemand Manny gesehen? Zweifellos würde man ihn, Patrick, als den Schützen identifizieren. Daß er die Waffe nicht abgefeuert hatte, war bedeutungslos. Cadmus hatte von Anfang an dafür gesorgt, daß die Trommel nicht ganz geladen war. Patrick war klug genug, um sich darüber klar zu sein, daß ihn auch ein Ballistiktest nicht retten würde.

Jetzt tauchte ein Sicherheitsmann auf. Der Himmel wußte, woher er kam. Er brüllte Patrick an, er solle stehenbleiben. Ein Schuß krachte in die Mauer.

Patrick stieß eine Feuertür auf, rannte, drei Stufen auf einmal nehmend, die Treppe hinunter. Wohin, zum Teufel, führt diese Treppe? fragte er sich. Aber das war jetzt unwichtig. Er rannte einfach weiter.

Am nächsten Treppenabsatz stieß er eine weitere Feuertür auf und hetzte in den Korridor dahinter. Eine junge Frau, vielleicht im siebten Monat schwanger, sah ihn und kreisch-

te, fuhr zurück, überzeugt, er würde sie töten. Erst jetzt wurde ihm bewußt, daß er immer noch den Revolver in der Hand hielt. Schroffe Stimmen, die von beiden Seiten des Flures zu ihm drangen – Männerstimmen –, kündigten weitere Sicherheitswachen an. Sie mußten versuchen, ihm den Weg abzuschneiden.
Ein Dutzend Frauengesichter schoben sich hinter vorsichtig geöffneten Türen hervor, um zu sehen, was all der Lärm zu bedeuten hatte.
»Aus dem Weg, Mädchen!« rief ein Wachmann.
In dem Augenblick, in dem Patrick den ersten Uniformierten vor sich sah, feuerte er. Eine instinktive Reaktion. Sein Schuß verfehlte den Mann weit, zwang diesen aber, kehrtzumachen. Aus sämtlichen Räumen hallten Rufe und Schreie. Ein perfektes Chaos.
Weil ihm nichts Besseres einfiel, rannte er wieder die Feuertreppe hinunter, und die Schritte dicht hinter ihm hallten in seinen Ohren. Ein Stockwerk tiefer versuchte er noch einmal, nach draußen zu entkommen, und hoffte, diesmal dort auf keine Wachen zu stoßen. Er landete in der Entbindungsstation.
Bei seinem Anblick rannten Schwestern und Pfleger davon. Er mußte grauenvoll aussehen, ein verzweifelter Psychopath auf dem Kriegspfad. Da er keine Chance sah, stehenzubleiben und sich zu orientieren, rannte er in Krankenzimmer hinein, wieder hinaus, verwechselte einen Wäscheschrank mit dem Ausgang, stieß eine Pflanze um und wäre beinahe mit einem Krankenbett kollidiert, das in die entgegengesetzte Richtung gerollt wurde.
Und dann fand er sich plötzlich im Empfangsbereich wieder. Ein Wachmann an der Tür drehte sich um, überrascht, diesen Irren auf sich zurennen zu sehen. Er war älter als die meisten anderen, seine Reflexe schon etwas langsamer,

aber nicht so langsam, daß er Patrick nicht mit seinem Gummiknüppel an der Schulter traf. Ein etwas abgerutschter Schlag, aber er tat dennoch höllisch weh. Trotzdem rannte Patrick weiter, stieß den Mann beiseite, ließ ihn fluchend zu Boden gehen.

Jetzt hetzte Patrick über den Rasen und wurde von dem automatischen Sprinklersystem durchnäßt. Eine Stimme, zu verzerrt, als daß er sie hätte verstehen können, dröhnte durch ein Megaphon – etwas, das er für eine Warnung hielt. Er blieb nicht stehen, sah sich nicht um. Dann hörte er wieder Schüsse, wagte aber immer noch nicht stehenzubleiben. Vor sich konnte er das Haupttor erkennen. Jetzt drangen die Stimmen der Demonstranten zu ihm. Er sah kaum noch etwas vor lauter Schweiß, der ihm in die Augen lief. Ein dichter Nebel schien über allem zu hängen. Er sah Wachen, die auf ihn zustrebten. Weitere Schüsse pfiffen an ihm vorbei, jetzt ganz nahe.

Plötzlich brach das Tor auseinander. Patrick konnte nicht glauben, was er sah. Aber es war tatsächlich geborsten, und schreiende Demonstranten drängten durch die Lücke auf das Gelände. Zahlenmäßig hoffnungslos unterlegen, versuchten die Wachen, sich zu verteidigen, und schlugen mit ihren Gummiknüppeln um sich. Ein paar der Eindringlinge gingen zu Boden, aber andere – allem Anschein nach Hunderte – strömten herein.

Das Chaos war ein Geschenk des Himmels. Patrick rannte den Leuten entgegen, die sich jetzt demselben Feuer ausgesetzt sahen wie er selbst. Aber es war unwahrscheinlich, daß die Wachen es riskieren würden, auch nur einen von ihnen zu verletzen. Ein einziger Treffer konnte die Menge zu einer Eskalation der Gewalt verleiten.

Patrick rannte, bis die Menge ihn einhüllte, ihn förmlich verschluckte. Er zwängte sich durch die schreienden Men-

schen hindurch nach hinten, auf die Straße hinaus. In der Ferne heulten Sirenen. Streifenwagen und Ambulanzen tauchten von überall her auf.
Aber Patrick interessierte sich nicht dafür, wie wieder Ordnung hergestellt wurde. Er wollte nur eine möglichst große Distanz zwischen sich und das Family Health Center bringen.

Ob er nun als Peter Bishop oder Patrick Geary in schlimmerer Lage war, konnte er nicht entscheiden. Jedenfalls sah es nicht so aus, als würde er noch lange leben. Fest stand, daß er nicht in die Wohnanlage zurückkehren konnte, die ihm in den vergangenen neun Tagen als provisorisches Zuhause gedient hatte. Immerhin verfügte er noch über einiges Bargeld; er zählte und stellte fest, daß es fast dreihundert Dollar waren. Er kaufte sich ein paar billige Sachen aus Armeerestbeständen und warf das weg, was er am Leibe trug. Mit besonderer Erleichterung trennte er sich von der lavendelfarbenen Fliegerbrille und beschloß, sich statt dessen eine einfache Sonnenbrille zu besorgen, die nicht so auffällig war.
Die Waffe wollte er erst behalten, da sie ihm immerhin einige Sicherheit versprach. Aber dann beschloß er, sie in den Atlantik zu werfen. Falls die Polizei auf ihn stoßen sollte, würde auch sie ihn nur verraten.
Als all das erledigt war, machte Patrick bei der ersten Bar halt, die genügend düster wirkte. Die grelle Sonne fing an, ihn zu stören, sie war zu hell und irgendwie belastend. Auch wenn er kein Krimineller war – er begann jedenfalls wie einer zu handeln.
Als er Platz genommen hatte, bestellte er sich einen doppelten Stoli ohne Eis und sah sich die Nachrichten im Fernsehen an. Das Chaos vor dem Family Health Center machte

den Anfang. Szenen von Demonstranten, die sich mit Wachleuten und Polizisten prügelten, zogen über den Bildschirm, während ein ungerührter Reporter die Opfer auf beiden Seiten aufzählte – siebzehn Demonstranten verletzt, sechs Polizisten, niemand in kritischem Zustand. Die nächste Szene war ihm auf beunruhigende Weise vertraut: das Kasino des Centers.

Der ganze Saal war ein einziges Chaos, die Wände mit Blut bespritzt. Ärzte, Pfleger und Helfer waren zu sehen, die sich um einen am Boden liegenden Kellner mit einer Schußwunde im Bauch bemühten; dann schwenkte die Kamera auf die leblose Gestalt Irving Sheffields, die auf einer Tragbahre hinausgetragen wurde. »Der mutmaßliche Täter ist vorläufig als Peter Bishop identifiziert worden«, begann der Reporter. »Wie es heißt, hat Bishop sich als Filmjournalist ausgegeben und sich damit Zugang zum Center verschafft. Augenblicklich ist nicht bekannt, ob zwischen Bishop und den Demonstranten irgendwelche Verbindungen bestehen. Die Polizei hat eine weiträumige Fahndungsaktion eingeleitet.«

All das überraschte ihn nicht, machte es ihm aber auch nicht leichter. Daß er Gegenstand – *Opfer* – einer polizeilichen Suchaktion geworden war, beunruhigte ihn zutiefst. Und machte ihm angst. Eines stand fest: Er mußte diesen Staat verlassen. Je länger er sich hier aufhielt, desto größer war die Wahrscheinlichkeit, daß er festgenommen wurde.

Er wußte nicht, welchen Namen er jetzt angeben sollte – sowohl »Patrick Geary« als auch »Peter Bishop« waren zu riskant –, und so sagte er dem Angestellten am Flugschalter der Eastern, er heiße Gregg Smith, einfach weil ihm in dem Augenblick die Gregg Smith Singers eingefallen waren.

Für ein Ziel hatte er sich erst bei der Ankunft am Miami Airport entschieden. Die einzige Idee, die sich eingestellt hatte – die einzige Idee, die auch nur annähernd Sinn hatte –, war, nach New York zurückzukehren. Nicht nur weil ein Ticket nach New York so ziemlich alles war, was er sich leisten konnte, sondern weil er hoffte, dort Jack Cadmus zu finden.

Gedanken an Rache schossen ihm immer wieder durch den Kopf. Er brauchte nur die Augen zu schließen, um sich zu sehen, wie er Cadmus überraschte und ihn tötete, und damit zu dem Mörder wurde, für den die anderen ihn anscheinend bereits hielten. Aber so verführerisch solche Phantasievorstellungen auch waren, er wußte sehr wohl, daß er Cadmus lebend brauchte. Cadmus war seine einzige Verbindung zum Netz, vielleicht seine einzige Verbindung zu Charlotte. Möglicherweise war er darüber hinaus auch seine einzige Verbindung zu Patrick Geary. Cadmus dazu zu zwingen, in dieses ganze Durcheinander Ordnung zu bringen, das konnte ihm erst gelingen, wenn er dem Mann gegenüberstand.

Mit dem Dröhnen der Boeing-Triebwerke in den Ohren und dem rasch unter ihm verschwindenden Erdboden hatte er das Gefühl, daß er sich endlich etwas entspannen konnte. Augenblicklich genügte es, unterwegs zu sein.

11

»Kann ich etwas für Sie tun?« Cadmus' Frau blickte zu Patrick hinaus. Es überraschte ihn, sie und nicht einen der Dienstboten zu sehen.

»Mrs. Cadmus?«

»Millie, bitte.« Sie öffnete die Tür etwas weiter und musterte sein Gesicht, schien ihn aber offenbar nicht zu erkennen. Obwohl es noch früh am Abend war, trug sie bereits einen

Hausmantel und fröstelte, entweder von der Kälte, die durch den Türspalt hereindrang, oder, was wahrscheinlicher war, vom Alkohol. Aber sie roch nicht nach Alkohol, nur nach Zigaretten.
»Tut mir leid, daß die Haushälterin nicht da ist, um Sie einzulassen«, sagte sie, immer noch unsicher, wer er sein mochte. »Sie hat sich anscheinend freigenommen.« Genau schien sie das nicht zu wissen. »Aber kommen Sie doch bitte herein.«
Sie trat zur Seite, um ihm den Weg freizumachen. Offenbar verwechselte sie ihn mit jemandem. Jedenfalls war er sicher, daß sie ihn von der Party her nicht erkannt hatte.
»Ich bin Patrick Geary«, sagte er. Bei Jack Cadmus hatte ein falscher Name keinen Sinn, auch bei seiner Frau nicht. Er fragte sich, ob sein Name ihr etwas sagen würde.
»Oh.« Sie starrte ihn jetzt etwas interessierter an. »Wissen Sie, ich bin ganz sicher, daß ich Sie schon einmal irgendwo gesehen habe.«
»Das haben Sie auch. Ich war auf Ihrer Weihnachtsparty.«
»Aha.« Aber das schien ihr nichts zu sagen. Vielleicht erinnerte sie sich gar nicht an die Party. »Waren Sie nicht im Fernsehen?«
»Ich habe eine Weile für die Morning-in-America-Show berichtet. Aber das ist lange her.«
»Oh.« Sie schien nicht zu wissen, wie sie reagieren sollte. »Das muß aufregend gewesen sein.«
»Ja, gelegentlich schon.«
»Kann ich Ihnen einen Drink holen? Ich hasse es, allein zu trinken.« Obwohl die Tür jetzt wieder geschlossen war und die Wärme des Hauses sie umgab, fröstelte sie immer noch. Irgend etwas stimmte nicht mit ihr.
»Ist Ihr Mann zu Hause?« fragte Geary, während er ihr die Treppe hinauf folgte. Das Haus mit dieser Frau als einzigem

Bewohner war so verlassen wie ein seit Jahren leerstehendes Theater.
»Nein, er ist unterwegs. Geschäftlich. Er ist immer unterwegs. Was, hatten Sie gesagt, wollen Sie trinken?«
»Ich nehme einen Wodka, wenn Sie einen haben.«
»Pur?« Sie trat an die Bar und schenkte reichlich ein. »Setzen Sie sich doch bitte. Seien Sie nicht so förmlich.« Sie wies auf einen voluminösen Polstersessel.
Ein Geruch hing in der Luft, stellte er fest, als würde auf einem Herd etwas anbrennen.
»Das war selbst damals schon so, als er noch mit diesem Ekel Harry Furst zusammen war und diesem Arschloch, wie hieß er doch gleich?«
»Wie hieß wer?«
»Oh, Sie wissen schon. Der, der versucht hat, ihn umzubringen.«
»Irving Sheffield.«
»Richtig, Irving Sheffield. Danke. Diese Health-Care-Plus-Geschichte. Und die ganze Zeit haben sie so getan, als hätte ich keine Ahnung von dem, was da im Gange war. Schrecklich, was die Jack angetan haben. Er hat sich verändert.«
»Verändert? In welcher Hinsicht?«
»Unerträglich ist er geworden. Aber was habe ich schon für eine Alternative? Wer würde mich schon wollen? In meinem Alter. Sie würden mich doch auch nicht wollen, oder?«
Er entschied sich dafür, taktvoll zu sein und nicht zu antworten.
»Nun, ist ja auch egal. Er ist verheiratet geblieben, wahrscheinlich, weil es ... weil es ... nun, eben bequemer war. Sagen Sie, stimmt es, daß jemand diesen Sheffield umgebracht hat?«

»Ja, das stimmt.«

»Nun, verdient hat er es.« Sie schenkte sich nach und zuckte zusammen, als sie das scharfe Zeug hinunterschüttete.

Um sie wieder zum Thema zurückzubringen, fragte Patrick, ob sie wüßte, wo Jack sei und ob er bald zurückkommen würde.

»Oh, ich glaube nicht, daß er so schnell zurückkommt. Ich hab' ihn seit vor Weihnachten nicht mehr gesehen. Bei dieser Party. Waren Sie auch da?«

»Ja.« Patrick wußte nicht recht, ob er erleichtert oder enttäuscht sein sollte, daß Cadmus nicht im Haus war. Wie sollte es nun weitergehen? Dann wurde ihm bewußt, daß er unaufmerksam gewesen war und etwas überhört hatte, was Millie gerade gesagt hatte. »Wie bitte?«

»Ich sagte, warum glauben Sie wohl, daß Jack sich so häufig in Paris aufhält?«

»Keine Ahnung, Mrs. Cadmus.«

»Millie.«

»Millie. Geschäftlich etwa?«

»Geschäftlich, geschäftlich.« Sie machte eine Handbewegung, als müsse sie ein lästiges Insekt wegwischen. »Sie halten mich vielleicht für verrückt, aber das bin ich nicht. Ich weiß ganz genau, was er treibt. Tanya.«

»Wie bitte?«

»Das ist diese Frau, mit der er dort eine Affäre hat. In Paris. Das geht jetzt schon eine ganze Weile so. Tanya.« Sie spuckte den Namen förmlich aus. Dann seufzte sie. »Ich nehme an, daß er gewisse ... gewisse Bedürfnisse hat, und sie, dieses Mädchen, diese Tanya, kann sie befriedigen. Wir haben ... wir sind schon lange nicht mehr ... Sie wissen schon.«

»Ja«, sagte er, »ich verstehe.«

»Ich wollte nichts von ihr wissen. Ich wollte nicht wissen, daß es eine Tanya gibt.« Ihre Stimme wurde lauter, und das Blut stieg ihr ins Gesicht; der Alkohol wühlte alten Zorn in ihr auf. »Aber nach einer Weile ging das nicht mehr.« Sie verstummte.

»Ging was nicht mehr, Millie?«

»Nun, ich konnte einfach nicht länger die Augen schließen und so tun, als würde ich nichts sehen und nichts hören. Ist es nicht so, Mr. ... Mr. ...?«

»Geary.«

Sie nickte, sackte in ihren Sessel und sah plötzlich sehr müde aus. »Ja, tut mir leid. Ich habe kein gutes Namensgedächtnis.« Sie dachte einen Augenblick über das nach, was sie gesagt hatte, und fügte dann hinzu: »Und für Gesichter, fürchte ich, auch nicht.«

»Ist Ihr Mann jetzt mit Tanya zusammen?«

»Ich habe keine Ahnung, wo er steckt. Wirklich. Die ganze Zeit rufen Leute an. Das Telefon hört nie auf zu klingeln. Die fragen alle, was mit Jack los ist, aber ich kann es ihnen nicht sagen. Ich weiß nicht, was ich sagen soll. Er hat mir keine Nachricht hinterlassen. Hat sich bloß seinen Paß genommen und ist abgehauen. Aber wissen Sie, wenn ich wetten müßte, würde ich sagen, daß er jetzt bei Tanya ist. Natürlich ist er das.« Je mehr sie redete, desto überzeugter wurde sie. »Er ist in sie verliebt.« Sie schüttelte traurig den Kopf. »Stellen Sie sich das vor!«

»Wissen Sie, wo in Paris ich Jack finden könnte? Gibt es ein Hotel, in dem er regelmäßig absteigt?«

Millie gab ihm ein paar Augenblicke lang keine Antwort, und Patrick begann schon zu befürchten, daß sie zu weit in ihre Alkoholwelt versunken war, als daß sie ihn verstanden hätte. Aber dann kehrte sie plötzlich zurück. »Sie könnten ja im Club Arizona nachsehen.«

»Club Arizona?« Obwohl Patrick lange in Paris gelebt hatte, hatte er den Namen noch nie gehört.
»Yeah, Jack redet die ganze Zeit davon. Der Himmel weiß, was dort läuft. Das überlasse ich Ihrer Phantasie. Einmal wollte er mich dorthin mitnehmen, aber ich habe ihm gesagt, das könne er vergessen. Wahrscheinlich nackte Weiber, die herumtanzen und ihre Titten zeigen. Sie mag das ja vielleicht interessieren, aber mich läßt es kalt, ehrlich gesagt.«
Dann wurden ihre Augen wieder glasig, und Patrick hatte erneut das Gefühl, daß sie jegliche Kontrolle über das, was sie sagte, verloren hatte. Sie begann Patrick anzustarren, aber wahrscheinlich nahm sie ihn in Wirklichkeit gar nicht wahr. »Ich glaube, jetzt wäre wieder ein Drink angebracht, finden Sie nicht?« Aber als sie aufzustehen versuchte, wurde ihr Gesicht plötzlich kalkweiß, und sie fing an zu schwanken.
Patrick sprang auf und half ihr, sich wieder hinzusetzen. »Ich hole Ihnen Ihren Drink.«
Ihr Atem ging jetzt schwer. Ein Drink war wahrscheinlich im Augenblick nicht gerade das Beste für sie.
»Sind Sie in Ordnung?«
»Ja, natürlich, restlos!« herrschte sie ihn an und hielt ihm das leere Glas hin. »Holen Sie jetzt diesen Drink, bitte.«
Nun, er wollte ihr nicht widersprechen, verdünnte den Inhalt des Glases reichlich mit Eis. Aber das war überflüssig. Als er sie wieder ansah, stellte er fest, daß sie eingeschlafen war und leise schnarchte.
Vermutlich würde es eine Weile dauern, bis sie wieder aufwachte, und deshalb beschloß er, das Haus zu durchsuchen. Die Gelegenheit war günstig.
Er ging die Treppe hinauf und fand zwei Schlafzimmer, die nebeneinanderlagen. Das eine, das in hellem Blau gehalten

war und so aussah, als gehörte es in einen Bungalow des Club Med, mußte das von Millie sein. Das andere, mit der dunklen Vertäfelung und dem riesigen ausgestopften Merlin an der Wand, gehörte wohl Jack Cadmus.
Ohne auch nur eine Sekunde zu zögern, begann er den Schreibtisch, die Herrenkommode und die Kleiderschränke zu durchsuchen. Vielleicht würde er irgendwelche Hinweise auf die mysteriöse Tanya finden, ein Foto vielleicht oder Streichhölzer mit der Adresse des ähnlich mysteriösen Club Arizona.
Aber er fand nur fast zweitausend Dollar in bar – Geld, das Cadmus Bewegungsfreiheit verschaffen sollte, dachte er. Außerdem stieß er auf vier Pässe, alle auf unterschiedliche Namen ausgestellt, keiner auf den Namen Cadmus. Und dann waren da auch noch weitere Papiere – Führerscheine, Kreditkarten, Wahlscheine, selbst eine Jagdlizenz für die Adirondacks. Patrick fiel ein Mann ein, der ein Geschäft am Times Square betrieb und der einem für einen bescheidenen Betrag jeden beliebigen Ausweis verschaffen konnte. Ihm sollte es nicht schwerfallen, einen der Pässe so abzuändern, daß er ihn benutzen konnte.
Jedenfalls steckte er einen der Pässe ein – den, der auf den Namen John Stannard ausgestellt war – sowie eine Visa Card der City Bank, ebenfalls auf den Namen Stannard. Außerdem das gesamte Bargeld. Fair ist fair, dachte er.

12

Auf der Bühne zeigten zwei Tänzerinnen einen höchst erotischen Pas de deux. In dem gedämpften Licht sah Patrick zuckende nylonbestrumpfte Beine, fließende Bewegungen, Brüste, auf denen Straß blitzte. Als seine Augen sich langsam an die Dunkelheit gewöhnt hatten, konnte er die Umrisse der anderen Gäste ausmachen.

Die meisten waren Männer, die in atemloser Gier auf die Bühne starrten. Gelegentlich klatschten sie oder riefen obszöne Bemerkungen.
Bis jetzt unterschied das, was Patrick vom Club Arizona gesehen hatte, ihn durch nichts von Dutzenden ähnlicher Etablissements, die er im Lauf der Jahre, meist in Gesellschaft seines Chefs Barney Dunne, besucht hatte, der sich besonders zu bizarren und perversen Darbietungen hingezogen fühlte. Ihm hätte es hier gefallen.
Doch allmählich wurde Patrick klar, daß an diesem Club irgend etwas anders war. Die meisten Leute sprachen nicht Französisch, sondern Portugiesisch; allerdings jenes Portugiesisch, wie es in Brasilien gesprochen wurde. Vielleicht war das hier eine Art Ausländerkolonie – aber das verriet immer noch nicht, weshalb Cadmus sich so davon angezogen fühlte.
Patrick hatte sich den einzig freien Tisch genommen, den er im hinteren Teil des Lokals finden konnte. Es herrschte Schwüle. Alle rauchten irgend etwas, ob nun legal oder nicht. Eine schlanke Frau mit Zigeuneraugen, deren üppiger Schmuck an den Hand- und Fußgelenken bei jeder Bewegung klirrte, stellte ihm ein Glas jämmerlichen Champagner hin.
Die beiden Gestalten auf der Bühne hatten sich unterdessen so ineinander verschlungen, daß nicht mehr feststellbar war, welches Körperteil zu wem gehörte. Ihr Tanz schien zum Stillstand gelangt zu sein; vielleicht hatten die Tänzerinnen jedes Interesse an der Vorstellung verloren und ihr Publikum vergessen; die Stimmen wurden lauter, erregter, die Bemerkungen obszöner. Um das zu verstehen, brauchte man keinen Dolmetscher.
Aber dann war die Vorstellung vielleicht doch zu Ende; die Tänzerinnen, deren Haut von der Anstrengung schweiß-

naß glänzte, reagierten kaum auf den wilden Applaus, der ihnen aus dem Publikum entgegenschlug.
Als seine zigeunerhafte Bedienung wieder auftauchte, um festzustellen, ob sie ihn für ein weiteres Glas verwässerten Champagners interessieren konnte, fragte Patrick sie, ob sie einen weiblichen Gast namens Tanya kenne. »Ich glaube, sie kommt immer mit einem amerikanischen Freund hierher. Er hat hier eine große Narbe.« Er tippte sich mit dem Finger an die Schläfe.
Zu seiner Überraschung nickte die Kellnerin, und dabei tanzten ihre Ohrringe. »Sie wollen Tanya kennenlernen?« fragte sie in einem Tonfall, der ihn einen Augenblick bedauern ließ, daß er überhaupt etwas gesagt hatte.
»Vielleicht«, meinte er zögernd.
»Vielleicht möchten Sie gern Jussella helfen.«
»Jussella? Wer ist Jussella?«
»Ich«, sagte sie, leicht verärgert, daß er sie nicht verstand. »Ich stelle Sie Tanya vor. Wenn Sie sich erkenntlich zeigen.«
»Das ist kein Problem. Aber woher weiß ich, daß es die Tanya ist, die ich suche?«
»Oh, es gibt nur eine Tanya. Es gibt eine ganze Menge Bellas, Persephones, Ophelias, Kassandras und Jussellas. Aber nur eine Tanya. Jeder hier kennt Tanya.«
Nur ich nicht, dachte er und fragte sich, welche Vorstellungen sie wohl davon haben mochte, wie er sich bei ihr erkenntlich zeigen sollte. »Also schön, mir soll's recht sein«, sagte er.
Zwanzig Minuten später war sie wieder da. In ihrer Begleitung befand sich eine Frau, von der Patrick annahm, daß es Tanya sein mußte. Sie wirkte wie aus einem alten Cecil-B.-DeMille-Spektakel. Ihre Augen leuchteten, brannten fast, als sie Patrick fixierten. Das von glänzend schwarzem Haar umgebene Gesicht war das Gesicht einer Göttin, und Pa-

trick begriff jetzt sofort, daß sie Jack Cadmus in ihren Bann gezogen hatte. Ihr Outfit aus schwarzem Leder mit Kettengeflecht war provozierend und hob ihre schwellenden Brüste hervor.
»Sie wollten mich sehen?«
»Allerdings. Ein Freund in den Staaten hat mir gesagt, ich sollte Sie aufsuchen, wenn ich je nach Paris käme.«
»Und wie heißt Ihr Freund?« fragte sie, ohne den geringsten Argwohn in der Stimme.
»Jack Cadmus.« Er würde jetzt sehr behutsam vorgehen müssen.
»Oh, Jack«, sagte sie und lächelte. Der Gedanke an ihn schien ihr Vergnügen zu bereiten. »Und wie heißen Sie?«
»John«, sagte er.
»Einfach John?«
»Einfach John.«
Sie nahm seine Hand. »Du liebe Güte, haben Sie eine kalte Hand«, sagte sie, ohne den Blick von ihm zu wenden. Ihre Stimme war weich und noch mehr voller Andeutungen als die Jussellas; auch ihre Bewegungen waren berechnender und theatralischer.
»Stimmt etwas nicht?« fragte sie, als sie bemerkte, wie Patrick sie anstarrte.
»Nein, alles in Ordnung.« Aber da war doch etwas. Er hatte das Gefühl, zu wissen, was es war, beobachtete sie aber weiter, um sicher zu sein.
»John, wußten Sie, daß Jack in Paris ist?«
»Wirklich? So ein Zufall! Ich würde ihn gern sehen. Sie sagen ihm doch, daß ich hier bin, oder? Wenn es nicht zuviel Mühe macht, könnten Sie es ja vielleicht einrichten, daß wir zusammenkommen.«
»Das wäre ganz bestimmt nett. Aber ich sehe Jack erst morgen wieder. Heute bin ich frei.« Sie ließ ein kleines

Schweigen eintreten. »Würden Sie heute gern zu mir kommen?«
Er schluckte, lächelte dann. »Wenn es nicht zu teuer ist. Wissen Sie, ich bin ziemlich knapp bei Kasse.«
Sie streichelte sein Handgelenk. »Glaub mir, Darling, bei mir bekommst du viel mehr für dein Geld als hier.«
Wieder sah Patrick sich im Saal um und musterte dabei die Frauen. Dann kehrte sein Blick zu Tanya zurück. Jetzt war er sicher. Und Tanyas plötzliches Lächeln schien ihm zu bestätigen, daß er die Dinge richtig sah. Niemand hier war das, was er schien, Jussella nicht und ganz sicher nicht Tanya. Wenigstens nicht in dem Sinn, wie sie es andere glauben machen wollten. Wenn sie auch in Geist und Körper weiblich waren, hatten sie ihr Leben nicht so begonnen.

Tanya wohnte in einer schäbigen Mietskaserne. Man mußte fünf ächzende Treppen erklimmen, um ihr Apartment zu erreichen. In ihrem schwarzen Plastikregenmantel, der Soldatenmütze, der dunklen Brille und den hüfthohen Stiefeln wirkte sie wie eine Gestalt aus einer anderen Welt. Ihre Absätze schlugen einen Trommelwirbel auf den Treppenstufen. Unterwegs erwähnte sie, daß sie in ihrer letzten Inkarnation für den *Carnaval* Kostüme gezeichnet hatte. »Ich hab' alle angezogen, daß sie wie Carmen Miranda aussahen, der letzte Heuler war das.«
Jetzt, wo sie eine Frau war, zog sie es vor, Kostüme zu tragen, nicht sie zu zeichnen.
Als sie die Tür aufschloß, blickte er ein Ein-Zimmer-Apartment, das mit unglaublich viel Kram vollgestopft war. Wohin auch Patricks Blick fiel, gab es Figuren, Puppen, Heiligenbilder, Kruzifixe und Statuen der Jungfrau Maria. Der Raum roch nach einem Gemisch aus Moschus, Kokain und

Schweiß. Das Bett beherrschte den Raum – wie es sich für jemanden gehörte, der seinen Lebensunterhalt damit verdiente, im Club Arizona Freier aufzugabeln.

»Setz dich«, befahl sie und warf ihren Regenmantel in die Ecke.

Außer dem Bett gab es keine Sitzgelegenheit. Es war nicht gemacht und zerwühlt; die Matratze zeigte noch die Konturen eines Körpers. Vielleicht den Tanyas, vielleicht auch nicht.

»Ich hab' hier alles, was du willst. Scotch, Wodka, guten Brandy. Oder das vielleicht.« Sie nahm eine kleine Pfeife von einer Kommode und zündete sie mit einem goldenen Feuerzeug an. Unverkennbar Kokain.

Er bat um Wodka. Wie komme ich jetzt da heraus? fragte er sich. Er griff nach seiner Brieftasche. »Wieviel?«

»Nun«, sagte sie und tat, als würde sie über ihren Tarif nachdenken, »für dich, weil du ein guter Freund von Jack bist – wie wär's mit dreihundert Franc?«

Das war unverschämt, und das sagte er auch. Er mußte wirklich auf sein Geld aufpassen.

»Dann einhundertfünfzig.« Sie seufzte. »Die Inflation«, erklärte sie.

Er legte die Geldscheine auf den Tisch. »Ich will nur reden.«

Sie warf ihm einen langen Blick zu. »Oh«, sagte sie. Aber er konnte sich gut vorstellen, was sie dachte: einer von denen also.

»Nur reden?« Sie reichte ihm seinen Wodka.

»Sonst nichts.«

»Es macht nichts, wenn du nervös bist. Alle sind nervös. Beim ersten Mal.«

Damit meinte sie vermutlich das erste Mal mit einem Transvestiten oder Transsexuellen, was auch immer er – sie – im technischen Sinne war. Trotzdem mußte er einräumen, daß Tanya etwas ausstrahlte, was man als echte Schönheit bezeichnen konnte. Er konnte durchaus begreifen, daß sie Jack Cadmus reizte. Eine leidenschaftliche Affäre, wie Millie angedeutet hatte, überstieg allerdings sein Vorstellungsvermögen.

»Also, John, worüber willst du reden? Wir müßten dazu wohl erst ein wenig warm werden, oder?« Sie lachte.

»Mag sein. Vielleicht könntest du mir erzählen, wie du Jack kennengelernt hast.«

»Hat er dir das nicht gesagt?«

»Nicht genau.«

»Wir sind uns auf einer Party in Rio begegnet.«

»Als du in der Haute Couture warst?« Er war höflich.

»Du meinst, als ich ein Mann war? O nein. Da war ich schon eine Frau.« Sie sagte das voll Stolz. »Oder wenigstens teilweise. Er wußte nicht, was ich war. Aber als er es dann herausfand, machte ihm das nichts aus. Er liebte mich bereits. Ich habe die Infanten darum gebeten, das zu garantieren.«

»Die was?«

»Die Infanten. Das sind meine kleinen Götter. Sie passen die ganze Zeit auf mich auf, damit mir nichts Böses widerfährt. Sie sind gute kleine Götter, aber« – ihre Stimme wurde leiser – »man muß für sie tanzen und ihnen Süßigkeiten geben, sonst werden sie sehr böse.« Sie wies auf eine Reihe von Puppen, die am Fenstersims aufgestellt waren. Patrick bemerkte die in Cellophan verpackten Süßigkeiten, die davorlagen. »Siehst du? Das sind die Infanten.«

Das Kokain fing an zu wirken und machte sie gesprächiger. Ihre Augen leuchteten in einer Erregung, die nur durch das Rauschgift kommen konnte. »Da, ich zeig' es dir.« Sie

hob eine Ecke des Teppichs an, so daß ein 50-Centime-Stück zu sehen war, eine fast wertlose Münze. »Ich habe überall Münzen. Wir glauben, daß Geld Geld anzieht. Und weißt du, das geschieht wirklich. Ich kann in einem Augenblick pleite sein, und dann wart' ich nur eine Weile, und weißt du, was passiert? Das Geld strömt mir förmlich zu. Ich weiß gar nicht, wie es dazu kommt.«
Sie geriet in Fahrt. »Warte, ich will dir noch etwas zeigen. Das ist eines meiner wertvollsten Besitztümer. Ich zeig' das sonst keinem«, sagte sie. Sie öffnete ihren Kleiderschrank und nahm eine Hutschachtel heraus. Aber die Schachtel enthielt keinen Hut.
Sie enthielt einen Schädel.
Patrick wußte nicht, was er sagen sollte. »Von wem ist der?«
»Von einem jungen Mann, der bei einem Unfall ums Leben gekommen ist. Ich glaube, bei einem Autounfall. Weißt du, wir glauben, wenn man den Schädel eines Menschen hat, dann kontrolliert man seinen Geist. Er wird dann dein Sklave.« Sie musterte den widerwärtigen Gegenstand mit glänzenden Augen. »Man darf ihn natürlich nicht vernachlässigen. Man muß ihn mit Alkohol bei Stimmung halten.«
»Es muß einige Mühe kosten, all diese Götter bei Stimmung zu halten.«
Wenn Tanya den Sarkasmus in seinem Tonfall bemerkte, ließ sie sich jedenfalls nichts anmerken. Für sie war das alles sehr ernst. Die Götter bewachten sie, die Geister bewohnten ihren Körper und ihre Psyche, und dies auf eine Art, die Patrick nie begreifen würde. »Hast du genug gesehen?« fragte sie.
»Ja, ich denke schon.«
Sie verwahrte den Schädel wieder in der Hutschachtel.

»Was ist das für eine Religion, Tanya?«

»Nun, Macumba natürlich. Wir Mädchen aus Brasilien sind alle sehr gläubig. Wir sind der Lady Fatima ergeben. Der Mann, der meine Vagina gemacht hat – der Mann, der mich so schön gemacht hat –, er ist auch ein Gläubiger, ein Anhänger der Lady Fatima.«

»Wer ist dieser Arzt?«

»Er nennt sich Dr. Cuica.«

Der Name sagte ihm nichts.

»Für mich ist er der *beste* Schönheitschirurg auf der ganzen Welt. Weißt du, warum?«

»Nein – warum?«

»Weil die Menschen überall sonst keinen Respekt vor dem Körper haben. In London schnipseln sie an einem herum, die wissen gar nicht, was sie tun. Die machen eine Vagina, und weißt du, was mit der ist? Sie heilt einfach zu. Stell dir das vor! Was soll sie denn, wenn sie zuheilt? In Casablanca sind sie, glaub' ich, etwas besser. Aber keiner ist so perfekt wie Dr. Cuica! Die in Casa – was heißt das schon, wenn sie einem eine Vagina machen können? Die erledigen ihre Arbeit, und wenn man Glück hat, ganz gut. Und dann, ade. Aber nicht Dr. Cuica. Er formt sie so, daß sie schön ist. Wir können Vergnügen empfinden, einen Orgasmus wie eine Frau. Vielleicht sogar besser.« Sie strahlte Patrick an und erwartete offenbar, daß er die Freude über ihr Glück mit ihr teilte.

»Dann bist du Jack also auf einer Party begegnet«, sagte er, bemüht, sie zu dem Thema zurückzuführen, das ihn interessierte.

»Es war eine Party von Dr. Cuica. Seine Partys sind großartig.«

Interessant. Das war eine Verbindung, der er weiter nachgehen mußte, dachte Patrick. Es überraschte ihn nicht, daß

Jack ihm gegenüber weder Tanya noch Dr. Cuica erwähnt hatte.

»Sag mal, macht es Jack eigentlich nichts aus, daß du ...«

»Daß ich was? Daß ich es mir gutgehen lasse, daß ich meinen Spaß habe? Daß ich Freunde zu mir nach Hause einlade?« Sie warf den Kopf in den Nacken und lachte. »Ein Mädchen muß doch schließlich leben«, sagte sie. »Oder nicht?«

Dann sah sie auf die Uhr und runzelte die Stirn. »Also, was ist, wollen wir weiterreden? Oder willst du etwas Besseres haben – ich meine, nicht nur reden? Wenn nicht, dann muß ich mich fertig machen für meinen nächsten ...« Sie machte eine kleine Pause und überlegte, welches Wort am besten paßte. »Meinen nächsten Freund.«

»Ich glaube, heute lassen wir es beim Reden.«

Sie zuckte die Achseln und seufzte wieder. »Dann komm doch morgen in den Club. Jack wird auch dasein. Wird er wissen, daß du es bist, wenn ich ihm sage, daß John bei mir war?«

»Warum ihm überhaupt etwas sagen, Tanya? Machen wir doch eine Überraschung daraus.«

Er sah, daß ihr das gefiel. »Oh«, sagte sie, »ich liebe Überraschungen.«

13

In der folgenden Nacht wartete Patrick bis zum Schluß, aber weder Tanya noch Jack tauchte auf. Er fragte Jussella, aber sie hatte Tanya nicht gesehen. Und wenn Tanya nicht da war, konnte man Jack vergessen, meinte sie. Er versuchte es in ihrer Wohnung, aber auf sein Klopfen meldete sich niemand. Nun, dachte er, schließlich hatte er es ja auch nicht mit jemandem zu tun, der einem normalen Berufsalltag nachging. Man durfte nicht erwarten, daß eine transsexuelle Prostituierte der pünktlichste oder der verläßlichste Mensch auf der Welt war.

In der darauffolgenden Nacht suchte er den Club erneut auf; beinahe fühlte er sich schon wie ein Stammgast. Er traf spät dort ein – spät nach seinen Begriffen. Für den Club Arizona andererseits eher früh. Das Publikum fing gerade erst an, warm zu werden. Ein paar sensationell aussehende Transvestiten stolzierten über die Bühne und entledigten sich zu aufpeitschenden Sambarhythmen diverser Kleidungsstücke, aber das Publikum schien davon nicht gerade hingerissen. Einer der Gäste schrie unentwegt *»Puta! Puta!«*, erhob sich schließlich und wedelte mit einem Taschentuch herum. Patrick hatte schon Besseres gesehen.

Als Jussella ihn entdeckte, kam sie an seinen Tisch.

»Ich weiß, was Sie wissen wollen«, sagte sie und hielt ihn wahrscheinlich für einen armen, liebestollen Tor. »Ich denke, Sie können Tanya vielleicht im Bois de Boulogne finden. Wenn sie nicht hierherkommt, hält sie sich oft dort auf.«

Aus den Jahren, die er in Paris verbracht hatte, wußte Patrick, was es mit dem Bois de Boulogne nach Einbruch der Dunkelheit auf sich hatte. Man konnte sich dort um fünfundsiebzig Franc einen blasen lassen, und »l'amour« kostete hundertfünfzig. Man mußte natürlich wissen, wo man hinging; der Park war viel zu groß, um ihn in ein oder zwei Stunden zu durchstöbern. Was die Suche leichter machte, war das Wissen um seine erotische Geographie. Welchen Teil des Parks man aufsuchte, hing von den ganz besonderen persönlichen Neigungen ab und dem speziellen Vergnügen, das man suchte.

Gesichter, spöttisch lasziv, aber auch seltsam unschuldig, musterten Patrick aus der Dunkelheit, als er vorüberging.

Verstohlenes Flüstern drang an sein Ohr, zum Teil für ihn bestimmt, zum Teil auch nicht. Das Spiel der Lichter war diabolisch, man konnte nie sicher sein, was man wirklich sah. Männer, denen die Mittel fehlten, sich für eine Stunde ein Zimmer zu mieten, kopulierten in den Büschen dicht neben den Fußwegen laut und unästhetisch. Die Luft, die über dem Park lag, feucht und regnerisch, strahlte Wollust aus. Aber niemand schien auch nur im entferntesten gesättigt oder befriedigt, die fiebernden Augen waren dauernd in Bewegung, suchten das Neue, das nur von jemand Neuem mit ein paar hundert überschüssigen Francs kommen konnte.

Nach Jussellas Darstellung arbeitete keine der brasilianischen Nutten in Paris mit einem Zuhälter zusammen. Trotzdem gab es Verpflichtungen; die paar Quadratmeter Straßenpflaster, auf denen sie ihren Körper darboten, waren nicht gratis zu haben; man mußte sie mieten. Wer die Miete einsammelte, hatte er nie in Erfahrung bringen können, aber das interessierte ihn auch nicht sonderlich.

Nachdem er eine halbe Stunde gesucht hatte, fand Patrick sie. Sie schien in nicht besonders guter Verfassung zu sein und hatte Mühe, auf den Beinen zu bleiben. Trotz ihres Make-ups, das sie reichlich aufgetragen hatte, war nicht zu übersehen, wie geschwächt, wie krank sie war.

Zuerst erkannte Tanya ihn nicht. Ihr Lächeln war so routinemäßig und habgierig wie bei allen potentiellen Kunden.

»Interessierst du dich für *l'amour?*« fragte sie, und ihre Stimme klang dabei tief und verheißungsvoll.

»Tanya, ich bin's, John. Jacks Freund. Wir waren doch vor zwei Nächten zusammen in deiner Wohnung.«

Zwei Nächte zuvor waren für sie wahrscheinlich eine Ewigkeit. Wer wußte schon, wie viele Männer sie seitdem hinter

sich gebracht hatte; kein Wunder, daß er für sie bestenfalls eine halbvergessene Erinnerung war.
Sie starrte ihn noch ein paar Augenblicke lang stumm an, ehe sie zu erkennen gab, daß sie sich erinnerte. »Was führt dich hierher? Was willst du von mir?«
»Was ist mit dir passiert, Tanya?« fragte er, ihrer Frage ausweichend.
»Nichts!« herrschte sie ihn an. »Was soll denn sein? Alles in Ordnung. Hör zu, ich vergeude hier bloß meine Zeit, wenn ich mit dir rede.«
Er fand einen Hundertfrancschein und drückte ihn ihr in die Hand. Das schien sie etwas zu besänftigen.
»Also, dann setzen wir uns eben hin und reden«, sagte Tanya und führte ihn zu einer Bank in der Nähe. »Ich erinnere mich jetzt. Du bist doch der, der immer reden will.« Das klang wie eine Anklage.
Die Bank war feucht, aber das war Tanya wohl gewöhnt. Man tat das, was sie tat, ein gutes dutzendmal pro Nacht. *»Que baixo astral«*, sagte sie. »Das sagen wir immer, wenn unsere Energie ein wenig im Eimer ist. Das ist alles, was mir fehlt.« Aber als sie sich zurücklehnte und ihr Ledermantel sich dabei öffnete, konnte Patrick sehen, was los war: Ihre Brüste, die gegen ihre schwarzen Dessous ankämpften, waren angeschwollen und verfärbt.
Sie merkte, daß er ihr Geheimnis entdeckt hatte, zog trotzig ihren Mantel zu und wandte den Blick von ihm.
»Was ist denn passiert, Tanya?« fragte er erneut, obwohl er es bereits ahnte. »Deine Brüste sind doch infiziert, oder? Du solltest in ein Krankenhaus gehen.«
Aber sie gab keine Antwort, sondern schwieg beharrlich. Ein Arm in Arm vorübergehendes Paar lenkte sie ab. *»Tao apaixonada, que parece que esta nas nuvenus«*, sagte sie und seufzte dabei. »Schau mal, wie verliebt die sind. Möchtest

du nicht auch verliebt sein, John?« Es klang schrecklich traurig. »Du hast recht, ich bin krank, sehr krank. Ich bin zu meinen kleinen Göttern nicht gut gewesen, meinen Infanten. Sie machen mich krank.«

»Ich bin Arzt. Laß mich nachsehen.«

»Wie Jack«, sagte sie. Aber diesmal leistete sie keinen Widerstand.

Er schob ihren BH beiseite und konnte jetzt besser sehen, wie die Infektion sich ausgebreitet hatte. Ihre Brüste sahen aus, als müßten sie jeden Augenblick platzen. Ein Geruch von Eiter und abgestorbenem Fleisch schlug ihm entgegen. Es war schlimmer, als er es sich vorgestellt hatte.

»Das kommt doch von einer Silikon-Injektion, oder, Tanya?«

Sie nickte bedrückt. »Das ist früher nie passiert«, sagte sie. »Nun ja, vielleicht ein- oder zweimal. Aber so war es nie. So schlimm.«

»Du hast dir die Injektion selbst gemacht?«

»Ja, aber das ist nicht das Problem. Mit dem Silikon stimmt etwas nicht. Ich bekomme es von einem Freund. Man kann es sich hier nicht legal beschaffen, also muß man es sich von Freunden besorgen. Aber ich glaube, mein Freund ist gar nicht mehr mein Freund.«

»Ist dieser Freund auch ein Freund von Jack?«

»Oh, nein, nein, ein Freund von Dr. Cuica.«

Der mysteriöse Dr. Cuica. »Dieser Dr. Cuica lebt in Rio, nicht wahr?«

»Ja, aber er hat überall Freunde.«

»Was ist mit Jack? Weißt du, wo er ist?«

»Er hat Schwierigkeiten. Große Schwierigkeiten. Ich mache mir so viele Sorgen. Mehr als um mich selbst. Man wird etwas Schreckliches mit ihm machen, das weiß ich einfach.«

Es war zum Verzweifeln, sie war nicht zu einer konkreten Antwort zu bewegen. Aber ob ihre wirren Reden nun dem Fieber oder den Mitteln zuzuschreiben waren, die sie eingenommen hatte, war schwer zu sagen.

»Wer wird ihm etwas Schreckliches antun? Dr. Cuica? Meinst du den?«

»Man hat mir gesagt, daß ich nie etwas sagen darf. Man hat mir gesagt, was passieren würde, wenn ich etwas sage.«

»Aber das ist doch schon passiert, Tanya. Die haben dich vergiftet.«

»Ja, wahrscheinlich.« Sie sah ihn mit flehendem Blick an. »Aber ich habe doch nichts gesagt, ich war ganz brav und hab' mein Versprechen gehalten. Die tun mir das an, um Jack weh zu tun. Sie töten das, was er liebt.«

»Du brauchst nicht zu sterben. Nicht, wenn wir dich in ein Krankenhaus bringen.«

Aber sie schüttelte den Kopf. »Ich will nicht ins Krankenhaus. Niemals!« Sie war hartnäckig. »Und außerdem, wozu sollte das jetzt noch gut sein? Dr. Cuica hat mich geschaffen, und er kann mich auch töten. Dazu war er schon vorher bereit. Er hat dafür gesorgt, daß die anderen getötet wurden.«

»Wovon redest du, Tanya? Was für andere?«

»All die Kommunisten, die Terroristen, die Linken in meinem Land. Wir waren im Gefängnis, und Dr. Cuica kam, um uns zu untersuchen, nachdem man uns verhaftet hatte. Damals nannte man mich Erasmo Buraque.«

»Warum hat die Polizei dich verhaftet?«

»Vielleicht, weil ich auf der falschen Seite stehe. Vielleicht sind einige von meinen Freunden nicht so gut, wer weiß das schon? Manchmal brauchen die gar keinen Grund. Denen paßt nicht, wie einer aussieht oder wie man sein Haar trägt.« Sie zuckte die Achseln. Die Ungereimtheiten der

Politik und das Verhalten der Polizei schienen ihr unergründlich. »Aber Dr. Cuica wollte nicht zulassen, daß ich sterbe. Die anderen, ja. Die hat man weggebracht, und dann hab' ich sie nie mehr gesehen. Ich weiß nicht, was mit ihnen passiert ist. Aber mich hat er herausgeholt.«

»Wie hat er denn ausgesehen? Könntest du diesen Dr. Cuica heute identifizieren?«

»Er trägt die ganze Zeit eine Maske. Einmal hab' ich Jack gefragt, und der hat gesagt, er kennt ihn, darf es mir aber nicht sagen. Er hat gesagt, es wäre nicht gut für mich, wenn ich es wüßte. Jack hat mir gesagt, daß dieser Dr. Cuica wichtig ist, reich und berühmt.«

»Du meinst also, daß Jack weiß, wer er ist?«

»O ja. Als Jack sich in mich verliebt hatte und mich mit nach Paris nehmen wollte, hat er mit Dr. Cuica geredet. Dann ist er zu mir gekommen und hat gesagt, sie hätten sich geeinigt. Wenn ich brav bin, wenn ich den Infanten gehorche, brauche ich mir um nichts Sorgen zu machen. Aber ich darf nie über Dr. Cuica reden. Niemals. Und jetzt bin ich ungehorsam.«

»Dazu hast du auch guten Grund«, meinte Patrick.

»Vielleicht.« Ihr Gesicht war noch bleicher geworden, falls das überhaupt möglich war. Es sah nicht so aus, als hätte sie auch nur die Kraft, hier noch länger zu sitzen.

»Aber du weißt, warum er mich ausgewählt hat?« fragte sie mit einem traurigen Lächeln um die Lippen. Dr. Cuica hatte ihre Zuneigung noch nicht ganz verloren. Schließlich hatte er sie zu einem wunderschönen Geschöpf geformt. Und ihr eine funktionierende Vagina gemacht. Das konnte sie nicht vergessen.

»Nein, warum?«

»Das hat er getan, weil ich ein so schönes Gesicht, einen so schönen Körper habe. Dr. Cuica sagt, solcher Schönheit kann er nicht widerstehen. Ganz gleich, ob Junge oder Mädchen. Die Schönheit ist es, die wichtig ist, sonst nichts. Er hat zu mir gesagt: Wenn du wie die anderen sein willst, kann ich nichts für dich tun. Du wirst sterben, und das ist dann das Ende. Aber wenn du leben willst, kann ich vielleicht etwas tun. Aber zuerst mußt du dich damit einverstanden erklären, eine Frau zu werden. Erasmo, hat er gesagt, ich kann dich zur schönsten Frau auf der ganzen Welt machen. Also, habe ich mir gedacht, warum nicht? Was würdest du tun, wenn du die Wahl hättest, John? Sag es mir: Was würdest du tun?«

Nichts, was Patrick sagen konnte, würde Tanya davon überzeugen, daß sie ärztliche Hilfe brauchte. Ihre Götter hatten sie verlassen, und jetzt würde sie sterben müssen. Dennoch schien sie fest entschlossen, weiter ihrem Beruf nachzugehen; die Droge Sex war für sie offenbar zu stark, als daß sie sie selbst in diesem Zustand aufgeben konnte.
Immerhin schaffte er es, aus ihr herauszubekommen, wo Cadmus zu finden war. Sie sagte, er würde sich in einem kleinen Hotel verstecken, ein paar Straßen vom Père-Lachaise-Friedhof entfernt, der als letzte Ruhestätte von Héloise und Abaelard berühmt geworden war. Mit dem Subaru, den Patrick bei Europcar gemietet hatte – er war fest entschlossen, John Stannards finanzielle Möglichkeiten restlos auszuschöpfen –, brauchte er nicht einmal eine halbe Stunde, um das Hotel zu erreichen. Als Patrick sich am Empfang nach Cadmus erkundigte, sagte ihm der Portier, der Mann, auf den seine Beschreibung paßte – und wer konnte schon eine solche Narbe übersehen? –, sei nicht in seinem Zimmer. Man könne ihn aber auf der anderen Straßenseite in einem Bistro finden, das er jede Nacht aufsuchte.

Das Bistro war selbst um diese Stunde – kurz nach zwei Uhr morgens – brechend voll. Patrick stellte sich an die Bar und sah sich um, konnte Jack aber nicht gleich finden. Aber er war da; Patrick hatte nur nicht gleich erkannt, daß Jack der Mann war, dem der Kopf auf den Tisch gesunken war und vor dem eine fast leere Flasche Martel stand, was seinen Zustand erklärte.

Während Patrick überlegte, ob er versuchen sollte, ihn aufzuwecken, entdeckte er im Spiegel ein Gesicht, von dem er gehofft hatte, es nie wieder vor die Augen zu bekommen. Es war Harry Furst.

Er wandte sich ab. Allem Anschein nach hatte Furst ihn nicht entdeckt. Er wandte sich wieder Cadmus zu und fragte sich, ob sein Zustand wirklich dem Martel zuzuschreiben war. Als der Wirt an Cadmus' Tisch trat und ihn zu schütteln begann, trat Furst neben ihn. Es gab einen kurzen Wortwechsel. Anscheinend erklärte Furst sich bereit, den armen Teufel nach Hause zu bringen.

Ein einzelner Gast, der mit dem Rücken zu Patrick an einem Tisch saß, stand auf und erbot sich, behilflich zu sein. Als Patrick einen Blick auf sein Gesicht warf, begann er zu begreifen, was hier vorging.

Es war Manny.

Ob nun Geld oder Angst ihn veranlaßt hatte, Cadmus zu verraten, war gleichgültig. Für Jack war das Ergebnis dasselbe.

Die beiden verrieten durch nichts, daß sie sich kannten, und hoben Cadmus aus seinem Stuhl. Der Stuhl kippte dabei um. Cadmus' Augen standen offen. Er mußte mitbekommen, was vor sich ging, aber er konnte natürlich nichts dagegen tun; er war von dem Tetrodotoxin so paralysiert, wie Patrick es gewesen war, ebenso wie Sally Templeton. Jetzt würde er wissen, wie man sich dabei fühlte.

Patrick hielt einigen Abstand und folgte den beiden nach draußen. Sie zwängten Cadmus in einen blauen Peugeot und rasten davon. Patrick nahm mit seinem Wagen die Verfolgung auf. Die Straßen waren jetzt beinahe leer, und so bereitete es ihm keine Schwierigkeiten, sie im Auge zu behalten. Sie fuhren eine beträchtliche Strecke, fast bis Roissy, unweit des Charles-de-Gaulle-Flughafens. Schließlich hielt der Peugeot vor einem grauen zweistöckigen Betonbau. Patrick konnte keinerlei Hinweise darauf entdecken, was sich im Inneren befand. Möglicherweise war es eine Fabrik.
Furst und Manny zerrten Cadmus aus dem Wagen, auf die vergitterte Eingangstür zu. Sie schlossen das Gitter auf, schoben es in die Höhe, traten ein und zogen das Gitter hinter sich wieder zu. Patrick stieg aus und sah sich um. Aber da war nichts, was ihm auch nur den leisesten Hinweis gab. Er entdeckte kein Fenster, hörte keine Geräusche, die ihm verraten hätten, was sie da drin taten. Allem Anschein nach befanden sie sich in einem Gewerbegebiet; es gab keine Läden, keine Cafés, nicht einmal Häuser. Nach einer Weile ging er zu seinem Wagen zurück und wartete.
Eine Stunde verging. Zwei Stunden. Drei. Immer noch nichts von ihnen zu sehen. Trotzdem gab Patrick nicht auf. Irgendwann würden sie wieder herauskommen müssen.
Schließlich, es war fast sechs Uhr morgens, schob sich das Gitter in die Höhe, und Harry Furst und Manny kamen heraus. Sie trugen stählerne Behälter, jeder zwei. Kein Cadmus. Sie stiegen in den Peugeot und fuhren los.
Wieder versuchte Patrick ihnen zu folgen, aber der frühmorgendliche Verkehr, der aus den Vororten nach Paris strömte, beeinträchtigte seine Beweglichkeit, und so hatte er sie bald aus den Augen verloren.
Er beschloß, zu dem Betonbau zurückzufahren und noch

einmal nachzusehen. Jetzt waren ein paar Leute mehr auf der Straße – Arbeiter, die von ihrer Nachtschicht nach Hause zurückkehrten –, aber vor dem Gebäude war niemand zu sehen.

Sie hatten beim Wegfahren nicht mehr abgeschlossen. Patrick bezweifelte, daß das nur Sorglosigkeit war. Wahrscheinlich war es nicht mehr wichtig.

Ein stechender Geruch schlug ihm entgegen, als er das Gebäude betrat. Auf Patrick wirkte der Geruch wie eine Mischung aus Ammoniak und Äther. Überall, wohin er sah, waren Kisten bis zur Decke hochgetürmt. Er ging durch den ganzen Bau und lauschte dem hohlen Widerhall seiner Schritte. Aber ganz gleich, in welche Richtung sein Blick auch fiel, er konnte keinerlei Spuren von Jack Cadmus finden. Es war, als hätte es ihn nie gegeben.

Teil drei
Sarah

1

Fall 2821 unterschied sich nicht sonderlich von den anderen. Evandro Guedes, vierunddreißig Jahre alt, hing in einer »Papageienschaukel«, einer zerlegbaren Metallkonstruktion, die aus zwei Dreiecken aus eloxierten Rohren bestand, die man unter den Knien des Opfers und zwischen seinen zusammengebundenen Händen plaziert hatte. In diesem Zustand hatte man einen Schlauch in seine Nase eingeführt, durch den Wasser floß. Man versetzte ihm mehrfach Elektroschocks, die ihn zwangen, bei jedem Schock das Wasser einzuatmen.

Fall 2322 war ebenfalls nicht untypisch. Armando Cabral, achtundzwanzig, am 18. Juli 1975 von der Operationsabteilung des Zentrums für Interne Verteidigungsoperationen festgenommen, wurde vor einem üblichen Militärgericht im Gebäude des Obersten Militärgerichtshofs in Brasilien der Prozeß gemacht, in dem man ihn verurteilte. Anschließend verpaßte man ihm die »Christuskrone« – ein Metallband, das man um die Stirn des Opfers legte und zusammenpreßte, bis schließlich der Schädel knackte. Cabrals Überreste wurden nie gefunden.

Es gab Tausende von Fallberichten wie diese, die während der Militärdiktatur von 1964 bis 1979 detailliert von den Folterknechten und ihren Kollaborateuren in den brasilianischen Sicherheitsbehörden dokumentiert worden waren. Jetzt wurden sie von Anwälten, die Menschenrechtsfälle behandelten, aus den Archiven des Obersten Militärgerichtshofs zusammengetragen. Für Sarah Tucker waren

diese Folterberichte so etwas wie Routinelesestoff geworden.
Dennoch war es nicht etwa die groteske Litanei von Folter – Vergewaltigung, Elektroschocks, Urin, den man die Opfer zu trinken zwang, Küchenschaben, die man ihnen in den After einführte –, die sie so sehr erschütterte, nicht mehr nach viereinhalb Monaten, in denen sie nichts anderes gelesen hatte; es waren die Mütter, denen man die Kinder geraubt hatte. Manchmal suchte sie sie auf und hoffte, sie könnten ihr fehlende Informationen liefern. Von den Tausenden von politischen Gefangenen, die die Geheimpolizei zusammengetrieben hatte, waren natürlich viele exekutiert worden, andere gefoltert und dann wieder freigelassen, um ihr Leben, so gut sie konnten, als Krüppel, voller Angst und unter Qualen weiterzuführen. Aber dann gab es noch andere, die allem Anschein nach durch die Ritzen geschlüpft waren und über die keine Aufzeichnungen vorhanden waren; niemand schien zu wissen, was aus ihnen geworden war. Ihr Portugiesisch genügte, um zu verstehen, was diese Mütter ihr sagten; sie hofften, sie verzweifelten, aber am allermeisten warteten sie auf irgendeine Nachricht, auf ein Ende der Folter, die für sie nie aufgehört hatte.
Sarah war aus einer Welt gekommen, in der es einen Überfluß an Wohlstand und Vernunft gab, wo Politik aus Zusammenkünften in der geräumigen Wohnung ihrer Familie an der Park Avenue bestand, um dort Spenden für einen telegenen Kandidaten für den Senat zu sammeln. In ihrer Welt verschwanden keine Menschen, man machte ihnen nicht *in camera* den Prozeß, man verpaßte ihnen keine Elektroschocks und knackte ihren Schädel nicht mit etwas, das sich »Christuskrone« nannte.
Und so war es eine ziemliche Überraschung – sowohl für ihre Freunde als auch für ihre Familie –, als Sarah mit

dreiunddreißig Jahren plötzlich ihre Sachen gepackt hatte und nach Brasilien geflogen war, ein Land, in dem sie vorher noch nie gewesen war, um dort freiwillig für Human Dignity, eine internationale Menschenrechtsorganisation, zu arbeiten.

Gleichzeitig hatte sie sich große Mühe gegeben, ihr Äußeres zu verändern, wie um damit den fundamentalen Wandel in ihrem Leben zu unterstreichen. Sie hatte ihre ganze Designergarderobe, alles, was sie von Ralph Lauren, Polo, Saint Laurent und Donna Karan besaß, weggegeben und trug jetzt hauptsächlich Jeans und T-Shirts. Ihr aschblondes Haar fiel ihr jetzt offen auf die Schultern. Gespaltene Haarspitzen regten sie nicht mehr auf und ebensowenig ihre Fingernägel, die dringend einer Maniküre bedurften. Make-up schien überflüssig, geradezu widerwärtig. Was machte es schon, wenn sie scheußlich aussah? Was hatte das schon zu bedeuten, wenn man es gegen die Wichtigkeit ihrer Arbeit aufwog. Sie war immer noch attraktiv und sich auch dessen bewußt, und für sie reichte das.

Mark Avery, der schon lange Jahre bei Human Dignity war, hatte sie dazu veranlaßt, ihr verrücktes Leben in Manhattan aufzugeben und nach Brasilien zu gehen. Sie waren sich bei einer politischen Versammlung für einen Kongreßkandidaten begegnet, der keine Chance mehr hatte. Das war keine Überraschung: Mark Avery war immer auf seiten der Verlierer, der aus der Gesellschaft Ausgestoßenen. Mark war ein wunderbarer Mann, ein Idealist und keineswegs der Typ, der auf sie anziehend wirkte: hager und knochig, fast nur aus Kanten bestehend, mit tiefliegenden Augen und einem ungepflegten roten Bart. Es war vielmehr seine Intensität, jene leidenschaftliche Überzeugung, daß man der Welt irgendwie Gerechtigkeit bringen konnte, was sie anzog. Die Tatsache, daß das, was er tat, nicht ungefährlich war, störte sie auch nicht. Sie war bereit, ihren Anteil an jener Gefahr zu übernehmen. Sie waren gemeinsam nach Rio geflogen und in ein Apartment inmitten eines Rotlichtviertels gezogen, weil das billiger war als alles andere, was sie finden konnten. Mark identifizierte sich prompt auch mit dem Leid der Nutten.

Die komplizierten Affären, die Sarah vorher durchlebt hatte – ganz besonders dann, wenn es sich um verheiratete Männer handelte –, waren auf andere Art gefährlich, hauptsächlich waren sie aber ermüdend und meist unbefriedigend. Sie hatte geglaubt, daß es mit Mark nicht so kompliziert sein würde. Sie hatte sich etwas Einfaches, Reines ausgemalt, etwas Unschuldiges, Tapferes. Aber wem machte sie damit eigentlich etwas vor? Es erwies sich als genauso kompliziert wie all die Affären zuvor, nur auf andere Weise.

Vielleicht war es ein Gefühl, daß sie Marks Erwartungen nicht entsprach, das sie veranlaßte, sich mit solcher Inbrunst auf die Arbeit zu stürzen. Das war ihre Art, Mark davon zu überzeugen, daß sie es ehrlich meinte, ihm zu beweisen, daß sie seinen Respekt verdiente. Und ganz besonders drängte es sie, ihm zu zeigen, daß sie nicht nur irgend so ein kleines, armes reiches Mädchen war, das zu dem Schluß gelangt war, daß es nett wäre, sich eine Weile in den Slums von Rio herumzutreiben.

Für die Welt dort draußen war das enge, mit Büchern angefüllte Büro an der Rua do Ouvidor in Rio de Janeiro, wo sie arbeiteten, ein Kopierdienst – ein Märchen, das Sarah und die anderen Freiwilligen dadurch glaubhaft machten, daß sie Dokumente, Bücher und Lebensläufe kopierten, die Leute ihnen von der Straße hereinbrachten. Niemand hegte den leisesten Argwohn hinsichtlich ihrer Aktivitäten, obwohl die Kopierarbeit gewöhnlich bis tief in die Nacht hinein dauerte. Was sie taten, war genaugenommen nicht ungesetzlich – schließlich hatte die neue Zivilregierung in jüngster Zeit die Archive geöffnet –, trotzdem war es nicht ratsam, die Sicherheitsbehörden auf das aufmerksam zu machen, was sie vorhatten. Viele Folterer lebten noch, und es ging ihnen gut – sie befanden sich teilweise immer noch in Machtpositionen. Man konnte schließlich nicht damit rechnen, daß sie von einer umfangreichen Studie über ihre Missetaten begeistert sein würden.

Eines Nachmittags Ende Januar trat ein Mann um die Vierzig, mit graugesprenkeltem Bart, in ihr Büro. Sarah identifizierte ihn sofort als Amerikaner. Er sah nicht so aus, als wäre er gekommen, um sich seinen Lebenslauf kopieren zu lassen. Sie ging auf ihn zu.

»Kann ich Ihnen behilflich sein, Sir?«

»Ja, dies ist doch das Büro von Human Dignity?« Sein Akzent bestätigte, daß er ganz ohne Zweifel Amerikaner war, höchstwahrscheinlich aus New York.

Da das nicht gerade öffentlich bekannt war, zögerte sie mit ihrer Antwort. »Wir kopieren hier alle möglichen Dokumente«, sagte sie. »Möchten Sie gern etwas kopieren lassen?«

Aus den Augenwinkeln sah sie, daß Mark den Mann beobachtete.

»Eigentlich nicht. Ich heiße John Stannard. Pedro Sanches hat gesagt, daß Sie mir vielleicht helfen könnten.«

Sanches war Korrespondent bei TV Globo, einer der größeren Fernsehstationen des Landes, und hatte Mark und ihr schon einige Gefälligkeiten erwiesen und ihnen Informationsquellen erschlossen. Aber so leicht wollte sie es diesem Amerikaner nicht machen.

»Würden Sie hier bitte warten?« fragte sie und ließ ihn in dem engen Flur stehen.
Mark blickte auf, als sie an ihm vorbei zu ihrem Schreibtisch ging. »Was will er?«
»Er behauptet, Pedro zu kennen. Ich will das überprüfen.« Sie rief bei TV Globo an.
»Ja, wir haben uns neulich kennengelernt und uns ein paar Stunden unterhalten«, bestätigte Pedro. »Er hat offenbar in Paris jemanden getroffen, der behauptet, die Terrorzeit überlebt zu haben. Er sucht zusätzliche Informationen über diese Person. Meines Erachtens ist er in Ordnung. Vielleicht weiß er sogar etwas, was euch weiterhilft.«
Sarah ging zu dem Besucher zurück. »Würden Sie bitte mitkommen, Mr. Stannard?«
Sie führte ihn in ihr kleines Büro und forderte ihn auf, Platz zu nehmen. »Seit wann sind Sie schon in Rio?« fragte sie, in der Absicht, ihn erst einmal etwas auszufragen.
»Ein paar Wochen«, sagte er.
»Das müßte für eine ordentliche Sonnenbräune an der Copacabana ausreichen.« Sie musterte ihn. »Aber bei Ihnen scheint die Sonne nicht sonderlich anzuschlagen.«
»Ich mag den Strand offen gesagt nicht sehr. Ich war die meiste Zeit im Landesinneren.«
»Das ist aber schade.«
»Ich habe von Pedro gehört, daß Sie hier damit beschäftigt sind, das Schicksal der Opfer der Diktatur zu dokumentieren. Ich interessiere mich für eines dieser Opfer und dachte, Sie könnten vielleicht bei Ihren Recherchen auf seinen Namen gestoßen sein.« Er wiederholte in etwa das, was sie von Pedro gehört hatte.
»Geben Sie mir den Namen dieser Person, dann will ich sehen, was wir über ihn haben.«
»Ihr Name ist, oder, besser gesagt, war Erasmo Buraque.«

»*Ihr* Name?«
Er lächelte. »Es ist ein wenig kompliziert, aber das erkläre ich Ihnen später.«
»Kennen Sie sein Geburtsdatum, den Ort seiner Verhaftung, irgendwelche anderen Einzelheiten, die uns vielleicht weiterhelfen könnten?«
Er gab zu, daß das nicht der Fall war. »Ich weiß nur, daß er früher Kostüme für den *Carnaval* entworfen hat und hier in Rio verhaftet wurde.«
»Ich werde nachsehen. Das dauert möglicherweise eine Weile. Gedulden Sie sich also bitte.«
Sie ging an den Computer auf ihrem Schreibtisch und tippte sich in die Datenbank, die die Informationen über die Opfer aus dem ganzen Land enthielt, die sie bis jetzt hatten sammeln können. Aus Sicherheitsgründen kannte niemand in ihrem Büro den Zugang zu dem Datenspeicher. Sie fand das ganz in Ordnung. Etwas Gefahr machte die Dinge interessanter; nur zuviel davon jagte ihr Angst ein.
In weniger als einer Minute erschienen fünf Buraques auf dem Bildschirm, aber nur ein Erasmo. »Sehen wir einmal, ob das Ihr Erasmo ist.«
Ein paar Augenblicke später erschienen die Einzelheiten über Erasmo Buraque, alles über seine Verhaftung und seine Zeit im Gefängnis:

> Fall 2134: *Buraque, Erasmo, 29, wohnhaft im Tijuca-Viertel Rio de Janeiro, verhaftet am 8. Januar 1978 von Operaçao Bandierantes (OBAN); vor einem Militärgericht des Umgangs mit aufrührerischen Elementen überführt, am 3. Februar 1978 in die Polizeistation im Distrikt Cascadura verlegt. Auflösung des Falles unbekannt. Aufenthaltsort von Buraque unbekannt.*

»Das ist seltsam«, sagte sie und blickte auf den Bildschirm. Stannard trat auf die andere Seite ihres Schreibtischs, um zu sehen, was sie herausgefunden hatte.
»Was ist seltsam – daß sein Aufenthaltsort unbekannt ist?«
»Das eigentlich nicht so sehr, sondern daß man ihn in Cascadura eingesperrt hat.«
»Wo ist Cascadura?«
»Das liegt weit außerhalb des Stadtzentrums. Es ist ein Slum – einer von vielen.«
»Warum hat man ihn wohl dort hingebracht?«
»Keine Ahnung.«
»Und was ist OBAN?«
»Das war nur eine von ich weiß nicht wie vielen geheimen Sicherheitsorganisationen, die sich während der Diktatur gebildet haben. Sie standen nicht immer formell mit der Regierung in Verbindung ...«
»Der Dementierfaktor«, sagte Stannard.
»Genau das. Tatsächlich wurde OBAN nicht von der Armee finanziert, sondern aus Spenden lokaler Geschäftsleute, ja sogar multinationaler Firmen wie Ford und General Motors.«
»Wenn ich hier arbeiten würde, könnte mich das dazu bringen, wieder ein Radikaler zu werden«, meinte Stannard.
»Ja, allerdings«, pflichtete sie ihm bei und dachte dabei an Mark. »Könnten Sie sich einen Augenblick hier gedulden?«
Sie ging zu Marks Schreibtisch. »Mark, hast du die Liste noch, die wir neulich gemacht haben?«
»Wer ist der Typ?« fragte er.
»Er scheint wirklich mit Pedro befreundet zu sein. Ich denke, er könnte uns helfen.«
»Oh?« Mark schien davon nicht überzeugt. Aber er fand die

Liste und brachte sie in Sarahs Büro. Sarah machte die beiden Männer miteinander bekannt.

»Wir würden Ihnen gern etwas zeigen«, sagte sie zu Stannard, während Mark einen Namen von ihrer Liste in das Terminal tippte: Nana Magalhaes, 18, am 21. November 1978 verhaftet, ebenfalls von OBAN.

> Fall 4990: *Magalhaes, Nana, 18, Bewohnerin des Distrikts Ramos, Rio de Janeiro; verhaftet im Centro, Rio de Janeiro, 21. November 1978 durch OBAN mit ihrem Bruder, Julio, 22, und Freund, Joao Mendes. Alle drei waren an der Bundesuniversität von Rio de Janeiro immatrikuliert. Vor einem Militärgericht am 14. März 1979 der Verschwörung und aufrührerischer Beziehungen beschuldigt; in Polizeistationsdistrikt Cascadura am 16. März 1979 verlegt. Auflösung des Falles unbekannt. Aufenthaltsort unbekannt.*

Stannard sah schweigend zu. Mark erkundigte sich nach Informationen bezüglich der beiden nächsten Namen auf seiner Liste, Goncalves Bonifacio und José Dantas. In allen Fällen waren die Einzelheiten gleich. Von OBAN verhaftet, *Auflösung des Falles unbekannt, Aufenthaltsort unbekannt.*

»Auf dieser Liste stehen achtundzwanzig Namen«, sagte Mark zu Stannard. »Bei allen ist es das gleiche. Wir gehen davon aus, daß es eine erhebliche Zahl ähnlich liegender Fälle dort draußen gibt, von denen wir nichts wissen.«

»Und endeten alle in dieser Polizeistation in Cascadura?« fragte Stannard.

»Jeder einzelne«, sagte Sarah.

»Warum es Cascadura ist, wissen wir nicht«, fügte Mark

hinzu, »aber vermutlich hat man die Station deshalb ausgewählt, weil sie so abgelegen war, so obskur, daß die Leute nicht besonders auf das geachtet haben, was dort draußen vor sich ging.«

»Sagen Sie, haben Sie je von einem Mann namens Dr. Cuica gehört? Er ist Schönheitschirurg.«

Sarah und Mark wechselten Blicke. Dann meinte Sarah, daß ihr der Name unbekannt sei. Mark erging es ebenso.

»*Cuica*, das heißt Zeitmesser – so wie der Mann, der in einer Musikergruppe für den Rhythmus verantwortlich ist«, erklärte er. »Man findet diese *Cuicas* in den *Carnaval*-Musikgruppen; sie geben den anderen Musikern den Takt.«

»Irgendwie führt er die Gruppe«, sagte Sarah.

»Dann hat er vielleicht diese Gruppe auch geführt«, sagte Stannard und deutete auf den Bildschirm. »Eine Art Zaubershow. Erst sehen Sie sie – und dann nicht mehr.«

»Mr. Stannard, Sie haben uns immer noch nicht gesagt, wie Sie diesen Erasmo Buraque kennengelernt haben und weshalb Sie sich für ihn interessieren.«

»Das kann ich Ihnen sagen, aber ich würde es lieber woanders tun, vielleicht in einem Café, wenn es so etwas hier in der Umgebung gibt.«

»Wir sind hier sicher«, sagte Mark. »Sie brauchen keine Sorge zu haben.«

»Oh, das ist es nicht«, meinte Stannard. »Ich würde nur gern etwas trinken.«

»In der nächsten Straße gibt es ein Lokal«, meinte Sarah, »dort können wir hingehen.«

2 Patrick war Sarah sympathischer als Mark; nicht nur, weil sie hübsch war. Irgendwie war sie so unschuldig, jung und engagiert, und zwar auf eine Art und Weise, die ihm typisch amerikanisch schien. Frauen ihres Alters, denen er in Europa begegnet war, wirkten realistischer, brachten eine größere Skepsis mit und waren nicht so überzeugt, etwas bewirken zu können.

Mark andererseits war offensichtlich erfahrener. Sein Idealismus war auf die Probe gestellt worden, und Patrick nahm auch an, daß er viel größere Risiken als Sarah einzugehen bereit war, sollte es darauf ankommen. Er bezweifelte nicht, daß die beiden ein Liebespaar waren, deren Beziehung schon lange genug dauerte, um anzufangen, brüchig zu werden. Er konnte sehen, daß es gewisse Spannungen gab, eine Art Distanziertheit.

Patrick bestellte sich ein kaltes Bier, seine beiden Begleiter Mineralwasser. Er hatte sich entschieden, ihnen eine weitgehend redigierte Fassung seiner Geschichte zu liefern, wobei er so wichtige Dinge wie seine eigentliche Identität und die Umstände, die ihn und Tanya zusammengeführt hatten, einfach überging. Aber er erzählte ihnen doch genug, um ihr Interesse wachzuhalten, ganz besonders das Sarahs.

»Es ist das erstemal, daß wir davon hören, daß einer dieser armen Teufel überlebt hat«, sagte Mark. »Wir dachten, all diese Leute, die aus den Akten verschwunden sind, wären vermutlich tot. Dabei war es uns freilich rätselhaft«, fuhr er fort, »weshalb sie in den Akten nicht als tot aufgeführt wurden. Die meisten von denjenigen, die man gefoltert und dann exekutiert hat, sind registriert. Es machte einfach keinen Sinn.« Er dachte einen Augenblick nach und fügte dann hinzu: »Und das tut es immer noch nicht.«

Patrick beschloß, ihnen noch etwas mehr zu sagen, war aber

immer noch darauf bedacht, nicht zu viele Einzelheiten über seine eigene Rolle zu liefern. Er erzählte ihnen vom Family Health Center und Charlotte, berichtete das, was er über ihr Verschwinden wußte, mit gleichgültiger Stimme ohne irgendeine Andeutung, daß er sie persönlich gekannt hatte. Sarah erinnerte sich, entweder in der internationalen Ausgabe von TIME oder der HERALD TRIBUNE etwas darüber gelesen zu haben.

»Meinen Sie, daß es vielleicht irgendeinen Zusammenhang gegeben haben könnte?« fragte Mark und runzelte die Stirn. »Ich sehe einen solchen Zusammenhang nicht. Die Leute, von denen wir hier reden, waren alle Opfer der Militärs. Sie wurden von der Geheimpolizei verhaftet, weil sie im Verdacht standen, Kommunisten oder Linke zu sein, oder weil sie Familien angehörten, die als kommunistisch galten. Die Leute, von denen Sie sprechen, haben keinen politischen Hintergrund, oder?«

Patrick räumte ein, daß das der Fall war. Die meisten gingen vermutlich nicht einmal zur Wahl. Das einzige, was sie allem Anschein nach gemeinsam hatten, war die Tatsache, daß sie unterprivilegiert waren, anonym in ihrem Leid und in ihrem Tod.

Trotzdem, meinte Patrick, mußte das noch nicht bedeuten, daß es keine Verbindung zwischen den brasilianischen Fällen und dem Verschwinden von Patienten – lebend, tot oder in irgendeinem betäubten Zwischenzustand – aus Krankenhäusern in New York und Florida gab.

Sarah lehnte zu Patricks Überraschung seine Theorie nicht so schnell ab. »Was ist mit diesem Cadmus, von dem Sie sagten, daß er Tanyas Liebhaber war?«

»Ich vermute, daß er tot ist. Und die anderen beiden, die diese Geschichte in Florida betrieben haben, Sheffield und Viola, dürften ebenfalls tot sein.«

»Diese schreckliche Klinik ist doch nicht etwa immer noch geöffnet, oder?« fragte Sarah.
»Nein, die haben geschlossen. Nach dem, was passiert ist, konnten sie nicht anders.«
»Was sollen wir Ihrer Meinung nach denn jetzt tun?« fragte Sarah. »Ich meine, um feststellen, ob andere wie Erasmo noch am Leben sind?«
»Tanya – oder wenn Sie wollen, Erasmo – hat mir versichert, daß es außer ihr keine Überlebenden gäbe. Ich habe keinen Grund zu glauben, daß sie mir nicht die Wahrheit gesagt hat.«
»Nun, vielleicht kann man herausfinden, was aus ihnen geworden ist, wie sie gestorben sind oder wenigstens, warum ihr Tod nie registriert wurde.«
Patrick bemerkte, daß Mark, während Sarah sprach, immer unruhiger wurde. Die Aufmerksamkeit, die sie ihm und seinen Theorien widmete, schien ihm nicht zu passen.
»Ich glaube, man beginnt am besten damit, daß man herausfindet, wer dieser Dr. Cuica ist. Er ist vielleicht der Schlüssel zu der ganzen Geschichte.«
»Da haben Sie wahrscheinlich recht«, sagte Sarah.
Jetzt richtete Mark sich plötzlich kerzengerade auf und sagte: »Mir scheint, wir sollten diese Polizeistation in Cascadura aufsuchen und sehen, was wir dort herausbekommen.«
Sarah runzelte die Stirn. »Meinst du wirklich, daß das so eine gute Idee ist, Mark?«
»Na klar, warum nicht? Was haben wir denn zu verlieren? Wir sollten uns den Ort wenigstens einmal ansehen.«
»Wenn Sie wollen, komme ich gerne mit.« Auch Patrick hatte seine Zweifel, ob eine solche Expedition viel nützen würde, aber er wollte sich nicht ausschließen.

Er konnte erkennen, daß Sarah bereit war, sein Angebot anzunehmen, aber Mark zögerte. »Wenn wir zu dritt im Wagen sitzen, erregen wir vielleicht zuviel Aufmerksamkeit. Warum sagen Sie uns nicht, wie man Sie erreichen kann, und dann berichten wir Ihnen. Einverstanden?«
Patrick hatte keine Wahl, als ihnen die Nummer seines Hotels zu geben und abzuwarten.

3 Am Nachmittag nahmen sie Marks schon etwas altersschwachen Honda Civic und fuhren die Zufahrtsstraße von der Zona Sul Rios, an der die Copacabana und Ipanema lagen, zum Flughafen. Der Anblick, der sich ihnen auf dieser Route bot, war ein bedrückendes Schauspiel aus der Zeit der industriellen Revolution, ein verwahrlostes, in Smog gehülltes Panorama, das sich endlos zu erstrecken schien. Der Verkehr war wie üblich hoffnungslos. Als sie dann die malerischen, aus dem 19. Jahrhundert stammenden Bauten der Altstadt hinter sich gelassen und auch die modernen weißen Wolkenkratzer an der Botafogo-Bucht passiert hatten, erreichten sie eine Landschaft aus primitiven Wellblechhütten und Fabriken, die dicke Rauchwolken ausstießen. Nach einer Weile schien es Sarah, als wäre die ganze Welt in Rauch gehüllt.
Das war nicht das Rio de Janeiro, das sie von Filmen und Bildern her erwartet hatte. Jenes Rio – das Rio der Strände, des *Carnaval*, der Mädchen von Ipanema – war in Wirklichkeit ein kleiner Teil der Stadt, der aus Centro und Zona Sul bestand. Im wesentlichen war es der einzige Teil, den Touristen und offizielle Besucher je zu sehen bekamen. Oder sehen wollten.
Aber die Opfer – die Tausende von Menschen, die man verhaftet oder getötet hatte oder die verschwunden waren

– waren aus genau diesen Elendszonen gekommen. Sie waren in Industrieslums wie Cascadura, Cavalcanti, Oswaldo Cruz, Bonsuccesso und Tijuca gepfercht oder hausten in den Favelas am Bergrand in der Zona Norte.
Mark hatte FM 98 eingeschaltet, eine Station, die sich auf Hits aus den USA und Brasilien spezialisiert hatte. Sie konnte seine Leidenschaft für Rockmusik nicht ganz nachvollziehen, obwohl sie annahm, daß sie ihren Ursprung in den sechziger Jahren hatte, als er dauernd mit Demonstrieren beschäftigt war. Wenn man ihn nicht gerade wieder ins Gefängnis gesteckt hatte.
Erst als sie von der Zufahrtsstraße abbogen, fing sie an, unruhig zu werden. Die Straßen waren hier schmaler und mit Unrat übersät. Überall plärrte Musik, laut und rhythmisch: Rock, Samba, Frevo, Coco, Tropicalismo, Maraccatu. Und die Musik überlagerte der endlose Lärm, den Straßenhändler, Kinder, Hunde und schreiende Babys verursachten.
Aber die Ansammlungen von Menschen beeindruckten sie am meisten, die schiere Zahl von Leuten, die in diesem Distrikt eingepfercht waren; mehr von ihnen *preto* – völlig schwarz –, als sie sonst irgendwo in Rio gesehen hatte. Jedesmal, wenn sie einen jungen Mann mit dunklen Gesichtszügen und unruhigem Blick sah, stellte sie sich vor, daß Erasmo Buraque oder Julio Magalhaes so ausgesehen haben mochten – Verdächtige und Opfer.
Sie kamen jetzt nur noch langsam voran. Hier hatten Automobile keine Priorität vor Menschen und Tieren. Und es gab eine Unzahl von Tieren: Hühner, Schweine, Ziegen und Hunde, ausgemergelte Kreaturen, die hinter ihrem Wagen herrannten und sich über den fremden Eindringling beklagten. Kinder, die es nicht gewöhnt waren, hier Ausländer zu sehen, liefen neben ihnen her,

lachten über sie und streckten ihnen bettelnd die Hände entgegen.
Aber es waren zu viele; in diesem Viertel gab es entschieden mehr Kinder, als sie Kleingeld hatten. Mark bahnte sich hupend seinen Weg.
Immer wieder erreichten sie Kreuzungen mit improvisierten Schreinen; da konnte man dann primitive, aus Holz geschnitzte Statuen sehen, umgeben von Kerzen, Perlenketten, Bildern irgendwelcher Heiliger, Fahnen, Münzen und Zigarettenstummeln – geheiligte Orte der Macumba-Religion, die niemand, der wußte, was gut für ihn war, in Unordnung brachte.
Nachdem sie sich fast eine Stunde bemüht hatten, voranzukommen, hielt Mark plötzlich an. »Wir haben uns verfahren!« sagte er. »Ich habe keine Ahnung, wo wir sind. Vielleicht sind wir schon in Cascadura, möglicherweise auch schon weiter. Ich weiß es nicht. Gib mir mal die Karte.«
Sarah reichte sie ihm, und er breitete sie über dem Steuer aus. Seinem Gesicht war deutlich anzumerken, daß er die Orientierung verloren hatte. Die Karte war nicht detailliert genug, um auch die Straßen solcher Viertel zu zeigen. Und daß die meisten Straßen überhaupt keinen Namen trugen, half sicherlich auch nicht weiter. Jemand klopfte eindringlich auf Marks Seite an das Fenster.
Er blickte auf und sah einen etwa zwölfjährigen Jungen mit einem außergewöhnlich schönen Gesicht, fast wie das eines Mädchens.
»*Nao quero* ... Ich will nicht«, setzte Mark an, aber der Junge ließ ihn nicht ausreden, überschüttete ihn mit einem Wortschwall, den Sarah nicht verstand.
»Was sagt er?« Sie schnappte ein paar Brocken Portugiesisch auf, wenn auch nicht halb soviel, wie sie gern verstanden hätte. Ein Teil des Problems lag darin, daß die Leute in

Rio ihren eigenen trägen Dialekt sprachen, der kaum zu verstehen war. Genaugenommen hatte Sarah nur zwei Wörter mitbekommen – Cascadura und Polizei.
»Er will uns den Weg zeigen«, sagte Mark. Ehe sie fragen konnte, was er dem Jungen geantwortet hatte, öffnete der bereits die Tür und schob sich auf den Rücksitz. Jetzt wußte sie es.
Während der Junge sie durch das Straßenlabyrinth dirigierte, musterte Sarah ihn im Rückspiegel, voller Staunen, wie schön er war, wie wissend seine Augen blickten und auf Erfahrungen deuteten, die weit über seine Jahre hinausreichten. Auch der Geruch in dem Wagen hatte sich verändert, seit der Junge sich zu ihnen gesetzt hatte. Er war nicht unangenehm und erinnerte Sarah ein wenig an Maracujas.
Der Civic quälte sich weitere zehn Minuten dahin, bis der Junge ihnen schließlich sagte, sie sollten anhalten. Er deutete auf ein niedriges Gebäude zu ihrer Rechten, von dessen Ziegeldach nicht mehr viel übrig war. Vor dem Gebäude pickten Hühner auf dem Boden herum. Nichts an dem Bau wirkte in irgendeiner Weise vielversprechend.
»Ist es das?« fragte Sarah.
Der Junge schnatterte erregt, dann steigen er und Mark aus. In wenigen Augenblicken hatten sich ein halbes Dutzend Männer um sie versammelt, und alle redeten gleichzeitig, schrien förmlich, um sich Gehör zu verschaffen. Mark, der einen Kopf größer als alle anderen war, wirkte hoffnungslos verwirrt. Es schien ihm auch niemand weiter Aufmerksamkeit zu schenken.
Als er Sarah aussteigen sah, löste er sich aus der Menge. »Offenbar ist man sich nicht darüber im klaren, ob das die alte Polizeistation ist oder ob sie in der nächsten Straße liegt. Jedenfalls ist sie nicht mehr besetzt. Es gibt eine neue

Polizeistation ein paar Straßen von hier, sagt der Junge, aber die ist 1981 oder ’82 eingerichtet worden, das hilft uns also auch nicht weiter.«
»Worüber regen die sich dann alle so auf?«
»Anscheinend gibt es einen Mann, der früher mal bei der Polizei war und jetzt pensioniert ist. Er wohnt nicht weit von hier. Aber einige dieser Männer sind nicht begeistert, daß wir ihn stören. Sie sagen, er sei nicht besonders gesund. Und dann behaupten sie, was auch immer wir wollen, es könne nichts Gutes sein.«
»Du hat es ihnen doch nicht gesagt, oder?« fragte sie, plötzlich beunruhigt.
Mark schüttelte den Kopf. »Du machst wohl Witze, Sarah? Je weniger wir über das reden, was wir vorhaben, um so besser ist es.«
Die Auseinandersetzung unter den Männern hörte plötzlich auf; anscheinend schien man eine Übereinkunft getroffen zu haben. Der Junge rief Mark irgend etwas zu, ohne dabei den Blick von Sarah zu wenden.
»Er sagt, wir könnten ruhig zu ihm gehen, aber nicht zu lange bleiben.«
Der Junge lief los und winkte ihnen ungeduldig zu, sie sollten ihm folgen. Nachdem sie ein paar Minuten durch die staubigen Straßen gegangen waren, fanden sie sich vor einem Café wieder, das nach *feijoada* und *picadinho* roch; plärrende Musik drang aus einem schlecht eingestellten Radio. Drinnen war es muffig und dunkel. Männer, die Bier und Rum tranken, saßen an den Tischen und unterhielten sich mit den schrillen, zu lauten Stimmen, die Betrunkene überall auf der Welt an sich zu haben scheinen.
Sofort fielen alle Augen auf Sarah.
Ein Mann erhob sich von einem Tisch, als er sie eintreten sah. Er war bereits ergraut, hatte eine hellbraune Hautfarbe

und brauchte einen Stock, um aufrecht zu bleiben. Der unangenehme Rauch aus seiner Zigarre hing über dem Tisch. Er bedeutete seinen Besuchern mit einer Handbewegung, sie sollten sich setzen.

»Anscheinend hat man ihm gesagt, daß wir kommen würden«, meinte Mark.

»Neuigkeiten verbreiten sich hier recht schnell.« Sarah zog sich einen Stuhl an den Tisch.

Der Mann stellte sich als Toquinho Soundso vor – Sarah verstand seinen Familiennamen nicht. Toquinho bestand darauf, Drinks für sie zu bestellen, ließ ihnen aber keine Wahl. Ein kräftiger Geruch nach Rum stieg aus ihren Gläsern. Das Zeug roch gefährlich.

Vielleicht hatte Toquinho etwas zu verbergen, aber es schien ihm jedenfalls gutzutun, reden zu können. Nach einer Weile gab Sarah jeden Versuch auf, etwas zu verstehen. Sie sah sich in dem Lokal um und begegnete dabei immer wieder den Augen ihres kleinen Führers, der ihr unverschämt auf den Busen starrte. Sarah versuchte, seinen Blick zu erwidern, und dachte, das könnte ihn vielleicht dazu bringen, woanders hinzuschauen. Aber ihre Taktik funktionierte nicht: Der Junge ließ sich ganz offensichtlich nicht leicht aus der Ruhe bringen.

Nach einer Weile wurde deutlich, daß Mark alles, was er von Toquinho zu erfahren hoffte, bekommen hatte. Er stand auf, Toquinho schüttelte ihm die Hand und verbeugte sich vor Sarah. Das Stehen bereitete ihr jetzt Schwierigkeiten; der Rum schien sich auf ihren Gleichgewichtssinn gelegt zu haben.

Erst als die draußen waren, deutete Mark ihr an, was Toquinho ihm gesagt hatte. »Er sagt, er sei nicht gerade ein Polizist gewesen. Anscheinend hat man ihn auf der Station für Botengänge und dergleichen eingesetzt. Er sagt, die

Station sei zwei Jahre lang als Transitpunkt benutzt worden. Nachts seien immer Sicherheitseinheiten mit Gefangenen gekommen und hätten die dortgelassen.«
»Meinte er damit OBAN?«
»Er sagt, er wisse nicht, um welche Sicherheitseinheiten es sich handelte. Damals hat es eine ganze Menge solcher Einheiten gegeben. Da war es am besten, keine Fragen zu stellen. Aber er glaubt, die Gefangenen wären aus allen Teilen Rios gekommen, nicht nur aus Cascadura.«
»Aber warum sollte OBAN sie denn hierherbringen?«
»Das hab' ich ihn auch gefragt. Er meinte, sie hätten einen Ort gesucht, wo das, was sie taten, nicht auffiel.«
»Was passierte denn mit den Gefangenen, sobald sie hier eingetroffen waren?«
»Anscheinend behielt man sie über Nacht, aber höchstens zwei Nächte, und schaffte sie dann irgendwoanders hin. Wohin, weiß er nicht – er hatte auch nicht den leisesten Wunsch, es herauszufinden.«
»Was ist mit Dr. Cuica? Du hast ihn doch nach ihm gefragt, das habe ich gehört.«
»Er gab zu, daß, kurz bevor man die Gefangenen verlegt hat, ein Arzt – immer derselbe Arzt – herkam, um sie zu untersuchen. Zuerst hat er sich ein wenig geziert, und dann sagte er, alle Gefangenen und die Polizisten auf der Station hätten ihn unter dem Namen Dr. Cuica gekannt.«
»War das sein echter Name?«
»Es scheint ein Deckname gewesen zu sein. Aber er wollte nicht so richtig mit der Sprache heraus. Zuerst behauptete er, er hätte nie gearbeitet, wenn Cuica seine Runden machte; er hätte nur von ihm gehört. Dann sagte er, er hätte Dr. Cuica zwar gesehen, könnte ihn aber auf keinen Fall wiedererkennen.«
»Warum?«

»Die letzten paar Male, als Toquinho ihn sah, hatte er Bandagen um das Gesicht.«

»Bandagen?«

»Toquinho glaubt, dieser Dr. Cuica hätte sich am Gesicht operieren lassen, um sich zu tarnen. Also würde er ihn jetzt natürlich nicht wiedererkennen. Ich bin sicher, daß ihm das so auch lieber ist.«

»Du hast also nicht aus ihm herausholen können, wer dieser Mann wirklich war.« Sarah war enttäuscht; sie hatte das Gefühl, nur Zeit vergeudet zu haben.

»Nun, er räumte ein, daß Dr. Cuica wahrscheinlich noch in Rio ist. Aber dann hat er mich gewarnt. Er meinte, wenn ich wüßte, was für mich gut ist – wenn ich wüßte, was für *uns* gut ist –, würden wir besser keine Fragen über ihn stellen.«

»Und das war's dann?«

»Mhm. Das war's dann.«

Sarah war so in ihr Gespräch vertieft gewesen, daß sie erst jetzt bemerkte, daß der Junge nicht mehr da war. »Das ist seltsam«, sagte sie. »Man möchte doch meinen, der kleine Bastard würde bei uns bleiben, um bezahlt zu werden, oder?« Sein Verschwinden beunruhigte sie mehr, als es sie erleichterte. »Werden wir den Wagen ohne ihn finden können, Mark?«

Mark nickte zuversichtlich. »Ich weiß, wo wir sind, er müßte gleich auftauchen, gleich hinter dieser Hecke, wo dieser Bursche *guarana* verkauft. Du erinnerst dich doch an ihn, oder?«

Das war freilich nicht der Fall. Leute, die *guarana* verkauften – ein alkoholfreies Getränk mit einem Schuß Koffein –, gab es überall; sie konnte sie nicht voneinander unterscheiden.

Aber wenn das wirklich derselbe *guarana*-Verkäufer war und auch die Straße, in der sie geparkt hatten, so machte das keinen Unterschied. Der Honda Civic war verschwunden. Mike war verblüfft. »Ich bin ganz sicher, daß es hier war.«

Nein, dachte Sarah, er täuscht sich wirklich nicht. Der alte Bau war da, der früher einmal eine Polizeistation gewesen sein mochte oder auch nicht. »Gestohlen«, murmelte sie. »Diese Schweinehunde haben unseren Wagen gestohlen!«

Die Wut, die in ihr hochstieg, verdrängte sogar ihre Angst. Sie sah sich unwillkürlich auf der Straße um, suchte wie Mark in den Gesichtern der Passanten nach so etwas wie schlechtem Gewissen. Aber ihre fragenden Blicke trafen nur auf gelangweilte Mienen. Es war, als wäre jeder in das Spiel verwickelt, als habe niemand einen blassen Dunst, was aus ihrem Civic geworden war.

»Wahrscheinlich steht er jetzt in irgendeiner Garage und wird ausgeschlachtet«, sagte Mark. »Ich bin bloß froh, daß wir nichts Wertvolles in dem Wagen gelassen haben.«

Sarah staunte, daß er den Verlust seines Wagens einfach so hinnahm.

»Wir müssen etwas tun, Mark!«

»Was können wir denn tun? Glaubst du im Ernst, daß irgend jemand hier uns sagen wird, wer unseren Wagen gestohlen hat? Oder schlägst du etwa vor, daß wir zur Polizei gehen?« Der Gedanke, daß die Polizei ihnen behilflich sein könnte, war lächerlich. Sie gehörten nicht hierher, und nichts berechtigte zu der Erwartung, daß die Polizei auf ihrer Seite sein würde. »Der Wagen war ohnehin reif für den Schrott, Sarah«, fügte er hinzu, bemüht, das Beste aus der Situation zu machen.

Sie gingen weiter. Obwohl sie, realistisch betrachtet, keine Chance hatten, ihren Wagen je wiederzusehen, sahen sie doch in jede Nebenstraße, in der Hoffnung, ihn zu entdecken. Sarah bemerkte, daß die Leute sie in Frieden ließen. Niemand bettelte sie an oder versuchte ihnen etwas zu verkaufen oder erbot sich, ihnen den Weg zu zeigen. Es war seltsam und beunruhigend; als wären sie Parias, Aussätzige, die es um jeden Preis zu meiden galt, und irgendwie wußte das jeder hier.

»Es müßte doch irgendwo einen Bus geben, den wir nehmen können«, sagte Mark, nicht sonderlich überzeugt.

Aber Sarah hörte ihn nur halb. Etwas veranlaßte sie, sich umzusehen. Zwei Männer kamen hinter ihnen her. Vielleicht waren es Männer aus dem Café, vielleicht auch nicht. Aber die Art und Weise, wie sie gingen, hatte etwas Zielstrebiges an sich. Sie wurden auch immer schneller. »Mark«, sagte sie und stieß ihn an.

»Glaubst du, die folgen uns?«

»Ich weiß es nicht.« Sie gingen jetzt ebenfalls schneller, ohne daß es einer Aufforderung bedurft hätte.

Eines wußte sie: Sie hätte den Rum nicht trinken sollen. Er machte sie benommen; und die grelle Sonne, die auf sie herunterbrannte, machte es nur noch schlimmer. Wieder warf sie einen Blick zurück; die beiden kamen näher.

»Hier lang«, sagte Mark und bog scharf nach links in eine Straße, die von Häusern mit verschlossenen Fensterläden gesäumt war. Sie spürte seine Angst. Jetzt bekam auch sie Angst.

Sie wußte, wie hoffnungslos es war. Überall schienen unsichtbare Augen zu sein, die sie belauerten. Ein paar Augenblicke später tauchten die Männer vor ihnen auf. Zwei Messer blitzten in der Sonne.

Es war ihr Schweigen – Schweigen an einem Ort, der voller Musik und Geschrei war –, das sie so unheimlich fand. Sie drohten nicht, forderten nichts. Sie waren beide Anfang Zwanzig, kräftig gebaute, muskulöse junge Männer, von der Sonne und dem Leben in den Slums gezeichnet. Mark sah sich verzweifelt um, suchte Hilfe, und als er begriff, daß es hier keine Hilfe für sie gab, packte er Sarah am Arm und schob sie weiter. Aber es war unmöglich, diese Leute abzuschütteln; sie hielten mit ihnen Schritt, lächelten spöttisch, schnitten ihnen den Weg ab – einfach so.

Mark stieß ein paar portugiesische Worte aus, aber sein Protest stieß auf taube Ohren. Mit bebender Stimme begann er sie anzuflehen. Sie wußte, was er sagte: Er bat sie, ihr nichts zu tun.

Aber es war schon passiert. Sie waren so geschickt, daß sie kaum etwas spürte. Plötzlich waren ihre Jeans zerfetzt, die Taschen zerrissen, ihr Inhalt fiel zu Boden ... »Du Bastard!« schrie sie und warf sich auf den, der ihre Geldbörse geschnappt hatte.

Einen Augenblick lang triumphierte sie, als sie seinen Arm hielt. Dann spürte sie einen stechenden Schmerz in der Handfläche. Sie ließ los und sah, daß Blut aus der Wunde quoll, die er ihr zugefügt hatte. Es kam ihr nicht einmal in den Sinn, daß es zwecklos war, ihn zu verfolgen; die Wut machte sie so blind, daß sie genau das tat.

Er war schnell. Verdammt, war der Kerl schnell. Mark rief ihr etwas nach, aber sie hatte keine Ahnung, was er sagte. Und sie hatte auch keine Ahnung, was mit dem anderen Dieb war.

Sie verlor ihn aus den Augen. Sie geriet schnell außer Atem und mußte schließlich stehenbleiben, damit der stechende Schmerz in ihrer Brust wieder nachließ. Das einzige, was sie ihr nicht genommen hatten, war ihr Paß. Sie nahm an, daß sie etwa sechzig Dollar in Travellerschecks und Cruzeiros verloren hatte. Damit konnte sie leben. Aber die Plötzlichkeit und Brutalität des Überfalls erschütterten sie. Sie zitterte jetzt am ganzen Körper. Baumwollfäden hingen über ihrem nackten Oberschenkel. Blut lief aus der Stichwunde

in ihrer Handfläche. Sie fragte sich, ob ein Handleser ihre Zukunft überhaupt noch würde vorhersagen können.
Sie ging zurück und sah, daß auch Marks Jeans zerfetzt waren. Er war schneeweiß im Gesicht und sah sie mit einem Schafsblick an. Eine Menge Kleingeld war über den Boden verstreut.
»Mark!«
Er warf ihr einen verwirrten Blick zu, reagierte sonst aber nicht. Er bewegte sich auch nicht von der Stelle. Blieb einfach stehen, wo er war. Und seine Hände tasteten unter seinem Hemd herum, das fast genauso zerfetzt wie seine Jeans war. Er schwankte etwas.
»Mark!« sagte sie erneut und ging auf ihn zu. »Bist du okay?«
»Ja«, sagte er, »alles okay.« Und dann holte er die Hände unter dem Hemd hervor und hielt sie so, daß Sarah sie einen Augenblick lang sehen konnte. Sie waren voller Blut.
»Mark!« Jetzt schrie sie es.
Marks Augen rollten nach oben, so daß nur noch das Weiße zu sehen war. Und dann sackte er in sich zusammen und ging zu Boden.

4

Die Polizei erschien schnell, drei Mann, als wären sie aus dem Nichts aufgetaucht. Wo waren sie vorher gewesen? Eine Ambulanz heulte die Straße herauf. Sarah weinte, konnte nichts gegen ihr Zittern tun. Ein paar Sekunden lang geschah nichts. Die Polizei machte keine Anstalten, Mark zu helfen oder die Angreifer zu verfolgen.
»Tun Sie doch etwas, verdammt!« Sie packte einen der Polizisten, drehte ihn praktisch um seine Achse – was den Mann sehr überraschte – und gestikulierte in Richtung auf

Mark. »Sehen Sie ihn doch an, er ist verletzt! Verletzt, verdammt!«
Aber was sie sagte, bewirkte nichts, ob sie es nun in Englisch oder schlechtem Portugiesisch hinausschrie. Sie starrten sie an, entschieden sich offenbar dafür, kein Wort von dem, was sie sagte, zu verstehen. Einer von ihnen begann ihr Fragen zu stellen, rasselte sie herunter, wurde ungehalten, als sie keine Antwort gab. Die Sonne war sehr heiß, und sie hatte Angst, sie würde ohnmächtig werden. Sie mußte unbedingt aus dieser verdammten Sonne.
Den Polizisten und seine Fragen ignorierend, blickte sie zu der Stelle, wo Mark lag. Wenigstens taten die Sanitäter etwas, legten ihn vorsichtig auf eine Bahre und hoben ihn in die Ambulanz.
Als sie auf den Ambulanzwagen zuging, um Mark ins Krankenhaus zu begleiten, packte sie ein Beamter und wollte sie nicht loslassen. Je mehr Widerstand sie leistete, desto fester hielt er sie. Ein zweiter Polizist kam ihm zu Hilfe.
Ein Polizeiwagen brauste heran und hielt in dem gleichen Augenblick, in dem die Ambulanz davonjagte. Die Beamten waren offensichtlich der Meinung, daß sie völlig hysterisch sei und deshalb mit Vorsicht zu behandeln. Sie schoben sie in den hinteren Teil des Polizeiwagens. Sarah konnte das alles einfach nicht glauben. Es war gerade so, als sei sie diejenige, die hier ein Verbrechen begangen hatte.
Dann saß sie schluchzend auf dem Rücksitz, nahm die bedrückende Umgebung kaum wahr, die unterdessen ein Nebel aus halbzerfallenen Häusern, bellenden Hunden und johlenden Kindern geworden war. Eine Stunde oder mehr mochte vergangen sein, als sie schließlich ihr Ziel erreichten – sie hatte keine Ahnung, wie lange es gedauert hatte. Ihr kam alles endlos vor.
Sie brachten sie in eine Polizeistation, die von dem Knallen

von Türen und Fluchen von Männern erfüllt war. Sarah registrierte hilflose und ängstliche Blicke auf den Gesichtern, an denen sie vorbeiging. Irgendwo jenseits des Raumes, in dem sie schließlich landete, erhob sich ein Schrei und erstarb dann wieder. Visionen von Folter stiegen in ihr auf. Sie wartete angespannt, rechnete damit, daß der Schrei sich wiederholte. Aber er kam nicht.

Der Raum war spartanisch eingerichtet, enthielt nur einen Tisch und zwei Stühle. Einen Aschenbecher, ein Bild – das überhaupt nicht in diese Umgebung paßte – von einem Wasserfall, der sich in eine Schlucht ergoß. Ein Kalender, der behauptete, es sei noch November. Aber das interessierte hier wohl niemanden. Der Raum hatte ein einziges vergittertes Fenster, das den Blick auf eine Straße mit dichtem Verkehr freigab. Aber wo war die Straße? War dies Rio? Oder irgendein Außendistrikt?

Während sie versuchte, sich Klarheit über ihren Aufenthaltsort zu verschaffen, und nach irgendwelchen Anhaltspunkten suchte, öffnete sich die Tür, und ein Mann, der ein Jackett und eine etwas schief sitzende Krawatte trug, trat ein. Er war Ende Vierzig, sah schläfrig aus, und sein Haar fing an schütter zu werden. Seine Zähne zeigten Tabakflecken wie bei einem starken Raucher.

Er registrierte ihre zerfetzte Kleidung und die Schnittwunde an ihrer Hand. »Ich sehe, daß die Blutung aufgehört hat«, bemerkte er, »später können Sie sich waschen und etwas auf die Wunde tun.«

Sie nahm das nicht als ein Zeichen seines Mitgefühls.

»Wer sind Sie?« fragte sie.

»Ich bin Inspektor Luis Silva«, erklärte er, »ich leite Ihren Fall.«

»Meinen Fall?«

»Paß, bitte.«

Ohne sich etwas dabei zu denken, reichte sie ihn ihm hinüber. Dem Himmel sei Dank, daß die Schweinehunde ihn ihr nicht weggenommen hatten. Er begann ihn mit aufreizender Gründlichkeit zu studieren, suchte jede Seite nach etwas ab, das er offenbar nicht finden konnte; sein Gesichtsausdruck war der gleiche, wie sie ihn bei ihren Lehrern in Dalton gewohnt gewesen war, wenn die mit ihren Prüfungsergebnissen nicht zufrieden waren.

»Wo haben Sie Mark hingebracht?« fragte sie. »Wie geht es ihm?«

Silva musterte sie mit rätselhafter Miene, sichtlich darüber verärgert, daß sie ihn bei seiner wichtigen Arbeit unterbrochen hatte. »Man kümmert sich um ihn. Sie werden später Gelegenheit haben, ihn zu sehen.« Dann fuhr er fort, ihren Paß zu inspizieren.

Als er damit fertig war, gab er ihn ihr nicht zurück, sondern steckte ihn in die Tasche, als hätte er vergessen, daß er ihr gehörte.

»Was tun Sie? Kann ich bitte meinen Paß zurückhaben?«

Sie konnte sich noch nicht auf ihre Stimme verlassen, sie überschlug sich fast; aber sie wußte, daß sie um jeden Preis Haltung bewahren mußte. Später, wenn sie wieder in ihrer Wohnung war, konnte sie sich einen Zusammenbruch leisten.

»Falls die Ermittlungen ergeben, daß Sie nicht mitschuldig sind, Miss Tucker, werden Sie ihn zurückbekommen.«

»Ich verstehe nicht. Ich habe nichts getan! Wovon reden Sie?«

»Hatten Sie einen Grund, in Cascadura zu sein?«

Sie wußte nicht, was sie sagen sollte; darauf war sie nicht vorbereitet. Ganz sicher wollte sie keine Informationen über Human Dignity und Aktivitäten preisgeben, die nicht öffentlich bekannt waren.

Aber Silva schien gar keine Antwort hören zu wollen.
Er sagte: »Sie und Mr. Avery haben Nachforschungen nach bestimmten Individuen angestellt, nein? Kommunisten, Terroristen, verbrecherische Elemente.«
Sarah hätte am liebsten gelacht. Aber so wie die Dinge lagen, war das nicht ratsam. Möglicherweise war dieser Typ ein Überbleibsel des alten Regimes. Und sie hatte das Gefühl, daß es am besten war, das, was sie getan hatten, nicht zu verteidigen. So sagte sie nur: »Wir hatten gehofft, wir könnten etwas über ein paar Leute herausfinden, deren Akten nicht vollständig sind.«
So, entschied sie, das klang unschuldig genug. Was sollte er dagegen einzuwenden haben?
»Und was geht das Sie oder Mr. Avery an?«
»Zum Teufel, kümmern Sie sich doch um Ihre Angelegenheiten. Sie sollten nach den zwei Bastarden suchen, die uns überfallen haben.« Im gleichen Augenblick bedauerte sie ihren Ausbruch. Schließlich kam es darauf an, ihn auf ihre Seite zu bekommen, und nicht, ihn gegen sich aufzubringen.
Silva saß mit leidender Miene da. »Sind Sie fertig, Miss Tucker?« sagte er. Als er sicher war, daß das der Fall war, fuhr er fort: »Wie ich höre, sind Sie und Mr. Avery nicht gut miteinander ausgekommen.«
»Das stimmt nicht!«
»Sie sind als ein Liebespaar hierhergekommen und schlafen jetzt getrennt?«
»Das ist eine Lüge, und das wissen Sie auch, verdammt!« schrie sie.
Silva schien nicht beeindruckt. »Vielleicht sind Sie mit ihm hierhergekommen, und dann haben Sie einen Streit vom Zaun gebrochen. Die Dinge sind Ihnen entglitten. Er zieht ein Messer heraus, vielleicht nur, um Sie einzuschüchtern.

Sie entwinden es ihm. Sie haben das nicht vor – aber – es passiert.«
Endlich fand sie ihre Stimme wieder, aber nicht die Worte, die sie brauchte. »Was ... ich verstehe nicht ... ich meine, Sie wollen doch nicht ernsthaft andeuten, daß ich ...« Das Wort »schuldig« hallte in ihrem Schädel, laut wie eine der geheimnisvoll schlagenden Türen in diesem Bau. »Sie glauben doch nicht ernsthaft, daß ich mit dem, was passiert ist, etwas zu tun hatte, oder? Niemand würde eine solche Geschichte glauben. Man hat uns überfallen und auf uns eingestochen, als wir uns gewehrt haben, so einfach ist das.«
Das mußte dieser Mann doch schließlich einsehen.
»Wir werden sehen, was die Ermittlungen ergeben, Miss Tucker«, sagte Silva. »Es ist schon möglich, daß Sie unschuldig sind, das kann ich im Augenblick nicht sagen.« Dann hielt er ein Messer in einem durchsichtigen Plastikbeutel in die Höhe; frisches Blut klebte daran. »Beweismaterial«, sagte er, als erwartete er, sie damit belasten zu können.
»Was ist denn mit Zeugen? Es muß doch Leute geben, die alles gesehen haben.« Aber in Wahrheit konnte sie sich nicht erinnern, irgend jemanden gesehen zu haben.
»Wir werden uns erkundigen«, sagte Silva. »Vielleicht finden wir sie, vielleicht auch nicht.«
»Ich würde gern jemanden aus dem Konsulat sprechen. Ich verlange, daß man mit erlaubt, das amerikanische Konsulat anzurufen.« Sie merkte, daß sie erneut zu schreien begonnen hatte. Sie betete darum, daß jemand sie hörte, jemand, der ihren Aufenthaltsort weitergeben würde, falls sie sich weigerten, ihr den Kontakt mit der Außenwelt zu gestatten.
Aber Silva reagierte nur mit Erstaunen auf ihre Forderung.

»Sie können mit jedermann im Konsulat reden, mit wem auch immer Sie wollen, Miss Tucker, ich halte Sie hier nicht fest. Sie können jederzeit gehen.«
Ihre Erleichterung währte nicht lange. »Ich bin frei, diese Polizeistation zu verlassen, nicht das Land.«
Solange er ihren Paß in der Tasche hatte, war die Antwort darauf offenkundig. »Bis Ihre Lage geklärt ist, Miss Tucker, würde ich Ihnen raten, nichts mehr für Human Dignity zu unternehmen. Ich nehme an, Sie möchten eines Tages gern nach Hause zurückkehren, oder?«
Sarah lehnte Silvas Angebot ab, daß einer seiner Männer sie zu ihrem Apartment zurückbrachte. Aber sie bat ihn um Geld für ein Taxi und eine Münze für das Telefon.
Sobald man ihr erlaubt hatte, die Station zu verlassen, rief sie das amerikanische Konsulat an. Es dauerte eine Weile, bis man sie mit jemandem verband, der ihr helfen konnte, und selbst jetzt war sie noch so durcheinander, daß sie sich kaum verständlich ausdrücken konnte. Aber sie hoffte zumindest, daß sie dem Stellvertretenden Sekretär oder Untersekretär, was immer der Mann auch sein mochte, klargemacht hatte, wie wichtig es war, Mark zu finden und ihr so bald wie möglich mitzuteilen, wie sein Zustand war. Der einzige Vorschlag, den er inzwischen für sie hatte, war, nach Hause zu fahren und dort zu warten.

5

Patrick mühte sich tagelang ab, Sarah und Mark zu erreichen, aber ohne Erfolg. Jedesmal wenn er anrief oder auch das Human-Dignity-Büro aufsuchte, teilte man ihm mit, daß sie nicht da wären, in Archiven irgendwelche Recherchen durchführten oder gerade Mittagspause machten. Er hinterließ immer wieder Nachrichten für sie, war aber keineswegs überzeugt, daß die auch an sie weitergeleitet wurden, obwohl man ihm das jedesmal versprach. Zunächst nahm er an, daß sie ihm aus irgendeinem Grund – ob sie ihn etwa für einen Polizeiagenten hielten? – aus dem Weg gingen. Aber mit der Zeit wurde ihm immer klarer, daß etwas nicht stimmte – man konnte es in den Gesichtern der Leute lesen, mit denen er sprach. Jedesmal wenn er sich nach den beiden erkundigte, traten Angst und Mißtrauen in ihre Augen.

So blieb ihm nichts anderes übrig, als seine Suche auf eigene Faust fortzusetzen. Das Problem war, daß er nur wenige Hinweise hatte. Er hatte Harry Furst nach Rio verfolgt, aber weiter war er nicht gekommen. Auch war er der Identität von Dr. Cuica um keinen Schritt näher gekommen. Möglicherweise gab es Leute in der Stadt, die ihm mit Freuden geholfen hätten – Regierungsbeamte und Journalistenkollegen –, aber das würde bedeuten, daß er seine schützende Identität opferte und sich als Patrick Geary zu erkennen gab. Dieses Risiko wollte er nicht eingehen. Soweit er wußte, glaubte der Rest der Welt, Patrick Geary wäre tot, und abgesehen von wenigen Ausnahmen, zog er es auch vor, es dabei zu belassen.

In einem Punkt freilich hatte er Glück; wenigstens betrachtete er es so. Einer plötzlichen Eingebung folgend, betrat er einen Laden, der religiöse Kunstgegenstände verkaufte. Er ähnelte den Botanikläden, die er gelegentlich in New York und Miami aufgesucht hatte. Die Regale des Geschäftes waren mit einem exotischen Sortiment von Kräutern, Parfums, Votivkerzen und Gewürzen vollgestopft, alle dafür bestimmt, Wohlhabenheit und Liebe einzubringen, Krankheiten zu kurieren oder auch einem Feind Unheil zustoßen zu lassen. Dieses ganz spezielle Geschäft in der Innenstadt von Rio schien zu florieren. Patricks Erscheinen weckte das Interesse – und den Argwohn – der korpulenten Frau, die

den Laden leitete. Es kam nur selten vor, daß Fremde hereinkamen.
»Kann ich Ihnen behilflich sein?« fragte sie, wobei sie zu Recht annahm, daß Englisch seine Muttersprache war.
»Ich suche jemanden, der verschwunden ist«, sagte er, »und ich bin schon fast am Verzweifeln.« Er wollte der Frau klarmachen, daß seine Absicht ernsthaft war, daß er nicht hierhergekommen war, um irgendwelche Kuriositäten anzustarren.
»Sie suchen eine Frau, nicht wahr?« Wahrscheinlich dachte sie dabei an eine weggelaufene Geliebte, nicht an jemanden, der aus einem Krankenhaus entführt worden war. Sie sagte, sie hätte etwas, das ihm da behilflich sein könnte, und griff nach einem Fläschchen, das mit einer burgunderfarbenen Flüssigkeit gefüllt war. Es sollte nur sparsam benutzt werden, riet sie. Die Flüssigkeit würde ziemlich lange reichen.
Er bedankte sich und beschloß herauszufinden, ob er sich von ihr zusätzliche Informationen verschaffen konnte. »Wie ich höre, gibt es jemanden in dieser Stadt, der vielen Leuten bei ihren Problemen hilft. Alle sagen, daß sie wahre Wunder wirkt.«
»Und wer ist diese Person? Wie heißt sie?«
»Sie nennt sich Lady Fatima.« Er sah sofort, daß die Frau wußte, von wem er sprach. »Wissen Sie, wie ich sie finden könnte?«
Die Frau sah ihn wieder an, diesmal noch forschender, und dann meinte sie schließlich: »Ja, ich glaube, das weiß ich.«

Um den *Terreiro* zu erreichen – den Schrein, wo Lady Fatimas Anhänger sich jeden Freitagabend versammelten –, mußte Patrick eine etwas antiquierte Straßenbahn nehmen, die sich polternd die Berge hinaufarbeitete, durch die von

Menschen wimmelnden Favelas hindurch. Am Ende der Strecke stieg er aus und setzte den Weg zu Fuß fort. Selbst ohne die Hinweise, die man ihm gegeben hatte, hätte er gewußt, wohin er gehen mußte; es gab viele andere Leute, die meisten in weißer Kleidung, die die gleiche Richtung einschlugen.

Man hatte ihn davor gewarnt, irgend etwas Purpurfarbenes zu tragen – das brachte Unglück – und während der Zeremonie die Arme oder Beine zu überkreuzen, weil das die Ankunft der Geister behindern würde.

Hier und da flackerten Kerzen durch die Dunkelheit. Je näher er dem *Terreiro* kam, desto mehr füllte der fordernde Rhythmus der Trommeln und das Dröhnen gesungener Litaneien seine Ohren. Weiter oben sah er, wie Leute sich in einen scheunenähnlichen Bau drängten.

Im Inneren erwies der *Terreiro* sich als ein großer Saal, in dem sich Hunderte von Gläubigen versammelt hatten. An der Vorderseite des Raumes konnte Patrick einen Altar mit einem Kruzifix ausmachen. Am Sockel des Kreuzes standen einige grell bemalte Statuetten, bei denen es sich vermutlich um Macumba-Götter handelte. Sie trugen rote Stolen um die Schultern und Perlenketten um den Hals. Der ganze Boden war mit Münzen, Muscheln, Hühnerknochen, Zigarettenstummeln und fauligem Obst übersät. Patrick erinnerte sich an das, was er in den Ruinen der Gefängnisanlage auf Hart's Island gesehen hatte. Gab es da einen Zusammenhang? Waren die Männer, die die Särge ausgegraben hatten, auch Anhänger des Macumba-Kults?

Patrick strebte auf den Altar zu und konnte jetzt deutlicher Gegenstände in der Düsternis ausmachen: Schädel – Hunderte davon, wie es schien – waren in Mauernischen untergebracht. Kerzen, die man im Inneren der Schädel angebracht hatte, ließen die Augenhöhlen in einem gespenstisch orangefarbenen Licht glühen. Münzen und Süßigkeiten und Zigarettenstummel und Rumflaschen waren vor ihnen ausgebreitet. Wo waren die alle hergekommen? fragte er sich. Von demselben Ort, von dem auch Tanyas »Götter« stammten?

Der Gesang und das Dröhnen der Trommeln wurde immer eindringlicher, bis er das Gefühl hatte, das Geräusch hülle ihn ein, durchdringe seinen ganzen Körper. Plötzlich wälzten sich Männer und Frauen auf dem Boden herum und gaben grunzende Laute von sich, schrien, schnitten Grimassen, gaben unartikulierte Töne von sich, und ihre Gliedmaßen schlugen wie in einem epileptischen Anfall wild herum. Patrick hatte einmal in einem Dorf in Togo ein solches Schauspiel miterlebt und ahnte deshalb zumindest, was das zu bedeuten hatte: Sie waren besessen, die Götter hatten sie in ihren Bann gezogen, benutzten sie als Vermittler. Jedes Gefühl einer eigenen Identität, eines Egos war verschwunden. Dies war die einzige Realität, alles andere in ihrem Leben – die lastende Armut, die Krankheit, die Unterernährung – war für sie jetzt ohne Bedeutung. Die Zeremonie ging weiter. Aber Patrick hatte keine Ahnung, worauf sie hinauslief. Der Gesang wurde leiser, nur um dann zwanzig Minuten später wieder aufzuleben. Ein Geist überfiel einen der Gläubigen ohne Warnung, schleuderte ihn auf den Boden und ließ den neben ihm Sitzenden unbehelligt. Patrick begann sich zu fragen, ob er Lady Fatima zu sehen bekommen oder ob er sie überhaupt erkennen würde, wenn sie auftauchte.

Aber es war unmöglich, sie nicht zu erkennen.

Als sie erschien, ganz in Weiß gekleidet, stießen die Gläubigen einen kollektiven Schrei des Entzückens aus. Sie war überraschend jung, vermutliche Mitte Zwanzig, und hatte glänzendes schwarzes Haar, das ihr über die Schultern fiel.

Ihre Gesichtszüge erinnerten an eine nubische Prinzessin; es war ein Gesicht mit verengten Augen und geblähten Nasenflügeln, wie die alten Ägypter sie in ihren Statuen unsterblich gemacht hatten. Hunderte ihrer Anhänger drängten sich zu ihr. Was für eine exquisite Frau! Patrick konnte den Blick nicht von ihr wenden.

Aber dann begann auch sie sich auf dem Boden herumzuwälzen, von irgendeinem Geist oder einem Gott besessen, den sie herbeigerufen hatte. Fasziniert schob Patrick sich nach vorn, um besser sehen zu können. Fatimas Gesicht war verzerrt, häßlich jetzt, das Gesicht einer alten Vettel. Jede Spur von Schönheit und Vollkommenheit war wie weggewischt. Es war, dachte er, das Gesicht des Gottes, das er vor sich sah, nicht Fatimas.

Jetzt wurde der Druck der Menge, die nach jedem Wort lechzte, das sie von sich gab, selbst wenn sie die Sprache nicht verstehen konnten, für Patrick unerträglich. Er wandte sich ab und arbeitete sich in den hinteren Teil des *Terreiros.* Dabei entdeckte er jemanden, den er zu kennen glaubte.

Er schob sich näher heran. Ja, jetzt war er sicher. Obwohl ihr Kopf bedeckt war und sie ein nichtssagendes Baumwollkleid trug, konnte sie sich selbst in dieser Umgebung nicht völlig tarnen. Das war der Filmstar Margo Hearne. Zum letztenmal gesehen – persönlich gesehen – hatte er sie auf Jack Cadmus' Weihnachtsparty. Weshalb mochte sie hiersein?

Als sie merkte, daß er sie anstarrte, stand sie auf und strebte dem Ausgang zu. Er folgte ihr.

Als er sie eingeholt und angesprochen hatte, blieb sie stehen und ließ das falsche Lächeln, das sonst für die Kameras reserviert war, aufblitzen. »Welche Überraschung!« sagte sie. »Hier einen Amerikaner zu sehen.«

Sie hatte natürlich keine Ahnung, wer er war, aber das war sie gewohnt; die Leute erkannten sie fast immer, und sie brauchte sich nicht den Kopf zu zerbrechen, wer diese Leute waren.
»Ich war sicher, daß Sie das sind«, sagte Patrick, in der Hoffnung, sich wie einer ihrer Fans anzuhören.
»Sind Sie von der Presse?« Ihre Stimme klang beunruhigt.
»Nein, nur ein Tourist.«
Sie lachte, war wieder beruhigt und sagte: »Ist es nicht hübsch, einmal von den ausgetretenen Trampelpfaden abzuweichen und zu sehen, wie Brasilien wirklich ist?«
»Allerdings.«
»Ich mag diese Rituale wirklich. Ich komme jedesmal wieder hierher, wenn ich in Rio bin. Sie vermitteln mir ein so seltsames Gefühl in meinem Inneren, ich kann das gar nicht erklären.« Sie fröstelte. »Es macht einem angst, und trotzdem ist es irgendwie schön. Hat es auf Sie auch diese Wirkung?«
»Nicht ganz.«
»Oh.« Dann lächelte sie wieder, ein wenig unsicher und sichtlich bestrebt, wegzukommen. »Wissen Sie, ich denke, wir sind die zwei einzigen Amerikaner hier. Wo sind Sie her?«
»New York.«
»New York ist weit von hier.«
»Ja«, pflichtete er ihr bei und fragte sich, wie lange er diesen banalen Wortwechsel noch durchhalten würde. »Das kann man wohl sagen. Sagen Sie, wie haben Sie von Lady Fatima erfahren?«
»Oh, nun ja, ich habe einen Freund – er ist Brasilianer mit hervorragenden Beziehungen –, und der hat mich schon früher hierhergebracht. Er kennt Lady Fatima persönlich. Es gibt alle möglichen Wahrsager und Astrologen und

Spiritualisten und sonst noch was in Brasilien, aber sie ist etwas Besonderes. Sie wirkt Wunder. Mein Freund schwört darauf, und er ist Arzt, wissenschaftlich ausgebildet und alles das, aber er ist überzeugt, daß sie etwas ganz Besonderes ist. Ich kann Ihnen sagen, sie hat mein Leben verändert, sie hat mich mit mir selbst in Verbindung gebracht. Und dabei bin ich schon bei mehr Gurus und Psychiatern gewesen, als man sich vorstellen kann. Aber nur bei ihr funktioniert es.«

»Schön, das zu wissen.«

»Nun, war nett, mit Ihnen zu reden, aber jetzt muß ich wirklich gehen.« Sie warf einen Blick auf einen uniformierten Mann, der im Schatten des *Terreiro* stand; Patrick war er bis jetzt nicht aufgefallen; offenbar eine Kombination aus Chauffeur und Leibwächter.

Patricks Blick wanderte von Margos ausdrucksvollem Gesicht zu ihrem berühmten und vielfotografierten Busen, der sich vielversprechend unter dem weißen Stoff ihres Kleides abzeichnete. Er erinnerte sich daran, gehört zu haben, daß weder das Gesicht noch der Busen – und wahrscheinlich auch sonst nicht viel an ihr – original war; wie es hieß, war ihr Körper das Ergebnis zahlreicher strategischer Schnitte und Hebungen und Einpflanzungen.

Als sie sich von ihm abwandte und dabei einen Augenblick lang zögerte (dachte sie etwa, er wollte ein Autogramm von ihr?), sagte er: »Dieser Arzt, der Sie hierhergebracht hat – das klingt faszinierend, Wie heißt er?«

»Oh, er ist auch faszinierend. Er ist international berühmt. Wußten Sie, daß man einen Darsteller aus einer Fernsehserie nach ihm aufgebaut hat? Das stimmt wirklich. Und daß man Sambas zu seinen Ehren geschrieben hat? Er ist ein wunderbarer Mann, spricht drei Sprachen, und was er

mit seinen Händen vermag! Er kann, wozu nur große Künstler imstande sind – er kann Schönheit schaffen.«
»Sie haben seinen Namen noch nicht erwähnt.«
»Oh, jeder kennt ihn«, sagte sie. Womit sie vermutlich jeden meinte, der in ihrer Welt zählte. »Er heißt Julio Ferrangano.«
Also war dieser Abstecher zum *Terreiro* doch nicht umsonst gewesen. Patrick nahm an, daß er gerade Dr. Cuica gefunden hatte.

6 »Tut mir leid, daß es hier so schrecklich aussieht«, sagte Sarah, als sie ihn in ihre Wohnung bat. »Ich hatte wirklich keine Zeit, sauberzumachen.« Und dann hielt sie es für notwendig, diese Aussage etwas zu erklären. »Sagen wir, ich hatte nicht den notwendigen Auftrieb dafür. Setzen Sie sich irgendwohin, wo Sie Platz finden.«
Patrick nahm sich einen Stuhl am Fenster, von wo aus er den Club Baccara auf der anderen Straßenseite sehen konnte. Nachts war das vermutlich ein herrlicher Anblick, eine helle Neonoase des Vergnügens. Aber jetzt, am Mittag, war es eher ein armseliges Bild.
»Ein seltsamer Ort, um hier zu wohnen, nicht war?« sagte Sarah. »Ein Rotlichtbezirk. Das ist er nämlich, wissen Sie.«
»Das hab' ich mir schon gedacht.«
»Manchmal starre ich nachts aus dem Fenster und sehe den Leuten beim Kommen und Gehen zu. Auf der Straße herrscht ziemlicher Verkehr. Ich frage mich oft, was denen durch den Kopf geht. Ich meine, den Mädchen, die hier arbeiten. Was meinen Sie – wie halten die das Nacht für Nacht aus?«
»Ich habe nicht die leiseste Ahnung.«
»Kann ich Ihnen etwas zu trinken bringen?«

»Irgend etwas, ist mir egal – Bier, Wein, was immer Sie haben.«
Sarah bot in T-Shirt und Shorts einen attraktiven, wenn auch ein wenig ungepflegten Anblick. Aber sie hatte dunkle Ringe um die Augen und wirkte abgehärmt. Seit sie sich das erste Mal begegnet waren, war eine Woche verstrichen.
Sie brachte ihm ein Glas kühlen Weißwein und ließ sich auf die Couch fallen.
»Ich bin froh, daß Sie endlich mit mir Verbindung aufgenommen haben«, sagte er. »Ich hatte schon gedacht, ich würde nie wieder von Ihnen hören. Ich hatte offen gestanden meine Zweifel, ob Ihre Kollegen Ihnen meine Nachricht übermittelt haben.«
»Oh, ich hab' sie schon bekommen, aber ... da ist so viel passiert ... Sie können sich ja vorstellen ... Es war wirklich schwierig und verwirrend, und ich hatte keine Gelegenheit.«
»Ist schon gut, glauben Sie mir. Nach dem, was Sie mir erzählt haben, kann ich das wirklich verstehen. Ich nehme an, Sie haben nichts mehr gehört, seit wir telefoniert hatten?«
Sie schüttelte den Kopf und sagte, es gebe keine Neuigkeiten. »Es ist verrückt. Manchmal wache ich mitten in der Nacht auf und denke, es ist nur ein schlimmer Traum, und dann sehe ich mich um, und Mark ist nicht da.«
»Sie haben mit seiner Familie gesprochen?« Sie hatte ihm gesagt, daß Marks verwitwete Mutter und eine ältere Schwester in einem Vorort von Pittsburgh lebten.
»Ja, natürlich. Ich habe seitdem viermal mit ihnen telefoniert. Aber die sind noch schlimmer dran als ich. Von dort, wo sie sind, können sie ja überhaupt nichts tun. Sie versuchen das Geld zusammenzukratzen, um hierherzukommen. Das Problem ist nur, daß jeder, mit dem sie Verbin-

dung aufnehmen, eine andere Geschichte hat. Genau wie hier. Man gerät an einen Beamten, der sagt, er wisse gar nichts über Mark, und einem dann verspricht, sich darum zu kümmern. Dann gerät man an einen anderen, und der sagt, Mark sei im Krankenhaus und auf dem Weg der Besserung. Aber wenn man ihn festnageln und wissen will, in welchem Krankenhaus – dann ist Schluß. Dann sagt er, er weiß es nicht, er müsse nachsehen. Und dann erwischt man ihn nie wieder.«

»Was ist eigentlich mit diesem Polizisten, den Sie erwähnt haben?«

»Der, der mich verhört hat? Silva? Sie machen wohl Witze! Er ist nie da, wenn ich anrufe. Ich weiß immer noch nicht, ob ich als Zeugin oder als Komplizin oder als was sonst festgehalten werde. Verrückt ist das. Dabei will ich doch bloß herausbekommen, was mit Mark passiert ist, mich vergewissern, daß es ihm gutgeht, meinen Paß zurückbekommen und so schnell wie möglich aus diesem Land verschwinden.«

Patrick sagte, er könne wohl verstehen, wie ihr zumute sei.

»Ich hab' meinen Dad angerufen. Er hat sämtliche Beziehungen. Er ist ein Freund des Senators. Er kennt Leute im State Department. Man möchte meinen, daß er etwas tun könnte, an irgendwelchen Fäden ziehen oder so etwas.«

»Und das hat nicht geklappt?«

»Er versucht es natürlich, wissen Sie, aber er sagt die ganze Zeit, es würde Zeit in Anspruch nehmen. Und wer hat schon Zeit? Mag ja sein, daß ich Zeit habe – aber Mark?«

»Jemand muß doch wissen, wo er ist.«

»Und warum sagt man es mir dann nicht?«

»Es muß etwas mit Dr. Cuica zu tun haben.«

»Daran habe ich auch gedacht. Silva wollte immer wieder wissen, warum Mark und ich uns so für Kommunisten interessierten. Ich kann einfach nicht entscheiden, ob es eine Falle oder ein gewöhnlicher Raubüberfall war. Aber wenn das so weitergeht, wissen Sie, ständig warten und warten, ohne je zu wissen, was passiert, ohne irgend etwas in der Hand zu haben – verdammt, ich glaube, ich werde noch verrückt.«
»Das kann ich mir vorstellen.« Die ganze Zeit hatte Patrick über das nachgedacht, was sie gesagt hatte. Obwohl die Begleitumstände völlig anders waren, kam ihm langsam der Verdacht, daß Marks Verschwinden sich gar nicht so sehr von dem Charlottes unterschied. In beiden Fällen war einfach nicht herauszufinden, ob sie nun lebten oder tot waren.
»Als wir uns neulich unterhielten«, fing er an, »war ich nicht ganz ehrlich zu Ihnen.«
Sie schien ein wenig überrascht, beinahe verstimmt, als erwartete sie, daß er sie jetzt mit irgendeiner unangenehmen Neuigkeit überfiel. Und unangenehme Neuigkeiten waren das, was sie jetzt am wenigsten brauchen konnte.
»Zunächst einmal heiße ich Patrick Geary, nicht John Stannard, aber das sollten wir im Augenblick für uns behalten. Und außerdem sollen Sie wissen, daß ich so ziemlich im selben Boot sitze wie Sie.«
»Wie meinen Sie das?« Sie musterte ihn argwöhnisch und versuchte zweifellos dahinterzukommen, was dieser plötzliche Wechsel seiner Identität zu bedeuten hatte. Hieß das, daß sie ihm mehr vertrauen konnte – oder weniger?
»Ich meine, ich bin auf der Suche nach Charlotte, genauso, wie Sie Mark suchen.«
»Sie waren in sie verliebt, nicht wahr?«
War das so leicht zu erkennen? fragte er sich.

»Vielleicht bin ich das immer noch.«
»Aber nach allem, was Sie mir gesagt haben – glauben Sie, daß Sie wirklich noch eine Chance haben, sie zu finden?« Damit fragte sie ihn in Wirklichkeit, ob es für sie noch die Hoffnung gab, Mark zu finden.
»Ich glaube, daß eine Chance besteht. Vielleicht keine sehr große, aber immerhin eine Chance. Ich weiß nur nicht, wie wir Mark oder Charlotte finden können, wenn wir nicht vorher Dr. Cuica ausfindig machen.«
»Das haben wir doch bereits versucht, erinnern Sie sich nicht?« spottete sie. »Sie sehen doch, wohin uns das gebracht hat.« Damit meinte sie vermutlich ihren verhängnisvollen Ausflug nach Cascadura.
»Vielleicht habe ich ihn schon gefunden.«
Sie stand auf, plötzlich war sie wütend. »Hören Sie, ich weiß Ihre Besorgnis zu schätzen und hoffe, daß Sie Charlotte finden werden. Aber mich lassen Sie da raus, ja? Die können mich jederzeit ins Gefängnis stecken, wenn sie Lust dazu haben. Dieser Silva hat mir mehr oder weniger eindeutig gesagt, wenn ich irgend etwas unternehme, etwas, was denen nicht paßt, dann könnte ich einfach verschwinden, genau wie Mark.«
»Aber genau das ist es ja, sehen Sie das nicht? Die können ihre Drohung in jedem Fall wahrmachen. Sie haben mir selbst gesagt, daß Sie sich weder auf das Konsulat noch auf die Beziehungen Ihres Vaters verlassen können. Ist es besser, hier zu sitzen und zum Fenster hinauszustarren und darauf zu warten, daß etwas passiert? Auf diese Weise finden Sie Mark nie.«
Ihr Schweigen verriet ihm, daß er Eindruck auf sie gemacht hatte – ein wenig zumindest. Ihre Augen starrten irgendwohin in die Ferne, jedenfalls sahen sie nicht ihn an. Nach einer Weile kehrte ihr Blick zu ihm zurück, und sie sagte

mit kaum hörbarer Stimme: »Okay, was meinen Sie denn, daß wir tun sollen?«
Vielleicht hatte sie ihre Meinung noch nicht geändert, aber sie war immerhin bereit, ihm zuzuhören. Und das war wenigstens ein Anfang.

7

Die Party war bereits voll in Schwung, als Sarah eintraf. Die Sicherheitsmaßnahmen waren außergewöhnlich; sie wurde dreimal kontrolliert, ehe man sie einließ. Die professionelle Haltung der Wachleute war ihr allerdings noch lieber als die prüfenden Blicke der Leute im Foyer. Jeder Neuankömmling wurde schnell und methodisch kategorisiert, nach Stil, Kleidung, Sex-Appeal, Wohlhabenheit, Wichtigkeit eingestuft und blitzschnell akzeptiert oder abgetan.
Aber dies war auch eine Party, um Leute unverhohlen anstarren zu können. Und der Hintergrund dafür! Ein Penthouse-Apartment in Leblon mit einer umlaufenden weißen Marmorterrasse, einem kreisförmigen Swimmingpool und einer spektakulären Postkartenansicht der Zwei Brüder, der berühmten Doppelvulkangipfel Rios. Sie betrat einen ganz in Weiß und Königsblau gehaltenen Raum und wurde dort vom Anblick eines riesigen, üppigen Degas-Aktes, zweier Picassos, eines Duchamp und eines Léger begrüßt. Eine Ecke des Raumes beherrschte eine geschnitzte mittelalterliche Madonna, die aussah, als stünde sie am Rande des Hungertodes.
Das war etwas, was man von den Gästen Dr. Julio Ferranganos sicherlich nicht behaupten konnte – daß sie kurz vor dem Verhungern waren. Kellner trugen Tabletts mit Scampi, Kaviar, Gänseleber, Austern, Lachstatar und Pasteten herum. Champagner und gefährliche Tropencocktails, die

reichlich mit Rum versetzt waren, wurden mit beängstigender Geschwindigkeit konsumiert. Eine Sambagruppe spielte drinnen, eine zweite, mit pulsierenden Trommeln ausgerüstet, produzierte sich auf der Terrasse. Und die Leute! Ein Blick auf Abendroben und *fantasias* – die komplizierten, für den *Carnaval* bestimmten Kostüme –, die die Frauen trugen, reichte aus, um Sarah einen treffenden Eindruck davon zu vermitteln, wieviel Reichtum hier vertreten sein mußte. Ein spektakulärer Anblick in ihren eleganten Lacroix, Galanos und Scasis, und doch waren diese verwöhnten Frauen der reichsten Männer Brasiliens nicht von den teuren Nutten zu unterscheiden, die ebenfalls anwesend waren. Natürlich waren sie alle schön. Aber ihre Schönheit war von einem konventionellen Typ, wie ihn Film und Modemagazine idealisierten. Das war kein Zufall: Dies *waren* die Frauen, die in jenen Filmen auftraten, die für ebendiese Magazine posierten. Die Männer in ihrer Gesellschaft waren ihnen an Aussehen in keiner Weise ebenbürtig. Aber das besagte gar nichts: Sie besaßen den Reichtum, sie strahlten entsprechende Macht aus und projizierten um sich eine Aura von Bedeutsamkeit. Sie waren die Elite des Landes, das wußte Sarah und spürte es auch.
Während sie herumschlenderte, entdeckte sie vertraute Gesichter. Eines gehörte der Filmschauspielerin Margo Hearne.
»Sieh dir das an!« hörte sie jemanden sagen. Sie drehte sich um und sah einen lebhaft wirkenden Fünfziger mit auffälligem Schnurrbart in makelloser Savile-Row-Kleidung.
»Es tut mir leid ...«, sage sie, weil sie nicht wußte, was sie unbedingt sehen sollte.
»Miss Hearne. Sie sollten Sie sich ansehen, wenn sie sich wieder umdreht.«
Jetzt begriff Sarah, was er meinte. Das Blut lief ihr unter

dem breitkrempigen Strohhut hervor, geriet in ihr blondes Haar und begann auf ihre nackten Schultern zu tropfen. Sie war so auf die Party konzentriert, daß sie nicht einmal wahrnahm, was mit ihr geschah.

»Mein Gott!«

»Keine Sorge, es ist nichts weiter. Julio hat ihr gerade ein Gesichtslifting verpaßt – *wieder einmal* geliftet –, aber anstatt im Bett zu bleiben und sich zu erholen, wie es vernünftig gewesen wäre, mußte sie natürlich zur Party kommen. Um keinen Preis der Welt würde sie sich die entgehen lassen, sagt sie. Und jetzt ist der Schnitt aufgeplatzt.«

»Sollten wir es ihr nicht sagen?«

Der Mann warf den Kopf in den Nacken und lachte. »Warum ihr den Spaß verderben?« Er sah Sarah wieder an. »Ich glaube nicht, daß ich bisher das Vergnügen hatte ...«

Nachdem sie sich vorgestellt hatte, sagte er: »Ich heiße Frederico Nogueira. Ich bin beim Palmeiras-Medizinkollektiv.«

Nogueira. Nogueira. Warum klang der Name so vertraut?

»Es tut mir leid, ich weiß nicht, was das Palmeiras-Medizinkollektiv ist.«

»Das überrascht mich, denn es ist der Anlaß für diese Party. Sie müssen wissen, daß Julio jedes Jahr, um den *Carnaval* damit zu eröffnen, für all die Sponsoren und Freunde des Kollektivs eine Party steigen läßt. Es ist eine Wohltätigkeitsveranstaltung. Wir schicken mobile ärztliche Einheiten in die Favelas und aufs Land, um für die zu sorgen, die sich einen Arzt nicht leisten können. Es ist wirklich Julios Baby. Er hat das Ganze organisiert und seine Freunde zusammengetrommelt, um es in Schwung zu halten.«

Nach dem, was Patrick gesagt hatte, fiel es Sarah schwer, sich Ferrangano als Menschenfreund vorzustellen. Vielleicht hatte er sich getäuscht; vielleicht war Ferrangano gar nicht Dr. Cuica.

»Dann nehme ich an, daß sie Julio nie persönlich kennengelernt haben«, sagte Nogueira.

»Nein, ich bin hier von einem seiner Freunde eingeladen worden – Karl Rivas –, aber dann konnte Karl selbst nicht kommen. Ich war neugierig, also beschloß ich, allein zu gehen.«

Sie hatte nicht die leiseste Ahnung, wer Karl Rivas war. Sie hatte den Namen von einem Freund bei Human Dignity bekommen, der ihr irgendwie diese Einladung beschafft und Sarah versichert hatte, wenn sie Ferrangano kennenlernen wolle, sei dies die beste Gelegenheit. Falls jemand Fragen stellte, hatte der Freund sie instruiert, sollte sie sagen, sie sei mit Rivas befreundet. Aber sie brauchte es nicht zu erklären; Nogueira war es offensichtlich egal, weshalb sie hier war. Er schien an ihrer Gesellschaft Gefallen zu finden.

»Wo ist Dr. Ferrangano übrigens?« fragte sie und versuchte ihn aus der Menge herauszupicken.

»Er ist noch nicht hier. Wenn er kommt, werden Sie es schon merken. Ich kann Ihnen versichern, er ist unmöglich zu übersehen.«

Nogueira hatte recht. Zehn Minuten später spürte Sarah plötzlich, daß sich die Atmosphäre veränderte; es war, als würden plötzlich elektrische Funken von einer Person zur nächsten überspringen. Die Gespräche wurden leiser, und alle blickten erwartungsvoll auf die Tür. Ferrangano hatte offensichtlich etwas für opernhafte Auftritte übrig. Er kam nicht allein; er brachte ein Gefolge mit, darunter zwei atemberaubende Frauen, die sich zu beiden Seiten bei ihm eingehakt hatten.

Blitzlichter flammten auf. Paparazzi, die aus dem Nichts

aufgetaucht zu sein schienen, manövrierten sich in Position, stießen Leute weg, riefen Dr. Ferrangano zu, er solle lächeln und seine beiden Begleiterinnen fester in die Arme nehmen.

Ferrangano war Anfang Fünfzig, kräftig gebaut, mit einer dichten, silbernen Mähne, einem kräftigen Schnurrbart und einem dramatischen Gesicht, dem Gesicht eines Filmschauspielers, mit erstaunlichen Augen, dunkel und graugesprenkelt, Augen, die die ganze Zeit in Bewegung waren und die Szene in sich hineinsogen. Er bewegte sich mit schnellen Schritten zwischen seinen Gästen, schüttelte Hände, tauschte Begrüßungen in Portugiesisch, Deutsch, Französisch, Spanisch und Englisch aus. Die Frauen, mit denen er gekommen war, schienen vergessen; er überließ sie sich selbst: weitere Dekoration für eine Party, die bereits voller Dekorationen war.

Jemand drückte ihm ein Glas in die Hand, er nippte daran, stellte es beiseite, worauf jemand anderes sich beeilte, ihm ein neues Glas zu geben. Seine Hände waren dauernd in Bewegung. Wenn die Gäste vor seiner Ankunft schon aufgeputscht waren, so waren sie dies jetzt durch seine Gegenwart noch mehr.

»Sie sehen, wie sie ihn lieben«, sagte Nogueira. »Das kommt daher, weil die Hälfte der Leute hier ihm ihre Gesichter verdanken, ihre Brüste, ihre Hintern – ihre *Schönheit.*«

»Ich hörte, daß auch er sich im Gesicht hat kosmetisch behandeln lassen«, sagte Sarah.

Nogueira runzelte die Stirn. »Wer hat Ihnen das gesagt?«

»Daran erinnere ich mich nicht. Ich hab' es einfach aufgeschnappt.«

»Gerüchte! Kein Funken Wahrheit ist daran, glauben Sie mir.«

Interessant, wie unruhig er plötzlich geworden war, dachte

Sarah. Ihre Augen folgten Ferrangano, während er sich seinen Weg durch die Menge bahnte.

»Möchten Sie ihn gern kennenlernen?« fragte Nogueira. Und dann griff er, ohne auf ihre Antwort zu warten, nach ihrer Hand. »Kommen Sie. Lassen Sie sich von mir vorstellen.«

Aber es dauerte noch ein paar Minuten, bis Nogueira Gelegenheit fand, Ferranganos Aufmerksamkeit auf sich zu ziehen. Nachdem sie vorgestellt worden war, erfaßte sein Blick Sarahs Gesicht, und sie fragte sich unwillkürlich, ob er einen Makel suchte, etwas, das seine geschulten Hände vielleicht korrigieren konnten, um die Perfektion zu erzielen, die die Natur ihr versagt hatte.

»Es ist immer eine Freude, neue Leute bei diesen Veranstaltungen zu haben. Man wird der alten Gesichter so überdrüssig«, sagte er.

»Für mich sieht es aber nicht so aus, als würden die alten Gesichter Ihrer Partys überdrüssig.«

Er lachte. »Wahrscheinlich nicht. Seit wann sind Sie in meinem Land?«

»Etwa fünf Monate.« Patrick hatte sie bedrängt, eine Verbindung zu diesem Mann herzustellen, und ihr war klar, daß dies die beste Chance dafür war. Zu viele Leute drängten sich um ihn, wetteiferten um seine Aufmerksamkeit. Vermutlich hatte sie höchstens noch eine Minute, ehe sie ihn wieder verlor. Es war, als gäbe er Audienz.

Und damit war ihre Entscheidung getroffen. Zum Teufel, sie würde den Mann schamlos anbetteln und sehen, was daraus wurde. »Dr. Ferrangano, ich weiß, dies ist nicht der richtige Augenblick. Aber ich sehe, daß Sie viele wichtige Freunde haben, und ich dachte, Sie kennen vielleicht jemanden, der mir bei meinem Problem behilflich sein könnte.«

Es war ihr zumindest gelungen, sein Interesse zu wecken. Er musterte sie eindringlich und schob eine Frau beiseite, die versuchte, ihm etwas ins Ohr zu flüstern. Nogueira andererseits schien nicht besonders glücklich darüber.
»Was ist das denn für ein Problem, Sarah?«
Sie ging nicht auf Einzelheiten ein, dafür war nicht die Zeit. Aber das Wichtigste konnte sie ihm vermitteln – daß Mark verschwunden war und daß sie hoffnungslos in polizeiliche Ermittlungen verstrickt war. »Ich stecke hier fest«, sagte sie, und ihre Erregung war nicht gespielt. »Ich habe nicht die leiseste Ahnung, was ich als nächstes tun soll.«
»Oder wen ich bezahlen muß?« Ein müdes Lächeln spielte um seine Lippen. »Die Korruption ist in meinem Land viel zu verbreitet. Jeder der hier Anwesenden könnte Ihnen Geschichten erzählen, die Sie schockieren würden. Aber das rate ich Ihnen nicht. Üblicherweise gerät das Geld in die falschen Hände, und Sie stehen wieder da, wo Sie angefangen haben. Ich kann jetzt natürlich nicht mit Ihnen darüber sprechen, Sarah. Aber wenn Sie morgen in meine Klinik kommen – Senhor Nogueira kann Ihnen sagen, wo das ist –, dann will ich gern sehen, ob ich etwas für Sie tun kann. Jetzt müssen Sie mich bitte entschuldigen.« Er ging weiter, drehte sich dann aber um, sah sie an und sagte: »Bitte bleiben Sie, und genießen Sie die Party! Heute nacht sollen Sie Ihre Sorgen vergessen. Deshalb sind wir alle hier – um unsere Sorgen zu vergessen.«
Sarah ertappte sich dabei, daß sie hoffte, Patrick habe unrecht gehabt und Ferrangano sei nicht Dr. Cuica. Vielleicht konnte er ihr wirklich helfen.

Erst später in der Nacht, als sie schon fast eingeschlafen war, wußte sie plötzlich, woher sie den Namen Frederico Nogueira kannte. Sie fuhr im Bett hoch und war jetzt hellwach.

Vielleicht war es ein Zufall, vermutlich gab es eine ganze Anzahl Männer in Brasilien, die Frederico Nogueira hießen. Aber der Frederico Nogueira, an den sie sich erinnerte, war der Mann, dessen Name wiederholt in den widerwärtigen Berichten von Folter und Exekutionen aufgetaucht war, die sie wochenlang studiert hatte. Der Frederico Nogueira in jenen Akten war kein Opfer gewesen. Er war einer der Folterer, einer der Henker.

8

Sarah fand Julio Ferranganos Klinik in einer schattigen Straße, die von malerischen Häusern aus dem 19. Jahrhundert im Largo-do-Boticaria-Viertel Rios flankiert war. Die Klinik befand sich in einem der älteren Häuser des Viertels – abgesehen von einer diskreten Messingplatte an der Tür gab es nichts, was auf eine Klinik hinwies. Durch die Palmen und Zitronenbäume im Hof konnte man weit unten die Stadt sehen, die in der frühen Morgensonne ein farbenprächtiges Bild bot. Aber hören konnte man die Stadt hier oben überhaupt nicht; es war, als hätte jemand den Ton abgedreht.

Ein weiteres Haus, von einer hohen Steinmauer umgeben, war hinter der Klinik zu sehen; vermutlich wurden dort die Patienten unmittelbar vor und nach der Behandlung untergebracht. Welche prominente Persönlichkeit mochte sich wohl jetzt dort befinden und auf ein Lifting warten oder vielleicht ihre vergrößerten Brüste betrachten oder die neugeformten Schenkel?

Eine attraktive Frau öffnete die Tür, vielleicht nicht so spektakulär wie die Frauen, die Sarah auf der Party gesehen hatte, aber auf ihre Art anziehend genug. »Sie sind Miss Tucker?« fragte sie. »Bitte kommen Sie herein.«

Trotz aller Erneuerungen, die Ferrangano vermutlich an

diesem Haus vorgenommen hatte, hatte er doch darauf geachtet, den Charakter der Jahrhundertwende zu erhalten. Geishas, die sich in Teehäusern um von Alkohol umnebelte Männer kümmerten, Samuraikrieger im Schwertkampf und meditierende konfuzianische Weise schmückten die Wände des Foyers. Aber in der getäfelten Bibliothek, in die man sie jetzt brachte, waren die Wände mit Zeugnissen von Ferranganos Kunst geschmückt. »Vorher und nachher«-Fotografien, ein kleiner Ausschnitt der paar tausend Fälle, die er behandelt hatte, waren zu sehen. Herunterhängende Augenlider, faltige Lippen, Krähenfüße, Stirnfalten, Hängebrüste – all das hatte Ferranganos Geschick wie durch ein Wunder verschwinden lassen. Hier, das verkündeten diese Bilder, war ein Mann, der der Welt die Schönheit bringen wollte.

Sarah hatte ein paar Minuten lang Gelegenheit, ganz für sich allein diese Darstellung zu inspizieren, Während sie in der Bibliothek herumschlenderte, hörte sie, wie die Sekretärinnen des Chirurgen Telefonate – in einem halben Dutzend Sprachen – und Anfragen von potentiellen Patienten aus der ganzen Welt entgegennahmen. Die Sekretärinnen waren alle bemerkenswert attraktiv und ebensosehr Werbung für Ferrangano wie die Fotos an den Wänden.

»Miss Tucker?«

Sarah blickte auf und sah sich der Frau gegenüber, die sie am Eingang empfangen hatte.

»Würden Sie bitte mit mir kommen?«

Sarah folgte ihr durch eine Doppeltür. Einen Augenblick lang erhaschte sie ihr Bild in einem Spiegel zu ihrer Rechten. In dem rauchgrau getönten Glas wirkte sie irgendwie gespenstisch, nicht ganz wirklich, als wäre sie gerade im Begriff, sich in nichts aufzulösen. Dann traten sie durch eine zweite Doppeltür in ein Wartezimmer. Dort saßen ein halbes Dutzend Patientinnen, einige mit bandagierten Gesichtern.

»Ein Gesichtslifting kann zehntausend Dollar kosten«, erwiderte ihre Begleiterin, als Sarah sich danach erkundigte, »und dazu kommen weitere viertausend für die Stirn und fünftausend für die Nase. Aber gewöhnlich stellen sich mindestens fünf Jahre lang keine Falten mehr ein, also müssen Sie das Ganze als Investition sehen. Unsere Brustvergrößerung und unsere Bauchstraffung sind teurer, sie können bis zu fünfzigtausend Dollar kosten.«

In den ersten der drei Stationen, die den Operationskomplex ausmachten, waren Schwestern damit beschäftigt, sterilisierte Instrumente auszulegen und einen Patienten auf die Operation vorzubereiten. Aus Sarahs Perspektive war es unmöglich, das Geschlecht des Patienten auszumachen. In dem zweiten Raum – der mit dem ersten in jeder Hinsicht identisch war – hatte Ferrangano, dessen Augen hinter goldgeränderten Brillengläsern blitzten, gerade mit der Arbeit am Gesicht einer Frau angefangen; seine Hände bewegten sich fast im exakten Rhythmus des Klavierkonzerts von Mozart, das aus einem Deckenlautsprecher klang.

Sarah blieb einen Augenblick lang stehen, um durchs Fenster zuzusehen. Gelegentlich wandte Ferrangano sich von der Patientin ab und studierte auf einem Stativ befestigte, von hinten beleuchtete Fotos, die das Gesicht der Frau zeigten.

»Wenn Sie hierher kommen, sehen Sie es besser«, sagte ihre Begleiterin und wies sie zu einem anderen Fenster.

Sarah zuckte zurück und bemühte sich, ihre Reaktion zu verbergen. Das Gesicht der Patientin war auf schlimme Art verformt; das eine Auge trat grotesk hervor, als schwämme es in weichem Fleisch, während die Lippen zu einer dauernden Grimasse verzerrt waren; es war ein Gesicht, wie Picasso es in seiner kubistischen Periode hätte schaffen können.

»Geburtsfehler«, sagte ihre Begleiterin leise. »Diese Frau hat kein Geld, aber Dr. Ferrangano hat sie gratis angenommen.«

»Tut er das oft?« fragte Sarah und wandte den Blick ab.

»Immer, wenn es seine Zeit erlaubt.«

Aus irgendeinem Grund verspürte Sarah den Drang, noch einmal hinzusehen. Ferrangano schnitt jetzt erstaunlich schnell an dem Gesicht der Frau herum, legte die unter der Haut liegenden Muskeln frei. Es war, als beobachte sie jemanden, der eine Karnevalsmaske herunterzieht.

»Jetzt formt er ihr Gesicht neu«, erklärte ihre Begleiterin, »und füllt Lücken mit Knochenspänen, die die Knochenbildung auslösen werden. Diese Späne von Spendern werden mit einem ganz besonderen Prozeß entmineralisiert. Es gibt daher keine Abstoßungsreaktion mehr.«

Aber Sarah hörte kaum zu. Was sie beschäftigte, war, daß die Frau auf dem Operationstisch etwa ebenso alt wie sie war.

»Können wir jetzt gehen?«

»Oh, selbstverständlich, Bitte, kommen Sie.«

Man ließ sie auf Ferrangano in dessen Privatbüro warten. Es war mit Gemälden, antiken Möbeln und präkolumbianischen Gegenständen vollgestopft, wobei ihr besonders eine Anzahl geschnitzter Puppen, die alle verformt und mißgestaltet waren, auffielen. Eine hatte einen Klumpfuß, eine andere eine Hasenscharte und eine weitere einen Buckel.

Unter den Büchern im Regal gab es beinahe ein Dutzend, deren Autor Ferrangano war. Nicht alle befaßten sich mit Medizin. Eines setzte sich mit der historischen Entwicklung des Amazonasbeckens auseinander, ein weiteres war eine Studie über heimische Vögel Brasiliens, ein drittes trug den Titel *Die Kunst des Candido Portinari: Brasiliens Malerfürst.* Er schien jedenfalls ein Mann mit vielfältigen Interessen zu sein.

Weitere vierzig Minuten verstrichen, bis er sein Büro betrat. Als er sie ansah, war sein Blick genauso eindringlich und fragend wie auf der Party. Vielleicht wollte er ganz sichergehen, beim ersten Mal nichts Wesentliches übersehen zu haben.

Er verschränkte die Hände ineinander, nahm die Brille ab und setzte sie dann wieder auf. Er holte ein Päckchen Zigaretten heraus und bot Sarah eine an. Da sie ihn in keiner Weise enttäuschen wollte, nahm sie an, obwohl sie das Rauchen vor zwei Jahren aufgegeben hatte.

»Jetzt erzählen Sie mir bitte alles, was Ihnen passiert ist. Ich möchte das ganz genau wissen.«

Da sie ihre Geschichte inzwischen schon so vielen Menschen erzählt hatte, konnte Sarah sie praktisch auswendig herunterleiern. Was sie bedrückte, war, daß sie, obwohl erst eine Woche verstrichen war, einfach nicht mehr imstande war, die gleiche Emotion hineinzulegen, die gleiche Intensität; langsam wurde das Schreckliche in ihrer Erinnerung zu etwas Abstraktem; manchmal schien es sogar, als wäre das alles jemand anderem widerfahren.

Sie gab zwar zu, daß sie und Mark für Human Dignity tätig waren – das war zu bekannt, als daß sie es hätte leugnen können –, ließ aber wesentliche Einzelheiten aus. Sie erwähnte nicht ihr Interesse an Dr. Cuica und sagte auch nicht, was sie in Cascadura vorgehabt hatten, meinte nur, sie wären Berichten über einen ihrer Fälle nachgegangen.

»Es ist gefährlich, diese Bezirke zu betreten«, sagte Ferrangano ernst. »Sie hätten es wissen müssen. Aber das liegt ja alles schon hinter Ihnen. Wir werden feststellen müssen, wie Ihre Lage im Augenblick ist. Ich vermute, das alles ist passiert, weil Sie irgendwelche mächtigen Leute verärgert haben.«

»Leute aus der Diktatur, die immer noch Macht haben?« Sie dachte an Nogueira. War er derselbe Mann wie der Folterer in den Aufzeichnungen? Und wie stand es um Ferrangano selbst? In bezug auf ihn konnte sie sich immer noch nicht entscheiden.

»Ja, solche Leute haben auch weiterhin Machtpositionen inne. Das macht ja den Fall so kompliziert.«

»Kann man überhaupt etwas tun?« Ob *er* etwas tun könnte, fragte sie absichtlich nicht.

»Nun, es trifft schon zu, daß ich gewisse – wie soll ich das ausdrücken? – Verbindungen zu Leuten im Regime habe. Ich werde mich über Ihren Fall informieren, wenigstens um herauszufinden, welche Möglichkeiten Ihnen offenstehen.«

»Ich wäre Ihnen da wirklich schrecklich dankbar.«

»Es dauert möglicherweise eine Weile, und ich kann Ihnen keine Wunder versprechen.«

Das Gespräch schien damit beendet, und sie wollte schon gehen, als Ferrangano sie fragte, ob sie Pläne für das Wochenende hätte.

»Äh – nein.« Die Frage brachte sie völlig aus dem Konzept.

»Ich frage, weil ich ein Haus auf einer Insel – einer sehr kleinen Insel – besitze, die dicht vor der Küste liegt, etwa dreißig Kilometer von hier. Ich habe ein paar Freunde eingeladen, dort ein paar Tage mit mir zu verbringen. Vielleicht möchten Sie auch kommen? Mich würde es sehr freuen. Das lenkt Sie vielleicht etwas von Ihren Problemen ab.«

Sarah war verblüfft. Das war genau das, was Patrick wollte: an den Mann herankommen, soviel wie möglich über seine Aktivitäten herausfinden und feststellen, ob er wirklich Dr. Cuica war. Aber jetzt, wo sich ihr die Möglichkeit so unerwartet bot, bekam sie es mit der Angst zu tun.
»Ich würde wirklich gern kommen, ehrlich«, sagte Sarah, immer noch verblüfft. »Aber ich fürchte, es wird nicht gehen. Sie müssen wissen, die Polizei hat mir verboten, Rio zu verlassen. Ich darf die Stadtgrenze nicht überschreiten.«
Silva hatte ihr das nicht ausdrücklich verboten, es würde ihm aber ohne Zweifel nicht recht sein, wenn sie sich zu weit entfernte. Und außerdem fand sie, daß das eine sehr gute Ausrede war.
Ferrangano dachte nach. »So ein Unsinn! Halten die Sie für eine gewöhnliche Kriminelle, die ihnen weglaufen wird? Ich bin sicher, daß wir das sofort klären können. Bleiben Sie, wo Sie sind.«
Er griff nach dem Telefon und bat seine Sekretärin, eine Verbindung mit einem Senhor Camargo herzustellen, wer auch immer das war. Ein paar Minuten später führte er ein eingehendes Gespräch mit dem Mann. Aus Ferranganos Tonfall war zu entnehmen, daß die beiden sich gut kannten.
Als er auflegte, wußte sie, daß er sein Ziel erreicht hatte.
»Das wäre geklärt«, sagte er. »Kein Problem, Sie kommen mit.«
»Aber wie komme ich auf die Insel?«
»Lassen Sie das meine Sorge sein. Ich werde das Notwendige veranlassen.«
Nun, dachte sie, sie konnte ja immer noch anrufen und behaupten, sie sei krank. Sie hatte nicht die leiseste Absicht, die Einladung anzunehmen.

9 »Selbstverständlich werden Sie gehen, unter allen Umständen, Sarah. Ich dachte, darüber hätten wir uns gestern abend schon geeinigt.«
Sie kann einen zur Verzweiflung treiben, dachte Patrick. Seit ihrem Zusammentreffen mit Ferrangano vor drei Tagen war sie hin und her gerissen gewesen, und jetzt war der Augenblick der Entscheidung. Morgen sollte sie auf seine Insel kommen, São do Cristovão.
Sarah ging in ihrem Zimmer auf und ab wie eine gereizte Löwin. Ihr Haar war aufgelöst, ihr Gesicht gerötet, die Bluse falsch zugeknöpft. Oh, und ob sie nervös war. Patrick konnte sie nicht dazu bringen, auch nur einen Bissen zu sich zu nehmen. Aber dafür trank sie viel, zu viel. Und sie rauchte gierig, eine schlechte Angewohnheit, das mußte sie zugeben, aber sie war rückfällig geworden. Er fragte sich, in welchem Zustand sie sich morgen befinden würde, selbst wenn er sie dazu überreden konnte, auf die Insel zu gehen.
»Muß ich Ihnen denn immer wieder sagen, warum es so wichtig ist, Sarah?«
»Ich will es nicht hören, meine Entscheidung steht fest. Meine Antwort ist nein. Sie wissen, daß ich überhaupt nichts herausbekommen werde. Diese Insel wird wie eine Falle sein. Ich habe den Ausdruck in Ferranganos Augen gesehen, der Teufel soll mich holen, wenn ich eine seiner Eroberungen abgebe!« Sie hatte wie Patrick über den Mann nachgelesen, all die Skandale, einige echt und einige erfunden, mit Exfrauen, Geliebten, Patientinnen, deren Gesichter er seinem Schönheitsideal angepaßt und die er dann verführt hatte, sich immer wieder aufs neue in seine eigenen Phantasievorstellungen verliebend.
»Ich bin ganz sicher, daß Sie ihm gewachsen sein werden. Sagen Sie ihm einfach, er soll zum Teufel gehen, was will er

denn dann machen? Sie vergewaltigen? Nach allem, was ich gelesen habe, kann er sich die Frauen aussuchen. Außerdem wissen Sie ganz genau, daß es das gar nicht ist, was Sie quält.«

Jedesmal, wenn sie ihm die Antwort schuldig blieb, wußte er, daß er ins Schwarze getroffen hatte. »Ich will Ihnen doch nicht zureden, aus irgendwelchen frivolen Gründen dort hinzugehen, das wissen Sie doch, oder?«

Ihre Antwort kam ganz leise. Ja, das wußte sie.

Manchmal glaubte er, sie überzeugt zu haben, ihr klargemacht zu haben, worauf er hinauswollte, und manchmal verzweifelte er daran. Was ihn ganz besonders aufregte, war, daß es ihr anscheinend einfach nicht in den Kopf wollte, daß es auf São do Cristovão ein privates Krankenhaus gab.

Das Juan Diaz de Solis Hospital war kein Geheimnis. Ganz im Gegenteil: Alle populären Magazine und Zeitschriften hatten darüber geschrieben. Sein Ruf übertraf seine Größe beträchtlich; es schien über enorme Geldbeträge zu verfügen und bot seinen Patienten die modernste Diagnosetechnik, die es auf der Welt gab: Computertomographie, digitale Subtraktionsangiographie, Ultraschall und Gentests. Es war offenkundig, daß nur sehr wohlhabende Leute sich diese Behandlungen leisten konnten. Aber er konnte Sarah einfach nicht klarmachen, warum er überzeugt war, daß dort irgend etwas Dubioses vor sich ging. Für sie schien das alles völlig legitim.

Selbst der Hinweis darauf, daß zwei der ganz offiziell als Direktoren des Krankenhauses registrierten Chirurgen – Clifford Dahlbeck und Ivo Kander – von Cadmus als Mitglieder des Netzes identifiziert worden waren, konnte sie nicht überzeugen. Was interessierte sie schon Dahlbeck oder Kander? Sie wollte doch nichts anderes, als Mark

finden und nach Hause gehen. Schließlich konnte Patrick nicht erwarten, daß ihre Interessen immer exakt mit den seinen übereinstimmten.
Also versuchte er es mit einer anderen Taktik. »Sehen Sie es einmal so, Sarah. Angenommen, Julio Ferrangano ist nicht unser Dr. Cuica. Angenommen, er ist wirklich unschuldig. Er hat doch angeboten, Ihnen behilflich zu sein, oder nicht?«
»Na und?«
»Wenn Sie nicht gehen, könnte er beleidigt sein. Wollen Sie das riskieren?«
»Verdammt, Sie wollen mich überreden! Das ist nicht fair.«
»Wer redet denn von fair? Mit Fairneß hat das überhaupt nichts zu tun. Ich denke, daß Sie hier eine Chance haben, Sarah, und ich möchte nicht, daß Sie sie in den Wind schlagen – Ihretwegen nicht und meinetwegen nicht.«
Nachdem er die letzten Tage ständig in Sarahs Gesellschaft verbracht hatte, war sie ihm lieb geworden. Vielleicht hatte er sich sogar ein wenig in sie verliebt. Es machte ihm keinen Spaß, sie so unter Druck zu setzen. Außerdem mußte er ihr recht geben: Es war wirklich gefährlich. Aber wenn er sie jetzt nicht überzeugte, wie sollte er dann herausfinden, was im De Solis Hospital vor sich ging?
Die Stunden verstrichen, und der Lärm von der Rua Duvivier wurde immer lauter, während die Männer und Frauen ihrem illegitimen Gewerbe nachgingen, als Zuhälter, Nutten und Drogendealer. Sarah trank ein Glas Wein nach dem anderen, und Patrick konnte sie durch nichts davon abhalten. Schließlich verkündete er, daß er jetzt gehen würde.
»Tun Sie, was Sie wollen, Sarah«, sagte er. Sie antwortete darauf mit so leiser Stimme, daß er sie nicht verstand.
»Was haben Sie gesagt?« Sie hatte kein Licht eingeschaltet,

und er konnte sie jetzt nur deshalb in der Ecke sitzen sehen, weil die grellen Lichter von der Straße hereinschienen.
»Ich sagte, daß ich heute nacht nicht allein sein möchte. Können Sie nicht hierbleiben? Sie können das Bett nehmen, wenn Sie wollen, ich lege mich dann auf die Couch. Mir macht es nichts aus.«
»Gerne, wenn Sie das wollen. Aber ich habe nicht vor, Sie aus Ihrem Bett zu verjagen. Die Couch reicht mir.«

Das Rascheln der Bettlaken weckte ihn. Er brauchte eine Weile, bis ihm klar wurde, daß sie neben ihm unter die Decke geschlüpft war. »Ich konnte nicht schlafen«, sagte sie. »Halten Sie mich bloß fest, bitte, sonst gar nichts. Sie sollen mich nur halten.«
Die Couch war für eine Person bestimmt, nicht für zwei, und so spürte er den Druck ihrer Beine und ihrer Brüste durch das dünne T-Shirt.
Er hielt sie fest und hoffte, das würde alles sein.
Aber das war es nicht. Ihre Nähe weckte in ihm den Wunsch nach noch größerer Nähe. Es war unmöglich, dagegen anzukämpfen. Und sie wollte das auch nicht.
Später wurde er noch einmal geweckt, diesmal von ihrem Schluchzen. Er wollte sie schon trösten, überlegte es sich dann aber anders und tat, als ob er schlief. Und nach einer Weile schlief er auch wieder ein.
Das dritte Mal, als er erwachte, war es Morgen; als er die Augen aufschlug, sah er, daß Sarah bereits aufgestanden war und sich angezogen hatte. Das weiße Oberteil und der Seidenrock, den sie ausgewählt hatte, sahen an ihr spektakulär aus. Über ihrer Schulter hing eine Riementasche, und in der Hand hielt sie einen kleinen beigefarbenen Koffer.

»Der Wagen wartet unten«, sagte sie, »Ich hab' dir eine Nachricht hinterlassen.« Ihre Augen suchten die seinen, wichen ihm dann aber aus.
»Du wirst mich so bald wie möglich im Excelsior anrufen?«
»Natürlich.« Sie lächelte leicht. »Nun«, sagte sie dann, »ich geh' jetzt. Wünsch mir Glück.«

10

Sarah war völlig aufgewühlt. Sie hatte das mit Patrick letzte Nacht nicht gewollt. Aber es war geschehen und ließ sich jetzt nicht mehr wegdiskutieren. Außerdem war jetzt nicht der Zeitpunkt, darüber nachzudenken. Jetzt, wo sie bereit war, alles zu riskieren, vielleicht sogar ihr Leben, mußte sie sich gründlich auf ihre Aufgabe konzentrieren; für nagende Schuldgefühle oder alles, was sie sonst ablenken konnte, war jetzt einfach kein Platz.
Sie war der einzige Passagier der kleinen sechssitzigen Privatmaschine und verbrachte den ganzen Flug nach São do Cristovão mit dem fieberhaften Versuch, ihre Nerven zu beruhigen. Aber als die Insel dann vor ihr auftauchte – ein elliptischer grüner Fleck im endlosen Ozean –, war sie unruhiger denn je. Das Drama der Landung kam noch dazu. Ihr Magen schien ein paar tausend Fuß über ihr in der Luft zurückzubleiben. Sekundenlang schloß sie die Augen und war fest überzeugt, daß die zerbrechliche Maschine im nächsten Augenblick gegen einen Hügel prallen würde.
Aber der Pilot war erfahren und wußte, was er tat. Er setzte sicher auf der Landebahn auf, die geradewegs ins Meer hinauszuführen schien und dann plötzlich zu Ende war.
Als Sarah aus der Maschine stieg, begrüßte sie ein junger Mann, den man wegen seiner geradezu engelhaften Ge-

sichtszüge leicht für ein heranwachsendes Mädchen hätte halten können.
Er nahm ihren Koffer und ging ihr voraus den Hügel hinauf, dessen Kuppe von einer weißen Villa beherrscht wurde. Aus der Ferne glich sie einem Tempel. Sie stand inmitten üppiger Vegetation: Eukalyptus- und Banyanbäume, Mimosen, Palmen und Bougainvillea.
Der ganze Bau schien aus Terrassen und verglasten Nischen zu bestehen, die durch flache Treppen miteinander verbunden waren. Eine kleine weißgekleidete Gestalt auf einer der unteren Terrassen erwies sich schließlich, als sie näher kam, als Julio Ferrangano.
Er begrüßte sie geradezu überschwenglich mit einem Kuß auf beide Wangen, als wären sie alte Freunde, die sich nach vielen Jahren wiedersahen. Oder, dachte sie, ein Liebespaar, das wieder zusammengefunden hat. Die anderen Gäste würden später kommen, erklärte er. Ob sie sich inzwischen umziehen wollte? Wenn sie herunterkam, würde das Mittagessen auf der Terrasse bereit sein.
Der junge Mann mit ihrem Koffer war verschwunden, und an seine Stelle war eine weitere Bedienstete getreten, diesmal ohne Zweifel eine Frau, wenn sie auch, abgesehen von der Tatsache, daß sie dunklere Haut hatte, seine Zwillingsschwester hätte sein können. Die Art und Weise, wie ihre Augen Sarah immer wieder fixierten, war beunruhigend.
Sie geleitete Sarah ohne ein Wort eine Wendeltreppe hinauf. Im Erdgeschoß konnte Sarah nur einen kurzen Blick auf luftige, lichte, kaum möblierte Räume mit Travertinwänden, Eichenböden und Zypressendecken werfen; alles war in Licht getaucht.
Die Fenster in dem Raum, den man ihr anwies, standen offen und ließen die Atlantikbrise herein; sie führten auf

eine Terrasse, von der aus sie auf den Hafen und einen Pier blicken konnte, wo drei Fischerboote und ein Motorboot vertäut lagen. Und all das mit Facelifting und Busenoperationen verdient, dachte sie.
Als sie zu Ferrangano zurückkehrte, änderte sich der Blick, mit dem er sie musterte. Das hatte wahrscheinlich damit zu tun, daß sie ihren Rock und ihre Bluse gegen sehr viel spärlichere Shorts und ein T-Shirt vertauscht hatte.
Zum Mittagessen gab es kalten Lachs, Salat und gekühlten Weißwein. Julio sagte, er wünsche, ihr Aufenthalt auf der Insel sollte ihr Ruhe bringen. Sein Haus war das ihre, solange sie es wünschte, versicherte er ihr. Unterdessen würde er sich um ihre Probleme mit der Polizei kümmern und sei – ohne ihr etwas versprechen zu wollen – überzeugt, daß sie bald gelöst sein würden.
Sie hatte natürlich Zweifel, aber sie wünschte sich nichts sehnlicher, als ihm glauben zu können. Außerdem war die strahlende Sonne verführerisch – wenn sie auch träge machte und es anstrengend war, die ganze Zeit auf der Hut zu sein.
Sie nahm sein Angebot an, mit ihm eine kurze Inseltour zu machen, in der Hoffnung, er würde ihr das Krankenhaus zeigen. Er erklärte ihr, daß es auf der anderen Inselseite liege und daß man zu Fuß dorthin ein paar Stunden unterwegs sei. »Sparen wir uns das für ein andermal«, sagte er. »Heute habe ich meinen freien Tag. Lassen Sie mir die Freude.«
»Was für ein Krankenhaus ist es denn genau?« Sie wollte sich nicht zu neugierig anhören.
»Es ist ein Krankenhaus wie jedes andere«, sagte er, und damit war das Thema beendet.
Dann begannen sie ihren Spaziergang gemächlich, viel

langsamer, als Sarah das gewöhnt war. »Sie können das, was es hier gibt, nicht nutzen, wenn Sie es so eilig haben«, mahnte er. »Da, zum Beispiel, sehen Sie das? In den Zweigen?«

Sarahs Blick folgte seiner Hand, aber sie konnte nichts erkennen. Dann nahm sie eine Bewegung wahr; anscheinend war es ein Affe.

»Ein goldener Löwentamarin«, erklärte er.

»Oh.« Sie hatte keine Ahnung, was ein goldener Löwentamarin war.

»Ich habe aus meiner Insel ein Naturreservat gemacht«, erklärte er mit einer weitausholenden Handbewegung. »Ich habe Vögel und Tiere aus der ganzen Welt hierhergeholt. Aber ich konzentriere mich ganz besonders auf Gattungen aus Brasilien. Solche, die überall sonst am Aussterben sind. Hier haben sie keine Feinde – niemanden, der sie jagt, und niemanden, der die Umgebung vergiftet. Nur mich und ein paar Freunde.«

So viele verschwinden, dachte sie, Menschen ebenso wie Tiere.

Sie schlenderten auf gewundenen Wegen dahin, und Ferrangano erzählte, daß er selbst geplant und mitgeholfen hatte, sie durch den Dschungel zu bahnen. Alle paar Minuten blieb er stehen und richtete sein Fernglas auf eines seiner seltenen Exemplare. Irgendwie schien er instinktiv zu wissen, wann er das Glas heben mußte. Es bereitete ihm offensichtlich Vergnügen, ihr Geschöpfe zu zeigen, von denen sie nie zuvor gehört hatte: den Weißnasensaki, den kahlköpfigen Uakari, den goldenen Conue, den indigofarbenen Ara, den Sattelleguan, das Pygmäenopossum und den strahlend bunten Quetzal.

Aber erst als sie wieder in Sichtweite der Villa waren, entdeckte Ferrangano das, was er offenbar die ganze Zeit

gesucht hatte. Sein Gesicht strahlte plötzlich wie das eines kleinen Jungen. Er packte Sarah an der Schulter und zog sie zu sich heran. »Da, schauen Sie! Schauen Sie!«
Es stand ganz allein, eine Silhouette zeichnete sich mitten in einem Feld vor dem verblassenden Tageslicht ab. Ein paar Sekunden lang bewegte es sich nicht. Sarah hielt den Atem an und versuchte herauszufinden was das für ein Tier war. Es hätte eine Hyäne sein können oder ein Wolf, ja sogar ein kleingeratener Tiger.
»Ich gebe auf. Sagen Sie es mir, Julio.« Das war das erste Mal, daß sie ihn mit Vornamen ansprach, aber ihr schien es jetzt richtig.
Er bedeutete ihr mit einer Handbewegung zu schweigen. Den Bruchteil einer Sekunde später floh das Tier, rannte in den Wald und war verschwunden.
»Sie haben etwas Außergewöhnliches gesehen, Sarah, etwas, das unser Geheimnis bleiben muß. Versprechen Sie mir das?«
Natürlich versprach sie es ihm. »Aber was ist es?«
»Es nennt sich Thylacin und ist ein fleischfressendes Beuteltier. Aber Sie müssen wissen, es existiert nur hier auf São do Cristovão. Nach allem, was man draußen in der Welt weiß«, er machte eine weitausholende Handbewegung zum Festland hinüber, das, von hier aus betrachtet, wirklich wie eine ferne Welt war, »ist dieses Tier im Jahre 1966 ausgestorben. Insgesamt gibt es hier drei davon – die letzten drei Lebewesen, die überlebt haben –, ein Weibchen und zwei Männchen. Ich bete darum, daß es eines Tages mehr von ihnen gibt. Wenn nicht, werden sie wahrhaftig vom Angesicht der Erde verschwinden.«
»Wie haben Sie es geschafft, sie hierherzubringen, ohne daß jemand davon erfuhr?«
»Ich habe da meine Mittel und Wege«, sagte er.

Sie warf ihm von der Seite einen Blick zu und versuchte in seinen strahlenden Augen etwas zu entdecken. War er nun Dr. Cuica oder nicht? Die Frage quälte sie.

Das Abendessen war grandios und wurde, wie in Brasilien üblich, spät gereicht. Zweiundzwanzig Gäste saßen um einen wunderschönen antiken Tisch aus Redwood und verschlangen riesige Mengen von Filet Mignon, Garnelen in Kokosnußmilch und *Xinixim de Galinha* – Hühnchen in weißer Sauce. All das wurde mit verschiedenen Weißweinen und geradezu absurden Mengen von *Coco Batido* hinuntergespült – Wodka in Kokosnußmilch, eine brasilianische Spezialität, die schnell ihre Wirkung tat. Die Gäste erwiesen sich als eine elitäre Ansammlung von Künstlern, Unternehmern, Musikern und Abenteurern. Wahrscheinlich war das lockere Geplauder, das sie mit ihren Tischnachbarn führte – einem rumänischen Maler im Exil, der zu ihrer Rechten saß, und einem Modefotografen aus England, der wegen seiner kunstvollen Fotos heranwachsender Mädchen bekannt war, zu ihrer Linken –, bei weitem nicht so faszinierend, wie sie das glaubte. Vielleicht lag es nur an dem Wein und dem *Coco Batido,* den sie in sich hineingoß. Aber was auch immer dafür verantwortlich war, sie war dankbar. Für kurze Zeit konnte sie Mark vergessen, Patrick vergessen, die polizeilichen Ermittlungen vergessen. Sie war, was sie schon lange nicht mehr gewesen war: glücklich.

Es war ein Wunder, daß sie ihr Zimmer fand; sie konnte kaum noch auf den Beinen stehen, geschweige denn die Treppe hinaufgehen. Alles drehte sich um sie. Die Wände hielten nicht einmal so lange still, daß sie sich auskleiden konnte. Also trat sie einfach aus ihren Pumps und warf sich

auf das Bett. Sie konnte immer noch die gedämpften Laute der Dinnerparty hören, die unten weiterging.
Eine Explosion weckte sie, von der sie sicher war, daß sie in ihrem Schädel stattgefunden hatte. Aber als sie es schließlich fertigbrachte, die Augen zu öffnen, sah sie Blitze über den Himmel zucken und ihn in grelles Grün tauchen. Sie lauschte, konnte aber, abgesehen von wiederholten Donnerschlägen, nichts hören. Aus dem Haus kamen keinerlei Geräusche; alle mußten zu Bett gegangen sein. Sarah stand schwankend auf. Nicht daß ihr ernstlich etwas fehlte, sie war nur benommen, und alles tat ihr weh; die Kopfschmerzen schienen ihren ganzen Körper erfaßt zu haben, ihre Brust, ihren Unterleib, ihre Beine.
Sie blickte zum Fenster hinaus und sah, daß es in Strömen goß. Bei jedem Blitz tauchte die Landschaft auf und sank dann wieder in die Finsternis zurück. Einmal erhaschte sie einen Blick auf einen weißen Kutter, der mit Schlagseite im Hafen lag. Sie konnte sich nicht erinnern, daß sie ihn dort schon gesehen hatte. In dem kurzen Augenblick, in dem der Blitz die Szene erhellte, sah sie ganz deutlich, wie eine Handvoll Menschen mit gebeugtem Kopf, um dem Regen zu entgehen, aus dem Kutter stiegen. Sie schienen Bahren zu tragen. Dann verlosch das Licht wieder. Wer, zum Teufel, konnte das sein? fragte sie sich. Sie wartete am Fenster, beide Hände aufgestützt, um das Gleichgewicht nicht zu verlieren, und dachte, sie würde sie wieder sehen.
Aber als das nächste Mal ein Blitz die Landschaft im Relief erkennen ließ, war da niemand mehr. Sie waren verschwunden. Vielleicht, dachte Sarah, war da überhaupt niemand gewesen.
Als sie zu ihrem Bett zurückging, fiel ihr Blick auf das Telefon, das auf einem Tischchen daneben stand. Vielleicht

konnte sie jetzt, da alle schliefen, Patrick anrufen und ihm sagen, daß sie sicher angekommen war.
Als sie den Hörer abnahm und zu wählen begann, hörte sie ein seltsames klickendes Geräusch. Möglicherweise war das nur eine Störung in der Leitung, irgendein mechanischer Defekt, aber sie legte auf. Vielleicht lauschte jemand. Sie konnte ja immer noch morgen anrufen.

Am nächsten Morgen erwachte Sarah, und der Tag war so strahlend hell und klar wie der Tag zuvor. Keine Spur von dem heftigen Sturm, der über die Insel hinweggefegt war. Einige der Gäste vom letzten Abend waren noch da und versuchten sich benommen darüber klarzuwerden, wieviel Schaden sie an sich selbst angerichtet hatten. Julio Ferrangano war nicht da.
»Er mußte geschäftlich nach Paris«, erklärte ihr ein Mann. Sie musterte ihn; wer auch immer er sein mochte, beim Dinner hatte sie ihn jedenfalls nicht gesehen. Er war Amerikaner mit slawischen Gesichtszügen und wilden Augen. Sie hatte den Eindruck, daß etwas Ausschweifend-Zügelloses von ihm ausging.
»Wer sind Sie?«
»Ein Freund von Julio. Ich bin mit der Maschine heute morgen angekommen.« Er streckte ihr die Hand hin. »Mein Name ist Harry Furst.«

11

Offiziell war der Charles-de-Gaulle-Flughafen geschlossen. Um zehn Minuten nach vier Uhr morgens gab es keine planmäßigen Starts oder Landungen. Aber in diesem Fall waren besondere Vorkehrungen getroffen worden, Anweisung des Außenministeriums, die natürlich von allen Betroffenen dementiert werden würden.

Als der Learjet gelandet war, hielt eine in Schwarz und Silber gehaltene lange Limousine mit abgedunkelten Fensterscheiben, die einen Blick ins Innere des Wagens unmöglich machten, auf der Piste neben dem Flugzeug.
Die Tür der Maschine wurde geöffnet und die Rampe heruntergelassen. Zwei Männer erschienen, beide bewaffnet, die Augen sogar hier im fahlen Licht der Morgendämmerung hinter Sonnenbrillen verborgen; sie wirkten angespannt und wachsam, keine verdächtige Bewegung würde ihnen entgehen. Ein hagerer Mann Anfang Sechzig mit schütterem Haar und elegant gekräuseltem Bart, der eine goldgeränderte Brille trug, folgte ihnen. Er hielt einen Augenblick inne und sah sich auf dem Flughafengelände um, musterte die Terminals, den Kontrollturm und kam dann ebenfalls die Rampe herunter. Sein Name: Rafi Aziz. Er hatte die schwierigen Verhandlungen geleitet, die schließlich zum heutigen Tag geführt hatten.
Als Aziz sich der Limousine näherte, sprang der Chauffeur heraus, um die hintere Tür für ihn zu öffnen.
Als er drinnen Platz genommen hatte, begrüßte er die drei Männer, die länger als eine Stunde auf ihn gewartet hatten: Dr. Clifford Dahlbeck, Dr. Ivo Kander und Dr. Julio Ferrangano.
Aziz entschuldigte sich für die Verspätung. Sein Englisch war makellos, beinahe akzentfrei; aber er war schließlich auch in Cambridge erzogen worden und hatte viele Jahre im Ausland verbracht. »Bitte verzeihen Sie uns«, sagte er. »Es hat in letzter Minute einige Komplikationen gegeben. Wir hatten ein beunruhigendes Gerücht zu Ohren bekommen, es sei etwas über die Krankheit Des Lehrers an die Öffentlichkeit gedrungen. Wir waren besorgt, daß die Leute erfahren hätten, daß er das Land verlassen würde. In dem Fall hätten wir den Flug natürlich verschieben müssen.«

Genau diese Furcht hatte Den Lehrer veranlaßt, die Reise so lange hinauszuzögern. Die leiseste Andeutung, daß sein Gesundheitszustand nicht gut war oder er das Land verlassen hatte, würde ausreichen, um den Mob auf die Straßen zu jagen und einen Aufstand auszulösen.

Der Lehrer hatte seinen Beinamen nicht nur deshalb erworben, weil er sich selbst als Lehrer für Wahrheit und Gerechtigkeit proklamiert hatte, als er den Thron bestiegen – oder besser: usurpiert – hatte. Tatsache war, daß er wirklich einmal Schullehrer gewesen war, ein verarmter Träumer aus den Provinzen, der eines Tages sein ölreiches Land beherrschen würde. Jetzt waren es nicht mehr zwanzig ausgemergelte Kinder, die ihm gehorchten, sondern er besaß vierundzwanzig Millionen Untertanen. Er war so korrupt, wie es bloß vorstellbar war, sein ganzer jugendlicher Idealismus war unter den exquisiten Palästen und den übergroßen Denkmälern begraben, die er sich und seiner habgierigen Familie errichtet hatte. Er schien fest überzeugt, daß diese Bauwerke seinen Platz in der Geschichte zementieren würden.

Aber das war es nicht, was Dr. Julio Ferrangano interessierte. Für ihn war einzig und allein das Geld Des Lehrers von Bedeutung. Im Lauf der Jahre hatte Der Lehrer persönlich beinahe eine Milliarde Dollar angesammelt, zum größten Teil ohne Zweifel aus dem Staatsschatz seines Landes. Jetzt war das Geld auf Schweizer Konten und Holdinggesellschaften in Liechtenstein und Panama verteilt – falls ihn seine zunehmend unruhig werdenden Untertanen eines Tages vorzeitig in Pension schicken sollten.

»Zum Glück haben wir bei genaueren Nachforschungen festgestellt, daß es nur ein Gerücht war«, fuhr Aziz fort. »Und wir haben auch Vorkehrungen getroffen. Morgen wird Der Lehrer ›live‹ in Radio und Fernsehen zur Nation sprechen, und sämtliche Zeitungen werden wie immer seine täglichen Aktivitäten schildern.«

»Wie werden Sie das bewerkstelligen?« fragte Ferrangano.

»Wir haben ein Double, einen Stellvertreter. Er wird natürlich nur in großer Distanz zu seinen Zuhörern auftreten, so daß niemand etwas merkt.«

»Nun, es freut mich wirklich, daß Sie schließlich sicher und wohlbehalten hierhergekommen sind. Sagen Sie, fühlt Der Lehrer sich wohl?«

Mit derselben ausweichenden diplomatischen Sprache, die Aziz das letzte Vierteljahrhundert benutzt hatte, versicherte er Julio, daß Der Lehrer einen guten Flug gehabt habe und sich auf die letzte Etappe der Reise nach Brasilien freue.

Trotz des Vertrauens, das Der Lehrer einem Schicksal entgegenbrachte, das ihm immerhin all die Jahre mehr als gewogen gewesen war, fürchtete er dennoch, daß es sich eines Tages gegen ihn wenden könnte. Stets war er auf der Hut vor Verrat von allen Seiten – und dann verriet ihn schließlich das, was er am wenigsten beargwöhnt hatte: sein eigener Körper.

Seit Jahren wurden immer wieder insgeheim Spezialisten aus New York, London, Tokio und München eingeflogen, um ihn zu untersuchen und ihm zu helfen. Er beklagte sich über Erschöpfung, Schwindelanfälle, schreckliches Nasenbluten. Sein Herz befand sich in sehr schlechtem Zustand – Aorteninsuffizienz –, aber seiner Leber ging es noch schlechter: Hepatitis. Als Folgeerscheinung waren Varizen aufgetreten, und das führte dazu, daß er Blut erbrach und häufig Ohnmachtsanfälle hatte.

Aber jedesmal, wenn einer seiner Spezialisten ihm vorschlug, sich operieren zu lassen, schickte Der Lehrer ihn weg und konsultierte jemanden, der ihm sagte, was er hören wollte, nämlich daß die Zeit und ein paar neue Medikamente ihn auch so heilen würden.

Aber schließlich sah sich Der Lehrer doch gezwungen, den Zustand seines Körpers anzuerkennen und Maßnahmen zu ergreifen. Ein Arzt aus Rom, der deutlicher wurde als seine Vorgänger, hatte ihm gesagt, daß er ohne Operation nur noch drei oder höchstens vier Monate zu leben hatte. Von diesem Zeitpunkt an hatte Aziz, der einzige, dem Der Lehrer eine so delikate Mission anvertrauen wollte, nach einem Ärzteteam gesucht, dem sowohl die notwendige Operation als auch die ebenso erforderliche Diskretion zugetraut werden konnte.

In den internationalen Kreisen, in denen Aziz sich bewegte, war Geheimhaltung die höchste Tugend. Die Leute in diesen Kreisen panzerten ihre Fahrzeuge ebenso wie ihre Häuser, aus Furcht vor Entführung und Angriff von Terroristen. Sie entzogen sich der Aufmerksamkeit von Presse und Öffentlichkeit und zogen es vor, ihre Macht hinter der Szene auszuüben. In seinen Gesprächen mit diesen Leuten bekam Aziz immer wieder versteckte Hinweise auf das Netz. Die Ärzte, die dieses Netz bildeten, gehörten zu den besten der Welt, hieß es. Sie konnten Leute retten, bei denen die Kunst anderer versagte. Und man konnte sich bei ihnen auf absolute Diskretion verlassen, zu ihrer eigenen Sicherheit ebenso wie der ihrer Patienten. Nach weiteren Nachforschungen gelang es Aziz schließlich, den Kontakt zum Netz herzustellen, und dann begannen ernsthafte Verhandlungen im Auftrag Des Lehrers.

Ferrangano war es nicht gewöhnt, solche Verhandlungen persönlich zu führen. Aber Der Lehrer war nicht wie andere Patienten, die das Netz behandelt hatte, eine distinguierte Klientel, zu der Staatsoberhäupter, Hollywoodstars, Industriebarone und Immobilienmogule zählten, denen halb

Tokio und die Innenstadt von Los Angeles gehörte. Der Lehrer hatte über Aziz verlauten lassen, daß er bereit war, dreißig Millionen Dollar für seine Gesundheit zu bezahlen, mit der einzigen Einschränkung, daß er nur dann bezahlen würde, falls man ihn völlig kurierte. Diese Summe war ein Vermögen und dem Netz nach dem unerwarteten Einkommensverlust, den die Katastrophe in West Palm Beach bedeutete, höchst willkommen.

Aber Der Lehrer erwartete alle möglichen Garantien. Absolute Geheimhaltung stand ganz oben auf der Liste. Zusätzliche Sicherheitskräfte. Persönliche Behandlung durch Dr. Ferrangano selbst. Eine gut bewachte Villa für ihn und sein Gefolge während des ganzen Aufenthaltes.

Die Verhandlungen waren ermüdend gewesen; wäre es um irgend jemand anders oder weniger Geld gegangen, dann hätte Ferrangano schon längst aufgegeben. Und jedesmal, wenn er glaubte, eine Übereinkunft erzielt zu haben, stellte Aziz die nächste Forderung. Vielleicht machte man das im Nahen Osten so: An einer Übereinkunft, die man erzielte, ohne dauernd zu feilschen, mußte irgend etwas faul sein.

In einem Punkt war Aziz besonders hartnäckig: Der Lehrer wollte sämtliche Ärzte, die ihn operieren würden, persönlich kennenlernen, *ehe* er nach Brasilien flog. Und das erklärte ihr Zusammentreffen um diese unchristliche Stunde auf dem Charles-de-Gaulle-Flughafen. Weder Dahlbeck noch Kander war davon entzückt, sich für einen orientalischen Despoten solche Umstände zu machen. Aber als Ferrangano die Summe erwähnt hatte, die Der Lehrer für ihre Dienste zahlen würde, hatten sie ihre Einwände schnell zurückgenommen.

Die Männer unterhielten sich noch ein paar Minuten freundlich, aber dann begann Ferrangano die Geduld zu

verlieren. Er sah keinen Grund für weitere Verzögerungen.
»Dann ist also alles in Ordnung?« fragte er Aziz. »Können wir alle an Bord gehen?«
»Da ist nur noch eines«, sagte Aziz.
Das hatte Ferrangano befürchtet. Ein Haken in letzter Minute.
»Und was ist das, Rafi?«
»Ich will es sehr zurückhaltend ausdrücken«, begann Aziz. »Wir sind hier alle Männer.«
Dahlbeck, ein Mann Anfang Sechzig, wechselte mit Kander, der Mitte Vierzig war, fragende Blicke; vielleicht dachte er, der Jüngere hätte eher eine Ahnung, was Aziz meinte.
»Ja, das sind wir«, pflichtete Ferrangano bei.
»Der Lehrer hat gewisse ... wie soll ich sagen? ... Neigungen.«
»Neigungen«, wiederholte Dahlbeck zweifelnd.
»Ja. Bestimmte Vorlieben. Er will wissen, ob für ihn Frauen zur Verfügung stehen werden.«
»Frauen?« fragte Dahlbeck. »Ist denn die Königin ... ist sie ...?«
Julio warf ihm einen Blick zu, der ihn sofort zum Schweigen brachte. Aber Aziz antwortete trotzdem: »Der Lehrer und die Königin haben eine Übereinkunft.«
»Eine Übereinkunft, ich verstehe«, sagte Dahlbeck und brachte ein etwas schiefes Lächeln zustande.
Ferrangano, der ohne Rücksicht auf moralische Bedenken oder die öffentliche Meinung, die ihm ohnehin gewogen war, eine große Zahl von Beziehungen gehabt hatte, überraschte die Forderung nicht. Unter normalen Umständen wäre ihm das auch gleichgültig gewesen. Aber die Libido Des Lehrers befand sich in wesentlich besserem Zustand als seine Leber. Er wollte nicht, daß Der Lehrer seine letzten Energiereserven in den Armen irgendeines hochbezahlten

Callgirls erschöpfte. Dreißig Millionen Dollar zu verlieren, weil Der Lehrer seine Potenz beweisen mußte, war keine sehr attraktive Aussicht.

Aber er blieb taktvoll. »Als sein Arzt«, meinte er, »wäre es mir nicht recht, wenn er sich vor der Operation zu sehr anstrengen würde.«

»Dem Lehrer ist bewußt, daß er nach der Behandlung in seiner Bewegungsfreiheit eingeschränkt sein wird«, sagte Aziz. »Er hat seine Bereitschaft zum Ausdruck gebracht, sich der strengen Diät zu unterziehen, die Sie für ihn vorgeschrieben haben. Er ist bereit, alle Opfer zu bringen, die Sie von ihm verlangen. Mit Ausnahme dieses einen. In diesem Punkt ist er nicht kompromißbereit. Das ist eine nicht verhandelbare Bedingung.« Der letzte Satz ging ihm besonders elegant über die Lippen.

»Also schön, kein Problem«, akzeptierte Ferrangano und hoffte, daß alles gutgehen würde – man würde ihm eine sehr sanfte und verständnisvolle Hure besorgen müssen. »Wir werden alle nötigen Arrangements treffen.« Er wartete, ob Aziz noch weitere Forderungen stellen würde. Als keine mehr kam, sagte er: »So, und wenn das dann erledigt ist – wollen wir uns auf den Weg machen, meine Herren?«

12

Nachdem drei Tage verstrichen waren und Patrick immer noch nichts von Sarah gehört hatte, begann er unruhig zu werden. Er konnte sich nur vorstellen, daß irgend etwas Schreckliches passiert war. Und alles war seine Schuld. Er hätte sie nicht unter Druck setzen dürfen. Jetzt hatte er sie vielleicht ebenso wie Charlotte verloren. Herrgott, und dabei hatte er ohnehin schon genug Schuldgefühle. Zwar war Sarah zu ihm ins Bett gestiegen, sie hatte die Initiative ergriffen. Wieviel Versuchung konnte ein Mann schließlich widerstehen? Und außerdem, sagte er sich, hatte er nach dem Bruch mit Charlotte nicht auch mit anderen Frauen geschlafen? Warum hatte er gerade jetzt das Gefühl, sie zu betrügen? Zumal er ja möglicherweise nur eine Erinnerung betrog, einen Geist.

Er durfte sich nicht von diesen Gedanken überwältigen lassen. Am liebsten wäre er Sarah nachgefahren, beschloß dann aber, ihr noch einen Tag zu lassen. In der Zwischenzeit würde er etwas unternehmen müssen. Er konnte nicht einfach in seinem Zimmer im Excelsior herumsitzen und auf einen Anruf warten, der vielleicht nie kam.

Er entschied, daß es Zeit war, Frederico Nogueira aufzusuchen. Was Sarah ihm über das Zusammentreffen mit dem Mann auf Ferranganos Party erzählt hatte, beschäftigte ihn schon einige Zeit. Daß ein ehemaliger Folterknecht jetzt eine Wohltätigkeitsaktion leitete, schien ihm doch ein ungewöhnlicher Laufbahnwechsel. Aus Sündern waren zwar gelegentlich schon Heilige geworden, aber in diesem Fall hatte er seine Zweifel.

Es war noch nicht einmal neun Uhr, und doch herrschte schon drückende Hitze. An einem solchen Tag sollte eigentlich niemand, der nicht den Verstand verloren hatte, im Freien sein. Und doch waren es Tausende von Menschen, die die Straßen füllten und in einem Begeisterungstaumel sondergleichen mit Paraden und Kostümen die Ankunft des *Carnaval* feierten. Sambagruppen zogen wie Armeen durch die Straßen, jede mit ihrer eigenen Cuica. Sich jetzt durch die Straße zu bewegen, ganz besonders mit dem Auto, einem blauen LeBaron-Coupé, das er bei Avis gemietet hatte, war eine glatte Wahnsinnstat.

Das Palmeiras-Medizinkollektiv erwies sich als eine winzige Spelunke in einem heruntergekommenen Viertel im Centro. Niemand dort sprach auch nur ein Wort Englisch, aber

er schaffte es dennoch, sich verständlich zu machen. Nogueira, so sagte man ihm, arbeitete in einem Viertel, das an die Guanabara-Bucht grenzte.
Sein Stadtplan war nicht so genau, wie er das gehofft hatte, und er brauchte bis zum Nachmittag, um den Ort zu finden. Die Straßen in diesem vergessenen Teil Rios hatten, wenn sie nicht zu schlammig oder nicht zu sehr von Schlaglöchern durchzogen waren, die Tendenz, sich entweder zu unpassierbaren Gassen zu verengen oder einfach in Sackgassen zu enden. Es war viel vernünftiger, auszusteigen und zu Fuß zu gehen.
Die Umgebung war erschütternd. Häuser bröckelten auf verfaulten hölzernen Stützpfeilern dahin.Ein Geruch nach Salz und Urin lag in der Luft. Vielleicht waren es in Wirklichkeit nicht Hunderte von Babys, die gleichzeitig schrien, aber es klang so. Teenagerbanden folgten ihm mit raubgierigen Blicken durch die Straßen. Wahrscheinlich war es nur eine Frage der Zeit, bis sie ihn angriffen. Er begann langsam zu glauben, daß es vielleicht ein schrecklicher Fehler gewesen war, hierherzukommen.
Als er sich nach dem Ambulanzwagen von Palmeiras erkundigte, löste das nur verständnislose Blicke aus. Vielleicht konnte er sich nicht verständlich machen. Aber dann fragte er eine Wäscherin, eine vierschrötige Frau mit breitem Lächeln, die genau zu verstehen schien, wovon er redete. Sie schrie etwas ins Innere des Hauses, und kurz darauf tauchte ein etwa zwölfjähriger Junge auf. Er musterte Patrick scheu. Auf Drängen seiner Mutter wurde er dann gesprächiger und benutzte die wenigen englischen Brocken, die er im Umgang mit Touristen gelernt haben mochte.
»Dieser Wagen«, begann er stockend, »ist nicht weit von hier. Ich kann Sie bringen, aber für Sie sehr schlecht, dort hingehen.«

Da er annahm, der Junge meine damit das Stadtviertel selbst, sagte er: »Ich bin ja auch hierhergekommen und habe es überlebt.«

Aber das war es nicht, worauf der Junge hinauswollte. Er schüttelte den Kopf. »Dieser Wagen«, sagte er, weiterhin angestrengt bemüht, die richtigen Worte zu finden, »wird von schlechten Leuten geführt. Dieser Mann ...«

»Senhor Nogueira?«

»Ja, das ist ein sehr schlechter Mann.« Der Junge warf seiner Mutter einen hilfesuchenden Blick zu. Aber sie lächelte nur Patrick an, sichtlich ohne die leiseste Ahnung, wovon die Rede war.

»Warum ist er so ein schlechter Mann?«

»Er ... diese Leute stehlen ... diese armen Leute. Sie kommen, aber dann gehen nicht mehr alle. Sie mit ihm und kommen nie wieder.«

Patrick bemerkte jetzt, daß das Lächeln der Mutter verschwand, als der Junge das, was er gerade gesagt hatte, auf portugiesisch wiederholte. Sie ließ einen wahren Schwall zorniger Worte los und bestätigte damit, daß sie der gleichen Meinung war. Dann wandte sich der Junge wieder Patrick zu. »Mama sagt, unsere Cousine Maria, sie zu diesem Wagen gegangen und sie kommt nie mehr zurück.«

»War sie krank? Vielleicht hat man sie ins Krankenhaus gebracht?«

»Nein, nicht krank.«

Die Wäscherin zeigte ihre Zähne und gab einen seltsamen Laut von sich.

»Die Zähne krank, nicht der Körper. Sie wegen ihrer Zähne dorthingehen. Das alles.«

»Und sie ist nie zurückgekommen? Bist du sicher?«

Die Mutter ließ wieder einen Schwall portugiesischer Wörter los und schien zu erwarten, daß Patrick sie verstand.

«Nein, niemals. Sie weggeholt, das ist alles«, sagte der Junge ernst.
»Wart ihr bei der Polizei?«
Der Junge verzog das Gesicht; er sagte etwas zu seiner Mutter, und die fing plötzlich laut zu lachen an, ein Lachen ohne eine Spur von Humor.
Dann sagte der Junge: »Sie diese Stadt nicht kennen, Senhor. Die Polizei nicht hierherkommen. Die Polizei unser Feind. Sie nichts tun.«

Aufgrund der Hinweise des Jungen, die dieser stockend lieferte, fand er die Ambulanz schließlich, einen weiß und blau lackierten Wagen, der am Ende einer schlammigen Straße parkte. So schlecht ihr Ruf auch in dieser Umgebung sein mochte, an Beschäftigung fehlte es ihnen jedenfalls nicht. Vor dem Wagen hatte sich eine lange Menschenschlange gebildet, hauptsächlich Frauen mit schreienden Säuglingen an der Brust und kleineren Kindern um die Beine.
Als ihm klar wurde, daß die Leute ihn ängstlich musterten, zog er sich in den Schatten eines kleinen Cafés auf der anderen Straßenseite zurück, von dem aus er das Geschehen unauffällig beobachten konnte. Stundenlang geschah überhaupt nichts, nur die Schlange wurde immer kürzer, bis sie bei Einbruch der Abenddämmerung noch aus etwa einem halben Dutzend Leuten bestand. Ein Mann in einem schmutzigen weißen Mantel tauchte jetzt an der Tür der Ambulanz auf und scheuchte die Leute weg.
Obwohl Patrick gute Augen hatte, war es ihm unmöglich, die Gesichter all der Leute zu behalten, die er im Lauf des Nachmittags hatte kommen und gehen sehen. Und da immer sechs-, sieben- und achtköpfige Familien gemeinsam in die Ambulanz stiegen und sie auch gemeinsam

wieder verließen, konnte er sie auch nicht richtig zählen. Trotzdem war er sicher, daß er mindestens zwei – in beiden Fällen halbwüchsige Mädchen – hatte einsteigen, aber nicht mehr aussteigen sehen.
Er kehrte zu seinem Wagen zurück und war froh, daß der immer noch an der Stelle stand, wo er ihn abgestellt hatte. Es gab nur eine Straße, die aus dem Viertel hinausführte, und Patrick hoffte, daß die Ambulanz über kurz oder lang auftauchen würde. Etwa zwanzig Minuten später blickte er auf und sah sie näher kommen. Er wartete, bis sie an ihm vorbeigefahren war, und hängte sich dann an.
Der Wagen fuhr an der Bucht entlang, vorbei an Slums, zerbröckelnden Piers, Lagerhäusern, Müllhalden und Treibstoffdepots. Nach eineinhalb Stunden hielt er an einem langen Kai. Männer mit nackten Oberkörpern, denen der Schweiß herunterlief, waren damit beschäftigt, Fische von einem Trawler zu entladen. Die Ankunft des blauweißlackierten Palmeiras-Wagens schien niemanden sonderlich zu interessieren – wahrscheinlich erschien er hier jeden Tag etwa zur gleichen Zeit.
Nachdem einige Minuten verstrichen waren, wurden die Doppeltüren am Heck des Wagens aufgestoßen. Patrick sah, wie vier auf Bahren geschnallte Patienten von Arzthelfern herausgetragen wurden. Sie bewegten sich nicht, aber Patrick wußte nicht, welche Schlüsse er daraus ziehen konnte. Er war zu weit entfernt, um sie genau zu sehen, war aber überzeugt, daß es sich bei einem der Patienten um ein halbwüchsiges Mädchen handelte. Ohne sonderliche Eile gingen die Träger mit ihren Bahren zu einem weißen Kutter, der neben dem Fischtrawler vertäut war. Ein großes rotes Kreuz prangte an seinem Bug.
Die Besatzung des Kutters, alles vierschrötige, muskulöse Männer mit den harten, wettergegerbten Gesichtern erfah-

rener Seeleute, kletterten herunter, um den Ärzten behilflich zu sein, die Patienten an Bord zu schaffen. Ein Mann, auf den Sarahs Beschreibung von Frederico Nogueira paßte, stieg aus dem Wagen aus, sah sich flüchtig um, stellte fest, daß die Verladung der Patienten glatt ablief, und stieg schnell wieder ein.

Patrick trat auf einen Arbeiter zu, der damit beschäftigt war, Fische auszunehmen und ihre Eingeweide ins Wasser zu werfen. Gierige Möwen lauerten überall auf ihr Abendessen.

»Englisch?«

»Ein wenig«, erwiderte der Mann, ohne von dem zappelnden Fisch aufzublicken, den er gerade aufschlitzen wollte.

»Können Sie mir sagen, wo dieses Boot – das mit dem roten Kreuz – hinfährt?«

»Das ist ein Hospitalboot, Senhor.«

»Ja, aber wo fährt es hin?«

»Zu dem Krankenhaus auf São do Cristovão«, sagte er, als wäre nichts offensichtlicher.

»Gibt es noch eine andere Möglichkeit, auf die Insel zu kommen?«

Der Mann sagte nichts. Blut spritzte auf Patricks Hosenbein. »Gibt es eine andere –?«

»Ich hab' schon gehört, Senhor.« Er deutete auf einen kräftig gebauten Mann, der damit beschäftigt war, das Deck eines ziemlich heruntergekommenen Bootes zu säubern. »Dieser Mann Sie hinbringen. Wenn Sie gut zahlen.«

Wieder eine Bootsfahrt, dachte Patrick. Warum wohl so viele Antworten auf Inseln liegen mochten?

Weil sie einen Vorsprung hatten und unterwegs auch nicht auf Turbulenzen stießen, erreichten sie die Insel nur etwa zwanzig Minuten nach dem wesentlich schnelleren Kutter.

Patrick konnte das Boot sehen, als sie ans Ufer kamen, es ankerte im Schutz einer kleinen Bucht.
Auf sich allein gestellt, kletterte er aus dem Boot und watete an Land. Er war sicher, daß die Dunkelheit ihn schützen würde. Jedenfalls schien jetzt niemand an Bord des Kutters zu sein, wenn auch von seiner Brücke noch Licht kam.
Als er den Strand erreicht hatte, entdeckte er einen schmalen Weg. Er führte einen kleinen Felshügel hinauf. Patrick vermutete, daß die Männer von dem Hospitalboot mit ihren Patienten denselben Weg eingeschlagen hatten.
Er brauchte nicht weit zu gehen, bis er Stimmen hörte. Unmittelbar bevor er den höchsten Punkt des Hügels erreichte, entdeckte er ein halbes Dutzend Männer, die auf und ab gingen und laut miteinander redeten. Die vier Patienten waren immer noch auf ihre Bahren geschnallt, die man jetzt auf den Boden gestellt hatte. Patrick konnte an ihnen immer noch kein Lebenszeichen feststellen. Offenbar warteten ihre Bewacher darauf, daß irgend etwas geschah.
Und dann geschah es. Eine Wand aus Blattwerk senkte sich und gab den Blick auf eine schiefergraue Tür frei. Als die sich aufschob, griffen die Männer nach den Bahren und gingen hinein.
Als er näher hinging, stellte Patrick fest, daß die Tür aus verstärktem Stahl bestand. Es war völlig unmöglich, sie zu öffnen. Wahrscheinlich wurde sie auch durch eine Kamera bewacht. Also zog er sich in den Schutz der Dunkelheit zurück.
Er ging auf und ab und überlegte, wo die Tür wohl hinführen mochte, aber soweit er das feststellen konnte, führte sie überhaupt nirgends hin. Die einzige Möglichkeit war ein Tunnel. Vermutlich lag das Krankenhaus nicht weit von hier.

Aber warum Patienten auf diesem Wege herbringen? Und warum sollte das Krankenhaus routinemäßig so viele Wohlfahrtspatienten aufnehmen, wo andere Tausende von Dollars für das Privileg bezahlten, dort behandelt zu werden? Es ergab wirklich keinen Sinn.

Eine halbe Stunde später kamen die Männer zurück, aber diesmal ohne Bahren – und ohne Patienten. Nicht daß sie mit leeren Händen kamen. Sie hatten Schachteln und Kisten bei sich, sehr schwere Kisten, der Anstrengung nach zu schließen, die an ihren Gesichtern abzulesen war.

Was ging hier vor? fragte Patrick sich.

Als sie den Weg wieder hinuntergingen, nahm er erneut die Verfolgung auf. Auf halbem Weg nach unten suchte er im Gebüsch Deckung, um sie beobachten zu können. Anstatt die Kisten an Bord zu bringen, setzten sie sie am Strand ab und machten kehrt, wahrscheinlich um weitere zu holen.

Patrick schlich zum Strand hinunter. Selbst wenn sie ihn entdeckten – er mußte herausfinden, was in den Kisten war. Die erste Kiste, die er sich vornahm, leistete all seinen Versuchen, sie zu öffnen, Widerstand, und so machte er sich an die nächste. Diesmal hatte er Glück.

Er hatte kaum den Deckel aufgestemmt, als sich ein unerträglicher Gestank ausbreitete. Ein solcher Gestank konnte nur einen Ursprung haben, das wußte Patrick: verwesendes Fleisch.

Er hielt den Atem an und spähte ins Innere der Kiste. Er entdeckte einen Schädel, an dem noch Stücke der Kopfhaut und Haarbüschel hingen. Die Erinnerung an den Schädel in Tanyas Hutschachtel schoß ihm durch den Kopf. Dann erinnerte er sich an all die anderen Schädel, die in Lady Fatimas *Terreiro* hinter dem Altar aufgereiht gewesen waren.

Lauter werdende Stimmen verrieten ihm, daß die Männer zurückkamen; also klappte er den Deckel der Kiste zu und verschwand mit ein paar Sätzen im Gebüsch. Diesmal luden die Besatzungsmitglieder alle Kisten ein und gingen an Bord. Bald war das Boot verschwunden.
Also, dachte Patrick, war hier für sie alle die Endstation gewesen: für die vernachlässigten Patienten aus dem St. Raphael's Hospital; die ungewollten Babys aus dem Florida Family Health Center; die politischen Gefangenen, die aus der Polizeistation in Cascadura verschwunden waren; die Slumbewohner, die man von den Straßen weggeholt hatte, angeblich um ihnen medizinische Betreuung angedeihen zu lassen. Die Männer in dem Krankenwagen, dessen war er sicher, waren Anhänger der Lady Fatima – wie Dr. Ferrangano. Selbst im Tod waren die Opfer nicht frei; ihre Geister wurden ausgenutzt und genauso kontrolliert, wie ihre Körper kontrolliert worden waren, als sie noch gelebt hatten. Nichts von diesen Menschen wurde verschwendet.

13

Seit Dr. Ferranganos Verschwinden hatte sich niemand mehr um Sarah gekümmert. Der rumänische Künstler, den sie an ihrem ersten Abend auf der Insel kennengelernt hatte, hatte einiges Interesse an ihr bekundet, dabei aber angemessenen Abstand gewahrt. Nach einer Weile begriff sie, warum das so war; anscheinend glaubte er, sie gehöre Julio. Und niemand würde natürlich das Risiko eingehen, ihren Gastgeber zu beleidigen, indem er sich an eine seiner Gespielinnen heranmachte, ebensowenig wie sie das nicht bei seinen kahlen Uakaris oder den drei seltenen Thylacinen tun würden. Sarah machte das nichts aus; es bedeutete, daß sie keinen peinlichen Situationen ausgesetzt sein würde. Allerdings staunte sie selbst ein

wenig über sich, als ihr bewußt wurde, daß ihr die Vorstellung, Julio Ferranganos Geliebte zu sein ... nun ja, schmeichelhaft vorkam.
Ferranganos Abwesenheit brachte sie ebensowenig weiter wie seine Anwesenheit; sie konnte immer noch nicht sagen, ob er nun der berüchtigte Dr. Cuica war oder nicht. Ihr Problem lag darin, daß sie sich ihn einfach nicht als einen Mann vorstellen konnte, der andere Leute in den Tod schickte. Trotz all ihrer Zweifel hielt sie es immer noch für möglich, daß er ihr helfen konnte, Mark zu finden und ihre Probleme mit der Polizei zu lösen. Was auch immer er sein mochte, worin auch immer seine Motive bestanden, sie würde ihm ewig dankbar sein, wenn er das für sie tat. Deshalb schob sie es wahrscheinlich auch hinaus, mit Patrick Verbindung aufzunehmen. Wenn Ferrangano das herausfand, war alles verloren.

Die Insel hatte eine eigenartige Wirkung auf sie; sie erzeugte in ihr eine Art Benommenheit und ein Gefühl, als stünde sie unter dem Einfluß irgendeiner glücklich machenden Droge. Patrick und Mark schienen weit weg, als stammten sie aus einem vergangenen Leben. Sie begann das Gefühl zu haben, daß es sich eigentlich gar nicht lohnte, Zeit damit zu vergeuden, sich um die beiden zu sorgen. Es genügte ihr, aufzuwachen, wann ihr danach war, von den Sonnenstrahlen und dem Duft von Salzwasser geweckt, und zu wissen, daß sie tun und lassen konnte, was sie wollte – schwimmen oder tauchen oder lesen oder einen Spaziergang machen oder überhaupt nichts tun. Niemand redete ihr drein. Nach allem, was sie in den letzten Monaten durchgemacht hatte, war dies ein Luxus, den sie sich redlich verdient hatte.
Zwei Tage nach ihrer Ankunft beschloß sie, einen längeren

Spaziergang zu machen, als sie das gewöhnlich tat. Bis jetzt hatte sie sich an die gut markierten Wege gehalten, die das ganze Gebiet durchzogen. Ferrangano hatte ihr versichert, daß die Tiere keine Gefahr bedeuteten. Wenn Menschen in ihre Nähe kamen, wichen sie in weitem Bogen aus. Das einzige Risiko war wohl, sich zu verlaufen. Denn so klein auch São do Cristovão war – sechseinviertel Meilen lang und nicht ganz drei Meilen breit –, das Terrain war sehr unterschiedlich und ein bißchen wild. Dichte, üppige Vegetation wucherte auf der Lava eines alten Vulkankraters; Wege, die man erst vor ein paar Monaten durch den Dschungel gebaut hatte, konnten leicht wieder verschwinden, wenn der Dschungel sein Eigentum zurückforderte. Man hatte Sarah geraten, sich ohne Führer nicht zu weit von der Villa zu entfernen.

Obwohl sie die Warnung nicht vergessen hatte, drängte es sie doch weiter hinaus. Sie bemühte sich, beim Gehen jede Biegung und jede Gabelung des Weges ihrem Gedächtnis einzuprägen, und suchte sich verschiedene Anhaltspunkte – einen umgestürzten Baum, ein ausgetrocknetes Flußbett, das Betonfundament eines Hauses, das entweder zerfallen oder vielleicht nie gebaut worden war –, um den Rückweg sicher zu finden. Außerdem war es noch früh; die Sonne stieg am Himmel empor und versprach wieder einen Tag wohliger Wärme. Sarah hatte es nicht eilig, sie war nur neugierig auf das, was sie hinter der nächsten Wegbiegung erwarten würde.

Gegen Mittag kam sie an einen kleinen Bach, der auf dem Weg zum Meer über Felsbrocken dahinplätscherte. Sie folgte dem Bach eine Weile, neugierig darauf, seinen Ursprung ausfindig zu machen, und stieß schließlich auf einen kleinen See, dessen Wasser klar genug war, daß sie bis auf den Grund sehen konnte. Sie schlüpfte aus ihrem Oberteil und ihren Shorts und sprang hinein. Sie schwamm länger als eine Stunde, ehe sie auf einen großen, flachen Granitbrocken kletterte und sich von der Sonne trocknen ließ.

Sie mußte eingedöst sein, denn als sie die Augen wieder aufschlug, war die Sonne bereits am Untergehen. Sie zog sich hastig an und machte sich auf den Rückweg.

Zuerst schritt sie voll Selbstvertrauen aus und war ganz sicher, denselben Weg zurückzugehen, den sie gekommen war. Aber nach einiger Zeit merkte sie, daß sie nach Markierungspunkten Ausschau hielt, die es anscheinend nicht gab. Am besten war es wohl, kehrtzumachen, zum See zurückzugehen und noch einmal mit dem Rückweg zu beginnen.

Sie fand den Bach wieder, aber nicht den See. Sie wußte, daß er nicht einfach im Lauf der letzten halben Stunde verschwunden sein konnte. Irgendwo mußte er einfach sein. Der Gedanke kam ihr, daß dies vielleicht nicht derselbe Bach war.

Plötzlich wurde ihr bewußt, daß sie die Orientierung völlig verloren hatte. Obwohl sie sicher war, daß sie das Meer erreichen würde, ganz gleich, in welche Richtung sie ging, konnte sie es doch nicht entdecken. Nur der Geruch von Salzwasser wehte mit der westlichen Brise durch die Bäume.

Ich darf nicht in Panik geraten, sagte sie sich. Früher oder später finde ich den Weg wieder. Aber in Wahrheit hatte sie völlig die Orientierung verloren. Möglicherweise war sie bei der Suche nach dem See noch weiter von ihrem Ziel abgekommen.

Was kann mir schlimmstenfalls passieren? fragte sie sich. Ich muß die Nacht hier draußen verbringen. Dann werde ich eben ein wenig hungrig sein, aber was soll's? Am Morgen finde ich dann schon heraus, wo ich bin.

Außerdem würde man doch garantiert jemanden ausschikken, um nach ihr zu suchen.
Trotz aller Zuversicht, die sie sich selbst einredete, hatte sie immer noch ein seltsames Gefühl. Ein plötzliches Rascheln in den Büschen ließ sie zusammenzucken. Vielleicht waren die Tiere wirklich keine Gefahr, aber sie hatte ihre Zweifel. Ganz besonders jetzt, wo es anfing, dunkel zu werden.
Die Tiere ließen sie in Frieden, aber nicht das Gelände, das sie jetzt bei jedem Schritt regelrecht anfiel. Sie verfluchte sich dafür, daß sie ein T-Shirt und Shorts trug; eine Kleidung, die sich für einen mittäglichen Spaziergang auf einem gepflegten Weg eignete und überhaupt nicht taugte, um sie vor den Büschen und Dornen ringsum zu schützen. Die Insekten, die sie ohne Unterlaß attackierten, bissen und stachen und drohten sie bei lebendigem Leib aufzufressen. Und noch schlimmer war der Schlamm. Sie verlor immer wieder den Boden unter den Füßen, glitt aus und stürzte.
Es war einfach lächerlich. Wie hatte sie sich so verlaufen können? Was würden sie von ihr denken, wenn sie schließlich wieder zur Villa zurückfand? Und was sie für einen Anblick bot – zerkratzt und blutend und mit Schlamm bedeckt. Was hätte sie jetzt für ein gemütliches, heißes Bad gegeben!
Und dann entdeckte sie zwischen den Bäumen ein Licht. Sie kämpfte sich weiter, wieder durch Gebüsch und Schlingpflanzen. Es war keine Halluzination. Da waren Lichter. eine Villa begann aus dem Unterholz hervorzutreten. Irgendwie hatte sie doch den Weg zurückgefunden.
Sie machte noch ein paar Schritte.
Irgend etwas stimmte nicht. Diese Villa war nicht die Villa, aus der sie gekommen war. Ehe sie darüber nachdenken

konnte, was das für ein Haus war, hörte sie hinter sich ein Geräusch. Als sie sich umdrehte, leuchtete ihr eine Taschenlampe in die Augen.
Sie konnte zwar die Gesichtszüge des Mannes nicht ausmachen, konnte aber sehen, daß er in einer Hand eine Taschenlampe hielt – und in der anderen eine Pistole. Als er sie aufforderte, weiterzugehen, ging sie weiter.

14

Stimmen drangen an ihr Ohr, aus einem Raum, den sie von ihrem Standort aus nicht sehen konnte. Schritte aus etwas weiterer Ferne hallten wie durch leere Räume. Ein Hauch von Parfum, ein wenig zu schwer, hing in der Luft. Zwei Männer im Smoking standen zu beiden Seiten der Tür, auf die sie und der Mann zugingen. Sie musterten sie argwöhnisch, reagierten aber sonst nicht auf ihre Anwesenheit.
Der Mann hinter ihr hatte seine Waffe weggesteckt, durch seine Gesten aber keinen Zweifel daran gelassen, daß sie gut daran tat, nicht wegzulaufen. Alle Versuche, sich mit ihm zu verständigen, waren fehlgeschlagen; es schien, daß er weder Englisch noch Französisch sprach. Sie hatte den Eindruck, daß sich in dieser Villa eine bedeutende Person aufhalten mußte. Warum sonst die ganzen Sicherheitsvorkehrungen?
Der Raum, in den man sie führte, war von einem großen Lüster an der Decke beleuchtet. Sieben Leute saßen darunter und tranken Champagner und heißen Tee. Drei von ihnen waren Frauen, die eine eine Schönheit. Sie trugen alle Schwarz, als befänden sie sich in Trauer. Sarahs ramponiertes Äußeres registrierten sie mit einer Mischung aus Mißbilligung und Mitleid. Die Männer waren alle grauhaarig und wirkten wichtigtuerisch und selbstgefällig. Als Sa-

rah den Raum betrat, verstummten alle. Aber die Sprache, in der sie sich unterhalten hatten, verstand sie so und so nicht.
Der Mann, der sie hergebracht hatte, bedeutete ihr mit einer Handbewegung, sie solle sich setzen. Dann verschwand er. Eine der Frauen bot ihr eine Tasse Tee an, und sie fühlte sich verpflichtet, sie anzunehmen, obwohl sie Champagner vorgezogen hätte.
Von da an ignorierte man sie. Das Gespräch wurde fortgesetzt, als befände sie sich nicht im Raum. Niemand beachtete sie. Dennoch hatte sie das Gefühl, daß sie im Zweifelsfall keinen Schritt weit kommen würde.
Nach etwa zwanzig Minuten verlor sie die Geduld und wandte sich an die Frau, die ihr den Tee gegeben hatte.
»Kennen Sie Dr. Ferrangano? Sind Sie mit ihm befreundet?«
Sie bemühte sich sehr um eine deutliche Aussprache, aber die Frau schien sie nicht zu verstehen. Aber eine der anderen verstand sie offenbar. Ja, sie kannten Dr. Ferrangano anscheinend, zumindest klang ihnen der Name vertraut. Aber die paar Worte Englisch, die sie beherrschten, reichten nicht aus, um die Unterhaltung weiter auszudehnen.
Dann hörte Sarah ihren Namen, blickte auf sah jemanden, den sie kannte, jemanden, der ihr erklären konnte, was hier vor sich ging – Harry Furst.
Unter normalen Umständen wäre sie nicht erfreut darüber gewesen, ihn zu sehen. Sie hatte ihn von Anfang an nicht sonderlich leiden können, und seine gelegentlichen Versuche, sich bei ihr einzuschmeicheln, hatten sie nur noch mehr abgestoßen. Aber jetzt stand sie auf und begrüßte ihn wie einen alten Freund.
»Was geht hier vor, Harry? Wer sind diese Leute?«

Er nahm ihre beiden Hände. »Nun, sie sind Verwandte – und Freunde – von einem von Julios Patienten.«
»Einen sehr bedeutenden Patienten sicherlich.«
»O ja, sehr bedeutend. Aber ich verstehe nicht, wie *Sie* hierhergekommen sind. Sie scheinen ziemlich weit vom Weg abgekommen zu sein.«
»Ja, ich fürchte, ich habe mich verlaufen.« Er musterte ihre schmutzige Kleidung und die frischen Kratzer an Armen und Beinen und nickte dann. »Ich verstehe. Nun, Sie könnten sich vielleicht ein wenig frisch machen.«
»Das wäre wunderbar. Und etwas zu essen hätte ich auch gern. Ich bin halb verhungert.«
Er wandte sich an einen der Männer und sagte: »Könnten Sie nach einer Angestellten klingeln und veranlassen, daß sie für diese junge Dame ein Bad und ein paar frische Sachen herrichtet?«
Der Mann, der wunderbarerweise plötzlich über Englischkenntnisse verfügte, die er noch vor fünf Minuten nicht besessen hatte, versicherte Harry, daß das sofort erledigt werden würde. Augenblicke später stand eine silberhaarige Frau um die Sechzig, ebenfalls in schwarzer Kleidung, neben Sarah.
»Wo kommen diese Leute her, Harry?«
»Wir unterhalten uns später, Sarah. Nachdem Sie Ihr Bad genommen haben.«
Es war ein eigenartiges Badezimmer, völlig anders als jedes Bad, in dem sie je gewesen war; nicht nur, daß es viel größer war. Auch verblüfften sie weniger der Kristallüster oder die Marmorbadewanne oder die goldenen Wasserhähne; dergleichen hatte sie schon früher gesehen, wenn auch nicht so großartig. Aber warum zwei Toiletten – und vis-à-vis angeordnet? Seltsame Bilder stiegen in ihr auf, die sie gleich wieder verscheuchte.

Der Raum hatte sich mit Dampf von ihrem Bad gefüllt, und so merkte Sarah nicht einmal, daß da noch jemand war, bis sie aus der Wanne stieg.
»Ich hoffe, Sie fühlen sich jetzt erfrischt.« Es war Harry Fursts Stimme.
Sie zuckte zusammen und griff nach dem Bademantel, den die Angestellte ihr dagelassen hatte. »Harry!«
»Es tut mir leid, so hereinzuplatzen, aber es gibt einiges, das wir miteinander bereden müssen.«
An seiner Stimme war etwas, das ihr nicht gefiel. »Was für Dinge? Ich dachte, ich würde mit Ihnen zurückgehen.«
Jetzt, wo der Dampf weniger dicht war, konnte sie ihn deutlicher sehen; er stand an der Tür und versperrte ihr den Ausgang.
»Später. Morgen vielleicht. Man hat Sie eingeladen, die Nacht hier zu verbringen.«
»Eingeladen? Wer denn?«
»Haben Sie von Mohammed Beheschti Khan gehört?« Als sie verneinte, sagte er: »Nun, dann kennen Sie vielleicht den Namen, den man ihm üblicherweise gibt – Der Lehrer.«
»Aber sicher, ich lese schließlich Zeitung.« Dann begriff sie. »Ist er es, der hier wohnt? Er ist Julios Patient?«
Ohne auf ihre Frage einzugehen, fuhr er fort: »Der Lehrer hat allem Anschein nach Gefallen an Ihnen gefunden.«
»Was? Was soll denn das heißen?« Sie hüllte sich enger in den Bademantel.
»Ich gebe nur weiter, was man mir gesagt hat.«
»Wie kann er denn Gefallen an mir gefunden haben, wenn er mich noch nie gesehen hat?«
»Oh, das hat er. Er hat Sie heute nachmittag gesehen, als Sie ein Sonnenbad nahmen. Man hat vom Dach aus gute Aussicht – und er hat ein Fernglas mitgebracht.« Er machte eine Pause. »Ich nehme auch an, daß er Sie in diesem

Augenblick beobachtet.« Er blickte zur Decke. Die Linse einer Kamera starrte sie an. »Die Dinger sind überall in der Villa«, sagte Furst. »Aus Sicherheitsgründen.«
»Du lieber Himmel! Was soll der Unfug?« Sie konnte noch immer nicht begreifen, daß das nicht bloß ein dummer Scherz von Harry Furst war.
»So ist das eben, Sarah«, erwiderte er ausdruckslos. »Dem Lehrer geht es nicht gut, und das ist der Grund, weshalb er hier ist. In einer Woche, vielleicht schon früher, wird er sich einer größeren Operation unterziehen. Aber er ist fest überzeugt, daß die Gesellschaft einer schönen Frau ... äh ... von therapeutischem Nutzen für ihn sein wird.«
»Therapeutischer Nutzen? Sie müssen verrückt sein!« Dann überlegte sie einen Augenblick, ohne dabei die Kamera aus den Augen zu lassen. »*Er* muß verrückt sein«.
Harry Furst schüttelte ernst den Kopf und seufzte, als könnte er nicht verstehen, warum Sarah es ihm so schwermachte. »Für Sie mag das unangenehm sein, aber Sie müssen Ihre Lage richtig einschätzen. Wir haben uns große Mühe mit Ihnen gegeben. Glauben Sie nicht, daß Julio alles in seiner Macht Stehende tut, um Ihre Probleme mit den Behörden zu klären? Ich glaube nicht, daß es so unfair ist, auch von Ihnen eine Gefälligkeit zu erwarten.«
»Wo ist Julio? Ich möchte mit ihm reden.«
»Ich fürchte, das wird nicht möglich sein, Sarah. Das hat nichts mit Julio zu tun. Glauben Sie mir, wenn Sie das nicht für uns tun, werden Sie diese Insel nie verlassen.« So, wie er sie dabei ansah, wußte sie, daß es sein Ernst war, daß Protest oder Widerstand sinnlos war.
Als sie stumm blieb, sagte er: »Es ist ja nicht so, daß es Ihnen nicht gefallen wird, wenn Sie nur wollen, Sarah. Glauben Sie mir, es gibt viele Frauen, die alles darum geben würden, an Ihrer Stelle zu sein.«

15

Nach einer Stunde verblüffte Der Lehrer Harry Furst, indem er Sarah wegschickte. Nein, sagte Der Lehrer, der Grund war nicht, weil er Sarah unbefriedigend gefunden hätte; im Gegenteil, sie bereitete ihm großes Vergnügen, aber er mußte sich jetzt einfach etwas ausruhen. Da sieht man, wie krank er sein muß, dachte Furst, wenn er eine schöne Frau nach so kurzer Zeit wegschickt. Für Den Lehrer früherer Jahre wäre eine Stunde gar nichts gewesen.

Als Sarah das Schlafzimmer Des Lehrers verließ, wirkte sie bleich und benommen, und ihr Gang war unsicher. Wenn sie ein Gespenst gesehen hätte, hätte sie das nicht so sehr erschüttern können. Sie wirkte völlig aufgelöst. Was hatte er mit ihr gemacht? fragte sich Furst. Er hätte alles darum gegeben, es zu wissen.

Als Furst von Ferrangano Sarahs Geschichte gehört hatte, war er entzückt gewesen. Das war die perfekte Lösung. Eine junge Amerikanerin, hübsch und verletzbar, die mit den Behörden Schwierigkeiten hatte! Außerdem stammte sie aus wohlhabendem Haus, war gebildet und hatte Klasse. Furst dachte, er könne sie vielleicht auch als Ersatz für Sally Templeton benutzen. Sie schien viel interessanter als Sally – und in verzweifelter Lage. Er stellte sich eine Frau vor, die sowohl für Kurierdienste als auch als Geliebte einsetzbar war, eine Frau, die ihn nicht dem Schmerz und den Ängsten aussetzen würde, wie Sally das getan hatte; eine Frau, die er nicht so würde beseitigen müssen, wie das bei Sally notwendig geworden war.

Aber als er Sarah dann kennengelernt hatte, überlegte er es sich anders. Sie wirkte auf ihn zu instabil, zu unbesonnen und neigte somit vermutlich zu voreiligem Handeln. Und doch hatte sie zu seiner Überraschung tatsächlich einen Zweck erfüllt. Was für ein Glück, daß sie sich verlaufen und

Der Lehrer sie mit dem Fernglas entdeckt hatte. Jetzt, wo sie von der Anwesenheit Des Lehrers wußte und sein Bett geteilt hatte, wenn auch nur eine Stunde, durfte man natürlich nicht zulassen, daß sie die Insel verließ. Und er hatte das Gefühl, daß sie das auch wußte.

Nicht einmal eine Stunde später, kurz vor ein Uhr morgens, fand ein Bediensteter Furst im Garten. Sein Gesichtsausdruck ließ keinen Zweifel daran, daß etwas passiert war.
Wie zu befürchten gewesen war, hatte Der Lehrer wieder einen Anfall gehabt. Zuviel Anstrengung, schloß Furst. Sein Blutdruck fiel bedrohlich ab. Er erbrach Blut in Strömen und verlor immer wieder das Bewußtsein. Dahlbeck und Kander, deren Zimmer unmittelbar neben dem des kranken Potentaten lagen, waren eilig geweckt worden und an sein Krankenbett geeilt.
Dahlbeck setzte Dem Lehrer sofort einen Druckhelm auf. Furst fragte, wozu der Helm diente.
»Damit halten wir den Schlauch in seiner Kehle fest«, erklärte Dahlbeck. »An dem Schlauch ist ein Ballon befestigt, der die Adern zusammendrückt und damit die Blutung stoppt. Dieses Blut kommt aus den verdammten Varizen.«
Ohne Zweifel hätte Der Lehrer gegen den Helm protestiert, wie er das schon früher getan hatte – wenn er bei Bewußtsein gewesen wäre. Trotz aller Zusicherungen von Aziz erwies Der Lehrer sich als ein sehr schwieriger Patient. Sie hatten alle Mühe, ihn dazu zu bewegen, die Diät einzuhalten, auf die sie ihn gesetzt hatten, und dazu ein Darmreinigungsmittel einzunehmen, das zugegebenermaßen einen widerwärtigeren Geruch verströmte als alles, was Furst je gerochen hatte.
Sobald sie die Blutung unter Kontrolle hatten, kam Der

Lehrer wieder zu Bewußtsein. Als erstes verlangte er nach Wasser. Sein Durst mußte schrecklich sein, und das wenige Wasser, das Dahlbeck ihm erlaubte, stillte ihn kaum. Man brauchte kein Arzt zu sein, um zu wissen, wie schlecht es um ihn stand. Die nachlassende Funktion seiner Leber hatte andere innere Organe in Mitleidenschaft gezogen. Seine Haut war gelb und juckte so, daß er sich dauernd kratzen mußte, selbst im Schlaf. Sein Leib war angeschwollen, und dann war da noch sein Herz; alle vier Stunden mußten sie ihn an ein Tropfgerät hängen und ihn voll Antibiotika pumpen, um eine Infektion zu verhindern.
Der Lehrer versuchte zu sprechen, aber der Schlauch, der in seinem Hals steckte, hinderte ihn daran. Auch sonst hätte er sich wohl nicht klarer ausdrücken können. Da seine Leber weitgehend ihre Entgiftungsfunktion eingebüßt hatte, wurde allmählich sein Verstand in Mitleidenschaft gezogen. Er verlor immer wieder den Faden, hielt mitten im Satz inne, ohne noch zu wissen, was er gerade gesagt hatte. Der Mann, der clever genug gewesen war, Hunderte Millionen Dollar für sich und seine Familie beiseite zu schaffen, war er jetzt nicht einmal mehr imstande, Wechselgeld für einen Dollar abzuzählen.

Um zwei Uhr fünfunddreißig, als die beiden Ärzte glaubten, sie hätten ihren Patienten stabilisiert, begann er am EKG Symptome von Bradykardie zu zeigen; sein Herzschlag wurde gefährlich langsam. Dahlbeck und Kander kehrten in sein Zimmer zurück und begannen seinen Brustkorb zu massieren und ihn voll Adrenalin zu pumpen.
Furst sah besorgt zu. »Laßt ihn nicht sterben, verdammt!« schrie er und hatte keine Ahnung, wie weit seine Stimme hallte, bis er in die erschreckten Gesichter von Rafi Aziz und den Sicherheitsmännern blickte, die sich geweigert

hatten, das Zimmer zu verlassen. Sie waren vermutlich so an Verschwörungen gewöhnt, dachte Furst, daß sie Angst gehabt hatten, die Ärzte würden versuchen, Den Lehrer zu töten, falls er nicht von selbst starb.

Es dauerte wahrscheinlich nur ein oder zwei Minuten. Aber für Furst schien es eine Ewigkeit. Und dann begann die gerade Linie – das Nebraska-Zeichen – auf dem EKG-Bildschirm langsam Bewegung zu zeigen, schwach zuerst, dann ausgeprägter, beinahe normal. Normal jedenfalls für Den Lehrer. Die beiden Ärzte sahen Furst an, und ihre Gesichter zeigten Erleichterung.

Aber sie waren restlos erschöpft; es war ein qualvolles Geschäft, Den Lehrer am Leben zu halten. Wie lange konnten sie noch Wunder vollbringen?

»Noch einmal hält er eine solche Blutung nicht aus«, sagte Dahlbeck, als sie den Raum Des Lehrers verlassen hatten. »Er befindet sich im Endstadium der Krankheit – hepatische Enzephalopathie. Ich fürchte, das nächste Mal bringen wir ihn nicht mehr durch. Und bei seinem Herzen –« Er zuckte die Achseln. »Wenn wir uns früher um ihn hätten kümmern können, hätten wir einen Schrittmacher eingeführt, das würde uns jetzt helfen.«

»Da war nichts zu machen. Wir hätten ihn ganz sicher nicht früher aus seinem verdammten Land herausholen können, das wißt ihr doch«, sagte Furst.

»Wir können uns jetzt jedenfalls keine Verzögerung mehr leisten«, warnte Dahlbeck. »Wir können nicht länger warten. Ich wünschte, wir hätten mehr Zeit. Ich würde den Schrittmacher sofort einsetzen und es mit endoskopischer Behandlung versuchen, um die Ausbreitung dieser Varizen zu verhindern. Aber es ist keine Zeit mehr. Wir müssen so schnell wie möglich operieren.«

»Ich werde Julio anrufen und ihm sagen, daß wir ihn für

morgen ganz früh ansetzen«, erklärte Furst. »Ihr erklärt es Rafi.«

Davon war Dahlbeck nicht gerade erbaut. Aziz würde eine ausführliche Darstellung jedes einzelnen Schrittes verlangen, den das Chirurgenteam während der zehnstündigen Operation plante. Er war um das Leben Des Lehrers sozusagen noch besorgter als Der Lehrer selbst. Und das aus gutem Grund. Seine Zukunft in der Regierung – ja vielleicht sein Leben – hing weitgehend von der Genesung Des Lehrers ab.

Aber Dahlbeck, als Chef des Chirurgenteams, hatte keine Wahl. »Er wird natürlich Garantien von mir verlangen, daß die Operation gelingt. Und du weißt genau, daß ich ihm die nicht geben kann.«

»Warum nicht?« meinte Furst. »Sag ihm, was er hören möchte. Erinnere ihn daran, daß wir die perfekte Passung gefunden haben. Du mußt hervorheben, wie selten das ist. Bedenke doch, Clifford, eine perfekte A-Passung!«

Monate zuvor war im Palast Des Lehrers eine komplette Testserie durchgeführt worden. Die Tests reichten von Knochentomographien und Röntgen bis zum Herzkatheder und einer endoskopischen Untersuchung seiner kranken Speiseröhre. Aber die wichtigsten Tests, die sie durchgeführt hatten, dienten dazu, seinen genauen Gewebetypus zu analysieren, um einen geeigneten Spender zu finden.

Die Passungen wurden von A bis D abgestuft. In den meisten Fällen erwiesen sich die Passungen als nicht perfekt und mußten durch verschiedene immunisierende Mittel wie Zyklosporin unterstützt werden, um zu verhindern, daß der Empfangskörper das neue Gewebe abstieß. Leute mit Leber-, Herz-, Lungen- und Nierenschäden wurden routinemäßig gezwungen, einige Monate lang zu warten, bis sich geeignete Passungen fanden. Manchmal warteten allein in den Vereinigten Staaten bis zu fünfzehntausend Menschen angstvoll auf ein Spenderorgan. Manchmal warteten sie vergebens, und es machte keinen Unterschied, daß sie die 460 000 Dollar besaßen, die für eine neue Leber zu zahlen waren, oder die 140 000 Dollar für ein neues Herz; sie waren so oder so dem Tod geweiht. Es war so schlimm geworden, daß manche Besitzer von Bestattungsunternehmen und Krematorien insgeheim angefangen hatten, einen Handel mit Körperteilen zu treiben und die Verzweiflung der Bedürftigen ausnutzten, auch wenn häufig das Organ nicht frisch oder auch gar nicht gesund war.

Und das war der Grund, weshalb Julio Ferrangano das Netz gebildet hatte – damit diejenigen, die genug Geld besaßen, sich ihr Leben zurückkaufen konnten.

16

Nachdem Patrick sich eineinhalb Stunden lang seinen Weg durch den Busch gebahnt hatte, fand er schließlich das De Solis Hospital. Es stand auf einem vorgelagerten Hügel und sah auf den Atlantik hinaus. Es erinnerte an monumentale Skulpturen alter Zivilisationen und schien mit seinen trapezförmigen Fenstern und den wuchtigen, im Zickzack verlaufenden Mauern von den Inkas inspiriert.

Als Patrick dem Gebäude ziemlich nahe gekommen war, konnte er durch die Doppeltüren aus Glas sehen. Ein Sicherheitsbeamter saß hinter einem Schreibtisch, ein anderer, die Waffe an der Hüfte, stand mit verschränkten Armen vor den Aufzügen. Erstaunlich grelle Deckenlampen ließen den Vorraum wie eine Filmkulisse erscheinen. Die Vorstellung, einfach hineinzugehen und an den Wachleuten vorbeizuschlüpfen, war lächerlich.

Also ging er den Weg zurück, den er gekommen war, jetzt

mit dem Terrain etwas vertrauter, bis er die getarnte Tür erreichte, die die Männer von dem Kutter benutzt hatten. Früher oder später, so vermutete er, würde jemand kommen und öffnen. Er wußte nicht, wie er sonst in das Gebäude hineinkommen sollte.
Und er mußte hinein, koste es, was es wolle. Hier war seine letzte Chance, Charlottes Spur zu finden. Und auch die letzte Chance, Sarah zu helfen.

Es dauerte bis drei Uhr morgens, und Patrick war inzwischen so müde, daß er kaum noch geradeaus schauen konnte, aber seine Geduld wurde schließlich belohnt. Zwei Männer, die zugeklebte rote Abfallsäcke mit einem großen X trugen, tauchten auf. Krankenhausabfall, vermutete Patrick. Um was für Abfall es sich handelte, wollte er lieber gar nicht wissen.
Sie gingen den Weg zum Strand hinunter. Vermutlich wartete dort ein Boot, um den Abfall wegzuschaffen – oder ihn in den Atlantik zu kippen. Jedenfalls rechneten sie offenbar damit, in ein paar Minuten wieder zurück zu sein, weil sie die Tür offenließen.
Eine bessere Gelegenheit würde sich ihm nie mehr bieten, das wußte er. Er rannte hinter dem Busch hervor, wo er Deckung gesucht hatte, und schlüpfte durch die Tür.
Vor ihm erstreckte sich ein scheinbar endloser Korridor mit Wänden aus rohbehauenem Lavagestein, der von schwachen Deckenlampen nur unzureichend beleuchtet war. Er folgte dem Gang und fragte sich, ob man ihn vielleicht über Monitore beobachtete. Aber er entdeckte keine Kameras und hoffte, daß man sein Eindringen nicht bemerkt hatte.
Er hörte die Stimmen von zwei Frauen. Als er sie erreichte, sah er, daß es Putzfrauen waren, die den Boden schrubbten.

Aber sie lächelten ihm nur zu und nahmen ohne Zweifel an, daß er hierhergehörte.
Ein Stück weiter kam er an einem Laboratorium vorbei, wo ein Mann, der Patrick den Rücken zuwandte, Proben untersuchte. Ein weißer Labormantel, der über einer Stuhllehne hing, fiel Patrick ins Auge. Er trat ein paar Schritte in das Labor, schnappte sich den Mantel – ohne daß der Mann es bemerkte – und eilte davon.
Der Mantel war ihm etwas zu klein, aber wichtig war jetzt nur, so auszusehen, als gehörte er hierher.
Als ihm klar wurde, daß er in diesem Teil des Krankenhauses nur Lagerräume und Labore finden würde, beschloß er, sich in den oberen Stockwerken umzusehen.
Patrick stieg im dritten Stock aus dem Aufzug und sah eine Schwesternstation, von der Korridore wie die Speichen eines Rades ausgingen. Obwohl er keine Ahnung hatte, wo sein Weg ihn hinführte, wußte er, daß ihn jedes Zögern verraten würde. Also wählte er willkürlich, den Blick nach vorne gerichtet, einen der Korridore aus und war schon darauf gefaßt, daß eine der Schwestern ihm etwas nachrief. Aber offenbar verlieh ihm der Labormantel genügend Glaubwürdigkeit.
Nichts, was er sah, kam ihm auch nur im geringsten verdächtig vor. Die Station, durch die er ging, schien sauber, ordentlich und effizient. Dies hätte ein Krankenhaus irgendwo auf der Welt sein können, wenn hier auch ganz offenkundig nicht im geringsten an Geld gespart worden war.
Die Räume der Patienten hatten die Größe von Suiten und schienen nach individuellem Geschmack eingerichtet. Einer der Räume wirkte viktorianisch, mit dicken Gardinen und antikem Mobiliar. ein anderer war wie die Kabine eines Ozeanliners angelegt, sogar mit Fenstern, die wie Bullaugen geformt waren.

An der Tür jeder Suite hing ein Blatt auf dem – in englisch – die Krankheit des Patienten, seine Symptome, der Name seines Arztes und die vorgeschriebene Behandlung festgehalten waren. Es fiel Patrick nur auf, daß keine Patientennamen vermerkt waren. Statt dessen gab es einen Code: PK-1, PK-8, AZ-5, PAN-2 ...

Er hatte beinahe das Ende des Korridors erreicht, als ihm plötzlich klar wurde, daß der Code sich auf die jeweilige Krankheit des Patienten beziehen mußte. PK mußte Parkinsonsche Krankheit bedeuten und AZ Alzheimersche. Mit PAN konnte er allerdings nichts anfangen; von den zwei PAN-Patienten auf der Station litt der eine unter Diabetes, der andere an Leukämie.

Aber dann kam er dahinter, daß es möglicherweise eine Verbindung gab. Eine Zeitlang hatte man fötale Gehirn- und Adrenalingewebe, die weniger immunologische Abstoßung als ähnliches Gewebe eines Erwachsenen verursachten, experimentell eingesetzt, um an Patienten die Symptome von Parkinsonscher und Alzheimerscher Krankheit zu beheben. Außerdem glaubte man, daß Fötalgewebe der Bauchspeicheldrüse und von Herz und Leber therapeutischen Wert für die Behandlung einer Vielzahl von Krankheiten, darunter auch aplastischer Anämie, Strahlenkrankheit, Huntington Chorea, hatte – und Diabetes und Leukämie. PAN mußte also fötales Pankreasgewebe bedeuten.

Untersuchungen an Fötalgewebe waren zwar in den Vereinigten Staaten zulässig, unterlagen aber strengen Vorschriften. Hier im De Solis Hospital wurden offensichtlich chirurgische Eingriffe, die überall sonst in der Welt ausschließlich an Labortieren durchgeführt wurden – tatsächlich an menschlichen Wesen vorgenommen. Das also war mit den Föten von Dr. Violas Patientinnen geschehen; sie

hatten in den Gehirnen und Körpern der Kunden des Netzes ihre letzte Station gefunden.
Er erreichte die nächste Station. Hier hielten sich Patienten auf, deren Krankenblätter völlig andere Symptome als die in der letzten Station aufwiesen: Schwellungen, Fieber, Blutungen, Unwohlsein. Patrick stellte fest, daß die Mittel, die diesen Patienten verabreicht wurden, alle ähnlich waren: antilymphozytisches Globulin, Azxathioprin, Preonison, OKT3, T122, CSA.
Sämtliche Symptome deuteten auf die Abstoßung von fremdem Gewebe hin. Die eingesetzten Medikamente sollten diese Abstoßung stoppen. Jedem dieser Patienten war in jüngster Vergangenheit ein Organ eingepflanzt worden. Patrick fragte sich, ob auch nur einer von ihnen wußte, woher sein neues Organ stammte.

17

Selbst am frühen Morgen, als Ferrangano sich auf den Weg machte, war es schon schwierig, sich in irgendeine Richtung zu bewegen. Feiernde von der Nacht zuvor mischten sich unter jene, die gerade erst in Aktion getreten waren. Die Straßen wimmelten von Harlekinen, Pierrots, Musketieren, Conquistadores, Pferden, Indianern, Königen in Leoparden- und Tigerfellen, üppigen Haremsdamen in knappen Kostümen und halbnackten Sklaven, die mit bunten Federn geschmückt waren. Es gab sogar eine Herde langhalsiger Giraffen. Frauen, die gestern Zimmermädchen und Hausangestellte gewesen waren, waren heute Prinzessinnen und Königinnen, in grellbunte Kostüme gekleidet, deren einziger Zweck zu sein schien, soviel Fleisch wie möglich zu zeigen. Mistgabeln, Peitschen und Ketten gab es im Überfluß: tausend sadomasochistische Phantasien, die hier auf einmal verwirklicht wurden.

Hinter ihnen kamen die Armeen der Rhythmusgruppen – die verschiedenen Sambaschulen: die *Beija-Flor*, der *Bando do Leme*, die *Banda da Sa Ferreira*, die *Banda do Arroxo*. Es war unmöglich, die Marschierenden von den Zuschauern zu unterscheiden. Alle waren voller Blumen, Konfetti und Luftschlangen. Straßenhändler zwängten sich durch die Menge und riefen ihre Waren aus: »Sandwiiechas! Sandwiiechas! Cerveja! Cerveja!« Die Luft trug tausend Gerüche zu ihm: dampfende *Feijoada, Coco Batido*, Marihuana und den beißenden Dunst detonierender Knallfrösche.
Aber mehr als alles andere störten ihn die zahllosen Bilder des Todes: all die Totenköpfe, Dämonen, Skelette, Henker, Hexen, Geister und Teufel.
Als Ferrangano sich schließlich in Sichtweite seines Zieles befand, das in einem weitläufigen Distrikt des Centro lag, ließ sein Fahrer ihn aussteigen; den Rest des Weges legte er zu Fuß zurück.
Er wurde erwartet, wie immer. Der Duft von Weihrauch begrüßte ihn, als er eintrat. Lady Fatima saß im Halbdunkel, und ihre Augen leuchteten auf, als er den Raum betrat. Als er näher kam, sah er, wie locker ihr Kleid anlag; es hatte sich oben und unten auseinandergeschoben, so daß er ihre vollen Brüste sehen und seine Augen an der glatten Haut ihrer Schenkel und ihrer außergewöhnlichen Beine weiden konnte. Von all den Frauen, die er je genommen hatte, hatte nur Fatima ihn genommen. Er war überrascht und zugleich verstimmt darüber, daß er sie immer noch begehrte. Andere Frauen, ganz gleich, wie schön, wie kultiviert oder wie verlockend sie waren, hatten nicht diese Wirkung auf ihn.
Fatima mußte ihre Macht dazu benutzt haben, ihn zu verhexen; die einzige Erklärung für den Bann, in den sie ihn geschlagen hatte, war, daß er ein Opfer ihres Macumba-

zaubers sein mußte. Er bäumte sich dagegen auf, versuchte sich ihr zu entziehen. Aber sosehr er sich auch wehrte, er kehrte immer wieder zu ihr zurück. Vielleicht zog ihn gerade die Tatsache, daß sie ihm gegenüber immun war, so an und entflammte ihn immer wieder aufs neue. Sein Aussehen, sein Ruf, die Macht, die er über Menschen besaß, machten nicht den geringsten Eindruck auf sie. Und er wußte, daß er daran nichts ändern konnte.

Er war ihr jetzt so nahe, daß er ihren Geruch einatmen konnte. Es war ein Duft, der keinem anderen glich. Er kam aus den Poren ihrer Haut, nicht etwa von einem Parfum. Er sehnte sich danach, in ihr Vergessen zu finden.

Ein paar Augenblicke lang herrschte Schweigen zwischen ihnen. Es schien, als warte jeder darauf, daß der andere etwas sagte. Die Schattenmuster an der Wand wechselten unablässig, von dem Licht der Kerzen in Bewegung gesetzt, die durch die leeren Augenhöhlen der Schädel hinter ihr leuchteten. Wessen Schädel mochten das sein? fragte er sich. Nana Magalhaes? Sally Templeton? Jack Cadmus? Aber eigentlich wollte er es gar nicht wissen.

Er war nicht sicher, wer von ihnen beiden den besseren Teil des Handels gemacht hatte – er oder Fatima. Und was für ein Handel das war, dieser Austausch mit Körperteilen und Seelen. Sie hatte ihm den Schutz Iemanjas und Oxalas und all der anderen Götter zugesichert, von denen er nicht wußte, ob er überhaupt an sie glaubte – bis er Fatima begegnet war. Sie hatte den Erfolg des Netzes vorhergesagt und – davon war er überzeugt – kannte auch ihr Ziel. Ohne Zweifel hatte bei ihrem Handel Geld eine Rolle gespielt und auch Politik. Als Dr. Cuica hatte er Beziehungen in den höchsten Etagen der Militärregierung gepflegt und damit die Garantie geschaffen, daß das Netz ebenso staatlichen Schutz wie den der Götter genoß. Als Dr. Ferrangano hatte

er Karriere gemacht, zuerst als Chirurg, dann – wesentlich profitabler – als Schönheitschirurg. Seine Patienten wurden immer wohlhabender, und mit der Zeit wurde ihr Wohlstand der seine.
Aber ihn und Fatima verband etwas viel Stärkeres als Geld oder Politik: der Glaube.
Sie war es, die schließlich das Schweigen brach. »Du hast Angst, Julio, deshalb bist du hierhergekommen.«
Ja, das stimmte, er hatte Angst. Seine Nächte waren angefüllt mit schrecklichen Träumen, seine Tage mit Vorahnungen. Zuerst glaubte er, es sei wegen der Ereignisse in Florida und der Zerstörung der Klinik. Damals hatten die Dinge angefangen, sich zum Schlechten zu wenden. Aber jetzt begriff er, daß es viel mehr als dies war. Er fand keinen Frieden mehr, nichts bot ihm Vergessen – nicht sein Ruhm, nicht seine Geliebten, nicht seine Häuser. Die Bewunderung der Patienten, deren Gesichter und Körper er erneuert hatte, bedeutete ihm nichts.
»Fatima, ich muß wissen, was heute geschehen wird. Ich muß das Ergebnis kennen.« Zu viel hing von der Genesung Des Lehrers ab.
Manchmal konnte er Fatimas Blick lesen, manchmal konnte man sie verstehen wie jede andere Frau. Aber viel häufiger verwirrte sie ihn nur. So war es auch heute. Und sie machte ihm auch angst. Sein Herz schlug wie wild. Unter ihrem Blick kam er sich hilflos vor.
Dann tat sie etwas, das ihn überraschte. Sie griff nach seiner Hand und führte sie unter die Falten ihres Gewandes, drückte sie gegen ihren Leib. Im Augenblick der Berührung hörte er, wie sie den Atem einsog. Eine erstaunliche Hitze stieg in seine Hand. Und dann sagte sie ihm, was er tun mußte, wenn er die Antwort auf seine Frage wissen wollte.

Als Ferrangano Fatima verließ, wies er seinen Fahrer an, ihn nach Leme Beach zu bringen, kaufte aber vorher Parfum und Süßigkeiten und ein schönes Spitzentuch, in das er beides einhüllte.

Am Silvesterabend sammelten sich die Gläubigen am Meer, um Iemanja Opfer darzubringen. Wenn die Opfer der Göttin genehm waren, dann wurden sie nicht von der Flut zurückgebracht. Fatima hatte Ferrangano gesagt, daß er dies jetzt tun solle, um damit unmittelbar von Iemanja zu erfahren, ob sie ihm gewogen war oder nicht.

Leme Beach war mit Unrat, Flaschen, Luftschlangen und Fetzen von *allegorias* übersät, die die Feiernden auf den Straßen trugen. Betrunkene lagen im Sand, tot für die Welt. Mit ineinander verschlungenen Gliedmaßen klammerten sich Liebespaare aneinander und streichelten sich träge und müde. Fleisch klebte an Fleisch.

Ferrangano watete in die Flut hinaus und vertraute seine Opfergaben dem Wasser an. Er blieb stehen, bis die Flut sie hinaustrug. Ein paar Minuten lang konnte er das Weiß des Spitzentuches noch von dem Grünblau des Meeres unterscheiden, dann war es verschwunden. Er wartete. Die Flut wallte zurück und fegte über den Strand. Julio sah genau hin, aber da war keine Spur seines Opfers, keine Süßigkeiten, kein Parfum. Iemanja hatte seine Gaben angenommen. Aber dann bemerkte er, daß die Flut doch etwas hereingespült hatte.

Zuerst konnte er nicht erkennen, was es war, bis er näher kam. Es war irgendein Tier; und seine Haut war blutig aufgeschürft, der größte Teil des Felles heruntergerissen, die Eingeweide freigelegt und voll kleiner Fische, die an ihnen nagten. Er bückte sich, um den Kadaver besser sehen zu können. Im nächsten Augenblick fuhr er entsetzt zurück. Es war ein Thylacin.

18

Sarah hatte das Gefühl, am Steuer eines Wagens zu sitzen, der plötzlich außer Kontrolle geraten ist. Eine seltsame Ruhe hatte sie erfaßt. Immer wieder überdachte sie ihre Aktionen und was aus ihnen entstanden war. Es war grundverkehrt gewesen, diesen Ausflug ins Ungewisse zu machen. Es war falsch gewesen, auf Patrick zu hören und nach São do Cristovão zu gehen. Es war falsch gewesen, überhaupt auf Mark zu hören und überhaupt nach Brasilien zu kommen. Aber was nützte es, das alles jetzt zu erkennen? Wie ihre Mutter zu sagen pflegte: Was einmal geschehen ist, ist geschehen.

Sie hatten sie in der Villa Des Lehrers ein paar Stunden allein gelassen, bevor Harry Furst sie abgeholt hatte. Sie fragte nicht, wohin er sie brachte. Und sie wußte nicht, ob sie überrascht sein sollte, als man sie in das Krankenhaus brachte. Irgendwie war ihr gleichgültig, was mit ihr geschah. Etwas in ihr schien zerbrochen.

Furst redete auf sie ein, als ob nichts geschehen wäre, als wäre es ein ganz gewöhnliches, alltägliches Ereignis, von bewaffneten Wachen in das De Solis Hospital gebracht zu werden. Fast hatte sie den Eindruck, als wäre er noch gesprächiger, als er das vorher schon gewesen war. »Ich weiß, es war hart für Sie mit Dem Lehrer«, sagte er. »Wenn es nach mir gegangen wäre, hätten Sie das nie durchzumachen brauchen.«

»Sagen Sie mir, was mit Mark passiert ist« war alles, was sie herausbrachte. Es war das einzige, was sie wirklich interessierte. »Ich will wissen, was mit Mark passiert ist.« Ihr eigenes Schicksal schien ihr bei weitem nicht so wichtig.

»Verdammt noch mal, halten Sie doch endlich den Mund mit ihrem beschissenen Mark!« explodierte er.

Die Heftigkeit seiner Reaktion überraschte sie. Und dann

begriff sie. Mein Gott, der Mann ist eifersüchtig, er will mich für sich haben.
»Wollen Sie wirklich wissen, wo er ist?«
»Ja, allerdings.« Sie war fest entschlossen, in dem Punkt hart zu bleiben – wenigstens in diesem einen.
Er griff nach ihrem Arm und führte sie quer durch die Vorhalle des Krankenhauses zu den Aufzügen. Ein Wachmann ging hinter ihnen her. Das war wirklich überflüssig, dachte Sarah. Sie würde schon nicht weglaufen.
Sie fuhren in ein Tiefgeschoß und gingen durch einen ungepflegt wirkenden Korridor. Dann blieben sie vor einer Tür stehen. Es war eine massive weiße Tür ohne Namen, ohne Nummer, ohne jeden Hinweis.
Zu ihrer Überraschung zog Furst sein Jackett aus und legte es ihr über die Schultern. »Da drinnen würden Sie sonst frieren«, sagte er und sperrte die Tür auf.
Der Raum, den sie betraten, war eiskalt, wie eine Tiefkühltruhe. Das Jackett nützte kaum etwas. Wohin sie auch sah, standen Metallzylinder und Kanister unterschiedlicher Form und Größe.
Furst trat an einen der Kanister und schraubte ihn auf. »Da, schauen Sie«, forderte er sie auf, »was sehen Sie da?«
»Was hat das mit Mark zu tun?« fragte sie.
»Schauen Sie!« wiederholte er.
Sie nahm ihren ganzen Mut zusammen, trat neben ihn und sah in den Kanister. Sie sah etwas in einer Lösung schwimmen.
»Das ist sein Herz«, sagte Furst und fügte dann hinzu: »In einer solchen Lösung mit hohem Kalium- und niedrigem Natriumgehalt können wir es bis zu vierundzwanzig Stunden lebensfähig halten.« Als wäre das etwas, was sie wissen wollte.
Er wies auf einen anderen Behälter und sagte: »Dort drü-

ben sind seine Nieren. In dem Gefäß daneben ist seine Leber. Wir bewahren sie in einer kalten Salzlösung auf, bei zehn Grad Celsius. Auf die Weise halten wie sie zwei oder drei Tage frisch. Irgendwo hier finden Sie seine Bauchspeicheldrüse und seine Lunge. Soweit mir bekannt ist, hat eine seiner Nieren bereits ein neues Zuhause gefunden.«

»Das glaube ich Ihnen nicht.« Aber irgendwie glaubte sie es. Ihre Antwort schien ihn wütend zu machen. »Folgen Sie mir.«

Auf der anderen Seite des Korridors war noch eine Tür, die genauso aussah wie die erste. Aber diese Tür führte nicht in einen Lagerraum für menschliche Organe, sondern in ein kleines Büro. Furst fragte den Mann, der dort an einem Schreibtisch saß, ob er die Akte Mark Avery haben könnte. Sarah spürte, wie etwas in ihr zerbrach. Sie fragte sich, ob ihr wohl übel werden würde.

Nachdem er ein paar Minuten gesucht hatte, brachte der Mann einen voluminösen Umschlag, dem Furst zuerst eine Brieftasche und dann ein Goldkettchen mit einem Friedenssymbol entnahm, das Mark gewöhnlich um den Hals getragen hatte. Und sein Adreßbuch.

Furst reichte ihr die Brieftasche. Alles war da – die Kreditkarten, die Fotos – auch welche von ihr –, der Führerschein, alles, außer Geld.

»Glauben Sie mir jetzt?« fragte er.

Ja, jetzt glaubte sie ihm. Und jetzt wurde ihr *wirklich* übel. Er sagte ihr, wo die Toilette war, und dann brachte er sie in einen anderen Teil des Hospitals. Sie hatte keine Ahnung, wo sie war, konnte sich auch nicht konzentrieren. Ihre Augen wirkten glasig, ihr Geist schien abgeschaltet zu haben. Er redete weiter auf sie ein, aber sie achtete nicht auf ihn.

Sie schienen eine Ewigkeit zu gehen. Sie mußten eine Reihe von Türen passieren; Furst mußte sich bei Sicherheitsbeamten ausweisen oder von einem elektronischen Auge sein Gesicht überprüfen lassen. Dann standen sie schließlich vor einer Tür, die er selbst aufschließen konnte. Er öffnete und sagte: »Dies hier wird eine Weile Ihr Zuhause sein.«

Als sie eintrat, stellte sie zu ihrem Erstaunen fest, daß bereits eine andere Frau in dem Raum war. Die Frau mochte ein paar Jahre älter sein als Sarah und starrte sie jetzt an. Sie war hübsch, wirkte aber müde und erschöpft. Dann entdeckte die Frau Furst. Sie machte den Mund auf, um zu reden, brachte aber keinen Laut hervor. Einen Augenblick lang vergaß Sarah ihre eigenen Schwierigkeiten; sie empfand tiefes Mitleid mit dieser armen Frau, die Schritt für Schritt vor ihnen zurückwich und der man die Furcht von den Augen ablesen konnte.

Der Raum, das erkannte Sarah jetzt, war wie eine Zelle, äußerst spartanisch, mit kaum genug Platz für eine Person, geschweige denn für zwei.

»Was ist mit ihr?« fragte Sarah.

»Sie wird diesen Raum jetzt verlassen. Wir müssen sie auf die Operation vorbereiten.«

Plötzlich stöhnte die Frau, und die Beine versagten ihr den Dienst. Aber Furst war zur Stelle und fing sie auf. Wieder fiel ihr Blick auf Sarah.

»Wie heißen Sie?« fragte Sarah. Bloß um es zu wissen. Ein Name war wichtig, ein Name hatte Bedeutung. Das war etwas, was sie gelernt hatte, als sie in dieses Land gekommen war.

Einen Augenblick lang starrte die Frau sie mit leeren Augen an, als wäre die Frage unverständlich oder als wäre es ihr unmöglich, die Antwort aus ihrer Erinnerung herauszugraben.

Dann sagte sie mit einer Stimme, die so leise war, daß Sarah sie kaum hören konnte: »Ich bin Charlotte McCandless.«

19

Als Patrick das Erdgeschoß erreichte, wußte er sofort, daß hier etwas Ungewöhnliches im Gange war. Männer mit ernsten Gesichtern und offensichtlich bewaffnet füllten die Gänge. Am Eingang des Operationssaales bezogen sie Position. Um den Zugang zu Operationsraum 1, der durch eine Sperre abgesichert war, herrschte ein beständiges Kommen und Gehen von Schwestern und Pflegern.

Als Patrick eine der Schwestern fragte, wer so wichtig sei, daß all die Sicherheitsvorkehrungen erforderlich waren, sah sie ihn an, als hätte er etwas äußerst Dummes gefragt.

»Das ist geheim«, sagte sie. »Niemand von uns weiß es. Nur die unmittelbar betroffenen Ärzte. In unseren Akten ist er als Christopher verzeichnet.«

»Nun, vielleicht könnten Sie mir sagen, was mit Christopher geschehen soll.«

»Lebertransplantation«, sagte sie und sah auf die Uhr. »In etwa einer Stunde.«

Es war jetzt kurz vor sechs.

Sarah wäre so gerne einfach eingeschlafen, aber das war unmöglich. Sie lag zusammengerollt auf dem Bett, so benommen, daß sie nicht einmal weinen konnte. Das einzige, was sie jetzt denken konnte, war, daß sie sich nach einer Zigarette sehnte. Sonst nichts. Kein Gedanke an Mark, an Charlotte, an Patrick. Dazu war sie jetzt einfach nicht imstande.

Kurz nach sechs öffnete sich die Tür ihrer Kammer. Sarah blickte auf und sah einen Mann im Labormantel vor sich stehen. Er sagte etwas in stark akzentuiertem Englisch über irgendwelche Tests. Sie befolgte seine Anweisungen und dachte, es hat ja doch keinen Sinn, sich zu widersetzen. Sie hatte resigniert, hatte nicht mehr den Willen zu kämpfen. Sollten sie doch so viele Tests durchführen, wie sie wollten.

Sie gingen durch viele Türen, Treppen hinauf und hinunter. War sie hier schon einmal gewesen? Sie wußte es nicht. Seit sie auf diese Insel gekommen war – seit sie nach Brasilien gekommen war –, hatte sie nichts anderes getan, als sich immer mehr zu verlaufen.

Das Labor war verlassen, als sie es erreichten. Der Mann schien unruhig und beeilte sich, ihr zu versichern, er würde sich Mühe geben, ihr nicht weh zu tun. Sie fragte sich, ob er eine Ahnung hatte, weshalb sie überhaupt hier war oder wozu die Tests, die er jetzt machen sollte, dienen würden. Aber sie sah keinen Sinn darin, ihn zu fragen. Sie konnte nicht von ihm erwarten, daß er ihr helfen würde. Es gab niemanden hier, der ihr helfen konnte.

»Bitte ziehen Sie das an«, sagte er und hielt ihr ein Krankenhaushemd hin, das hinten zugebunden wurde. Er sagte ihr, sie könne sich im Bad umziehen.

Als sie herauskam, sagte er, er würde ihr ein lokales Betäubungsmittel verabreichen – in die Wirbelsäule. »Das wird eine kurzzeitige Lähmung erzeugen.«

Das versetzte ihr einen Schock. »Warten Sie mal, was soll das? Ich dachte, Sie würden mir nur etwas Blut abzapfen.«

»Bitte«, sagte er. »Ich tue das, um eine Knochenmarksprobe zu entnehmen. Nicht viel. Vielleicht drei Prozent, vielleicht fünf. In ein paar Wochen ist das wieder aufgefüllt, keine Sorge.« Er lächelte ihr dümmlich zu.

Ein Blick auf die riesenhafte Spritze, die er benutzen wollte, genügte, um sie aus ihrer Erstarrung zu reißen.

»Nein!« schrie sie. »Nein, das will ich nicht! Der Teufel soll mich holen, wenn ich zulasse, daß Sie das tun.«

Er runzelte verblüfft die Stirn. »Bitte, beugen Sie sich

vor!« befahl er jetzt mit festerer Stimme. »Sonst muß ich eine Wache rufen. Sie wollen doch nicht, daß ich das tue, oder?«

Sie wandte sich von ihm ab und beugte sich vor. »Das wird jetzt ein wenig stechen«, sagte er, und seine Stimme wurde dabei leiser.

Aber es stach kräftig. Der Schmerz jagte durch ihren ganzen Körper, ließ sie zusammenzucken und würgen.

»Tut mir leid, tut mir wirklich leid«, murmelte er. »Ich habe nicht exakt angesetzt. Wenn ich es richtig mache, tut es nicht so weh.«

Als er versuchte, ihr die zweite Injektion zu verabreichen, murmelte sie: »Verdammte Scheiße!«, fuhr herum und riß ihm die Spritze weg. Er war so überrascht, daß er kaum reagierte. Und das war sein Pech. Sie stieß ihm die Nadel in die Brust. Mit einem Aufschrei taumelte er durch das Labor, umkrallte mit beiden Händen die Spritze, um sie herauszuziehen.

Sarah war über das, was sie getan hatte, so überrascht, daß sie ein paar Sekunden zu nichts anderem fähig war, als ihn anzustarren. Er schien jetzt solche Schmerzen zu haben, daß ihr einen Augenblick lang fast danach war, sich bei ihm zu entschuldigen. Aber sie konnte nicht einfach hier stehenbleiben. Er würde jeden Augenblick nach der Wache rufen. Sie rannte los.

Da sie keine Ahnung hatte, wo sie war, wußte sie auch nicht, wohin sie laufen sollte. Sie mußte unbedingt einen Ausgang finden. Aus den Augenwinkeln entdeckte sie Leute, die ihr verblüfft hinterhersahen. Sie schienen nicht zu wissen, was sie von dieser halbnackten Frau halten sollten, die an ihnen vorbeihetzte.

Plötzlich konnte sie nicht weiter. Ein paar Männer versperrten ihr den Weg. Sie entdeckte eine Tafel:

Operationsraum 1: Unbefugten ist der Zutritt verboten. In diesem Augenblick hörte sie ihren Namen. Die Stimme kannte sie von irgendwoher. Sie drehte sich um. Es war Patrick.

20

Sarah machte einen entsetzlich gequälten Eindruck, wie von Sinnen. Im ersten Augenblick war er nicht sicher, ob sie ihn überhaupt erkannte. Aber dann bewegte sie sich langsam auf ihn zu.

»Hierher!« drängte er, winkte sie in einen Umkleideraum, den er in der letzten halben Stunde entdeckt hatte. Er nahm sie in die Arme, ihr Kopf sank auf seine Schulter, und er dachte, sie würde jeden Augenblick zu weinen anfangen. Aber das tat sie nicht. Nach einer Weile blickte sie zu ihm auf und löste sich von ihm. »Herrgott!« sagte sie. »Du hast ja keine Ahnung, Patrick. Du hast keine Ahnung, wie schlimm es ist.«

»Wie bist du hierhergekommen, Sarah?«

Sie sackte zu Boden und wiegte sich vor und zurück.

Er hatte Angst, wenn er sie jetzt allein ließe, würde sie sich so in sich selbst zurückziehen, daß er anschließend nicht mehr an sie herankommen könnte. Und das durfte er unter keinen Umständen zulassen. »Sarah!« rief er, so laut er das wagte.

Aber zu seiner Überraschung reagierte sie. »Bitte, laß mich nur einen Augenblick verschnaufen. Ich bin gleich soweit.«

Als sie dann mit ihrem Bericht begann, strömte er förmlich aus ihr heraus, so schnell, daß Patrick sie mehrmals bitten mußte, etwas langsamer zu sprechen. Sie war kaum zu verstehen.

Aber dann glaubte er begriffen zu haben – und war glücklich. Er hatte Sarah gefunden, und Charlotte war am Leben.

Aber das Hochgefühl verflog rasch, als er anfing, über die Situation nachzudenken, in der sie sich befanden. Charlotte war die Organspenderin für Den Lehrer; zweifellos war sie nur deshalb noch am Leben, weil ihr Gewebe so perfekt zu dem seinen paßte. Wie, um Himmels willen, sollte er sie retten?

Es war zwanzig Minuten vor sieben. Zwanzig Minuten bis zur Operation.

»Wir müssen etwas unternehmen«, sagte er zu Sarah.

»So? Was hast du dir denn vorgestellt, Patrick? Hast du all die Wachleute gesehen, die vor dem Operationssaal postiert sind? Die lassen dich nicht einfach an Den Lehrer heran.«

Er ging zu einem Wandschrank und öffnete ihn. »Was siehst du hier?« fragte er.

»Du meinst also, daß es so leicht geht? Wir schlüpfen in einen Chirurgenmantel oder Schwesternkittel und gehen einfach hinein? Ist es das?«

»Es ist immerhin ein Anfang.« Sie hatte schon recht: Er war so verzweifelt darauf aus, etwas zu tun, irgend etwas zu unternehmen – irgend etwas –, daß er sich nicht die Zeit genommen hatte, das alles zu durchdenken. Er konnte durchaus verstehen, daß sie nicht viel von seinen Plänen hielt.

»Und was passiert, wenn – falls überhaupt – du in den OP kommst? Was tust du dann? Wie willst du Charlotte da lebend herausholen?«

Er hatte keine Ahnung. Er war wie betäubt.

Dann sagte Sarah: »Ich brauche eine Zigarette. Du hast nicht zufällig eine Zigarette bei dir, wie?«

»Du weißt, daß ich nicht rauche, Sarah.« Und dann fiel ihm plötzlich ein, was er tun würde. »Hast du ein Feuerzeug?«

»Ja, aber was nützt mir das, wenn ich keine verdammten Zigaretten habe.«

»Gib es mir bitte«, sagte er und streckte ihr die Hand entgegen.

Sie verblüffte ihn. Jetzt, da er einen Plan hatte – in Wirklichkeit nur eine halbausgegorene Idee, eine verrückte, riskante, idiotische Idee –, überlegte sie es sich anders. Sie sagte, sie würde doch mitmachen.
Er konnte ihre plötzliche Entscheidung nicht begreifen.
»Nun, die suchen doch jetzt sicher überall nach mir. Dieser Schweinehund im Labor hat garantiert die Wache gerufen. Welchen Unterschied macht es also? Da komme ich schon lieber mit dir.«
Was sie sagte, war nicht unvernünftig, aber er fragte sich, was wirklich hinter ihrem Entschluß steckte. Irgendwie hatte er das Gefühl, daß sie ihm nicht die ganze Wahrheit sagte.
Aber jetzt war nicht die Zeit, ihr Fragen zu stellen. Es war Viertel vor sieben. Noch fünfzehn Minuten.

Einen Vorteil konnten sie für sich verbuchen: Das Transplantationsteam war so umfangreich, daß ein zusätzlicher Arzt oder eine zusätzliche Schwester in dem überfüllten Saal wahrscheinlich überhaupt nicht auffiel, wenigstens nicht sofort. Aber Patrick war auch klar, daß sie nicht einfach an den Sicherheitsleuten Des Lehrers vorbeikommen würden, bloß weil sie Krankenhauskittel trugen. Wenn sie nur etwas bei sich hätten, das so aussah, als würde es für die Operation gebraucht – dann kämen sie vielleicht durch.
Es war fünf vor sieben, als sie sich aus der Umkleidekammer schlichen. Da Patrick sich vor einer Stunde gründlich umgesehen hatte, wußte er genau, wohin er gehen mußte. Er führte Sarah zuerst in den Autoklavenraum, wo ein paar

Tabletts mit eingewickelten und sterilisierten Instrumenten auf den Regalen standen. Patrick reichte Sarah eines davon.
»Ich bin sicher, daß die schon genug Instrumente haben«, sagte sie.
»Aber das wissen die Wachen nicht.«
Was dann kam, war schwieriger.
Ein paar Türen vom Autoklavenraum entfernt fanden sie die Blutbank. Patrick atmete tief durch und trat ein. Eine Laborhelferin blickte von ihrem Arbeitstisch auf und runzelte die Stirn.
»Wir brauchen noch fünf Einheiten Plasma für Christopher«, verkündete er.
»Wir haben euch doch gerade zehn Einheiten gegeben«, sagte sie. »Die können doch unmöglich schon verbraucht sein.«
»Anweisung von Dr. Ferrangano. Wir brauchen sofort fünf Einheiten.«
Sie seufzte und verdrehte die Augen, stand aber auf. Wahrscheinlich hatte sie sich schon daran gewöhnt, daß es in Verbindung mit Christopher viele ungewöhnliche Wünsche gab. Sie holte das Plasma aus dem Kühlschrank und ließ Patrick dafür unterschreiben. Er benutzte den Namen Bruce Quint.
Jetzt blieb nur noch eines zu tun. Patrick wandte sich zu Sarah und sagte: »Wenn wir versuchen, gemeinsam in den OP-Raum zu kommen, ist das zu auffällig. Ich gehe voran, und du kannst dann nachkommen.«
»Nein, ich gehe zuerst«, erklärte sie entschlossen.
»Sarah, was für einen Sinn hätte das? Warte doch ab, was passiert. Wenn mir etwas zustößt, dann weißt du, daß du nicht nachkommen darfst. Auf diese Weise bist du in Sicherheit.«
»In Sicherheit!« spottete sie. »Die gibt es nirgendwo. Nicht

in diesem Krankenhaus, nicht auf dieser Insel. Nicht in ganz Brasilien.« Und dann sagte sie entschlossen: »Du wirst mich nicht aufhalten, Patrick. Ich habe mich entschieden.«
Sie schob sich die Chirurgenmaske über das Gesicht, drehte sich um und ließ ihn stehen. Sie lief so schnell, daß er kaum eine Chance hatte, sie einzuholen, ehe sie den Operationsraum erreichte.
Als er hinter ihr herrannte, fuhr sie herum und funkelte ihn wütend an. Er sah die Wachen weiter vorne und wußte, daß er hier jetzt keine Auseinandersetzung mit ihr riskieren konnte. Verdammte Scheiße, dachte er, soll sie doch machen, was sie will. Er blieb zurück und beobachtete sie. War sie nun tapfer oder nur unvernünftig? Hatte sie überhaupt eine Ahnung, worauf sie sich da einließ?
Kurz bevor sie die Barriere erreichte, sah er, wie sie das Klebeband des Instrumentenpakets löste und hineingriff. Was machte sie denn? Dann begriff er. Oder vielleicht doch nicht.
Einen Augenblick lang blitzte ein Messer im fluoreszierenden Licht auf. Einen winzigen Augenblick lang. Dann verschwand er unter ihrem Labormantel.

21

Wozu das Messer? Sollte es ihr nur zusätzliche Sicherheit verschaffen, das Gefühl, nicht völlig hilflos zu sein, wenn irgend etwas schiefging? Er konnte jetzt nicht darüber nachdenken. Es stand zuviel auf dem Spiel.
Eines mußte man ihr lassen – sie zögerte keinen Augenblick und benahm sich, als hätte sie jedes Recht der Welt, den Operationsraum zu betreten. Patrick hielt den Atem an. Wenn *sie* es jetzt nicht schaffte, dann gab es wenig Grund zu der Annahme, daß *er* es schaffen würde.

Ein Sicherheitsmann hielt sie auf. Das war es dann wohl. Patrick war zu weit entfernt, um den Wortwechsel hören zu können; aber was sie sagte, mußte ihn zufriedengestellt haben, denn er trat beiseite und ließ sie durch.
Es war fünf nach sieben. Er konnte nur hoffen, daß es noch nicht zu spät war.
Jetzt war er an der Reihe.
Das Blut war eine gute Idee gewesen. Derselbe Sicherheitsmann warf einen Blick auf das Plasma, das er in der Hand hielt, und winkte ihn durch.
Patrick eilte durch eine Pendeltür. Im OP wimmelte es von Ärzten, Helfern, Schwestern und Helferinnen. Er konnte ein Dutzend Leute ausmachen, die sich um den Tisch drängten, auf dem Der Lehrer lag. Sein Gesicht war, wie alle anderen Gesichter, von einer Maske bedeckt, wahrscheinlich ebensosehr aus Gründen der Sicherheit, wie um eine Infektion zu vermeiden. Drei zusätzliche Wachen waren im Raum verteilt und hatten ihre Augen überall. Wie er gehofft hatte, war Sarah nicht sonderlich aufgefallen. Er selbst übrigens auch nicht. Sie stand in der Nähe des Vorratsschrankes und ignorierte ihn bewußt. Sehr gut.
Er verdeckte ein Wandtelefon rechts von dem Vorratsschrank. Ob es ein Haustelefon war oder eine Außenleitung hatte, war nicht zu erkennen.
Patrick studierte die Gesichter vor ihm und konnte Clifford Dahlbeck ohne Mühe ausmachen. Ivo Kander erkannte er von seinem Foto. Aber wo war Charlotte?
Erst jetzt entdeckte er einen undurchsichtigen Plastikvorhang, der den Operationssaal praktisch in zwei Hälften teilte. Auf der anderen Seite des Vorhanges konnte er nur schemenhafte Gestalten sehen, die sich auf und ab bewegten. Jetzt ahnte er, wo Charlotte war.
Alle waren so auf Den Lehrer konzentriert, daß keiner

Patrick wahrnahm, als er das Plasma abstellte und sich wieder vom Operationstisch zurückzog. Er ging auf Sarah zu, achtete aber darauf, sie nicht anzusehen.
»Charlotte ist dort hinten«, flüsterte sie. »Julio und Harry Furst auch.«
Es war kein Wunder, daß sie sich solche Mühe gegen hatte, von den anderen Mitgliedern des Transplantationsteams nicht gesehen zu werden. Ob denen bewußt war, daß der Spender noch am Leben war, daß sie sich hiermit an einem Mord schuldig machten? Mit Ausnahme Dahlbecks und Kanders wahrscheinlich nicht.
»Wie weit sind sie?«
»Gerade angefangen.«
Er hatte gehofft, er würde mehr Zeit haben. Das war ganz offensichtlich nicht der Fall.
»Zieh den Vorhang auf, wenn ich es dir sage.«
Sie nickte.
Dahlbeck sprach jetzt mit dem Anästhesisten, überzeugte sich, daß Der Lehrer unter Narkose stand und sie anfangen konnten. Er war mit so vielen Monitoren und Maschinen verkabelt, daß sie es im selben Augenblick, da irgend etwas mit seinem Herzen oder seiner Atmung schiefging, wissen mußten. Bis sie soweit waren, seine kranke Leber zu entfernen, würde seine neue – von Charlotte – als Ersatz zur Verfügung stehen.
Herrgott, Patrick wünschte sich nichts so sehr wie ein paar zusätzliche Minuten, um sich darüber klarzuwerden, wo er stand. Er hatte Angst, daß er einen Fehler begehen und alle im Stich lassen würde: Charlotte, Sarah, sich selbst. Sogar, dachte er bedrückt, den verdammten McCandless.
Woher er plötzlich seine Stimme hatte, blieb ihm ein Rätsel. Sie klang auch nicht wie die seine, kam aber laut genug durch, um alle Blicke auf Patrick zu ziehen.

»Also schön, ihr Arschlöcher, ich möchte, daß ihr jetzt sofort aufhört, ich möchte, daß alle mit dem aufhören, was sie gerade tun!«

Die Sicherheitsmänner zuckten zusammen. Ihre Hände griffen unter ihre Jacketts.

»Was soll das?« rief Kander aus. »Wie ist dieser Mann hier hereingekommen? Schafft ihn hier raus!« Und zu den anderen, die mit ihm um den Tisch standen, sagte er: »Bitte achten Sie nicht auf ihn, machen wir weiter.«

Sarah trat an den Vorhang, riß ihn auf und gab damit den Blick auf einen weiteren Operationstisch frei. Das einzige, was Patrick von Charlotte sehen konnte, waren ihre Brüste und ihr Bauch, der mit einer dunkelbraunen Flüssigkeit beschmiert war. Ansonsten war sie von Tüchern verhüllt. Man hatte bereits einen Einschnitt vorgenommen; in Ferranganos ausgestreckter Hand war ein blutiger Schwamm zu sehen. Harry Furst und eine Operationsschwester standen ihm gegenüber und warteten auf seine Anweisungen. Verblüfft blickten sie auf, versuchten herauszubekommen, was das sollte.

Harry Furst erkannte ihn. »Geary!« Seine Stimme klang ungläubig. »Ich dachte, Sie wären tot.«

»Da irren Sie sich offensichtlich.«

»Nun, das sollte sich bald ändern.«

Ferrangano blickte unterdessen verblüfft von einem zum anderen. Dann fiel sein Blick auf Sarah. Plötzlich schien er zu begreifen.

Furst winkte den drei Sicherheitsmännern zu, die sich in Richtung auf Patrick in Bewegung setzten, die Waffen auf ihn gerichtet. Unterdessen drängte Dahlbeck sein Team, die Operation fortzusetzen, aber sie waren wie gelähmt, konnten die Augen nicht von dem Schauspiel wenden, das sich vor ihnen abspielte.

Dann hob Patrick seine Waffe – Sarahs Feuerzeug. »Eine Bewegung – eine beschissene Bewegung von einem von euch, und ich jage euch alle in die Luft, ist das klar?« Bei all den flüchtigen Gasen, die nach der Narkose im Raum hingen, reichte ein Funke aus, um eine Explosion auszulösen, die sie alle töten würde.

Und deshalb wußte er, daß die Sicherheitsleute unter keinen Umständen schießen konnten. Sie befanden sich in demselben Dilemma wie er.

»Das kann nicht Ihr Ernst sein, Mann!« sagte Ferrangano. »Stecken Sie dieses verdammte Ding weg. Wenn Sie es anknipsen, begehen Sie Selbstmord.«

»Ich weiß verdammt genau, was passieren wird.«

»Sarah«, flehte Ferrangano sie an, »würden Sie ihm sagen, daß er mit diesem Unsinn aufhören soll!«

»Ich gehöre zu ihm, Julio.« Ihre Stimme klang gespenstisch ruhig, wie aus einer anderen Welt. Ihre Augen wirkten glasig, als stünde sie unter Drogen. Es war schwer zu erkennen, was sie überhaupt von ihrer Umwelt wahrnahm.

An der Tür zum OP entstand Unruhe; weitere Sicherheitsleute reagierten auf die entstandene Situation. Nicht daß zusätzliche Sicherheitskräfte hier irgendwie weiterhelfen konnten. Es war eine typische Pattsituation.

»Ich möchte, daß Sie drei von Charlotte zurücktreten«, forderte Patrick Ferrangano auf.

»Er blufft, er wird es nie tun«, sagte Furst. »Machen wir weiter.«

Damit hatte er vermutlich recht; Patrick glaubte nicht, daß er wirklich über die Willenskraft verfügte, es durchzustehen. Aber er mußte sie überzeugen, daß er zu allem entschlossen war – sein eigener Tod mit inbegriffen.

Und dann sprang er mit einem Satz auf Ferrangano los, überraschte ihn, streckte das Feuerzeug aus, klappte es

gleichzeitig auf. Die Hilfsschwester kreischte und sprang zurück. Ferrangano erstarrte. Sein Gesicht wurde aschfahl.
»Sie Arschloch! Sie glauben wohl, es ist mir nicht ernst, nach allem, was Sie Charlotte angetan haben – und den anderen!«
»Hör nicht auf ihn, Julio«, rief Furst.
Patrick trat ohne Warnung zwei Schritte vor und schmetterte Furst die Faust ans Kinn, so daß der zurücktaumelte. Das war schon ganz zufriedenstellend. Als Furst die Hände von seinem Mund nahm, klebte Blut daran – und ein Zahn.
»Genug! Genug!« schrie Ferrangano. »Tut, was er sagt!« Er und die Schwester traten ein paar Schritte vom Operationstisch zurück. Furst hielt sich die Hände an den Mund und funkelte Patrick in ohnmächtiger Wut an, blieb aber, wo er war.
Jetzt hatte Patrick wirklich das Gefühl, total durchzudrehen. »Hier herüber – näher zu Ihren Freunden heran! Ich will Sie alle beisammen haben!«
Widerstrebend gehorchten sie. Furst spuckte immer noch Blut. Da Patrick nur wenig Zeit zum Planen gehabt hatte, mußte er jetzt improvisieren. Charlotte mußte hier irgendwie herausgebracht werden, aber ohne einen Operationswagen war das unmöglich. Warum, zum Teufel, gab es hier keinen solchen Wagen?
»Jemand soll einen OP-Wagen bringen!« schrie er. »Schnell, verdammt!«
Ferrangano nickte einem der Helfer zu.
Zu Sarah gewandt, sagte Patrick: »Würdest du dich bitte um Charlotte kümmern und sehen, ob du die Blutung stillen kannst.«
Hörte sie nicht, was er sagte? Sie wirkte immer noch wie benommen. Aber dann nickte sie langsam und sagte, sie würde sehen, was sie tun konnte.

»Sie haben keine Chance«, sagte Ferrangano zu Patrick, ohne jeden Groll in der Stimme. »Sie werden diese Insel nicht mehr verlassen, nicht einmal dieses Krankenhaus. Geben Sie auf.«

Ferrangano hatte sicher gute Gründe für seine Behauptung.

Patrick ging ans Telefon und nahm den Hörer ab. Eine Stimme meldete sich. »Ich möchte ein Gespräch mit New York«, sagte er.

»Wer hat das genehmigt?«

»Dr. Ferrangano.«

Eine kurze Pause, dann sagte die Stimme: »Selbstverständlich. Welche Nummer bitte?«

Alle starrten ihn an und versuchten garantiert, die Situation einzuschätzen. Das Telefon klingelte und klingelte. Sei da, dachte Patrick, verdammt noch mal, sei da.

Dann sagte die Stimme: »Hier McCandless.«

»Jeff?«

»Wer spricht?«

»Patrick Geary.«

»Was? Was haben Sie da gesagt? Geary ist tot.«

»Nein, das stimmt nicht. Ich lebe.«

»Das ist irgendein dummer Witz, ich werde auflegen.«

»Nein, Jeff, hören Sie zu, ich bin's, Patrick, das schwöre ich. Legen Sie nicht auf. Was immer Sie tun, legen Sie nicht auf. Ich habe eine Story für Sie – und ich habe Charlotte.«

»Sie sind das wirklich, Patrick?« Er mußte ihn überzeugt haben. »Was haben Sie gesagt – Sie haben Charlotte? Sie meinen, sie ist am Leben?«

Patricks Blick wanderte zu ihr hinüber. Sie regte sich, stöhnte leise. Er nahm an, daß die schmerzstillenden Medikamente, die man ihr gegeben hatte, langsam ihre Wirkung verloren. »Ja, wenn auch kaum.«

Er sprach schnell, wahrscheinlich zu schnell, als daß McCandless alles verstehen konnte. Aber er schaffte es, ihm die Dringlichkeit seiner Lage klarzumachen – der Lage, in der er und Charlotte sich befanden. »Ich möchte, daß Sie mit Pedro Sanches Verbindung aufnehmen, er arbeitet für TV Globo. Sagen Sie ihm, was hier vorgeht. Er kennt mich als John Stannard. Sagen Sie ihm, er soll eine TV-Crew in das Juan Diaz de Solis Hospital auf São do Cristovão schikken – er weiß schon, wo das ist. Und wenn Sie Leute hier haben, dann schicken Sie sie mit, ist das klar?«
»Ich schätze schon«, sagte McCandless etwas zögernd. »Ich kümmere mich gleich darum.«
»Und geben Sie bekannt, daß Der Lehrer hier in Rio ist, sehen Sie zu, daß die ganze Welt es erfährt.«
»Wir sollten dafür wirklich eine Bestätigung haben.«
»Verdammt noch mal, tun Sie es, Jeff!«
Er legte auf und sah sich um. »Wo ist jetzt dieser verdammte Karren?« Er gestikulierte wieder drohend mit dem Feuerzeug.
»Kommt schon, kommt schon«, sagte Ferrangano. »Beruhigen Sie sich, wir tun alles, was Sie wollen.«
So pflegt man mit Terroristen umzugehen, dachte Patrick, verblüfft über die Rolle, in der er sich befand. Ich bin ein Scheißterrorist, und das hier sind die unschuldigen Opfer – die Geiseln. Er lachte in sich hinein. Aber das war schon in Ordnung so. Wenn er denen wie ein Verrückter vorkam – um so besser.
Furst flüsterte Ferrangano etwas zu. Sicher schmiedete er Pläne, was sie gegen ihn unternehmen sollten. Außerdem befanden sich jetzt mindestens acht Sicherheitsleute im OP, alle mit Waffen, die auf ihn gerichtet waren. Selbst wenn sie nicht auf ihn schießen konnten, boten sie einen beängstigenden Anblick. Es war weiß Gott beunruhigend – aber das

war ohne Zweifel ihre Absicht: Sie mußten ihn einschüchtern und in dem Augenblick, wo seine Aufmerksamkeit nachließ, zuschlagen.
Er schwitzte heftig, sein Herz raste, er zitterte am ganzen Körper. Sosehr er sich auch bemühte, ruhig zu bleiben, er schaffte es nicht. Herrgott, das war der helle Wahnsinn!
Er schrie sie an, wußte nicht einmal, was er sagte oder was er ihnen mitteilen wollte, außer daß er, zum Teufel, verrückt war und daß sie, wenn sie weiterleben wollten, jetzt besser dort blieben, wo sie waren. Ihren Blicken nach zu schließen, hatte er sie überzeugt – in gewissen Maße wenigstens. Sie wirkten unsicher.
Die Zeit kroch dahin, langsam, qualvoll und dann überhaupt nicht mehr. Der Minutenzeiger an der Wanduhr schien eingefroren. Obwohl die Operation an Dem Lehrer unterbrochen war, hielten sie ihn intubiert und unter Narkose, bereit, den Eingriff in dem Augenblick fortzusetzen, wo Patrick keine Drohung mehr darstellte.
Er fing an zu rechnen. Angenommen, McCandless hatte keine Schwierigkeiten, mit TV Globo Kontakt aufzunehmen, würde es dennoch mindestens eine Stunde dauern, bis ein Team die Insel erreichte, und auch das nur, wenn sie sich einen Hubschrauber beschaffen konnten. Und eine Stunde war eine sehr lange Zeit, wenn man warten mußte.
Ab und zu sagte jemand leise etwas, aber meist hing unheilvolles Schweigen über dem Saal. Dafür herrschte draußen Tumult.
Der Operationswagen war immer noch nicht aufgetaucht. Vielleicht wollten sie Zeit gewinnen, in der Hoffnung, daß sich alles von selbst lösen würde. Je länger sie sich Zeit ließen, desto größer war die Chance, daß er müde wurde.
Als seien keine Waffen auf ihn gerichtet, die ihm durch den ganzen OP folgten, trat er an den Operationstisch, schob

sich an Ärzten und Schwestern vorbei, die ihm schnell Platz machten. Dann führte er das Feuerzeug dicht an das Gesicht Des Lehrers heran. Die erschreckte Reaktion, die das auslöste, entzückte ihn geradezu.

»Sie wissen nicht, was Sie tun!« sprudelte Dahlbeck heraus. »Wollen Sie als politischer Mörder in die Geschichte eingehen?«

»Ich kann mir nicht vorstellen, daß das meinem Ruf schaden würde«, erwiderte Patrick.

Dann sah er aus den Augenwinkeln, daß Sarah sich Schritt für Schritt auf Ferrangano zuarbeitete. Der war ganz auf Patrick konzentriert und bemerkte es nicht. Was, zum Teufel, hatte sie vor?

Ohne zu zögern, trat sie hinter Ferrangano und schrie: »Das ist für Mark, du Schwein!«

Patrick sprang auf sie zu, aber nicht schnell genug. Das Messer blitzte in ihrer Hand. Ferrangano wirbelte herum, war aber ebenfalls nicht schnell genug. Blut spritzte aus seiner Kehle, die Augen traten ihm hervor. Er taumelte nach vorn und brach dann zusammen. Ein Schrei zerriß die Luft. Einer der Sicherheitsleute vergaß seine Befehle, fuhr herum, hob seine Waffe und feuerte auf Sarah.

Plötzlich herrschte Stille im Saal. Aber sie dauerte nicht lange, kaum eine Sekunde. Dann erbebte die Umgebung unter einem gewaltigen Knall, wie Patrick ihn noch nie gehört hatte und der durch seinen ganzen Körper ging. Und dann war alles vorbei.

Epilog
Die Infanten

Auf dem Rückflug nach New York sagte Charlotte Patrick, daß er Vater war, sie gestand ihm, daß ihre Tochter auch die seine war. Die Gründe, die sie gehabt hatte, ihm das bisher zu verschweigen: daß sie Angst gehabt hatte, er würde bei ihr bleiben, weil er sich verpflichtet fühlte, ihre Sorge, er könne kein guter Ehemann und liebevoller Vater sein – all das war jetzt unwichtig. Beide waren bemüht, Fehler wiedergutzumachen, und sahen die gemeinsamen Erinnerungen jetzt in einem neuen, freundlicheren Licht. In mancher Hinsicht waren sie wie Fremde, und wie Fremde würden sie sich darum bemühen müssen, einander besser kennenzulernen; hoffentlich besser als das letztemal.

Aber niemand schien einen dramatischeren Wandel durchgemacht zu haben als Jeff McCandless. Er behauptete jetzt, er habe die ganze Zeit auf Patricks Seite gestanden. Er erinnerte sich an die Beziehung zu seiner Tochter als eine viel liebevollere als Charlotte selbst. Er begann ihr gegenüber sogar anzudeuten, daß es ihm nichts ausmachen würde, wenn sie heirateten, ganz besonders jetzt, wo er wußte, wer der Vater seines Enkelkindes war. Und noch mehr – er wollte, daß Patrick als Spezialkorrespondent zur Morning-in-America-Show zurückkehrte – zu einem viel höheren Gehalt, als er vorher bekommen hatte. Er versprach, Patrick bei seinen einflußreichen Freunden für den Pulitzerpreis zu empfehlen. Offenbar war jetzt für Patrick nichts mehr zu gut.

Es hatte beinahe zwei Monate gedauert, bis sie die Erlaubnis bekommen hatten, Brasilien zu verlassen, aber es hätte auch ein Jahr oder länger dauern können, bis die Behörden ihre formellen Ermittlungen abgeschlossen hatten. Es war nur dem Interesse der Medien zuzuschreiben, daß es einigermaßen schnell ging. Außerdem waren die beinahe täglichen Enthüllungen über das Netz der Regierung sehr peinlich, besonders als sich herausstellte, daß einige hohe Beamte das Netz geschützt und durchaus Vorteile aus seiner Existenz gezogen hatten.
Erstaunlich war, wie viele Leute innerhalb und außerhalb der Regierung, die sich vorher zu Dr. Julio Ferranganos Freunden gezählt hatten, jetzt kategorisch bestritten, ihn gekannt zu haben. Möglicherweise hatten sie ihn ein- oder zweimal auf einer Party gesehen und ein paar belanglose Worte mit ihm gewechselt – mehr war es nie gewesen. Und natürlich hatte niemand geahnt, daß er oder seine Kollegen Menschen wegen ihrer Organe getötet hatten. Ganz besonders seine Patienten nicht. Offenbar hatten sie nie darüber nachgedacht, weshalb Spenderorgane im Juan Diaz de Solis Hospital so leicht verfügbar gewesen waren und sich zur gleichen Zeit andere ärztliche Institutionen überall auf der Welt über deren Knappheit beklagten. Und alle Patienten leisteten heilige Eide darauf, daß sie die Behandlung nie akzeptiert hätten, wenn sie die Wahrheit auch nur geahnt hätten.
Das Juan Diaz de Solis Hospital wurde geschlossen, seine Patienten in andere Institutionen in Rio und São Paulo verlegt. Etwa achtunddreißig Leute, darunter neun Kinder und fünf Säuglinge, wurden in einem separaten Trakt des Hospitals entdeckt; nie war eine Hochsicherheitsabteilung fluchtsicherer gebaut worden. Die meisten wurden in aller Stille ihren Familien zurückgegeben, diejenigen, die zu

jung waren, um zu wissen, aus welcher Familie sie stammten, zur Adoption freigegeben.

Ivo Kander starb bei der Explosion im Operationssaal, und auch seinem Kollegen Clifford Dahlbeck war das Schicksal nicht wohlgesonnen; er überlebte, war aber blind. Drei Monate später beging er Selbstmord; noch in seinem Abschiedsbrief behauptete er, er sei unschuldig und die Medien und die Schikanen der Polizei hätten ihn in den Selbstmord getrieben.

Harry Furst überlebte die Explosion praktisch unversehrt. Er wurde an die Vereinigten Staaten ausgeliefert, um dort wegen Mordes an Sally Templeton vor Gericht gestellt zu werden – ein Verbrechen, für das die Polizei von New York jetzt genügend Beweismaterial zu besitzen glaubte –, beteuerte aber hartnäckig seine Unschuld und gab von der Zelle aus der Presse so unterhaltsame und interessante Interviews, daß einige Reporter wirklich glaubten, er wäre Opfer einer Verkettung widriger Umstände – ein kleiner Mann, der durch Zufall in eine Verschwörung hineingeraten war, von der er in Wirklichkeit nichts wußte. Eine seiner häufigsten Besucherinnen im Untersuchungsgefängnis war seltsamerweise Ann Templeton, Sallys Mutter. Sie erklärte Reportern, auch sie sei von seiner Unschuld überzeugt. Ein Klatschreporter enthüllte in der NEW YORK POST, daß die beiden sich verlobt hatten und heiraten wollten.

Der ehemalige Leiter des Palmeiras-Medizinkollektivs, Senhor Frederico Nogueira, bekam Wind davon, daß seine Verhaftung bevorstand, und floh aus dem Land, ehe die Polizei seiner habhaft werden konnte. Den Gerüchten nach lebte er in Paraguay, wo er als Berater für die Sicherheitskräfte tätig war.

Auch Der Lehrer überlebte und schaffte es sogar, sich – ganz legitim – in einer Klinik in Zürich einer Lebertransplantation zu unterziehen. Jetzt war keine Geheimhaltung mehr notwendig; als bekannt geworden war, daß er krank war und sich nicht mehr im Land befand, waren seine »Schüler« auf die Straße gezogen und hatten ihn gestürzt, und seine verhaßten Widersacher hatten an seiner Stelle die Macht übernommen. Sein Exil sollte nicht lange dauern. Ebenso wie seine Untertanen, lehnte auch seine neue Leber, trotz Steroiden und monoklonaler Antikörper, ihn ab. Sein Todeskampf war weder so lang noch so qualvoll, wie seine Feinde das gehofft hatten.

Von Sarah Tucker fand man nie eine Spur. Gerichtsmedizinische Experten konnten nach Untersuchungen der verstreuten und verkohlten Körperteile, die man aus den Ruinen des Operationssaales hatte bergen können, nur den Schluß ziehen, daß ihr Körper so zerfetzt worden war, daß eine Identifizierung unmöglich war. Ihr Verschwinden schien ebenso vollkommen wie das Verschwinden der Menschen, das sie hatte aufklären wollen, als sie nach Brasilien gekommen war.

Trotzdem wäre Patrick nicht überrascht gewesen, wenn sie wieder aufgetaucht wäre, wie das manche Leute tun, die ohne Erklärung verschwinden und dann auf geheimnisvolle Weise viele Jahre später wieder da sind, vielleicht mit einer neuen Identität und einem neuen, dazupassenden Gesicht. Nichts wünschte er sich sehnlicher; er mußte einfach daran glauben.